鲁迅北京交游研究

陈洁 著

图书在版编目(CIP)数据

鲁迅北京交游研究/陈洁著.--北京：北京大学出版社，2024.8. --ISBN 978-7-301-35150-5

Ⅰ. I210

中国国家版本馆 CIP 数据核字第 20248WT061 号

书　　　名	鲁迅北京交游研究
	LUXUN BEIJING JIAOYOU YANJIU
著作责任者	陈　洁　著
责任编辑	艾　英　高　迪
标准书号	ISBN 978-7-301-35150-5
出版发行	北京大学出版社
地　　　址	北京市海淀区成府路 205 号　100871
网　　　址	http：//www.pup.cn　　新浪微博：@北京大学出版社
电子邮箱	编辑部 wsz@ pup.cn　　总编室 zpup@ pup.cn
电　　　话	邮购部 010-62752015　　发行部 010-62750672
	编辑部 010-62756467
印　刷　者	北京鑫海金澳胶印有限公司
经　销　者	新华书店
	965 毫米×1300 毫米　16 开本　16.75 印张　插页 3　312 千字
	2024 年 8 月第 1 版　2024 年 8 月第 1 次印刷
定　　　价	79.00 元

未经许可，不得以任何方式复制或抄袭本书之部分或全部内容。
版权所有，侵权必究
举报电话：010-62752024　　电子邮箱：fd@ pup.cn
图书如有印装质量问题，请与出版部联系，电话：010-62756370

国家社科基金后期资助项目
出版说明

后期资助项目是国家社科基金设立的一类重要项目,旨在鼓励广大社科研究者潜心治学,支持基础研究多出优秀成果。它是经过严格评审,从接近完成的科研成果中遴选立项的。为扩大后期资助项目的影响,更好地推动学术发展,促进成果转化,全国哲学社会科学工作办公室按照"统一设计、统一标识、统一版式、形成系列"的总体要求,组织出版国家社科基金后期资助项目成果。

全国哲学社会科学工作办公室

鲁迅和教育部全体部员合影（后排左起第三人为鲁迅）

北京全国儿童艺术展览会闭幕合影（后排右起第三人为鲁迅）

教育部鲁迅办过公的房子

绍兴县馆（绍兴会馆）

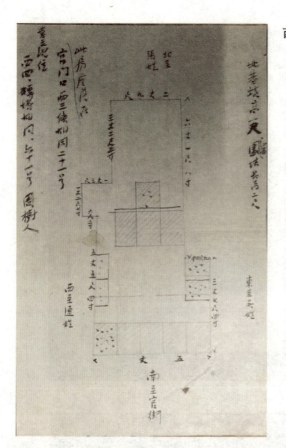

西三条故居草图
（鲁迅手绘）

《我的失恋》（1924年10月作）
之四诗抄书赠内山完造

《野草》书影

1925年鲁迅像

北京女子师范大学教室走廊

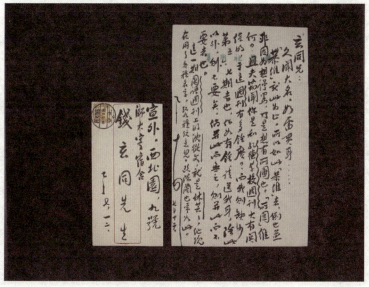

鲁迅致钱玄同信(1925年7月12日)

鲁迅题《彷徨》

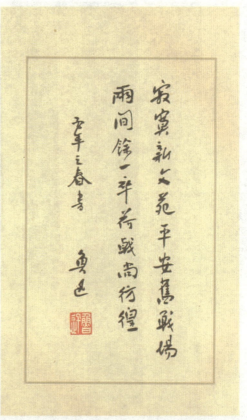

北京鲁迅旧居

目　录

自　序 ………………………………………………………………… 1

导　论　鲁迅在北京的空间体验与文学创作 ………………………… 1

第一章　鲁迅在教育部的同僚交游与职务 ………………………… 22
　　第一节　鲁迅与教育部同僚交游考论 ………………………… 22
　　第二节　鲁迅钞古碑与教育部职务之关系 …………………… 41
　　第三节　儿童美育工作与《风筝》的改写 …………………… 48
　　第四节　读音统一会与章门弟子进京 ………………………… 59
　　第五节　通俗教育与翻译小说 ………………………………… 69

第二章　鲁迅与新文化同人 ………………………………………… 75
　　第一节　《域外小说集》再版考 ……………………………… 79
　　第二节　钱玄同与《狂人日记》之诞生 ……………………… 90
　　第三节　《新青年》编辑权的改变对其分化的影响 ………… 99
　　第四节　鲁迅与胡适北京时期交往考论 ……………………… 108
　　第五节　游离的"主将"——鲁迅与语丝社 ………………… 117

第三章　作为高校教师的鲁迅 ……………………………………… 129
　　第一节　授课中的学术传承 …………………………………… 134
　　第二节　文学与思想的启蒙 …………………………………… 144
　　第三节　鲁迅与北京高校的同事 ……………………………… 154

第四章　鲁迅与青年作家群体 ……………………………………… 161
　　第一节　"文明批评"和"社会批评"的阵地 ……………… 162
　　第二节　鲁迅为青年校稿 ……………………………………… 176
　　第三节　鲁迅与新潮社 ………………………………………… 188

结　语 …………………………………………………… 198

参考文献 …………………………………………………… 201

附　录 …………………………………………………… 214

自　序

这本书已经提前在《中国鲁迅学史》中得到介绍：

  不管鲁迅居住在哪里，他不可能始终一人独处，总要与外界有所交游……陈洁的《鲁迅北京交游考》（北京大学出版社即出）①，就是中国鲁迅学史上第一次对鲁迅的交游做系统研究的专著。从选题本身和论述上都具有开拓和填补空白的学术意义，对鲁迅研究有较大突破。在1912年至1926年的北京城这一时空中，陈洁从空间的角度论述了北京空间的政治性对鲁迅思想和创作的影响，将鲁迅在北京城与不同个体或群体的各种交游相互关联起来，形成网络结构，从中产生对鲁迅文学与思想的新认识。社会空间的逻辑之一是隐喻性，鲁迅把对空间的认识写入文本，很多重要思想的表达都与空间相关。《野草》是鲁迅对北京城市空间思考的一个高峰，首篇《秋夜》就是描写社会空间的杰作。

  这是一个跨学科的综合性研究，该书以历史研究的方法为基础，在史料的收集上"集腋成裘"，发掘并考证了大量沉睡于鲁迅博物馆的新史料，并进行了系统的研究和理论的提升。

  任职教育部是鲁迅在北京时期的基本社会身份。鲁迅与教育部同僚交往密切的时期主要集中在1912—1917年，主要僚友有两类：浙籍同僚和留学归国的同僚。这两类僚友又存在交集。鲁迅的浙籍同僚中，蔡元培、董恂士先后担任过教育总、次长职位，因为受到他们的器重，鲁迅一度受到重用，接手并完成了一批重要工作。鲁迅在与僚友的合作中，

---

① 即这本《鲁迅北京交游研究》。——引者注

出色地完成了任务。书中对鲁迅在绍兴会馆时期抄古碑及其在教育部的工作给予正面论述，揭示出鲁迅在教育部担任的职务与鲁迅在业余时间抄古碑及其文学和思想发展的内在联系。

而鲁迅和浙籍同僚夏曾佑在思想上的矛盾对鲁迅升职产生了不利影响。社会教育司司长夏曾佑离职时，鲁迅本是升任司长的最佳人选，但接任司长的却是高步瀛。蔡元培辞职，董恂士辞世后，1917年，鲁迅的僚友们受到范源濂外放的打压，此后，教育部的工作和同僚交游在鲁迅日记中的记载逐渐减少。

鲁迅、朱希祖等章门弟子在教育部召开的读音统一会中顺利通过议案，带动了章门弟子进入北京大学，其中包括钱玄同。鲁迅与新文化人的交往始于这批章门弟子。《域外小说集》得到《新青年》同人欣赏并得以重印，这使鲁迅因东京时期文学活动的挫折而冷却的热情再度被点燃，应钱玄同的约稿，创作了第一篇白话小说《狂人日记》，加入了《新青年》的作者和编辑队伍，继而与《新青年》同人有了进一步的交往。

因小说著名的鲁迅被北京大学等高校、中学聘请为教师。鲁迅开设的"中国小说史略"等课程具创举性质。鲁迅通过授课进行学术传承、文学和思想的启蒙；通过文学课堂和指导校园文学社团，培养青年作家。

为了培养新的青年战士，鲁迅在北京创办了《莽原》，并编辑《国民新报副刊》，主要将它们作为发现和培养青年作家的阵地，培养新的青年批评主体，并明确地提出了进行文明批评和社会批评的文学观，文体选择以杂文为主。

这部书不仅具有开创性，而且史料扎实，文笔严谨，是研究鲁迅北京时期活动不可不读的好书。①

这本书出版前，张梦阳先生请我介绍了具体内容，然后他在《中国鲁迅学史》中做了详细介绍，并做出学术评价，所以我在这儿就拿来做开场白了。

2000年我在北大中文系读硕士，求学期间，陈平原老师曾带着同学们重走五四路，游览宣南。2003年我硕士毕业后，在西城区工作，户口也落在西

---

① 张梦阳：《中国鲁迅学史》，南京：江苏凤凰文艺出版社，2021年，第532—533页。

城区,在西城区长期工作、生活达十几年之久。鲁迅在北京的四个居所,都在今天的西城区,其中之一就是我曾经工作十年之久的鲁迅博物馆。而绍兴会馆、砖塔胡同、八道湾及其周边,我也去过多次。

正如空间理论名著《空间的生产》的作者亨利·列斐伏尔对巴黎的城市空间有大量的实践体验,并有过许多国际国内的长途、短途的旅游经历,我在北京居住的二十年,尤其是长达十几年对西城区空间的实践体验,为本书的写作奠定了基础。本书主体部分的思考是在鲁迅西三条故居的后园里完成的:经常仿佛时空穿梭地看到"奇怪而高"①的天空,墙外的两株枣树,以及园里的野花草们做小粉红花的梦……

在鲁迅博物馆的工作经历,也使我能接触鲁迅的大量文献,看第一手的史料,而不是影印版。和研究对象如此近距离,使我走进了民国时期鲁迅的世界。我对原版史料着了迷,似乎那泛黄的纸页记载了更多的历史信息,而不仅仅是文字。

这本书由我的博士论文修改而成,其间历十几年之久,从博士论文的写作,到2017年以此申请到国家社科基金后期资助项目,再到现在将要出版,我已经在中山大学任教。但因为这个题目涉及面很广,对这个题目的研究和打磨,我依然觉得过于匆忙。我最初的设想是从空间研究的视角,研究鲁迅与北京城的整体关系,经过反复思考和听取博士论文开题时老师们的建议,将题目确定为对鲁迅北京交游的研究。因为一个城市的主体是人,研究一个城市,最重要的是研究城市中的人物。

参加我博士论文答辩的孙玉石、陈平原、钱理群、王得后、孙郁、黄乔生等诸位先生,都曾就我的论文修改提供了许多宝贵的意见。其中几位老先生已经多年不出席博士生答辩。另外,高远东、王风、吴晓东、温儒敏、姜涛等现代文学教研室的老师,都曾对这个题目提出过很好的建议。我的博士导师商金林先生对这篇论文的选题十分欣赏。对商老师的指导,我很感激。

本书的出版得到了国家社科基金的资助,2020年2月结项,国家社科基金的匿名专家们也就本书的修改提出过很好的意见,在此表示感谢!

阿部沙织同学曾经把本书第二章的部分内容翻译成日文,在此表示感

---

① 鲁迅:《秋夜》,《鲁迅全集》第2卷,北京:人民文学出版社,2005年,第166页。本书所引《鲁迅全集》均为人民文学出版社2005年版,下文不再一一注明。

谢。也谢谢这本书的责编艾英女士和高迪女士为这本书的编辑付出的辛勤工作。

此书的完成,还有赖于我的母亲太蕴华女士的全力支持,她几十年来无私地支持我的学术事业,包括经济上的支持和生活上的照顾,她的关爱成为我前进过程中的巨大动力。

当年我博士论文的答辩时间是在端午节,所以,借用屈原的一句诗作结尾:"路曼曼其修远兮,吾将上下而求索。"

2020年3月10日于中山大学

导论　鲁迅在北京的空间体验与文学创作

鲁迅在成为伟大作家的过程中，曾经历多次空间位移：从绍兴到南京求学，再赴日本留学，回国后先后在杭州、绍兴、南京、北京、厦门、广州、上海等城市工作生活。这些空间变换，对鲁迅思想、文学的形成和发展变化起到了重要作用。[①] 鲁迅在《呐喊·自序》中通过对空间转变的叙述，回忆了自己走上文学道路的历程。鲁迅在北京城有过四次迁移，其中有他主动选择购买住宅进行的迁居，也有因兄弟失和而导致的被迫漂泊。本书开篇想要论述的是鲁迅在北京的这四次迁移对他的文学生产的影响。

从1912年5月6日到1919年11月21日，大约七年半，鲁迅住在宣武门外南半截胡同绍兴会馆，过着群居的生活，写了《呐喊》和《热风》中的一部分作品。绍兴会馆在清代北京城的外城，民初地图上也仍标注为外城。[②] 从购买自己八道湾的住宅开始，鲁迅的居住地点由民初地图上北京城的外城搬进了内城，此后的三个居住地都是在北京城内城。[③] 清代时，政府实行旗民分住制度，满族旗人住在内城，汉族即使是官吏也居住在外城。汉官大多住在宣武门外。[④]

[①] 叶隽分析了鲁迅的早期"侨易现象"，并特别指出鲁迅在日本的幻灯片事件可被认为是一项侨易事件，确实对鲁迅的思想转变与形成产生了重要作用，促使鲁迅弃医从文。叶隽：《变创与渐常：侨易学的观念》，北京：北京大学出版社，2014年，第156—160、116—117页。

[②] 《北京内外城详图》，北京：中国书店，2010年。据王华隆所制、最新地学社印行的民国初期北京地图影印。

[③] 同上。

[④] 据夏仁虎《旧京琐记》："旧日，汉官非大臣有赐第或值枢廷者皆居外城，多在宣武门外……士流题咏率署'宣南'，以此也。"如孙承泽、王渔洋、纪昀等。参见《旧京遗事 旧京琐记 燕京杂记》，北京：北京古籍出版社，1986年，第88—89页。

这一空间分布表现出清代的政治特点,将汉人群体排斥出京城。① 鲁迅从民初地图上北京的外城搬进内城,更接近权力中心,从而深入体验了北京的都市空间。从1919年11月21日到1923年8月2日,将近四年,鲁迅住在新街口公用库八道湾11号,写出了《阿Q正传》《鸭的喜剧》等。其笔调更加成熟,多部小说以家庭居室为主要叙述空间。兄弟失和后,鲁迅搬出八道湾,从1923年8月2日到1924年5月25日,暂时搬到西四砖塔胡同61号居住,写出了《祝福》《肥皂》《在酒楼上》《幸福的家庭》等。经历了这段时间的漂泊后,鲁迅买下并搬到阜内西三条胡同21号,从1924年5月25日到1926年8月26日,居住在这里,写出了《野草》《长明灯》等。这些作品集中体现了鲁迅对北京的空间感受,隐喻性更强。鲁迅西三条的住宅是他自己选择、自己设计的住宅,可以说是他参与生产的个人空间。

《野草》是鲁迅对北京城市空间思考的一个高峰。《野草》对城市空间的思考能达到这样的深度,是因为鲁迅是一位有自觉空间意识的作家。王富仁指出,中国近现代知识分子是在首先建立起新的空间观念之后,才逐渐形成自己新的时间观念的。② 鲁迅是一个空间主义者,他更加重视的是空间而不是时间;空间主义者关心的是现实的空间环境,正视现在的空间环境,正视现在自我的生存和发展,这就是鲁迅的思想,是鲁迅思想的核心。③ 鲁迅很多重要思想的表达都与空间相关。空间的逻辑之一就是隐喻化,持续不断地隐喻化。④ "铁屋子"的隐喻,就是一个空间的概念。孙郁把"铁屋子"的意象与绍兴会馆相联系,认为它的隐喻性包含了对旧京环境的嘲弄。⑤ 王富仁认为"'铁屋子'就是中国启蒙主义知识分子所住居的空间环境,是对这个空间

---

① 据《天咫偶闻》记载,清代北京城的内城和外城的房式也不同,外城的住宅接近南方的式样,屋檐矮,庭院狭窄;而内城则"院落宽阔,屋宇高宏","其式全仿府邸为之"。震钧:《天咫偶闻》,北京:北京古籍出版社,1982年,第212—213页。

② 王富仁:《时间·空间·人——鲁迅哲学思想刍议之一章(一)》,《鲁迅研究月刊》2000年第1期。

③ 王富仁:《时间·空间·人——鲁迅哲学思想刍议之一章(四)》,《鲁迅研究月刊》2000年第4期。

④ Henri Lefebvre, *The Production of Space*, Translated by Donald Nicholson-Smith, Oxford UK & Cambridge USA: Basil Blackwell, 1991, p.98.

⑤ 孙郁:《周氏兄弟笔下的北京》,《北京师范大学学报(社会科学版)》2009年第3期。

环境的形象性概括"①。以空间为隐喻表达思想，可使思想具象化，表达得更清晰，法国哲学家福柯也使用这种方式表达自己的思想。②

首篇《秋夜》是一篇描写社会空间的杰作，在《野草》中起了奠定基调的重要作用③，甚至被视为《野草》的"序"④。《秋夜》里的后园本来是一个家庭空间、私密空间、休闲空间⑤。鲁迅笔下的这一个人空间，却充满了他对社会的思考，成为中国社会空间的一个隐喻。鲁迅敏锐地捕捉到了空间中复杂、矛盾、紧张的社会关系。《秋夜》所呈现出来的这个空间是在京城——国家权力和政治决策的中心，所以这个空间的构成极其复杂，是当时社会生产关系的隐喻和象征。"空间是一种社会关系吗？当然是，不过它内含于财产关系（特别是土地的拥有）之中，也关联于形塑这块土地的生产力。空间里弥漫着社会关系；它不仅被社会关系支持，也生产社会关系和被社会关系所生产。"⑥这个空间里有各种矛盾和抗争，这些抗争力图打破现有社会关系的再生产。

《秋夜》中的大自然被拟人化为各种社会关系的隐喻。夜的天空将繁霜洒在"我的园里的野花草上"⑦。大自然的存在本是自发的，是无意识的，一枝玫瑰不知道它是玫瑰。⑧ 鲁迅笔下的花草已不是自然的花草，而是作为社会构成的一部分而存在。各种动植物和天空其实是当时社会的喻体，文中生动地写出了它们各自的精神活动。鲁迅把这个私人空间切割了：天空、地面、

---

① 王富仁：《时间·空间·人——鲁迅哲学思想刍议之一章（三）》，《鲁迅研究月刊》2000年第3期。
② 米歇尔·福柯：《词与物：人文科学的考古学》（修订译本），莫伟民译，上海：上海三联书店，2016年，第123、124、126页。
③ 张洁宇《天高月晦秋夜长——细读〈秋夜〉》一文强调了《秋夜》开篇的作用。张洁宇：《独醒者与他的灯——鲁迅〈野草〉细读与研究》，北京：北京大学出版社，2013年，第35页。
④ 汪卫东：《探寻"诗心"：〈野草〉整体研究》，北京：北京大学出版社，2014年，第37页。
⑤ 参见米歇尔·福柯：《不同空间的正文与上下文》，陈志梧译，包亚明主编：《后现代性与地理学的政治》，上海：上海教育出版社，2001年，第20页。
⑥ 亨利·列斐伏尔：《空间：社会产物与使用价值》，王志弘译，包亚明主编：《现代性与空间的生产》，上海：上海教育出版社，2003年，第48页。
⑦ 鲁迅：《秋夜》，《鲁迅全集》第2卷，第166页。
⑧ Henri Lefebvre, *The Production of Space*, Translated by Donald Nicholson-Smith, Oxford UK & Cambridge USA: Basil Blackwell, 1991, p.74.

树……空间中存在的事物构成一种上、下的空间感。天空在高处,象征着掌握权力的统治者。①而这个空间的整体感亦十分明显,是包含中国各阶层的社会关系的一个缩影。鲁迅自己也在这种社会关系中。乡野的空间具有较多的自然属性,而都市的空间被政治化的程度更深。"在我的后园,可以看见墙外有两株树,一株是枣树,还有一株也是枣树。"②在惜墨如金的鲁迅笔下,一篇短文的开头重复出现的两棵枣树,引起了学界多年的议论,并被赋予了不同阐释。这一写法表现了一种空间感,枣树是这个空间中的主角。"这个空间是以'枣树'为核心展开的……是'枣树',把这个空间的一切联系了起来,它们的形态和精神因有了'枣树'的形态和精神才得到了具体地呈现。"③《秋夜》的画面感十分强烈,因此曾有几位画家以此为题材作画。在后半部分,《秋夜》的视角从自己的后园,转到自己的室内。《秋夜》将这种都市空间转化成一种富含作者喻义的精神空间,而这一精神空间与作者认识到的社会现实相对应。亨利·列斐伏尔指出:"阶级的战略,试图通过整个空间来保证核心关系的再生产。"④生产关系的再生产和某些关系的再生产通过整个空间来实现⑤。

　　散文诗集《野草》隐喻性很强,以简短的篇幅讲述复杂的故事,空间描写在浓缩故事上起到了重要作用。《野草》中很多文章开篇即点出空间——《秋夜》"在我的后园"⑥,《我的失恋》"我的所爱在山腰""我的所爱在闹市""我的所爱在河滨""我的所爱在豪家"⑦,《立论》"我梦见自己正在小学校的讲堂上预备作文"⑧,《死后》"我梦见自己死在道路上"⑨,《墓碣文》"我梦见

---

① 福柯对画面做过类似的分析:"鸟,如同权力,来自高处。"米歇尔·福柯著,汪民安编:《声名狼藉者的生活:福柯文选Ⅰ》,北京:北京大学出版社,2016年,第230页。
② 鲁迅:《秋夜》,《鲁迅全集》第2卷,第166页。
③ 王富仁:《时间·空间·人——鲁迅哲学思想刍议之一章(三)》,《鲁迅研究月刊》2000年第3期。
④ 亨利·勒菲弗:《空间与政治》(第二版),李春译,上海:上海人民出版社,2008年,第41页。"勒菲弗"通译为"列斐伏尔"。
⑤ 同上书,第32、33页。
⑥ 《鲁迅全集》第2卷,第166页。
⑦ 同上书,第173—174页。
⑧ 同上书,第212页。
⑨ 同上书,第214页。

自己正和墓碣对立"①,《颓败线的颤动》里梦中"一间在深夜中紧闭的小屋的内部"②。

空间本是存在的实体,却常被抽象化,出现很多衍生词③。本书所使用的空间概念是社会空间。亨利·列斐伏尔和福柯谈论空间,主要是讨论社会空间的社会政治属性,和本书所论空间的范畴一致。"空间已经成为国家最重要的政治工具。国家利用空间以确保对地方的控制、严格的层级、总体的一致性,以及各部分的区隔。因此,它是一个行政控制下的,甚至是由警察管制的空间。空间的层级和社会阶级相互对应。"④鲁迅在作品中真实、具体地记叙了权力是如何通过空间运作的。

鲁迅文学中的空间具有功能性作用。1919年,鲁迅住在绍兴会馆时,创作了《自言自语》⑤,其中的《火的冰》《我的兄弟》在他搬入西三条后,分别被扩展为《死火》《风筝》。这两篇短文的扩展,都是通过加入空间建构来实现的。1925年,鲁迅建构起冰山冰谷的异托邦,以梦的形式重写意象——把《火的冰》扩展为《死火》。1925年鲁迅将《我的兄弟》改写成《风筝》。《风筝》开篇即加入对叙述地点北京的描述,并且在地点、时间上都设置为双层:北京—故乡、冬季—春季。这一时空设置,使得全篇形成了更立体的结构,其含义也更加丰厚。⑥ 鲁迅笔下典型的异托邦还有S城的照相馆⑦,《这样的战士》中的无物之阵,等等。《失掉的好地狱》《智识即罪恶》构建地狱恶托邦。《影的告别》中无地彷徨。《灯下漫笔》以厨房这个空间概念隐喻中国:"所谓中国的文明者,其实不过是安排给阔人享用的人肉的筵宴。所谓中国者,其实不过是安排这人肉的筵宴的厨房。"⑧海外学者早已用过"小说舞台"

---

① 《鲁迅全集》第2卷,第207页。
② 同上书,第209页。
③ 例如精神空间、言说空间、文本空间、网络空间、话语空间、阐释空间。
④ 亨利·列斐伏尔:《空间:社会产物与使用价值》,王志弘译,包亚明主编:《现代性与空间的生产》,第50页。
⑤ 《鲁迅全集》第8卷,第114—120页。
⑥ 更详细的论述可参见本书第一章第三节。
⑦ 鲁迅:《论照相之类》,《鲁迅全集》第1卷,第192—196页。
⑧ 鲁迅:《灯下漫笔》,《鲁迅全集》第1卷,第228页。

这类描述空间的词汇评价鲁迅的小说,《在酒楼上》就被视作一个戏剧场景。① 鲁迅作品集命名为《坟》《彷徨》《且介亭杂文》《且介亭杂文二集》《且介亭杂文末编》,也是以空间来概括。鲁迅小说中的空间意象如咸亨酒店、鲁镇、未庄等,广为流传。

鲁迅留日归国后最初在浙江工作。1910 年 8 月至 1911 年 3 月,鲁迅的留日同学、同乡许寿裳离开杭州,到北京任代理京师译学馆历史地理教员,1911 年正月任北京优级师范学堂教育学、心理学教员。许寿裳还通过"宣统三年东西洋留学生考试",成为前清学部七品小京官。② 鲁迅在致许寿裳的信中,屡次表达想离开绍兴,选择更大的城市空间,并表示出对北京的向往,托许寿裳帮他谋职。③ 其原因是"闭居越中,与新颖气久不相接,未二载遽成村人,不足自悲悼耶"④。1912 年,经许寿裳向教育总长蔡元培推荐,鲁迅进入南京临时政府教育部。1912 年 5 月南京临时政府迁到北京,教育部随之北迁。北京亦曾为元、明、清的帝都。作为首都的北京,把一切都向自身吸纳:人口、智力、财富。这是一个决策和舆论的中心。⑤ 首都的空间受到权力的影响:"主权为领土确定首都,提出了政府所在地这一主要问题;规训建构

---

① 李欧梵:《铁屋中的呐喊》,尹慧珉译,长沙:岳麓书社,1999 年,第 71、78 页。
② 从北京鲁迅博物馆所藏许寿裳《教育部职员录》中,可看出许寿裳的任职履历:

高等甄别委员会调查履历册

官职	参　　事	曾在某学校修某学科若干年曾否毕业	曾任何官	曾办何项行政事务若干年有无成绩
姓名	许寿裳	曾在日本弘文学校普通科二年毕业,日本东京高等师范学校修历史地理科四年,前清光绪戊申年三月毕业	前清学部七品小京官	前清宣统元年三月至十二月任浙江两级师范学堂教务长兼优级地理学心理学教员,二年正月至六月任该堂优级地理学心理学教员,八月至三年三月代理京师译学馆历史地理教员,三年正月任北京优级师范学堂教育学心理学教员至十月停校止,民国元年一月任南京本部部员,担任学校教育司事务兼法令起草事宜,五月六日任本部普通教育司第一科主任,八月改任第三科科长
年岁	三十三			
籍贯	浙江绍兴			

③ 鲁迅:《100815 致许寿裳》《110307 致许寿裳》,《鲁迅全集》第 11 卷,第 333、345 页。
④ 鲁迅:《110731 致许寿裳》,《鲁迅全集》第 11 卷,第 348 页。
⑤ 亨利·勒菲弗:《空间与政治》(第二版),第 129 页。

起一个空间,并提出要素的等级和功能分配这一基本问题。"①

鲁迅到北京正值辛亥之后,新与旧并存,许多变革都发生于他最初居住的宣南绍兴会馆一带。在鲁迅描述中的北京,不同历史时期的众多思想以社会空间的形式重叠,因为中国人的保守性,改革并不将旧制度完全废止,而是在旧制度之上添加一层新制度。

> 中国社会上的状态,简直是将几十世纪缩在一时:自油松片以至电灯,自独轮车以至飞机,自镖枪以至机关炮,自不许"妄谈法理"以至护法,自"食肉寝皮"的吃人思想以至人道主义,自迎尸拜蛇以至美育代宗教,都摩肩挨背的存在。②

我们所面对的不只是一种,而是许多种社会空间,无限多样或不可胜数的社会空间,在生成和发展的过程中,没有空间消失。③ 社会空间的形式具有偶遇性、集中性和同时性。④

北京的城市格局深受政治和时局的影响。打开清朝和民国的北京地图,会发现北京城是一个高度社会化的空间,整个空间被严密规划。清代的北京城还有很多禁区。自然本是开放的,自然的空间是没有等级的⑤,社会空间才有等级和禁令⑥。北京的公园里虽然有山有水,但并不是大自然的山水,而是具有政治性的、被规划出来的山水异托邦。北京的城市空间,从清末到民国,经历了一个从皇城到现代城市的开放过程,很多皇家禁地被开放为公众区域,成为公园、博物馆,允许普通市民进入。这些空间便由禁地转变为可以消费的对象。⑦ 民国时期公园作为实体空间已对公众开放了,但是在社会

---

① 米歇尔·福柯著,汪民安编:《什么是批判:福柯文选Ⅱ》,北京:北京大学出版社,2016年,第228页。

② 鲁迅:《随感录 五十四》,《鲁迅全集》第1卷,第360页。

③ Henri Lefebvre, *The Production of Space*, Translated by Donald Nicholson-Smith, Oxford UK & Cambridge USA: Basil Blackwell, 1991, p.86.

④ Ibid., p.101.

⑤ Ibid., p.70.

⑥ Ibid., p.73.

⑦ 亨利·列斐伏尔论述了空间的消费,参见其《空间:社会产物与使用价值》,王志弘译,包亚明主编:《现代性与空间的生产》,第48页。

思想领域,还要经历一个逐渐开放的过程。1920年代,教育部还禁止女学生前往游艺场和公园。①

鲁迅在北京居住的十四年中,住在绍兴会馆的时间最长。这一时期因为是周树人成为鲁迅的重要时期,受到学界的关注。鲁迅最初选择居住在绍兴会馆,是有历史渊源的。明嘉靖以后北京就有了会馆。会馆是各省市在京做官的人为了解决各省进京应试举人以及来京候补官员的住宿而修建的。鲁迅的祖父周福清,当年也曾住在绍兴会馆,后从这里出发,到江西当了一名小官。② 清末废除科举制度,没有进京赶考的举子,会馆大都给单身京官居住了,因为清代普通京官的生活是比较清贫的。③ 宣南成了以同乡、同年、门生等传统人际关系为纽带的士大夫相对集中的地区。④

到了民国,宣南依然是知识分子密集之所,新一代的知识者以同乡、同学、同事为纽带,形成紧密的居住群。绍兴会馆与浙江关系密切,使得鲁迅与浙籍人士来往密切。章门弟子中的浙籍同乡群体,促使鲁迅将主要精力由投入教育部职务转向新文化运动。鲁迅作为教育部部员,与另外五名章门弟子在读音统一会中成功地通过了其师章太炎的方案,这一事件促成章门弟子大举进京并在各大高校任教职。

住在绍兴会馆里,鲁迅最初的小说创作构建出以鲁镇为代表形象的乡村空间,这一空间实以他浙江的故乡为蓝本。1918年4月,鲁迅写出了《狂人日记》,塑造了一个"四千年来时时吃人的地方"⑤,没有年代的恶托邦,时间几乎是凝滞的。此后,鲁迅写了《孔乙己》《药》《一件小事》等小说,《我之节烈观》《我们现在怎样做父亲》等杂文,还有二十七篇随感录和五十多篇译作。1925年,鲁迅对会馆的描写进入了小说《伤逝》,周作人谈到《伤逝》时

---

① 参见鲁迅《坚壁清野主义》:"教育当局因为公共娱乐场中常常发生有伤风化情事,所以令行各校,禁止女学生往游艺场和公园;并通知女生家属,协同禁止。"注释4:"关于禁止女生往娱乐场的新闻,见1925年11月14日北京《京报》。"《鲁迅全集》第1卷,第272、276页。
② 姜德明:《广和居小记》,《书叶集》,广州:花城出版社,1985年,第12页。
③ 如《都门竹枝词》中所存竹枝词《京官》写道:"最是长安居不易,京官一例总清贫。"杨米人等著,路工编选:《清代北京竹枝词》(十三种),北京:北京古籍出版社,1982年,第42页。
④ 参见吴建雍、赫晓琳:《宣南士乡》,北京:北京出版社,2000年,第5页。
⑤ 鲁迅:《狂人日记》,《鲁迅全集》第1卷,第454页。

说:"我们知道这是南半截胡同的绍兴县馆……这里所写的槐树与藤花,虽然在北京这两样东西很是普通,却显然是在指那会馆的旧居,但看上文'偏僻里'云云,又可知特别是说那补树书屋了。"①

后来,鲁迅购买了八道湾的住宅,从民初地图上的外城搬进了内城。八道湾院子大,可以更好地接待客人。绍兴会馆时期鲁迅的客人多是同僚、同乡,八道湾的客人则以新文化人、高校教师为主体。1920 年开始,鲁迅相继被北京大学、北京高等师范学校聘为讲师,在北京各大、中学校兼职任教。鲁迅虽然仍在教育部任职,工作重心却转向了写作、学术与教育,其交游人群也由教育部同僚转向新文化同人。

1920 年,鲁迅在绍兴的书籍运到北京;1924 年,存在张梓生家的书也运到了北京。② 鲁迅在八道湾安定下来,写出了《阿 Q 正传》这样在思想和艺术上都达到相当高度的成熟之作。八道湾的来客,也会激发文思,增加鲁迅的创作题材。同乡许羡苏借寓在八道湾鲁迅家,鲁迅以她的故事写了《头发的故事》。③ 1922 年,爱罗先珂寄居在八道湾周氏兄弟家,鲁迅写了《鸭的喜剧》。

对京城空间的政治性的充分感受,使鲁迅作品中所描写的城市空间和乡村空间里,充满了各种社会关系,充满了等级。鲁迅写乡村小说时,即使是描写自然景观,也并没有表现自然美,而是进行了拟人化。在《风波》的开头,鲁迅巧妙地营造了两个空间:临河的土场、河里驶过的文人的酒船。两个空间的并置,呈现出两种视角,一是乡野的视角,一是都市里的文人对乡野的一瞥,使小说的内涵更加丰富。鲁迅在《社戏》中,将京城的社会空间与儿时看社戏的乡野空间进行了对比:"我们退到后面,一个辫子很光的却来领我们到了侧面,指出一个地位来。这所谓地位者,原来是一条长凳,然而他那坐板比我的上腿要狭到四分之三,他的脚比我的下腿要长过三分之二。我先是没有爬上去的勇气,接着便联想到私刑拷打的刑具,不由的毛骨悚然的走出

---

① 周遐寿:《鲁迅小说里的人物》,上海:上海出版公司,1954 年,第 194 页。
② 参见鲁迅日记,1920 年 1 月 19 日:"上午在越所运书籍等至京,晚取到。"1924 年 3 月 15 日:"旧存张梓生家之书籍运来,计一箱,检之无一佳本。"《鲁迅全集》第 15 卷,第 394、504 页。
③ 参见鲁迅:《从胡须说到牙齿》,《鲁迅全集》第 1 卷,第 260—261 页。

了。"①用"地位"一词来戏写"条凳",清晰地写出了京城空间里密集的社会关系和社会等级。比较而言,儿时看社戏的乡野空间虽然也是社会空间,但是保留了较多自然属性。小说中的称谓也反映出,乡野空间里居民的生活还未完全陷入社会关系的窠臼,保留了一些天然的本真。在前历史中,自然统治着社会空间;在后历史中,本土的自然支配力降低了。②

1923年7月18日,周作人给鲁迅写了一封绝交信,信中称呼他为"鲁迅先生",并说"以后请不要再到后边院子里来"。③ 周作人的这句话相当于在八道湾的住宅中为鲁迅划定了一片禁区。八道湾后院是周宅中最宽敞的,最后一排有房屋九间,三间一室,共三室。"周作人一家住西头三间,建人一家住中间三间,东头三间用作客室。"④"后院是整个宅子中最安静最隐蔽的地方,应为最重要成员所居。但在八道湾十一号周宅,老母亲和长子都没有住后院。"⑤鲁迅把最好的后院留给了两个弟弟居住,没想到周作人写了一句这样绝情的话,虽然信中只提到后院,但以后院在八道湾周宅的位置,这相当于把鲁迅排斥于八道湾周宅的核心位置之外。

兄弟失和后,鲁迅搬出八道湾,暂时搬到了绍兴同乡俞芳所住的砖塔胡同的院子。1923年10月30日,鲁迅买下阜内西三条胡同21号,自画草图设计,1924年5月25日搬到西三条。⑥ 兄弟失和后,鲁迅的肺病复发,所写的小说有很强的漂泊感,更为沉郁,反讽性更强。1924年2月至3月,鲁迅相继写了小说《祝福》《在酒楼上》《幸福的家庭》《肥皂》。《祝福》是回鲁镇却"只得暂寓在鲁四老爷的宅子里"⑦的"我"写鲁镇上的异乡人祥林嫂的故事。《祝福》故事的主角祥林嫂不是鲁镇本地人,却把自己的幸福生活寄托于鲁

---

① 鲁迅:《社戏》,《鲁迅全集》第1卷,第587页。
② Henri Lefebvre, *The Production of Space*, Translated by Donald Nicholson-Smith, Oxford UK & Cambridge USA: Basil Blackwell, 1991, p.120.
③ 《周作人致鲁迅·一九二三年七月十八日》,北京鲁迅博物馆编:《北京鲁迅博物馆藏中国近现代名人手札大系》第7卷,北京:高等教育出版社,2021年,第436页。
④ 黄乔生:《八道湾十一号》,北京:生活·读书·新知三联书店,2015年,第8、14—15页。
⑤ 同上书,第15页。
⑥ 《鲁迅全集》第15卷,第485、513页。
⑦ 《鲁迅全集》第2卷,第5页。

镇,先后两次来到鲁镇,最后死在这个异乡。这种失地的设置加重了小说的悲剧色彩。《在酒楼上》的主角也是以暂寓于"S 城的洛思旅馆里"①的方式居住于 S 城的空间,因为"北方固不是我的旧乡,但南来又只能算一个客子"②。客居所遇见的旧同窗旧同事之前也已经离开了 S 城,两位昔日的同事都是偶然回城偶然相遇,漂泊感强烈,将多年的时间空间落在一石居这样一个很熟识的却是迎来送往的所在——酒楼。《幸福的家庭》和《肥皂》则开始写都市生活。《幸福的家庭》的反讽是通过对幸福家庭的选址、描写与现实空间的强烈反差来实现的。"幸福的家庭"所在的地方叫作 A,此 A 出现了两次,表强调;小说中,同时描写写作者的现实境遇中出现的白菜堆呈现为 A,彼 A 也出现了两次——其一是在小说的结尾:"一座六株的白菜堆,屹然的向他叠成一个很大的 A 字。"③A 是地点的符号化,构成强烈的反讽。

  砖塔胡同只是暂时的居所。鲁迅买了西三条的住宅后,从砖塔胡同搬到了西三条。

  "建筑与都市规划、设计物与一般建筑,都是我们了解权力如何运作的最佳例证。"④在鲁迅笔下,著名的历史遗迹也寄托了批评的寓意,例如鲁迅 1925 年 5 月写的《长城》⑤。两篇论雷峰塔倒塌的杂文则运用了象征物价值倒转(symbolic reversal)的技巧。⑥ 从《论雷峰塔的倒掉》到《再论雷峰塔的倒掉》,可以清晰地看出,鲁迅是怎样将一个建筑物的具体事件上升到国家视角的。杭州的西湖胜景雷峰塔的倒掉,最初只有新闻报道。1924 年 9 月 25 日,上海《时报》报道了雷峰塔的倒塌。同日《东方杂志》在"补白"栏登《劫后雷峰记》(节录《时报》)、《雷峰塔得经记》两篇文章,并附插图《西湖胜迹

---

① 《鲁迅全集》第 2 卷,第 24 页。
② 同上书,第 25 页。
③ 同上书,第 42 页。
④ 戈温德林·莱特、保罗·雷比诺:《权力的空间化》,陈志梧译,包亚明主编:《后现代性与地理学的政治》,第 29 页。
⑤ 李欧梵指出通过精妙的价值倒转(reversal values),鲁迅把这有名的古迹变成了颓败的封建文化的象征。李欧梵:《铁屋中的呐喊》,第 137 页。
⑥ 同上书,第 137—138 页。

雷峰塔之崩颓》(二幅)。① 这些报刊对雷峰塔的倒塌只做了简要报道。"在这样战鼓喧哗杀气弥漫的时候,大家都瞪着眼竖着耳访问战事的消息,谁又去注意一座泥塔的竖和倒!……雷峰塔倒了有无可歌可吊的价值,兹姑不论,但是提起它的只有鲁迅的一篇短文,这我以为是太冷淡了它了!"②

雷峰塔的倒掉经由鲁迅的关注申发,成为一个事件,并得以被一论再论。1924年11月,鲁迅在《语丝》第1期发表《论雷峰塔的倒掉》。1924年12月24日出版的《京报副刊》第19号可说是关于雷峰塔的专刊,登载了郑孝观《雷峰塔与保叔塔》、童过西《大战中之一》,并配了多张插图。③ 12月31日,《京报副刊》又登出孙福熙的《吊雷峰塔》。④ 1925年2月2日,《京报副刊》登出了胡崇轩写给孙伏园的信《雷峰塔倒掉的原因》。⑤ 胡文发表后,1925年2月23日,鲁迅在《语丝》发表《再论雷峰塔的倒掉》。⑥ 鲁迅《再论雷峰塔的倒掉》提出几种破坏者:"轨道破坏者"、寇盗式的破坏者、奴才式的破坏者。⑦ 雷峰塔砖的被挖去,就是奴才式破坏的一个小小的例子。

《猛进》第1期登载的《北京的市政》,其论调延续了《论雷峰塔的倒掉》的思路,论及北京:

> 有明的建筑物,也将与南唐的雷峰,同余了照像影。是阿!拆墙虽然费事,售了砖瓦还有利可图,加以空地,更可以售建较旧墙还……高的高楼。穿城门虽然省事,砖瓦既偿不了工钱,又无空地可以出卖。无利可图,又何必费那闲工夫计画他。这就是北京的市政!⑧

---

① 春风《劫后雷峰记》(节录《时报》)、孙徼庐《雷峰塔得经记》,插图《西湖胜迹雷峰塔之崩颓》(二幅),《东方杂志》第21卷第18号,1924年9月25日。
② 童过西:《大战中之一》,《京报副刊》第19号,1924年12月24日。
③ 郑孝观《雷峰塔与保叔塔》、童过西《大战中之一》、《未倒时之雷峰塔》(插图一)、《雷峰塔之既倒》(插图二)、《雷峰塔内藏经全卷》(插图三共六幅),《京报副刊》第19号,1924年12月24日。
④ 孙福熙:《吊雷峰塔》,《京报副刊》第25号,1924年12月31日。
⑤ 胡崇轩:《雷峰塔倒掉的原因》,《京报副刊》第49号,1925年2月2日。
⑥ 鲁迅:《再论雷峰塔的倒掉》,《语丝》第15期,1925年2月23日。
⑦ 鲁迅:《再论雷峰塔的倒掉》,《鲁迅全集》第1卷,第202—204页。
⑧ 玄:《北京的市政》,《猛进》第1期,1925年3月6日。

这引发鲁迅由北京胡同土车、老房子联想到中国的历史。鲁迅收到猛进社寄来的《猛进》杂志第 1 期后,给徐炳昶写了一封信:

> 看看报章上的论坛,"反改革"的空气浓厚透顶了,满车的"祖传","老例","国粹"等等起(原刊如此)想来堆在道路上,将所有的人家完全活埋下去。"强聒不舍",也许是一个药方罢,但据我所见,则有些人们——甚至了竟是青年——的论调,简直和"戊戌政变"的反对改革者的论调一模一样。你想,二十七年了,还是这样,岂不可怕。大约国民如此,是决不会有好的政府的,好的政府,或者反而容易倒。也不会有好议员的,现在常有人骂议员,说他们收贿,无特操,趋炎附势,自私自利,但大多数的国民,岂非正是如此么?这类的议员,其实确是国民的代表。①

鲁迅延续了《新青年》的思想革命,对于《猛进》所希望的,也终于还是"思想革命"②。这又是通过北京的空间比喻思想革命。

在北京城市空间里的四次迁移,使鲁迅对空间问题有了深入的思考。鲁迅自言其 1925 年所写的杂感,较之《热风》时期,态度没有那么质直了,措辞也时常弯弯曲曲。③ 他戏称自己的书室为"绿林书屋",并巧妙地把不同的人群与空间相联系——深入山林、坐古树下的天人师,洋楼中的通人;"我"站在沙漠上,看看飞沙走石,乐则大笑,悲则大叫,愤则大骂。④

本书是鲁迅研究史上第一次对鲁迅在北京城(1912—1926)这一时空中的交游做系统的研究。这也是北京地域文化研究的一个重要论题。鲁迅研究已然是一门显学,但因为时代造成的学术思路的局限性,一些重要的命题依然是盲区。目前学界对本论题的研究成果仅限于以鲁迅与某一个体、某一群体的交游或其交游的某一侧面为主题的各自独立的单篇论文,缺乏系统的研究。本书将鲁迅与不同个体或群体的各种交游相互关联起来,形成网络结

---

① 参见鲁迅、徐炳昶:《通讯》,《猛进》第 3 期,1925 年 3 月 20 日。
② 同上。
③ 鲁迅:《华盖集·题记》,《鲁迅全集》第 3 卷,第 3 页。
④ 同上书,第 3—5 页。

构,产生对鲁迅的文学与思想的新认识。本书主要借鉴了法国布尔迪厄的"文学场"理论、社会学家亨利·列斐伏尔的空间理论。这是一个跨学科的综合性研究,而以历史研究的方法为基础,注重史料的发掘和考证。此前国内学界在这一领域的研究成果主要局限于零散的基本史实的梳理,而这本书发掘了大量沉睡于鲁迅博物馆的新史料,以史料的推进为基础,进行了系统的研究和理论的提升。

本书采用"集腋成裘"的方法,以鲁迅的日记,以及鲁迅保存的教育部史料为基本史料,辅以当时的教育部史料、教育部出版报刊和教育部同僚的回忆录、书信等,将散落的史料汇聚在一起,力图更清晰地还原鲁迅在教育部任职、与同僚交往的史实,并由此发现了鲁迅在教育部任职与鲁迅在工作之余钞古碑、鲁迅文学和思想发展的内在联系。主要资料来源包括:鲁迅和周作人的著述、翻译、日记、书信,鲁迅保存的教育部史料,其他相关教育部史料、教育部出版报刊,教育部同僚的回忆录、书信,《清国留学生会馆报告》、中国留日同学会编辑的《留日同学录》,鲁迅保存的青年稿件,《晨报》《新青年》《新潮》《京报副刊》《语丝》《莽原》《国民新报副刊》《浅草》《沉钟》《河南》等报刊,1910—1920年代北京知识群体的日记、书信、回忆文章,民国北京地图,1910—1920年代的北京地方文献,等等。

鲁迅在北京的这十四年(1912—1926),除1917年因张勋复辟之乱,愤而离职约一月,1925年因女师大风潮被段祺瑞政府违法免职数月外,其余时间皆在教育部任职。① 由鲁迅日记的记载可知,教育部的同僚关系、与教育部相关的工作关系,是鲁迅这一时期的主要社会关系。

在教育部任职是鲁迅的基本社会角色。"社会角色"是社会学的核心概念之一,它的定义是在社会结构中占有特定地位的人士应有行为的模式或规范。② 鲁迅"上讲台的时候,就得扮教授,到教育部去,也非得扮官不

---

① 参见王瑶:《鲁迅和北京》,《鲁迅与中国文学》,上海:平明出版社,1952年,第146—147页。"女师大"即北京女子师范大学,1919年至1924年更名前称北京女子高等师范学校(简称"女高师")。

② 参见彼得·伯克:《历史学与社会理论》,姚朋、周玉鹏、胡秋红等译,上海:上海人民出版社,2001年,第57页。

可"①。鲁迅在北京时期有多重社会身份:教育部官员、作家、高校教师、报刊编辑,因此构成了复杂的人际网络。

因为学界对鲁迅在此期间的具体史实缺乏深入细致的了解,鲁迅在教育部的工作实绩始终未能得到充分的研究。鲁迅日记首页有"至教育部视事,枯坐终日,极无聊赖"②一语,此句只是鲁迅初到北京教育部时的感慨,这一在北京的职业生涯和生活刚刚开始时的慨叹,却成为学界对鲁迅在教育部整体状况的常用概括。这并非简单地以偏概全,而是有更深层的原因:北京时期的教育部属北洋政府,因政见不同,学界大多讳言此事;知识界与官场的距离,也使研究者对鲁迅的官场生涯不够重视。

鲁迅在教育部的相关史料散见于各处,也给这个问题的研究带来了难度。如果不专门针对鲁迅在教育部的工作情况进行广泛而充分的史料搜集、整理工作,则难以还原鲁迅在教育部的工作实况,更难做出价值判断。

在教育部的工作经历是鲁迅的思想、创作产生的重要原点之一。中国学界长期的忽视、回避和隐讳甚至遗忘,造成了鲁迅生平史上的一段空白和模糊。还原这段历史,才能更全面更清晰地还原鲁迅文学产生的原点之一,从而更深入地认识鲁迅的文学和思想。

孙瑛《鲁迅在教育部》③一书,最早叙述和澄清了鲁迅在教育部的工作和一些史实,概说了鲁迅在教育部的工作情况。但她在叙述中对北洋政府教育部的工作也表现出一定的反感,因而对鲁迅的工作实绩有所疏漏。例如,孙瑛对鲁迅在通俗教育研究会的工作时限的说法,短于鲁迅实际的任职年限,关于这一问题的具体论述和认识,参见本书第一章。

近二三十年里日本学界的鲁迅研究,因为处在不同于中国的社会历史环境中,能够敏锐地关注到中国鲁迅研究界的一些盲区,研究视角涉及绍兴会馆时期、鲁迅的京官身份等。但因为掌握到的基本史料有所欠缺,他们仅做

---

① 这是郁达夫回忆鲁迅的话,郁达夫并且强调鲁迅对职责的负责任的态度:"他说虽则这样的说,但做到无论什么事情时,却总肯负完全的责任。"郁达夫:《回忆鲁迅》,郁达夫等著,周黎庵主编:《回忆鲁迅及其他》,上海、桂林、香港:宇宙风社,1940年,第9页。
② 鲁迅日记1912年5月10日,鲁迅:《鲁迅全集》,第15卷,第1页。
③ 孙瑛:《鲁迅在教育部》,天津:天津人民出版社,1979年。

了概述,未能真正深入地解决这一问题。竹内实的两篇《周树人的官员生活》概述了鲁迅在教育部的职务和官员生活①;《鲁迅与孔子》论及鲁迅日记里记载的多次去国子监参加祭孔典礼的事实,指出鲁迅的官员职务与其思想的矛盾造成了屈辱感受与复杂心境②。丸山升关注到鲁迅在教育部工作的积极面,即作为教育部部员的鲁迅"通过提倡'美术'去追求以往未能实现的目标,哪怕只是几分之一"③。藤井省三的专著对鲁迅的官员身份予以正视。④ 竹内好则强调了鲁迅在绍兴会馆时期生活的重要性,他指出:"在鲁迅传记中,最弄不懂的部分是他发表《狂人日记》以前在北京的生活,即林语堂称作第一个'蛰伏的时期'。这是什么意思呢?我认为对于鲁迅来说,这个时期是最重要的时期。"⑤

鲁迅研究的实际情况确实如此:在众多研究者写的鲁迅传记中,这段历史是模糊的。鲁迅在 S 会馆钞古碑,成为中国学界想象他这个时期生活的核心意象。这些传记的历史叙述对鲁迅在教育部的工作多是一笔带过,而认为他把主要精力用在了工作之外。⑥ 所以,很少有研究者深入研究鲁迅在教育部的状况。目前学界对鲁迅绍兴会馆时期的研究,基本局限于上述理解。

竹内好缺乏对绍兴会馆时期具体史实的了解,而用"回心"营造了一个

---

① 参见竹内实:《周树人的官员生活——"五四"和鲁迅的一个侧面》《周树人的官员生活——与通俗教育研究会的关系》,《中国现代文学评说——竹内实文集(第二卷)》,程麻译,北京:中国文联出版社,2002 年,第 268—288、317—343 页。

② 参见竹内实:《鲁迅与孔子》,《中国现代文学评说——竹内实文集(第二卷)》,第 232—251 页。

③ 丸山升:《辛亥革命与其挫折》,《鲁迅·革命·历史——丸山升现代中国文学论集》,王俊文译,北京:北京大学出版社,2005 年,第 35 页。

④ 藤井省三用"从官员学者到新文学者的转变"来概括鲁迅在新文化运动中的变化。藤井省三:《鲁迅事典》,东京:三省堂,2002 年,第 31—32 页。

⑤ 竹内好著,孙歌编:《近代的超克》,李冬木、赵京华、孙歌译,北京:生活·读书·新知三联书店,2005 年,第 45 页。

⑥ 王士菁《鲁迅传》对鲁迅在教育部的工作做了这样的叙述:在南京教育部,"鲁迅是几乎无事可做的。他于是就利用这时间来抄书";在北京教育部,"他仍旧在教育部任职,被任命为社会教育司的第二科科长,八月又被任命为佥事。在这样的一个环境里,他每天除了签到之外,同样是几乎无事可做"。在这期间,鲁迅做了什么呢? 抄写校勘古籍,翻译论述儿童教育和美育的文章,而更多的时间是用在研究佛经和收集碑拓上面。王士菁:《鲁迅传》,北京:中国青年出版社,1981 年,第 74、75—76 页。

神秘的意象。但因无法证实,在战后写的《鲁迅入门》里,竹内好基本放弃了"回心"这个概念。① 而这个概念在中国学界却引发了回应。高远东揭示出竹内鲁迅的虚无,并指出鲁迅的文学是文学者鲁迅与思想者鲁迅二者结合的一种特殊形式,而鲁迅文学的诞生具有多个原点。② 吴晓东回应竹内好的这种关注和想象,指出"回心"与"赎罪文学"的思想揭示了鲁迅一生中的一个原点。③

1912年5月5日,鲁迅以教育部部员的身份来到北京;1926年8月26日离京,在北京共居住十四年之久。北京仅次于绍兴,为鲁迅居住时间第二长的城市。鲁迅在北京教育部工作的初期(1912—1915),在曾任教育部总长、次长的浙籍同乡蔡元培、董恂士的器重下,接下了不少重要工作,与教育部内志同道合的同僚一起顺利完成。继1912年蔡元培辞职、1916年董恂士辞世后,鲁迅失去了上司的有力支持,很难再"有权在手,便当任意作之"④。1915年7月,社会教育司司长夏曾佑离职,这本是鲁迅升任司长的一个机会,但因为对夏曾佑祭孔等行为表现出不满,鲁迅没有得到这位直接上司的支持,接任司长职位的是曾任鲁迅部下的高步瀛。1917年左右,为反对教育总长范源濂"祭孔读经",包括鲁迅在内的六名浙籍留日部员联名写信,却受到范源濂的打压,陆续被外放。1917年,在教育部愈感苦闷的鲁迅,与进入北京大学的浙籍章门弟子往来增多,经《新青年》约稿发表影响巨大的作品,走上文坛,成为著名作家,并在新文化人群体合力的作用下,奠定了新文学在北京文坛的地位。鲁迅在北京时期的交游可分为两个时期。前期,鲁迅与教育部同僚、浙籍同乡、留日同学、新文化同人、章门弟子等不同群体交往;后期,成为著名作家的鲁迅在《新青年》同人分化后,不满于知识界的灰色,力

---

① 参见尾崎文昭:《竹内好的〈鲁迅〉和〈鲁迅入门〉》,汪晖、王中忱主编:《区域:亚洲研究论丛》第1辑,北京:清华大学出版社,2011年,第370—408页。
② 高远东:《"仙台经验"与"弃医从文"》,《现代如何"拿来"——鲁迅的思想与文学论集》,上海:复旦大学出版社,2009年,第256—267页。
③ 参见吴晓东:《S会馆时期的鲁迅》,《漫读经典》,北京:生活·读书·新知三联书店,2008年,第102页。
④ 鲁迅在1918年致许寿裳的信中写道:"仆以为有权在手,便当任意作之,何必参考愚说耶?"《180820致许寿裳》,《鲁迅全集》第11卷,第366页。

图培养青年学子,通过在高校任教、编辑刊物,作为高校教师、期刊主编培养了大量青年作家。

北京时期是鲁迅创作的一个高峰期。以《狂人日记》为开端,鲁迅创作了短篇小说集《呐喊》《彷徨》,散文诗集《野草》,散文集《朝花夕拾》(部分),以及《坟》(部分)、《热风》、《华盖集》、《华盖集续编》中的系列杂文,并翻译了大量作品。北京时期还是鲁迅学术著述的一个高峰期。1910—1920年代,正是北京各种思潮论辩的高峰期,也是鲁迅留日归国后由浙江区域文化界转战北京帝都文化界的关键时期。

鲁迅是一个思想型的作家,思想成熟早于文学,他的写作始于朋友的约稿,与论敌的论辩也是激发他创作热情的一个原因。并且,鲁迅作品中还时常出现当时文坛中人物的身影,很多人物是与鲁迅有过直接交往的。因为鲁迅写作的这种特点,通过对鲁迅在北京时期交游的研究考证,可以从一个新的角度深入揭示鲁迅文学和思想的轨迹。

目前已有的对鲁迅交游的研究以鲁迅与各个体或群体交游的单篇论文为主,且多以史料见长,没有形成对鲁迅与不同人群交游的综合性研究。朱正《鲁迅的人脉》前面《出版者的话》中写道:"鲁迅一生交游甚广……但真正把它作为一个专题来做且最后成书的,大概只有这一本《鲁迅的人脉》。"[1]这本书也是单篇成集。朱正2015年在此基础上又出版了《鲁迅的人际关系——从文化界教育界到政界军界》,但依然是以单篇的形式集成一本书。林辰《鲁迅事迹考》《鲁迅述林》对鲁迅与知识界的往来情况做了一些梳理。陈漱渝、姜异新主编《民国那些人——鲁迅同时代人》《民国那些事——鲁迅同时代人》是比较全面的关于鲁迅与文化人交游的论文集。王景山《鲁迅书信考释》对鲁迅书信做了较详细的考释。倪墨炎《鲁迅的社会活动》考察了鲁迅的社会活动。虽然鲁迅研究已经达到了相当的高度和广度,但仍几乎没有专著系统论述鲁迅的交游。

关于鲁迅与同时代人的比较研究,有很多研究成果。例如孙郁《鲁迅与陈独秀》《鲁迅与周作人》和《鲁迅与胡适》,以及黄侯兴《鲁迅与郭沫若:"呐

---

[1] 朱正:《鲁迅的人脉》,上海:东方出版中心,2010年,第1页。

喊"与"涅槃"》、董大中《鲁迅与林语堂》、阎晶明《鲁迅与陈西滢》、罗慧生《鲁迅与许寿裳》,等等。这类著述多是关系研究加上平行比较研究。

对鲁迅在北京时期创作的作品《呐喊》《彷徨》《野草》《中国小说史略》和杂文等的研究成果众多,因为鲁迅研究本是显学,作品研究又是重点,而北京时期的创作又是鲁迅的重要著述。孙玉石、钱理群、王富仁、汪晖、高远东等都有深入的论著。

以鲁迅与北京为专题的研究,国内学界的成果主要是基本史实的梳理。陈漱渝《鲁迅在北京》对鲁迅在北京时期的文化和社会活动进行了基本的整理。山东师院聊城分院中文系、图书馆编《鲁迅在北京》(一)(二)("鲁迅生平资料丛抄"),及在此基础上编写的《鲁迅生平史料汇编》第三辑《鲁迅在北京》,都是以鲁迅生平所在地点为分类标准,进行史料收集。以上著述基本将北京视为一个地点,考察鲁迅在北京进行的各种活动,分类梳理,主要侧重资料汇编,没有进行系统、建构性的研究。邓云乡的《鲁迅与北京风土》着力点在北京,以鲁迅的日记为线索,展现旧京风情。这些研究成果完成于1970年代末1980年代初。王瑶的《鲁迅和北京》是应《北京文艺》之约,为鲁迅的纪念日而作,较全面地梳理了鲁迅在北京做出的成绩。孙伏园《鲁迅先生和北京》等回忆文章都是以史料为主的散文。李书磊《都市的迁徙》论及鲁迅和北京的关系。

近年来的研究成果,主要有钱理群《鲁迅和北京、上海的故事》、孙郁《周氏兄弟笔下的北京》、董玥《国家视角与本土文化——民国文学中的北京》、姜异新《徘徊于文本内外的"现代性"——北京时期的鲁迅与鲁迅的文学北京》等。这些论文开始从城市与作家的角度来研究鲁迅。钱理群的论文对鲁迅与城市的关系进行了初步的论述,指出鲁迅的创作激情源于从绍兴、北京与上海这三大空间所获取的乡村记忆与都市体验,由此而创造的"鲁镇(绍兴)世界""北京世界"与"上海世界"构成了鲁迅文学世界的主体。孙郁加入了周作人,论述了周氏兄弟与北京文化的关系,并指出北京对他们的文学创作和学术活动都有着很大的影响,北京的存在成为一种参照,潜在地制约和丰富了他们对乡村中国的文化想象。姜异新的研究主要关注鲁迅所记录的北京现代化过程中的西化痕迹。这些论文提出了观点，虽没有展开详细的论述，但已具有学术生长性。陈平原《知识、技能与情怀——新文化运动时期北大国文系的文学教育》，论述了鲁迅在北京大学的讲课情况，以及学生对鲁迅课堂讲授的追忆。

北京，作为近现代中国政治变革的中心，给人的空间感和其他城市不同。政治、阶层划分在北京市民的居住区域中有很明显的体现。"东吉祥派的正人君子"就是以居住地命名的。明清两代，在宣南一带集中居住了许多著名的学者文人，形成浓厚的文化氛围。到近现代，宣南一带也依然以同学、同乡为纽带，形成知识分子聚居的群体。

本书将鲁迅作为一个历史人物，呈现他将留日归国后已然成熟的思想与中国的社会现实相结合，发展成一个伟大作家的轨迹，从而更深入地研究以往被忽视的一些面向，揭示历史中被遮蔽的因素。通过梳理鲁迅与北京教育界的关系、与北京学术界的关系，揭示他思想的不同来源和发展路径。因为这个题目所涉及的范围，不是一本书所能完全涵盖的，所以本书采取了对鲁迅北京时期的整体交游状况进行分章概述，然后选取重点人物、重点问题进行深入论述的方法，集中讨论了其中的重要问题和主要线索。

本书以鲁迅在1912—1926年北京时空中的四种社会身份，建构起四章。

第一章论述作为教育部官员的鲁迅在教育部的职务与交往。有两类人群是鲁迅在教育部的主要僚友：浙籍同僚、留学归国的同僚。鲁迅在教育部一度受到重用，在与僚友的合作中，出色地完成了任务。本章此论述中揭示出鲁迅在教育部担任的职务与鲁迅业余时间钞古碑、鲁迅文学和思想发展的内在联系。鲁迅在工作中以蔡元培的美育思想为指导，进行了实践。浙籍、留日同僚互相支持是鲁迅在教育部长期工作的人脉基础。

第二章论述作为作家的鲁迅登上文坛及其与新文化人的交游。其中考证了《域外小说集》得到《新青年》同人欣赏并得以再版的过程。鲁迅经历了思想上的"温热"和《域外小说集》受到赞赏，文学梦"死火"重温。《域外小说集》的再版，使鲁迅因东京时期文学活动受挫而冷却的热情被再度点燃，经钱玄同约稿，鲁迅和周作人加入了《新青年》的作者和编辑队伍，并得到了

《新青年》同人的欣赏和认同,继而与陈独秀、胡适、刘半农等《新青年》同人有了进一步的交往。这一章也论述了《新青年》分化中的人事因素。

第三章论述作为高校教师的鲁迅与青年学生的交往、与高校同事的交往。著名作家鲁迅,被北京大学等高校、中学聘请为教师。鲁迅开设的课程具有创举性质,他通过授课进行学术传承、文学和思想的启蒙;通过文学课堂和指导校园文学社团,培养青年作家。文明批评与社会批评相结合,这是鲁迅的文学课堂的独特性。听课的学生除了学校的正式学生,还有旁听生和偷听生。鲁迅的文学课堂不仅培育了在校的学生,也培养了当时漂在北京的青年作家。这一章还涉及鲁迅与同在高校任职的同事的交往。

第四章论述作为编辑的鲁迅在北京编辑《莽原》《国民新报副刊》的活动。鲁迅主要将它们作为发现和培养青年作家的阵地,培养新的青年批评主体,并明确地提出了进行文明批评和社会批评的文学观,文体选择以杂文为主。鲁迅指导、组织了莽原社、未名社,以及其他几个青年文学社团,指导青年办报刊,为青年校稿,推荐发表,培养了青年翻译家,在青年作家群体中产生了广泛的影响。

四章清晰地呈现出鲁迅在北京由教育部官员,到著名作家,到大学教师,到报刊主编(编辑),成为深受青年敬仰的思想家和文学家的发展脉络。鲁迅在1912—1926年北京时空中的四种社会身份,构成四个人际交往圈,从而形成复杂的人际网络。

第一章　鲁迅在教育部的同僚交游与职务

从 1912 年到 1926 年,鲁迅曾在两个并不相同的"教育部"任职:辛亥革命后的南京临时政府教育部和北洋军阀政府设在北京的教育部。前者约三个月,后者共为十四年。鲁迅在教育部工作如此之久,有三个基本原因:以蔡元培美育思想为工作的思想基础;墨家传统的实干精神为历史渊源;浙籍、留日同事的支持为工作中的人脉基础。

第一节　鲁迅与教育部同僚交游考论

任职教育部,是鲁迅在北京时期的基本社会身份。但长期以来,学界对鲁迅在教育部的状况缺乏深入的研究,普遍认为鲁迅在教育部没做什么事情,对鲁迅与教育部同僚的交往以及这种交往对他的影响知之甚少。实则鲁迅在教育部的前期,也就是 1912—1917 年,因为受到教育部总长蔡元培、次长董恂士的器重,一度受到重用,接手并完成了一批重要工作,例如设计国徽,参加读音统一会,主持美术调查处的工作,筹办展览会,筹建京师图书馆、历史博物馆,担任通俗教育研究会小说股主任职务,等等。鲁迅在与教育部僚友的合作中,出色地完成了任务。

1912—1914 年是鲁迅在教育部工作的一个高潮期。鲁迅 1912 年 5 月 10 日日记中所记载的"晨九时至下午四时半至教育部视事,枯坐终日,极无聊赖"①,为学界熟知。此句常被单独摘录,被以点代面地视为鲁迅在教育部没做什么事情的明证。实则鲁迅第二天即5月11日的日记中就出现了后来担任教育部次长的董恂士,以及僚友张协和、胡梓方:"午就胡梓方寓午餐。夕董恂士来,张协和亦至,食于广和居。董君宿于邑馆,以卓卧之。"②由鲁迅日记中对董恂士、张协和等教育部同僚的这段记载,可看出他们之间的熟稔。

由鲁迅日记可知,鲁迅与教育部同僚交往密切的时期主要是1912—1917年。这段时期,鲁迅在教育部的主要僚友有两类:浙籍同僚和留学归国的同僚。这两类僚友又有交集。鲁迅的浙籍同僚中,蔡元培、董恂士先后担任过教育总长、次长职位,同乡并且同时期留日的同僚许寿裳、张邦华、伍崇学、钱家治、张宗祥、杨莘耜、钱稻孙等身居要职,他们在思想观念上比较接近,在教育部中属于南方的新派。留学归国的同僚在教育部也占据一定地位,可参见附录所列1916年教育部留学生名录(据《留日同学录》整理)。留学生在政府各部委任职务者人数众多,已成为官场的一支重要力量。他们在很多事情上立场相近,来往频繁。蔡睟盎曾用《蔡元培答客问》中的一句"部中僚友,实有和衷共济之乐,猝然舍去,良用歉然"③,来证实当时教育部内部的亲密合作关系。

鲁迅在教育部任职的前期受到重用,与蔡元培、董恂士的器重相关。1912年蔡元培从教育部辞职。1916年董恂士逝世,这一年鲁迅日记中记载的宴饮次数锐减。鲁迅1912—1915年宴饮的主要同席者都是教育部同僚、浙籍同乡,1916年宴饮次数锐减后,到1926年离京也没有再恢复。与此相关的是鲁迅日记中与教育部同僚交往的记载,也在1916年锐减。1917年,鲁迅的僚友们受到范源濂的打压而外放,此后,教育部的工作和同僚交往在鲁迅日记中的记载就越来越少。

鲁迅进入教育部与教育部的浙籍同僚直接相关。许寿裳是鲁迅的同乡,赴日留学时成为鲁迅挚友,回国后带动鲁迅进入教育部,成为鲁迅的同僚。

---

① 《鲁迅全集》第15卷,第1页。
② 同上。
③ 蔡睟盎:《怀念许寿裳伯伯》,绍兴市政协文史资料委员会、浙江省政协文史资料委员会编:《许寿裳纪念集》,杭州:浙江人民出版社,1992年,第39页。

鲁迅与许寿裳的友谊,如许广平所述"从来没有改变的,真算得是耐久的朋友,在鲁迅先生的交游中,如此长久相处的恐怕只有许先生一位了"①。鲁迅与许寿裳留日回国后,曾同在浙江两级师范学堂任教。1910年8月,许寿裳到北京任职。1911年,许寿裳通过"宣统三年东西洋留学生考试",成为前清学部七品小京官。② 鲁迅在致许寿裳信中表示出对北京的向往,以及不复越人安越之感。1910年8月15日,鲁迅在写给许寿裳的信中,谈到许寿裳的北行令他"益寂"③。1911年1月2日,鲁迅在写给许寿裳的信中,谈到对北京琉璃厂的兴趣:"吾乡书肆,几于绝无古书,中国文章,其将殒落。闻北京琉璃厂颇有典籍,想当如是,曾一览否?"④因为感觉孤寂,鲁迅常在信中追念留日同学。⑤ 一方面是越中事务人际的琐末猥杂,"越校甚不易治,人人心中存一界或"⑥;一方面是越中的见闻有限,书籍少。鲁迅对中国整体的社会结构和人际关系表现出很大的探究热情,浙江这一观察点已经不能满足他的需要。

1912年,鲁迅经由许寿裳向教育总长蔡元培推荐,进入南京临时政府教育部。此时,蔡元培还没有见过鲁迅,但因从弟蔡谷清与鲁迅同期留日等原因,对这位同乡有所了解。⑦ 因政局的变动,袁世凯在北京就任临时大总统,1912年5月南京临时政府迁到北京,教育部随临时政府北迁。教育部的政府性质发生了变化,但是鲁迅的职务却延续下来。南京临时政府成立时,蔡元培任教育总长,颁发通令改革清学部学制,为新学制之先驱。⑧ 社会教育

---

① 景宋:《我所敬的许寿裳先生》,绍兴市政协文史资料委员会、浙江省政协文史资料委员会编:《许寿裳纪念集》,第141页。
② 从许寿裳保存的《教育部职员录》中,可看出许寿裳的任职履历,现存北京鲁迅博物馆(北京新文化运动纪念馆)。具体见导论第6页注释②。
③ 《100815 致许寿裳》,《鲁迅全集》第11卷,第333页。
④ 《110102 致许寿裳》,《鲁迅全集》第11卷,第341页。
⑤ 1910年12月21日,鲁迅在写给许寿裳的信中,追忆了木瓜之役和在弘文学院时的学潮。鲁迅:《101221 致许寿裳》,《鲁迅全集》第11卷,第337页。
⑥ 《110412 致许寿裳》,《鲁迅全集》第11卷,第346页。
⑦ 在蔡元培1911年5月日记中,有"寄周豫才《中央文学志》一册"的记载。王世儒编:《蔡元培日记》(上),北京:北京大学出版社,2010年,第216页。在北京鲁迅博物馆(北京新文化运动纪念馆)庋藏的鲁迅藏书目录中,没有找到这本书。
⑧ 参见蒋维乔:《辛亥革命闻见》,中国史学会主编:《辛亥革命》(八),上海:上海人民出版社,1957年,第58—60页。

司是蔡元培任教育部总长时新设的一个机构,清朝学部没有这一分科项目。"社会教育"这一概念始于德国,与家庭教育、学校教育相对。钱稻孙也忆及,当时教育部学习日本的地方很多,但日本没有设社会教育司,所以这是一个新的创设;这一创设是蔡元培的主张;社会教育司第一科主管图书馆、博物馆,这工作在当时是没有人懂得的。① 蔡元培"先生在欧洲多年,感于各国社会教育之发达,而我国年长失学之人占全国之大多数,以此立国,危险孰甚!因竭力提倡社会教育,而于草拟教育部官制时,特设社会教育司,与普通教育司、专门教育司并立。此官制后来通过于参议院,至今仍之"②。

蔡元培确具慧眼,安排鲁迅在社会教育司任职。许寿裳曾说,蔡元培提倡以美育代宗教的教育方针,当时能够体会的还很寥寥,唯鲁迅深知其原意;蔡元培也知道鲁迅研究美学和美育素有心得,所以请他担任社会教育司第一科科长,主管图书馆、博物馆、美术馆等事宜。③ 鲁迅在南京临时政府教育部时,办理社会教育司事务。④ "临时政府的教育暨社会司,专门掌管'图书博物科及通俗科'。"⑤鲁迅后来向许广平回忆这段时期时,表现出少有的振奋:"说起民元的事来,那时确是光明得多,当时我也在南京教育部,觉得中国将来很有希望。"⑥而迁京后北洋政府的教育部承袭了前清学部的基业,就在原学部的"大衙门"里安置办公。⑦ 对这个北洋军阀的教育部,鲁迅从一开始印象就很差。⑧ 据1912年由南京迁往北京的教育部同僚林冰骨回忆,"当时清政府的学部旧人留用的很多,他们的封建观念和保守意识都很强烈,且我们

---

① 《访问钱稻孙记录》,北京鲁迅博物馆鲁迅研究室编:《鲁迅研究资料》(4),天津:天津人民出版社,1980年,第200页。
② 蒋维乔:《民国教育部初设时之状况》,璩鑫圭、唐良炎编:《中国近代教育史资料汇编·学制演变》,上海:上海教育出版社,2007年,第637页。
③ 曹聚仁:《鲁迅评传》(修订版),北京:生活·读书·新知三联书店,2011年,第59页。
④ 在南京第二历史档案馆所藏旧教育部金事周树人的履历表中,有"曾任何官:南京教育部部员办理社会教育司事务"。参见唐天然《旧教育部鲁迅履历表及社教司第一科成员花名册说明》,《鲁迅研究月刊》1993年第4期。
⑤ 李学勤主编:《20世纪中国学术大典·考古学 博物馆学》,福州:福建教育出版社,2007年,第62页。
⑥ 鲁迅:《两地书·八》,《鲁迅全集》第11卷,第31页。
⑦ 参见孙瑛:《鲁迅在教育部》,天津:天津人民出版社,1979年,第10页。
⑧ 参见鲁迅1912年5月10日日记,《鲁迅全集》第15卷,第1页。

南方来的为革命新党,应对往来之间总有一种敬鬼神而远之的神气。我同鲁迅先生他们同自南方来……主要还是因为同是蔡先生约来的同志,所以较为亲切"。①

鲁迅在社会教育司的主要职务范围在第一科(即设立之初的第二科)。在被章士钊非法免职之前,鲁迅在教育部一直于社会教育司任职。鲁迅、许寿裳都购买过社会教育的书籍:1913年8月8日,鲁迅从日本相模屋书店购入日文《社会教育》一书②,许寿裳藏书中有1900年德国柏尔格曼著《社会的教育学》一书③。社会教育司设立后,教育部陆续调整它的职权范围。1912年4月教育部成立之初,依据南京参议院议决官制,社会教育司分三科,第一科暂行职务为"宗教礼俗",第二科为"科学美术",第三科为"通俗教育"。④ 随后,第一科并入内务部。1912年12月,社会教育司第一科的职务调整为:

  一 博物馆图书馆事项

  二 动植物园等学术事项

  三 美术馆美术展览会事项

  四 文艺音乐演剧等事项

  五 调查及搜集古物事项⑤

鲁迅在教育部的交往群体,是以蔡元培的交往群体为基础建立起来的。许寿裳、齐寿山这两位鲁迅在教育部最好的朋友,都与蔡元培有较多交往。孙伏园回忆道:"鲁迅先生的同辈朋友,在教育部的十余年同事中,以许先生与齐寿山先生两位的友谊为最厚。道义以外,学术的切磋上,关系也以两位为最密。齐寿山先生通德文,许先生通英文,所以关于英德文的东西,两位常

---

① 林冰骨:《我所记忆的四十五年前的鲁迅先生》,鲁迅博物馆、鲁迅研究室、《鲁迅研究月刊》选编:《鲁迅回忆录》(散篇上册),北京:北京出版社,1999年,第70页。

② 参见鲁迅日记,《鲁迅全集》第15卷,第74页。

③ 许寿裳藏书中有这本书,现存北京鲁迅博物馆。

④ 参见《本部行政纪要甲编》(总务),《教育公报》第3年第7期"专件",1916年7月。

⑤ "第四条 社会教育司置第一科第二科分掌各项事务",《教育部分科规程》(教育部令 元年十二月二十八日第三十五号),《教育部编纂处月刊》第1卷第6册"法令",1913年7月。

常是鲁迅先生的唯一的或者最后的顾问。"①1912年7月蔡元培离开教育部后,因为有教育次长、代理总长董恂士的器重,鲁迅在教育部依然受到重视,教育部职员时常拜访鲁迅。

董恂士,浙江杭州人,钱念劬之婿,钱念劬是钱玄同之兄、钱稻孙之父。董恂士1902年留日时是光复会的主要成员,1912年任教育部秘书长,在蔡元培辞去教育总长后,担任教育次长,1913年4月至9月代理总长。② 1916年3月,董恂士病逝时,鲁迅"赙董恂士家十元"③。这在鲁迅北京时期日记所记赙金中为最高,为他当时通常所送赙金的二至十倍。④ 而对另一位同乡、曾任鲁迅直接上司的夏曾佑,1924年5月,鲁迅所送赙金仅为两元。⑤

董恂士对鲁迅的器重,在鲁迅日记中可找到线索。1913年2月13日,鲁迅在日记中记载:"下午有美国人海端生者来部,与次长谈至六时方去,同坐甚倦。"⑥董次长接见外宾,让鲁迅陪坐,这是器重的表现之一。董恂士任教育部次长、代理总长期间,鲁迅仍然接手了一系列重要的工作,并和僚友合作,顺利地完成。这段时期,除有文献可查阅到鲁迅的工作记录,鲁迅在日记中也记载了工作内容。

1912年、1913年鲁迅被聘参加临时教育会议和读音统一会⑦,其间与浙籍教育界同乡有较多交往。这两次会议,特别是读音统一会对此后以章门弟

---

① 孙伏园:《许寿裳先生》,绍兴市政协文史资料委员会、浙江省政协文史资料委员会编:《许寿裳纪念集》,第158页。

② 参见《鲁迅全集》第17卷,第228页。荐任"董鸿祎为秘书长(五月三日)","大总统任命董鸿祎为教育次长(七月二十九日)"。参见《教育部编纂处月刊》第1卷第1册"本部纪事",1913年2月。

③ 参见《鲁迅全集》第15卷,第221页。

④ 通过统计鲁迅日记中所记所送赙金情况,可知鲁迅在北京时期(1912—1926年)所送赙金通常为一元、二元、三元、四元、五元不等,而高至十元者仅有董恂士一位。见《鲁迅全集》第15卷。

⑤ 参见《鲁迅全集》第15卷,第510页。

⑥ 同上书,第49页。

⑦ 据黎锦熙回忆,1912年12月,教育部制定公布《读音统一会章程》八条;先设筹备处于部中,聘吴稚晖为主任,"时教育总长为蔡元培,次长为范源廉(旋皆辞职南去,次长董鸿祎代理部务,专门教育司司长为杨曾诰)"。蔡元培早已于1912年7月辞职,此段回忆有误。黎锦熙:《国语运动史纲》,上海:商务印书馆,1934年,第50页。

子为主体的浙籍知识分子进入北京知识界影响深远。留日归国在教育界任职的鲁迅等六名章门弟子,在教育部1913年召开的读音统一会中,联合具名提案,齐荐以章太炎1908年所拟的一套标音符号为基础制定字母,获得通过。读音统一会带动了浙籍学人进京。《北京大学中文系100年纪事(1910—2010)》中,将读音统一会与浙江籍学人"受聘北大"联系起来。① 留日背景的知识分子大批进入北京的教育界,继而引荐有相似知识背景的人才,对主要以旧学为知识背景者起了制约作用,从而影响到文化的建设和发展。1912年10月,严复辞去北京大学校长的职务,继任者为原工科学长何燏时。何氏上任后不久,就开始与预科学长胡仁源②(1914年年底继任北京大学校长)一起大批引进章门弟子,以与桐城派相抗衡。1914年秋,胡仁源任命夏锡祺为文科学长后,任教北京大学的章门弟子日渐增多。沈兼士、朱希祖、马裕藻、钱玄同、黄侃等相互引荐,陆续进入北京大学。③

董恂士1912年7月任教育次长后,曾宴请教育部同乡,包括鲁迅、许寿裳、夏曾佑。鲁迅1912年就在日记中记载了董次长的两次宴请:1912年8月31日,"晚董恂士招饮于致美斋,同席者汤哲存、夏穗卿、何燮侯、张协和、钱

---

① 《北京大学中文系100年纪事(1910—2010)》,温儒敏主编:《北京大学中文系百年图史:1910—2010》,北京:北京大学出版社,2010年,第261页。
② 胡仁源,浙江人,1902年中举人,然后在京师大学堂学习,后来在一所英国大学获得工程学硕士学位,回国后在北京大学任教。参见魏定熙:《北京大学与中国政治文化(1898—1920)》,金安平、张毅译,北京:北京大学出版社,1998年,第94页。
③ 详见下表:

姓名	时间	进入北京大学最初任职
沈尹默	1913年2月	
朱希祖	1913年春	预科国文教授
马裕藻	1913年春	预科国文教授
沈兼士	1913年夏	预科文字学教授
钱玄同	1913年底	预科文字学教授
陈大齐	1914年	心理学教授
黄侃	1915年秋	国文门教授
朱宗莱	1915年	预科文字学教授
刘文典	1916年	国文门教授
周作人	1917年4月	国史馆编纂员
鲁迅	1920年	国文系讲师

稻孙、许季黻"①。1912年9月27日,"晚饮于劝业场上之小有天,董恂士、钱稻孙、许季黻在坐"②。夏曾佑,字穗卿,浙江杭县(今杭州)人,历史学家,清光绪十六年(1890)进士,1912年任教育部社会教育司司长,1916年调任京师图书馆馆长。③ 作为鲁迅的乡长辈,任鲁迅直接上司的夏曾佑对鲁迅本应有提携之举。但鲁迅对夏曾佑的祭孔行为极为不满,观念的不同使二人殊途。夏曾佑为光绪进士,而鲁迅等留学生具有革新思想,本不能志同道合。鲁迅和夏曾佑的矛盾对鲁迅升职产生了影响。

鲁迅的好友许寿裳1913年荐任教育部参事,1915年为简任参事,位居社会教育司司长夏曾佑之上。④ 虽然夏曾佑是鲁迅的直接上司,但鲁迅和许寿裳都对夏曾佑所为有所批评。1918年,许寿裳已离开北京,鲁迅致许寿裳的书信中,表达了对夏曾佑的讽刺、警惕⑤,也包括夏曾佑的手下⑥。鲁迅1919年致许寿裳的信中又提及夏曾佑⑦,并归纳出不合原因为"我辈"与遗老本不能志同道合⑧。

1915年7月,社会教育司司长夏曾佑离职时,担任社会教育司第一科科长已近三年之久的鲁迅本是升任司长的最佳人选,接任司长的却是高步瀛。高步瀛曾任清学部图书局总务长,但在北洋政府教育部的最初排名在鲁迅之后。

据1912年教育部社会教育司第一科职员表⑨,社会教育司司长为夏曾

---

① 《鲁迅全集》第15卷,第17页。
② 同上书,第22页。
③ 参见"夏曾佑"条目,《鲁迅全集》第17卷,第191页。
④ 参见许寿裳存《教育部职员录》,现存北京鲁迅博物馆。
⑤ 《180104致许寿裳》:"再此间闻老虾公以不厌其欲,颇暗中作怪,虽真否未可知,不可不防。"注释5:"老虾公,疑指夏曾佑。"《鲁迅全集》第11卷,第357、358页。
⑥ 《180820致许寿裳》:"エバ之健将牛献周金事"娶妻事。注释14:"エバ,日语:夏娃。此处疑代指夏曾佑。"《鲁迅全集》第11卷,第366、368页。
⑦ 《190116致许寿裳》:"闻燮和言李牧斋贻书于女官首领,说君坏话者已数次,但不知燮和于何处得来,或エバ等作此谣言亦未可定此是此公长技,对于リブチヒ亦往往如此。"《鲁迅全集》第11卷,第370页。
⑧ 《190116致许寿裳》:"要之,我辈之与遗老,本不能志同道合"。《鲁迅全集》第11卷,第370页。
⑨ 原来的社会教育司第一科改隶内务部,裁原第一科改设两科,所以原来的第二科就成了第一科。1912年12月公布教育部分科规程,社会教育司第一科增加了博物馆图书馆事项。参见《本部行政纪要甲编》(总务),《教育公报》第3年第7期"专件",1916年8月。

佑,鲁迅的排名和资历在沈彭年、高步瀛、许季上、戴克让之前,由列表中的俸给可看出,鲁迅为五等第五级,高步瀛为五等第六级。① 1912年8月26日,教育部公布了第一批经过任命的科长,鲁迅是社会教育司第一科科长。② 高步瀛出现在鲁迅日记中,是在他升任司长之后,1915年9月29日,"晚高阆仙招饮于同和居,同席十二人,有齐如山、陈孝庄,馀并同事"③。后来,高步瀛又多次赠书、邀宴,对深具资历和才能的鲁迅表示器重。

鲁迅在教育部始终秉持蔡元培任总长时期制定的美育的教育宗旨。这一教育宗旨,从一开始就未打下稳定的根基,后来又被袁世凯政府的教育宗旨替代。1912年6月21日,教育总长蔡元培与司法总长王宠惠、农林总长宋教仁、署工商总长王正廷辞职。④ 鲁迅在6月22日的日记中记述:"蔡总长元培于昨日辞职。"⑤7月2日,鲁迅日记中又记载:"蔡总长第二次辞职。"⑥ 随后7月12日,鲁迅就听说临时教育会议删去了蔡元培倡导的美育的教育方针。⑦ 7月17日,范源濂代理教育总长。⑧ 孙瑛指出了蔡元培辞职带来的教育制度的改变,但在时间上不准确。在孙瑛的历史叙述中,"因为政府内阁中权力斗争的失败,代表孙中山国民党的四个总长,即蔡元培等,于七月二十六日集体辞职了。随此而来的是教育制度上的改变"⑨。孙瑛所记载的

---

① 教育部社会教育司第一科职员册:

职名	任别	姓名	年岁	俸给	备考
社会教育司司长	五月初三荐任	夏曾佑	五十一	四等第三级	
第一科佥事	八月廿一荐任	周树人	三十一	五等第五级	
第一科佥事	八月廿一荐任	沈彭年	三十六七	五等第六级	
第一科佥事	八月廿一荐任	高步瀛	四十一	五等第六级	暂在审查处办事
第一科主事	八月廿六委任	戴克让	三十七八	六等第一级	

参见唐天然:《旧教育部鲁迅履历表及社教司第一科成员花名册说明》,《鲁迅研究月刊》1993年第4期。
② 参见孙瑛:《鲁迅在教育部》,第17页。
③ 《鲁迅全集》第15卷,第189页。
④ 参见高平叔撰著:《蔡元培年谱长编》第1卷,北京:人民教育出版社,1999年,第6、459页。
⑤ 《鲁迅全集》第15卷,第6页。
⑥ 同上书,第9页。
⑦ 同上书,第11页。
⑧ 同上。
⑨ 孙瑛:《鲁迅在教育部》,第11页。

1912年7月26日这一辞职时间,是袁世凯任命范源濂为教育总长的时间。①袁世凯政府公布的教育宗旨是:"注重道德教育以实利教育军国民教育辅之更以美感教育完成其道德。"②此时还有美育的痕迹,而后来的教育宗旨则赤裸裸地抛弃了美育。所以在蔡元培辞职、董恂士辞世后,鲁迅在教育部长期处于苦闷的状态。

鲁迅在教育部的另一类僚友是留日同僚。传统社会中科举同年的社会关系,逐渐转化为因共同的教育背景产生的同学关系。浙江省派留学生赴日较早。鲁迅与大批浙江留日学生在日本相识,或于回国后相识。同乡背景和共同的留日教育背景,使他们中的一部分人成为鲁迅的知交。卡尔·曼海姆指出,共同的教育背景是形成知识分子群体的重要纽带。③

1898年,杭州的求是书院④资送何燮侯等四名学生赴日留学,是各省公派留日之首创。1902年秋,求是书院又资送许寿裳、钱家治、周赤忱等赴日留学。据《清国留学生会馆第一次报告》中的《同瀛录》载,并据北冈正子的考证以及《鲁迅年谱》,1902年与鲁迅同时抵东京入弘文学院的官费留学生有五位:张邦华(燮和)、徐庆铸(甄才)、刘乃弼(济舟)、顾琅(石臣)、伍崇学(仲文)。⑤ 与鲁迅同去的还有自费学生陈师曾(衡恪)。⑥

这五位同学中,张邦华回国后,曾与鲁迅同在浙江两级师范学堂工作。

---

① 参见高平叔撰著:《蔡元培年谱长编》第1卷,第476页。此次任命的记录参见《民立报》1912年7月29日。

② 《教育部部令》(元年九月二日第二号),《教育部编纂处月刊》第1卷第1册"法令",1913年2月。

③ "虽然他们因相互区别太大而不能被视为一个单一的阶级,但所有知识分子群体之间都有一个共同的社会学纽带,这就是教育。它以引人注目的方式把它们连结在一起。分享一个共同的教育遗产,会逐渐消除他们在出身、身份、职业和财产上的差别,并在各人所受教育的基础上把他们结合成一个受过教育的个人的群体。"卡尔·曼海姆:《意识形态与乌托邦》,黎明、李书崇译,上海:上海三联书店,2011年,第155—156页。

④ 当时杭州旧有书院六所,即敷文、紫阳、崇文、东城、诂经、学海堂。整合新设求是书院,为浙江大学的前身。

⑤ 《同瀛录》(光绪壬寅八月调查),《清国留学生会馆第一次报告》,清国留学生会馆发行,明治三十五年十月五日、光绪二十八年九月四日。北冈正子:《鲁迅留日时期关联史料探索》,何乃英译,《鲁迅研究动态》1989年第11期。

⑥ 鲁迅博物馆鲁迅研究室编:《鲁迅年谱》第1卷,北京:人民文学出版社,1981年,第88页。

1912年,鲁迅到北京教育部工作时,张邦华、伍崇学、陈师曾同在教育部工作。张邦华、伍崇学在普通教育司第三科。① 1919年,张邦华任职教育部普通教育司第一科科长、佥事②;1922年,任职普通教育司第一科科长、视学③。伍崇学则于1916年已为教育部司长④,并于1917年9月21日任浙江省教育司司长。陈师曾在编纂处任职。

许寿裳初入弘文学院预备日语浙江班,鲁迅已早其半年入学,编入江南班。这两个班级的寝室和自修室相毗邻。⑤ 据沈瓞民回忆,鲁迅、刘乃弼、顾琅、张邦华、伍崇学、陈衡恪、沈瓞民、祝凤楼八人共住一寝室。绥之、强士(韩永康)、季黻是常到他们的自修室来谈天,往来较密切的同学。⑥

和浙江籍留日学人的交往,成为鲁迅后来的部分创作素材:徐锡麟、秋瑾都是留日的浙江学人,都是光复会会员,鲁迅对皖浙两案的透彻了解在小说中表现出来。⑦ 鲁迅是否加入过光复会,至今仍有争议。⑧

许寿裳、伍崇学在弘文学院毕业后,进入东京高等师范学校。在东京高

---

① 参见孙瑛:《鲁迅在教育部》,第15页。
② 《1919年教育部职员表》,现存中国第二历史档案馆。
③ 鲁迅文物《教育部职员录》(民国十一年四月编),现存北京鲁迅博物馆。
④ 参见许寿裳存《留日同学录》,现存北京鲁迅博物馆。
⑤ 参见许寿裳:《亡友鲁迅印象记》,香港:上海书局有限公司,1974年。
⑥ 沈瓞民:《回忆鲁迅早年在弘文学院的片断》,鲁迅博物馆、鲁迅研究室、《鲁迅研究月刊》选编:《鲁迅回忆录》(散篇上册),第44页。
⑦ 皖浙两案起于中国同盟会成立后第三年。时章炳麟已出狱东渡,陶成章也在日本,二人均任同盟会及《民报》重要职务,所以《民报》登载徐锡麟秋瑾起义事独详。中国史学会主编:《辛亥革命》(一),上海:上海人民出版社,1957年,第517页。
⑧ 许寿裳、沈瓞民的回忆都明确指出鲁迅加入了光复会。许寿裳记载,鲁迅1908年"从章太炎先生炳麟学,为'光复会'会员"。沈瓞民回忆"鲁迅正式参加浙江革命志士所组织的光复会,从事革命工作"。许寿裳:《鲁迅先生年谱》,《亡友鲁迅印象记》,桂林:广西师范大学出版社,2010年,第216页;沈瓞民:《回忆鲁迅早年在弘文学院的片断》,鲁迅博物馆、鲁迅研究室、《鲁迅研究月刊》选编:《鲁迅回忆录》(散篇上册),第45页。而周作人认为鲁迅没有加入光复会,周作人:《关于鲁迅之二》,钟叔河编订:《周作人散文全集》第7卷,第453页。"冯雪峰在《关于知识分子的谈话(片断回忆)》中提到,关于辛亥革命前的革命党,鲁迅说:'我自己是接近光复会的。'这种说法恐怕是最接近实际情况的。"黄乔生:《辛亥革命前后的鲁迅先生》,《纵横》2011年第8期。林辰认为鲁迅的确是光复会会员。林辰:《鲁迅曾入光复会之考证》,《鲁迅事迹考》,上海:新文艺出版社,1955年,第12—13页。

等师范学校就读的还有钱家治、毛邦伟、陈文哲、谈锡恩、陈荣镜①,后来他们都成为鲁迅在北京教育部的同僚。

留日学生回国后,在很多领域身居要职。许多留日学生在各省革命军政府和南京临时中央政府中处于显要地位。留日学生中还产生了一批日后活跃于清末民初教育界的优秀人物。② 留日学生归国后很多在教育界任职,这是因为当时公派留日,本来就主要是为了培养师资。中国近现代师范教育与日本关系密切。罗振玉在《教育赘言八则》中所言师范教育的两法,都与日本的教育相关。③

这批在教育界工作的留日学生,在政治、教育等问题上有着相似的见解,并且团结起来,与封建势力展开斗争。1909年,在杭州的浙江两级师范学堂教师驱逐新任监督夏震武的"木瓜之役"就是一个实例。鲁迅回国后的工作经历,与这个群体有着千丝万缕的联系。鲁迅在书信中经常关注留日同学的去向,对"木瓜之役"等有怀念之情。鲁迅的小说《孤独者》《在酒楼上》中叙述了这种各自在中国社会中感到孤立,而在精神上互相支援的同学之情。

辛亥革命后,浙江两级师范学堂的部分同事到北京工作:一部分到北京教育部工作,一部分到北京大学工作。这两部分人成为鲁迅人际交往的重要圈子。随蔡元培到北京教育部工作的有鲁迅、许寿裳、张邦华、张宗祥、钱家治与杨乃康。鲁迅在社会司,许寿裳在参事室,张宗祥在专门司,杨乃康、张邦华、钱家治均在普通司。蔡元培任北京大学校长时,鲁迅在浙江两级师范学堂的同事冯汉叔、胡沅东、朱希祖均到北京大学任教。④

---

① 参阅《清国留学生会馆第五次报告》,清国留学生会馆发行,明治三十七年十二月一日,光绪三十年十月二十六日。
② 尚小明围绕宪政、教育、军事和法制四方面的改革具体展开论证,指出留日学生是清末改革的重要规划者和推行者,对中国的近代化有突出贡献。尚小明:《留日学生与清末新政》,南昌:江西教育出版社,2003年。
③ 罗振玉《教育赘言八则》:"师范为教育根原,今为急就,计有二办法。一各省立速成师范学校一所,聘日本教育学家任教习……二各省遴选高材生人品诚笃趋向正大者,令至日本学习速成师范……回国为师范生及任地方学务。"而日本高等师范学校长加纳治五郎氏专主第二说。《教育世界》第21号,1902年。
④ 杨莘耘:《"木瓜之役"摄影题记》,《西湖》文艺编辑部编:《鲁迅在杭州》,1979年,第87—89页。

因此,教育部同僚中,有不少是鲁迅的同学同乡,甚至在浙江时期的同事——许寿裳、张邦华、张宗祥、杨乃康、钱家治、钱稻孙、伍崇学等。鲁迅在教育部不是孤军奋战,而是具有人脉上的基础。现将1922年鲁迅部分教育部同事的简况列为下表①:

1922年鲁迅部分教育部同事简况

职务	姓名	曾留学国家	号	年岁	籍贯	住址
编审处编审员	陈衡恪	日	师曾	47	江西义宁	丘祖胡同
编审员	许寿裳	日	季黻		浙江绍兴	西城保安寺八号
总务厅会计科视学兼会计科办事	钱稻孙	日		37	浙江吴兴	西城姚家胡同
普通教育司第一科科长、视学	张邦华	日			浙江海宁	屯绢胡同西头路北
普通教育司第三科科长、视学	钱家治	日	均甫	41	浙江杭县	西城察院胡同
专门教育司第二科科长、视学兼会计科科长	张宗祥	日	冷僧	41	浙江海宁	西铁匠胡同28号
社会教育司第一科科长、佥事	周树人	日	豫才	40	浙江绍兴	西直门内八道湾11号

浙江留日知识群体还有意识地编辑通讯录。早在浙江同乡会出版的《浙江潮》上就登载过《浙江同乡留学东京题名》,梳理了浙江留日学生的情况。② 清国留学生会馆的五次报告也不断整理中国留学生的《同瀛录》。③ 在北京大学工作的浙籍同乡编有《北京大学浙江同乡录》。④ 回国后在北京

---

① 鲁迅文物《教育部职员录》(民国十一年四月编),现存北京鲁迅博物馆。
② 《浙江同乡留学东京题名》(癸卯三月调查),《浙江潮》第3期"附录",浙江同乡会干事编,浙江同乡会杂志部光绪二十九年三月二十日发行。
③ 《清国留学生会馆第一次报告》,清国留学生会馆发行,明治三十五年十月五日、光绪二十八年九月四日。《清国留学生会馆第二次报告》,清国留学生会馆发行,明治三十六年三月廿九日、光绪二十九年三月一日。《清国留学生会馆第三次报告》,清国留学生会馆发行,明治三十六年十一月廿一日、光绪二十九年十月二日。《清国留学生会馆第四次报告》,清国留学生会馆发行,明治三十七年五月廿九日、光绪三十年四月十五日。《清国留学生会馆第五次报告》,清国留学生会馆发行,明治三十七年十二月一日、光绪三十年十月二十六日。
④ 《北京大学浙江同乡录》,现存北京鲁迅博物馆。

工作的留学生,也有主动团结、交流的意识。北京鲁迅博物馆(北京新文化运动纪念馆)保留了一份据考证为1916年的《留日同学录》,详细登记了当时在北京的留学生名录,以留日归国群体为主。

下列表格,为《留日同学录》上鲁迅、陆征祥、孙宝琦等的登记内容,可推断出这份同学录的登记时间为1916年。鲁迅34岁,已任教育部佥事(1912年8月至1926年),仍住在山会邑馆(到1919年11月21日)。陆征祥时任外交部总长。财政部总长孙宝琦1913年9月任北京政府外交总长;1914年2月代国务总理,1915年日本提出二十一条后辞职;1916年任审计院长;1916年4月任财务总长兼盐署督办。胡仁源1914年1月至1916年12月担任北京大学校长。①

《留日同学录》部分登记内容

姓名	号	年岁	籍贯	留学国	学科	职业	住址
周树人	豫才	三十四	浙江绍兴	日		教育部佥事	南半截胡同山会邑馆
陆征祥	子兴	四十五	江苏上海	俄		外交部总长	石大人胡同本部新公所
孙宝琦	慕韩		浙江杭县			财政部总长	石大人胡同迎宾馆
胡仁源	次珊	三十五	浙江吴兴	英	工科	北京大学校长	东四牌楼隆福寺街孙家坑

在《留日同学录》后附的《各部院职员与留学生数目表》中,教育部职员总数目为163,留学生数目为47,留学生百分比为28.83%。虽然比重不算大,但这47位留学生在教育部基本处于较高职位,其中浙江籍的有16位,占34.04%。浙江籍的16位留学生中,留学日本的就有13位。这13位为:王嘉榘(维忱)、周树人(豫才)、周庆修(国辅)、陈懋治(颂平)、孙炳(健青)、张绂(耘叔)、张邦华(燮和)、张宗祥(阆声)、许寿裳(季黻)、杨乃康(莘耜)、虞铭新(和钦)、钱家治(均甫)、钱稻孙。②

---

① 许寿裳存《留日同学录》,现存北京鲁迅博物馆。周树人(1881—1936),陆征祥(1872—1949),孙宝琦(1867—1931),胡仁源(1883—1942),第45、64、76、50页。

② 许寿裳存《留日同学录》,现存北京鲁迅博物馆。

从这份《留日同学录》中所录留学归国者的"各省籍贯比较图"中可以看出,江苏籍有208位,为最多;其次为浙江,146位。浙江籍留日归国者还包括朱希祖、朱绍濂、胡以鲁、马寅初、马裕藻(幼渔)、俞大纯、陈汉第、章宗祥、冯祖荀(汉叔)等。

据1913年登载的《各省教育司长科长姓名表》,浙江省司长沈钧业为日本早稻田大学毕业生、浙江绍兴人;三位科长中有两位为留日毕业生,都毕业于东京高等师范学校。①

因为社会教育司的工作与通俗教育相关,鲁迅曾经先后加入过两个名称相同而机构不同的通俗教育研究会。第一个通俗教育研究会鲁迅是非常勉强入会的。第二个通俗教育研究会成立于1915年9月6日,是附属于教育部的官方组织。② 本书中所论述的鲁迅与通俗教育研究会的工作关系,是指这第二个教育部所属的通俗教育研究会。第一章第五节对鲁迅与同僚在通俗教育研究会的工作做了专门论述。鲁迅担任过小说股主任,从小说股的成员构成来看,大部分都为鲁迅的僚友。

鲁迅与《教育部编纂处月刊》关系密切,其组成人员多为鲁迅的僚友。教育部编纂处的组成人员以留日归国学生为主,因为该处职务包括编辑和翻译教育书报的工作,"一纂辑本国教育法令 二编译外国教育法令 三辑译各国学校章程及关于教育之书报"③,而当时大量翻译的是日本教育书报。陈师曾、许寿裳初入教育部时,在编纂处任职。1912年10月8日,留日归国的伍崇学、王嘉榘(即王维忱)被任命为编纂处办事。④ 1922年4月,编审处人员包括:编纂股主任编审员毛邦伟(子龙);编审员陈师曾、杨天骥(千里)、朱文熊(造五)、许丹(季上)、萧友梅、许寿裳、熊崇煦(知白)、蒋维乔、沈步洲

---

① 《各省教育司长科长姓名表》(据二年七月以前呈报者编录未报之省续刊),《教育部编纂处月刊》第1卷第6册"调查报告",1913年7月。

② 参见孙瑛:《鲁迅在教育部》,第46—47页。

③ 参见《教育部分科规程》"第一条"之"编纂处所掌事务如左",《教育部编纂处月刊》第1卷第6册"法令",1913年7月。

④ "派金事顾澄兼在编纂处办事,主事伍崇学、王嘉榘在编纂处办事"(十月八日),《教育部编纂处月刊》第1卷第1册"本部纪事",1913年2月。

等。① 毛邦伟在 1916 年《留日同学录》登记时,已任教育部编审处主任;留学回国任职的陈师曾、朱文熊、周庆修、陈文哲、彭清鹏、卢均为教育部编审员。鲁迅向司里请假时,暂代鲁迅职务的是编审员许季上。② 1921 年,许寿裳外派后回教育部,任编审员。因此,鲁迅与编纂处的合作较多。

对教育部内部的斗争历程,鲁迅很少形诸笔墨。但鲁迅所写涉及教育部的《反"漫谈"》《谈所谓"大内档案"》等文中,为国家为民族的立场昭然可见。他从不曲意逢迎上司,总是站在国家民族的立场做事,恪尽职守,才华出众。在鲁迅的思想中,对官场、学界加以批评的同时,依然隐含强烈的入世精神。早年"我以我血荐轩辕"的热血尚未冷却,从事文学活动的初衷本是救国。秉持这种思想人格,即使身处不同政见的官场,也自是"有权在手,便当任意作之"③,不会同流合污,也并不应付公差。鲁迅曾在信中追忆"木瓜之役",此类斗争依然在教育部继续。

后来,为了反对教育部的"丁祭"活动,鲁迅和许寿裳、杨乃康等人曾联名写信给汪大燮,反对这种封建复辟举动,因此遭到了当局的排斥。④ 据杨莘士回忆:"范源濂第二次做教育总长时,他提出要'祭孔读经',引起了我和鲁迅、许寿裳、钱家治、张协和、张宗祥等从浙江同来教育部任职的六人的愤慨,当即议定由我执笔联名写信,坚决反对,据理驳斥,信写好后,鲁迅等人都亲笔签了名。该信一式两份,一份送范源濂,一份摊放在办公桌上,让大家观看,是辨明是非。为此范源濂恼羞成怒,陆续把反对他的人排挤出外,名义上是外放厅长,实际上明升暗降。鲁迅因为是社会教育司的,所以无法把他弄到外地去。"⑤

---

① 鲁迅文物《教育部职员录》(民国十一年四月编),现存北京鲁迅博物馆。
② "委任令第三十号(五年十二月二十六日):令社会教育司编审员许丹 编审员许丹仍兼在社会教育司任事,该司第一科科长周树人未销假以前,应仍由该编审员暂代科长职务,此令。"《教育公报》第 4 年第 2 期"命令",1917 年 1 月 30 日。
③ 《180820 致许寿裳》,《鲁迅全集》第 11 卷,第 366 页。
④ 参见张能耿:《鲁迅早期事迹别录》,石家庄:河北人民出版社,1981 年,第 154 页。在书中第 162 页的注释中,作者说明"这些事,过去我也听杨乃康先生讲过,这次写作时主要参考了杨乃康先生口述,费在山整理的《鲁迅在浙江两级师范的日子》"。
⑤ 据上海师大访杨莘士谈话记录。转引自鲁迅博物馆鲁迅研究室编:《鲁迅年谱》第 1 卷,第 350—351 页。

1917年，许寿裳离开北京，到江西省教育厅任职，1921年2月回到北京教育部，任编审员。① 离京之前，许寿裳在教育部已经位及参事，在教育部的职位仅次于次长。由许寿裳存《教育部职员录》来看，在1914年6月，教育部有王振先、许寿裳两位参事，列于教育总长、次长之后，司长之前。② 在1915年4月、1916年5月、1916年9月的《教育部职员录》中，许寿裳都在三位参事中排名第一位③，而任职江西省教育厅厅长结束回京后，则仅任编审员，不升反降。鲁迅在1919年致许寿裳的信中曾提及："闻燮和言李牧斋贻书于女官首领，说君坏话者已数次……要之，我辈之与遗老，本不能志同道合，其喷有烦言，正是应有之事，记之聊供一哂耳。"④鲁迅信中提及的李牧斋，应是李盛铎，江西人。因此，鲁迅与许寿裳等相继辞离教育部。

鲁迅初到北京所居住的区域，是浙江同乡的一个聚集地。到教育部之初，鲁迅与许铭伯、许寿裳同住绍兴会馆。蔡元培也曾经住在绍兴会馆和北半截胡同。教育部的同事杨莘耜住在半截胡同的吴兴会馆，和鲁迅往来较多，曾帮鲁迅买碑拓⑤；同事张协和住在海昌会馆⑥，在此居住过的还有徐锡

---

① 据许寿裳文物，现存北京鲁迅博物馆：

官　名	编审员
姓　名	许寿裳
年　岁	三十九
籍　贯	浙江绍兴
资　格	日本东京高等师范学校本科毕业，前清学部七品小京官，民国元年荐任教育部佥事，二年荐任参事，四年参事改简任，六年简任江西教育厅长，十年一月辞职，二月奉派令职。
聘任日期	十年二月

② 1913年10月，王振先被北洋政府任命为教育部参事。1915年2月，王振先返闽。
③ 据许寿裳存《教育部职员录》，现存北京鲁迅博物馆。
④ 《190116致许寿裳》，《鲁迅全集》第11卷，第370页。
⑤ 杨莘耜回忆说："辛亥革命后，鲁迅至教育部社会司做第二科科长，我在普通司做第二科科长，又同住北京顺治门外南半截胡同，又朝夕相从。民二我改任视学，常年外出视察，其时他爱好碑文和木刻，每次出发之前，他必告我，你到某处为我拓某碑文来，如武梁祠石刻（曾见鲁迅所著某种书面上刻有一人乘车，一人驭马而行者即此石刻），西安碑林之景教碑，泰山顶上之秦始皇的没字碑下方的'帝'字，尤喜碑阴文字和碑座所刻人像和花纹之类，我必一一为他搞到。"杨莘耜：《六十年间师友的回忆》，北京鲁迅博物馆鲁迅研究室编：《鲁迅研究资料》（5），天津：天津人民出版社，1980年，第207页。
⑥ 据鲁迅1912年5月日记，《鲁迅全集》第15卷，第2页。

麟。绍兴同乡在北京形成一张密织的网,同乡后辈如孙伏园、许钦文、陶元庆等到北京后都住过绍兴会馆。鲁迅和他们往来密切,并且渗透到作品发表、报刊出版、图书出版等事务中去。如前所述,同乡许羡苏借寓在八道湾鲁迅家,鲁迅以她的故事写了《头发的故事》①;鲁迅搬出八道湾后,暂时住在绍兴同乡俞芳砖塔胡同的院子。

前已提及,清代以来,绍兴会馆就是士大夫聚集的地区,一直延续到近现代。宣南形成了以同乡、同年、门生等传统人际为纽带的士大夫相对集中的地区。会馆是同乡联系的一个重要场所。明代会馆在内外城都有分布,到清代内城为旗人所居后,会馆几乎都集中于外城,而且随着士人向宣南地区的集中,会馆也表现出向宣南集聚的趋势:宣外大街以东区域有 96 所会馆,以西区域有 34 所,南部区域多达 147 所,宣外大街上还有 22 所。② 由以上数据可见,以南、北半截胡同和丞相胡同为中心的区域,面积虽不大,却容纳了北京会馆总数的二分之一。其中,会馆超过 10 所的胡同包括:南、北半截胡同,米市胡同,潘家河沿,粉房琉璃街,贾家胡同,南横街,宣武门大街,等等。会馆的密集充分说明,清初形成的士乡区域结构更趋稳固。③ 到近现代,宣南依然是知识分子密集的居住地,新一代的很多知识者依然居住在会馆里,以同乡、同学、同事为纽带,形成紧密的居住群。

民国时期的中国社会,同乡关系是社会关系的一个重要构成。现存 1916 年 12 月浙江公会第五次编刊的《浙江旅京同乡录》,登记了在北京的浙江同乡,包括旅京人士。"按印铸局刊行职员录为次第,交会役随时调查",涵盖了浙江在北京的政、法、学、商等各界人士。④ 1922 年浙江同乡公会又编印《浙江全省旅京同乡录》。⑤

1916 年编刊的《浙江旅京同乡录》具体包括:参议院从议长到议员、科员等 24 位,众议院议员等 39 位,国务院参议厅参议等 3 位,国务院秘书厅秘

---

① 参见鲁迅:《从胡须说到牙齿》,《鲁迅全集》第 1 卷,第 260—261 页。
② 参见吴建雍、赫晓琳:《宣南士乡》,北京:北京出版社,2000 年,第 19 页。
③ 同上。
④ 《浙江旅京同乡录》,1916 年 12 月浙江公会第五次编刊。
⑤ 《浙江全省旅京同乡录》,浙江同乡公会文牍科编印,孙宝琦署耑,1922 年 1 月。

书、佥事、主事等16位,国务院法制局参事等6位,国务院铨叙局办事员4位,国务院统计局参事、主事等6位,国务院印铸局佥事、技正等6位,将军府将军等3位,审计院副院长、审计官、协审官、核算官等31位,外交部参事、秘书、佥事、主事等12位,内务部司长、佥事、署技正、主事等23位,京师警察厅督察长、署长、警佐等15位,财政部次长、会长、参事、佥事、主事等47位,中国银行总裁、副总裁等8位,盐务署署长、厅长、佥事、主事等24位,税务处督办、股长等7位,陆军部军务司等25位,陆军训练总监3位,海军部科长、视察等7位,参谋部11位,北京陆军测量局3位,司法部司长、参事、主事等19位,大理院11位,京师高等审判厅5位,京师地方审判厅8位,京师地方检察厅8位,京师第一监狱2位,教育部参事、佥事、视学等23位,北京大学校91位,法政专门学校2位,京师图书馆、医学校等5位,农业学校1位,工业学校2位,女子师范学校1位,农商部29位,交通部40位,各铁路6位,邮政总局1位,电话局1位,平政院8位,蒙藏院2位,清史馆7位,京兆尹公署15位,官产处5位,煤油矿筹备处3位,耆旧21位,商界20位,各类社会人员(包括报社、红十字总会、学务局等)7位,医生1位,旅京者51位。① 并附浙江在北京各会馆地址。

在这份同乡录中,周树人在教育部的23位同乡中被列为第三位,前为许寿裳、吴震春。② 鲁迅在绍兴会馆时,便常有同乡前来拜访,包括教育部同乡和许铭伯这样的居京耆旧,以及很多在民国政府各部门工作的,还有部分参加过清末革命的革命者及其亲属。③ 鲁迅对前来拜访的同乡,有选择性地接待。参议院议员童杭时1914年曾拜访鲁迅,后招饮,鲁迅"不赴"④。童杭时,日本东京法政大学毕业,清末曾随徐锡麟进行反清革命。⑤ 众议院议员田稔,字多稼,曾在1913年拜访鲁迅,鲁迅在日记中写道:"上午田多稼来,名

---

① 《浙江旅京同乡录》,1916年12月浙江公会第五次编刊。
② 《浙江旅京同乡录》,1916年12月浙江公会第五次编刊,第17页。
③ 由鲁迅日记的记载得出结论,参见《鲁迅全集》第15卷。
④ 参见鲁迅日记1914年1月3日:"午后童杭时来。"1914年1月21日:"晚童杭时招饮,不赴。"《鲁迅全集》第15卷,第99、102页。
⑤ 参见《鲁迅全集》第17卷,第236页。

刺上题'议员',鄙倍可厌。"①同乡录中的耆旧包括教育部前部长汪大燮,参政院前参政钱恂,铨叙局前局长许宝蘅,浙江教育司前司长沈钧儒等。②1922年《浙江全省旅京同乡录》编列的教育部同乡增至42位。③

该版《浙江旅京同乡录》也有遗漏,鲁迅在日记中还记载有其他同乡的来访。如1913年国会议员林式言来访,并访张协和。④ 林式言,浙江温州人,是鲁迅在浙江两级师范学堂的同事。⑤ 1912年,鲁迅与陈仲书互访。⑥ 陈仲书,名汉弟,浙江余杭人,早年留学日本,民国以后历任总统府秘书、国务院秘书长、参政院参事等职。⑦

鲁迅在北京教育部任职的初期,和同乡的交往也十分密切。章门弟子中的浙籍同乡群体,是鲁迅由教育部转向新文化运动的一个主要媒介。

第二节 鲁迅钞古碑与教育部职务之关系

1912—1917年这一时期在鲁迅日记中留下了简洁的史实记载。在鲁迅自述创作历程的《〈呐喊〉自序》中,对这些年的追忆只用了寥寥数语:"我于是用了种种法,来麻醉自己的灵魂,使我沉入于国民中,使我回到古代去,后来也亲历或旁观过几样更寂寞更悲哀的事,都为我所不愿追怀,甘心使他们和我的脑一同消灭在泥土里的,但我的麻醉法却也似乎已经奏了功,再没有青年时候的慷慨激昂的意思了。"⑧许多年中,鲁迅便寓在S会馆里钞古碑。

---

① 参见《鲁迅全集》第15卷,第63页。
② 《浙江旅京同乡录》,1916年12月浙江公会第五次编刊,第28—29页。
③ 《浙江全省旅京同乡录》,浙江同乡公会文牍科编印,孙宝琦署耑,1922年1月。
④ 参见《鲁迅全集》第15卷,第53页。
⑤ 参见《鲁迅全集》第17卷,第141页。
⑥ 参见鲁迅日记1912年11月7日:"晚陈仲书来。"12月22日:"往正蒙书局看陈仲书,不值。"《鲁迅全集》第15卷,第29页、第35页。
⑦ 参见《鲁迅全集》第17卷,第130页。
⑧ 鲁迅:《〈呐喊〉自序》,《鲁迅全集》第1卷,第440页。

在 S 会馆"钞古碑"这一场景,因为鲁迅的叙述,构成学界对鲁迅绍兴会馆时期(1912 年 5 月—1919 年 11 月)生活想象的基础。①

S 会馆里有三间屋,相传是往昔曾在院子里的槐树上缢死过一个女人的,现在槐树已经高不可攀了,而这屋还没有人住;许多年,我便寓在这屋里钞古碑。客中少有人来,古碑中也遇不到什么问题和主义,而我的生命却居然暗暗的消去了,这也就是我惟一的愿望。夏夜,蚊子多了,便摇着蒲扇坐在槐树下,从密叶缝里看那一点一点的青天,晚出的槐蚕又每每冰冷的落在头颈上。

那时偶或来谈的是一个老朋友金心异,将手提的大皮夹放在破桌上,脱下长衫,对面坐下了,因为怕狗,似乎心房还在怦怦的跳动。

"你钞了这些有什么用?"有一夜,他翻着我那古碑的钞本,发了研究的质问了。

"没有什么用。"

"那么,你钞他是什么意思呢?"

"没有什么意思。"②

"钞古碑"是一个概要的说法。《鲁迅全集》对钞古碑专门做过一个说明:"钞古碑 作者寓居绍兴会馆时,在教育部任职,常于公余搜集、研究中国古代的造像和墓志等金石拓本,后来辑有《六朝造像目录》和《六朝墓名目录》两种(后者未完成)。"③这个解释简略概括了鲁迅公余钞古碑的活动。鲁迅对于金石学的兴趣,是从青年时代就开始的,他在绍兴会馆时期,又特别致力于此。有研究者述及鲁迅曾想编纂一部六朝碑拓文字集成,因此编写了《六朝墓名目录》《六朝造像目录》《六朝墓志目录》《直隶现存汉魏六朝石刻录》。④

---

① 从 1912 年 5 月 6 日到 1919 年 11 月 21 日,鲁迅住在宣武门外南半截胡同绍兴会馆(1916 年 5 月 6 日以前住绍兴会馆中的藤花馆,5 月 6 日以后住会馆中的补树书屋)。
② 鲁迅:《〈呐喊〉自序》,《鲁迅全集》第 1 卷,第 440 页。
③ 鲁迅:《〈呐喊〉自序》注释第 13 条,《鲁迅全集》第 1 卷,第 443 页。
④ 参见萧振鸣:《鲁迅美术年谱》,北京:国家图书馆出版社,2010 年,第 113 页。以上四件手稿现存国家图书馆。

据现存鲁迅辑录金石目录可知,《六朝墓志目录》是《六朝墓名目录》的前身。① 此外,鲁迅辑录的金石目录仅现存的仍有《汉画像目录》《唐造像目录》《嘉祥杂画像》等,又有《百砖考》《汉石存目》《四川通志等书金石录摘抄》等。②

目前学界普遍认为,绍兴会馆时期为鲁迅文学创作的潜伏、准备、孕育期;鲁迅将这一时期的主要精力用于钞古碑、辑校古籍、读佛经,因此这七年被划入"十年沉默期"。鲁迅为何在这段时期致力于钞古碑?目前学界普遍依照周作人的解释,将之视为鲁迅的韬晦策略。鲁迅为什么要钞古碑,收集碑拓画像,真的如他所说是"没有什么意思"吗?周作人专门写有《抄碑的目的》做出解释:在袁世凯复辟帝制时期,"北京文官大小一律受到注意,生恐他们反对或表示不服,以此人人设法逃避耳目,大约只要有一种嗜好,重的嫖赌蓄妾,轻则玩古董书画,也就多少可以放心"③。因此,钞录古碑是"避人注意,叫袁世凯的狗腿看了觉得这是老古董;不会顾问政治的"④。周作人对鲁迅钞碑目的的解释只揭示了鲁迅钞古碑的社会历史背景。

鲁迅钞古碑的动机还有更具体、更深层的原因。首先,长期被学界忽视的一点是,古碑与鲁迅在教育部的工作直接相关。社会教育司第一科职能首项就是"博物馆图书馆事项",又有"五 调查及搜集古物事项"⑤。博物馆、图书馆在现代中国是新兴事物。"欧美考古学的资料多数归博物馆与公共团体所有。"⑥"博物馆与遗物的保存有密切关系,更兼有研究与教育两种意

---

① 国家图书馆藏《六朝墓志目录》首页写有:"《六朝墓志目录》经修改增删,写成《六朝墓名目录》。"
② 鲁迅手稿《汉画像目录》《嘉祥杂画像》《百砖考》《汉石存目》《四川通志等书金石录摘抄》现存国家图书馆。
③ 周作人:《抄碑的目的》,《鲁迅的故家》,钟叔河编订:《周作人散文全集》第12卷,桂林:广西师范大学出版社,2009年,第153页。
④ 周作人:《抄碑的方法》,《鲁迅的故家》,钟叔河编订:《周作人散文全集》第12卷,第155页。
⑤ 参见《教育部分科规程》"第四条 社会教育司置第一科第二科分掌各项事务",《教育部编纂处月刊》第1卷第6册"法令",1913年7月。
⑥ 参见滨田耕作:《考古学通论》,俞剑华译,上海:商务印书馆,1933年,第63页。

义。"①鲁迅写在《拟播布美术意见书》中的"播布美术之方"就包括保存碑碣、壁画及造像。因此，鲁迅的钞古碑并非陷入个人爱好的狭小空间，也不仅仅是韬晦策略的消极状态。

学界忽视鲁迅钞古碑与鲁迅在教育部工作的相关性，主要是因为长期忽视了鲁迅在教育部的工作实绩，以及鲁迅与教育部同事的交往。而这些史实在鲁迅日记中有清晰的记载。

征集金石拓片本身即属教育部的工作之一。1916年10月15日，教育部在《晨钟报》上登出启事征集全国金石拓本：

> 京师图书馆以历代金石拓本流转于民间者实为不鲜，若不搜集保藏，势必散失，殊为可惜，昨已呈经教育部咨行各省征集全国金石拓本送交图书馆收存，以免散失而保国粹云。②

民国时期，教育部注重对西方教育理论、资讯的译介，也涉及西方近代考古学的介绍。1913年，《教育部编纂处月刊》第2册至第4册的"附录"栏里登载了法国考古学家沙畹（Edouard Chavannes）主撰图书的目录：《中国北方考古旅行摄影目录译汉》。③ 这本书是1913年1月27日邮寄到教育部的，是由前清驻法使署寄致前清学部，"逾岁而始达"。据这篇目录的作者猜测是"法国极东学会（按，俗译法国博古学堂）于光绪末年遣员游历我邦，归有所记"。④ 其目录包括——第一编 汉刻：河南登封县石阙、四川雅州府石阙、孝堂山石室、武梁祠（含孔子见老子画像）、两汉诸石刻；第二编 景纪五稘至八稘间佛教雕刻：附近大同府之云冈诸石窟、河南府附近龙门窟、河南省巩县石窟寺、济南府千佛山、佛教碑刻杂集；第三编 唐宋陵墓；第四编 各博物藏品；第五编 石刻文字；第六编 景物。鲁迅在1913年9月11日的日记中，曾记载首次将该月刊寄给绍兴的周作人。⑤ 在鲁迅同一日的日记中，还有教育部同

---

① 参见滨田耕作：《考古学通论》，第100页。
② 《教育界近闻两则·教育部征集全国金石拓本》，《晨钟报》1916年10月15日。
③ 《教育部编纂处月刊》第1卷第2册至第4册，1913年3月、4月、5月。
④ 参见《中国北方考古旅行摄影目录译汉》，《教育部编纂处月刊》第1卷第2册，1913年3月。
⑤ 鲁迅日记1913年9月11日："上午以《教育部月刊》第一至四期寄与二弟。"后又陆续将该月刊寄给周作人。《鲁迅全集》第15卷，第78页。

事赠拓的记载:"胡孟乐贻山东画像石刻拓本十枚。"①胡孟乐赠鲁迅的汉画像拓片是山东武梁祠画像佚存石拓本。《中国北方考古旅行摄影目录译汉》中也有武梁祠画像石,据此可推断鲁迅应该读过该文。

这是鲁迅日记中最早关于汉画像的记载。这次赠拓被认为是"鲁迅收藏汉画像拓片的开始"②。教育部的同事胡孟乐(1879—?),名瑑,浙江绍兴人,日本早稻田大学师范理化科毕业,与鲁迅同时期留日,后在山会初级师范学堂共事。③ 他和许寿裳同期(1912年5月6日)到北京教育部工作,并在同一科任科员,即普通教育司第一科(负责幼儿园及小学教育)。④

教育部的刊物登载法国考古学家主撰的考古摄影书的介绍,教育部同事赠拓片,这都并非偶然。当时近代西方考古学传入中国,而中国收藏拓片正是高潮时期,教育部的不少同事都有关注。教育部同僚也时常以金石相互赠送。朱希祖1913年日记记载,在访问钱念劬先生家时,看到钱稻孙"书案上有法国考古家摄影中国唐以前画像数十种,如武梁石刻、云冈佛像等,皆在其列,内有多种不见于中国金石书者。窃谓中国唐以前古画不可得而见矣,赖兹石刻犹可考见源流,而金石学家专讲文字,图画不甚措意,宜著一唐以前画图考,源流派别,分别部居,亦一不朽之作也,不独历廿(按,原文如此)史画之赖以考见已也"⑤。由此可见钱稻孙对石刻的兴趣,钱氏1913年1月28日"以石刻贯休作《十六应真象》"赠送鲁迅。⑥

由以上材料看来,鲁迅收藏石刻画像,从一开始就有西方考古学的影响。1917年7月,鲁迅从日本丸善书店邮购了美国学者劳弗尔(B. Laufer)的《汉

---

① 《鲁迅全集》第15卷,第78页。
② 参见萧振鸣:《鲁迅美术年谱》,北京:国家图书馆出版社,2010年,第90页。赵献涛《鲁迅与汉画像新论》也据鲁迅1913年9月11日日记"胡孟乐贻山东画像石刻拓本十枚",断定"鲁迅对于汉画像的收集开始于民国初年,而不是开始于《鲁迅年谱》所说的1915年"。《石家庄学院学报》第10卷第4期。
③ 参见《鲁迅全集》第17卷,第174页。
④ 参见许寿裳存《教育部职员录》,现存北京鲁迅博物馆。
⑤ 朱希祖:《癸丑日记》,李德龙、俞冰主编:《历代日记丛钞》(影印本)第168册,北京:学苑出版社,2006年,第267—268页。
⑥ 参见鲁迅日记,《鲁迅全集》第15卷,第46页。

代的中国陶器》(*Chinese Pottery of the Han Dynasty*)。① 1917 年 4 月 24 日，"上午丸善寄来不列颠博物馆所藏《土俗品图录》一册"②。鲁迅藏书中有滨田耕作 1926 年出版的《通论考古学》③，还有《汉石存目》《魏晋存石目》等，鲁迅所藏后两本金石书都是罗振玉校补本④。在《汉石存目》中，罗振玉在前贤基础上，增补了流出海外的部分金石目录。⑤ 曾有研究者指出：20 世纪初，学者们开始用近代考古学方法积累汉画像资料，鲁迅成为当时汉画像拓片收藏者中的佼佼者。⑥ 拓片在现代中国"非常的发达"，日本考古学家誉之："对于细阴刻或低浮雕的绘画文字，复制原大的便法，莫过于拓本(rubbing)。"⑦ 不过他们只把拓本作为摄影的补助，此为考古的调查方法之一。

鲁迅整理古碑，不但注意其文字，而且研究其图案，这是旧时代的考据家赏鉴家所未曾着手的。⑧ 蔡元培指出，鲁迅对汉碑图案很感兴趣，"从前记录汉碑的书注重文字，对于碑上雕刻的花纹毫不注意"⑨。在西方近代考古学中，已有"型式学的方法"(typological method)，型式学的研究须注意先观察遗物的形状与装饰的纹样等。纹样的研究有顾达尔(Goodyear)《莲花纹研究》、牟特氏(Muth)《中国德国古铜器的动物纹》。⑩

---

① 鲁迅日记记载：1917 年 7 月，"十八日 晴。上午丸善寄来《支那土偶考》第一卷一册"。《鲁迅全集》第 15 卷，第 290 页。参见《鲁迅全集》第 17 卷，第 293 页"支那土偶考"条目、第 537 页 "Chinese pottery of the Han Dynasty"条目。
② 《鲁迅全集》第 15 卷，第 282 页。《土俗品图录》，英国伦敦不列颠博物馆所藏中世纪手工艺品和艺术品的英文目录。参见《鲁迅全集》第 17 卷，第 279 页。
③ 参见北京鲁迅博物馆鲁迅藏书。
④ 现存中国国家图书馆。《汉石存目》，有"会稽周氏藏本"章，福山王懿荣纂，上虞罗振玉校补；《魏晋存石目》，诸城尹彭寿纂，上虞罗振玉校补。
⑤ 《汉石存目》中罗振玉写道，尚"有前贤未曾寓目者，乃为东邦友人借去为写真工人乾没遗失者过半……又画象诸石流出海外者不少，尝欲为海外贞珉录以记之"。书中《附录》即为海外贞珉录所载汉画象。《汉石存目》，有"会稽周氏藏本"章，福山王懿荣纂，上虞罗振玉校补。
⑥ 参见萧振鸣：《鲁迅美术年谱》，第 90—91 页。
⑦ 参见滨田耕作：《考古学通论》，第 57 页。
⑧ 参见许寿裳：《亡友鲁迅印象记》，桂林：广西师范大学出版社，2010 年，第 42、45 页。
⑨ 蔡元培：《记鲁迅先生轶事》(1936 年 11 月 16 日)，高平叔编：《蔡元培全集》第 7 卷，北京：中华书局，1989 年，第 146 页。
⑩ 参见滨田耕作：《考古学通论》，第 70—71 页。

"画像造像不仅为美术品,实为重要之史材。"①博物馆收藏文物,以供研究,"器物之史材,较文字之史材,尤为重要。晚近欧美学者,研考东亚文明,据器立说,成书多有"②。雕刻绘画(包括中国三代以后的古铜器、汉代画像石、六朝石窟寺及佛像)等,都被列入考古学资料范围。在近代考古学家看来,狭义之史学,专使用以文字所记之文献的资料,而考古学则以人类遗留之物质的遗物为其研究的材料。③考古学的资料中,遗迹之最普通者为坟墓。④

鲁迅钞古碑,也是借助金石研究中国历史。鲁迅对文字记录本就有一种不信任态度,所以他辑校古籍,有时是用文字与金石对校,来修正文字的讹误。因为文字不仅有可能在传播中出现错误,更有可能经过当权者删改。仅凭文字,很难还原真实的历史,还需要借助图像,这是他重视金石的重要原因。鲁迅特别重视对金石真伪的考证。他在做金石目录时,专门做了《伪刻圳》,并在目录中根据其他金石书(多据罗,指罗振玉)指出伪作。⑤鲁迅在整理金石目录时,还不时摘抄前人论及金石的文章,如洪颐煊《平津读碑记》、俞樾《春在堂随笔》、端方《匋斋藏石记》。⑥鲁迅1934年2月11日致姚克信中说:"关于秦代的典章文物,我也茫无所知,耳目所及,也未知有专门的学者,倘查书,则夏曾佑之《中国古代史》(商务印书馆出版,价三元)最简明。生活状态,则我以为不如看汉代石刻中之《武梁祠画像》……汉时习俗,实与

---

① 马衡:《中国金石学概论》,马衡、陈衡恪:《中国金石学概论 中国绘画史》,长春:时代文艺出版社,2009年,第57页。
② 《发刊辞》,《国立历史博物馆丛刊》第1年第1册,国立历史博物馆编辑部编辑,国立历史博物馆售品处发行,1926年10月10日,第2页。
③ 滨田耕作:《考古学通论》(续第一册),《国立历史博物馆丛刊》第1年第2册,国立历史博物馆编辑部编辑,国立历史博物馆售品处发行,1926年12月10日。
④ 滨田耕作:《考古学通论》(续第二册),《国立历史博物馆丛刊》第1年第3册,国立历史博物馆编辑部编辑,国立历史博物馆售品处发行,1927年2月10日。
⑤ 例如在《六朝造像目录》(一)中,鲁迅就多次根据他书记录指出伪作:朱异造像,罗录云疑伪;周文有造像,阳刻,永定二年,罗录云伪作。巩伏龙造像,延和元年六月,赵录云疑伪。现存国家图书馆。
⑥ 参见鲁迅手稿《汉画像目录》《四川通志等书金石录摘抄》等。例如,《汉画像目录》中《武氏前石室画像》《朱鲔墓石室画像》等摘抄洪颐煊《平津读碑记》;《南武阳功曹墓阙》等摘抄俞樾《春在堂随笔》;《食斋祠园画像》等摘抄端方《匋斋藏石记》。

秦无大异,循览之后,颇能得其仿佛也。"①这段话表现出鲁迅对石刻记载的重视。许广平也指出注意于当时风俗"也就是先生研究汉唐画像的真意"②。"还有,我们看书里面的文字,总没有看图来得清楚,从石刻中,可以知道古代的游猎、战斗、刑戮、卤簿、宴会,甚至神话、变戏法、音乐、车马仪式等,这些都是研究史实的最好材料,平常人大抵不措意的。"③许广平也特别重视鲁迅致姚克信中多次提及的"武梁祠画像""朱鲔石室画像",并强调鲁迅所说的"印汉至唐画像,但唯取其可见当时风俗者,如游猎,卤簿,宴饮之类"(鲁迅1934年6月9日致台静农信)。④ 在《谈胡须》一文中,鲁迅就凭借汉石刻画像和北魏至唐的佛教造像,来判断中国古代男子的胡须上翘。⑤

第三节　儿童美育工作与《风筝》的改写

儿童教育是民国教育部的工作重点之一。国语运动中,白话地位确立的最关键一环,是通过教育部在儿童教育中推行国语。教育部训令全国各国民学校将一、二年级"国文"改为"国语",被学界视为文学革命和国语运动合流的最大成果。⑥ 鲁迅在教育部所做的儿童美育工作对他的创作产生了潜在影响。这种影响从语言到取材、思想等方面都有所表现。鲁迅创作了一系列关注儿童教育的作品:《狂人日记》中的"救救孩子"、《随感录 二十五》(1918)、《随感录 四十九》(1919)、《我们现在怎样做父亲》(1919)。小说

---

① 此信中还写道:"北平之所谓学者,所下的是抄撮功夫居多,而架子却当然高大,因为他们误解架子乃学者之必要条件也。"《鲁迅全集》第13卷,第23页。
② 参见许广平:《关于汉唐石刻画像》,《鲁迅回忆录(十一篇)》,鲁迅研究室编:《鲁迅研究资料》(1),北京:文物出版社,1976年,第123页。
③ 同上书,第124页。
④ 同上书,第125页。
⑤ 参见鲁迅《说胡须》:"清乾隆中,黄易掘出汉武梁祠石刻画像来,男子的胡须多翘上;我们现在所见北魏至唐的佛教造像中的信士像,凡有胡子的也多翘上,直到元明的画像,则胡子大抵受了地心的吸力作用,向下面拖下去了。"《鲁迅全集》第1卷,第184页。
⑥ 王风:《文学革命与国语运动之关系》,夏晓虹、王风等:《文学语言与文章体式:从晚清到五四》,合肥:安徽教育出版社,2006年,第68页。

《药》和《明天》都以戕害儿童的事例向旧世界问罪。① 以同一儿童问题题材——反思拆掉小兄弟的风筝,鲁迅先后撰写了《我的兄弟》和《风筝》。《风筝》对《我的兄弟》的改写,反映了鲁迅对儿童问题思考的深入。

一 美育论文对语言和思想的影响

鲁迅在教育部的工作中,以儿童为主的美育工作是重点之一。1913年2月,教育部编纂处编辑印行《教育部编纂处月刊》,从创刊开始就主推美育,第1卷第1册刊出了鲁迅的《致国务院国徽拟图说明书》(附图)、《拟播布美术意见书》,以及鲁迅所负责的美术调查处的美术调查工作之一——《奉天清宫藏品目录》。②

1913年,鲁迅陆续译出上野阳一的三篇论文《艺术玩赏之教育》(配插图)、《社会教育与趣味》、《儿童之好奇心》③,先后登载于《教育部编纂处月刊》。④ 这三篇论文都涉及儿童美育、儿童心理学。这些译文是"为了应教育部《编纂处月刊》而翻译的"⑤。在《教育部编纂处月刊》登载时都未署译者名,只写明著者为上野阳一,明显这是职务工作。上野阳一的这三篇论文都登载于日本1912年创刊的《心理研究》杂志,由心理学研究会编刊。⑥ 鲁迅在附记中极力推荐,并写明是为了发展我国美育——《艺术玩赏之教育》"谨案此篇论者,为日本心理学专家。所见甚挚,论亦绵密。近者国人,方欲有为于美育,则此论极资参考"⑦;《社会教育与趣味》"按原文本非学说,顾以国

---

① 木山英雄:《〈野草〉主体构建的逻辑及其方法》,《文学复古与文学革命》,赵京华编译,北京:北京大学出版社,2004年,第10页。
② 《奉天清宫藏品目录》登载于《教育部编纂处月刊》第1卷第1册至第5册,1913年2月至6月。
③ 鲁迅1913年10月18日日记记载:"夜译论毕,约六千字,题曰《儿童之好奇心》,上野阳一著也。"鲁迅明确指出上野阳一为心理学专家。原注参考书目中即有"4)野上,上野,实验心理学讲义1909"。《鲁迅全集》第15卷,北京:人民文学出版社,2005年,第83页。
④ 《艺术玩赏之教育》《社会教育与趣味》《儿童之好奇心》分别登载于《教育部编纂处月刊》第1卷第4、7册,第9、10册,第10册。
⑤ 许广平:《鲁迅回忆录》,武汉:长江文艺出版社,2010年,第49页。
⑥ 参见中岛长文编刊《鲁迅目睹书目》(日本书之部),1986年3月25日,第86页。
⑦ 《艺术玩赏之教育》(续第4册),《教育部编纂处月刊》第1卷第7册"学说",1913年8月。

中美育之论,方洋洋盈耳,而抑扬皆未得其真,甚且误解美谊,此篇立说浅近,颇与今日吾情近合,爰为移译,以供参鉴"①。《艺术玩赏之教育》在《教育部编纂处月刊》发表时,还有配图。②

　　此时,鲁迅与许寿裳同住绍兴会馆,翻译心理学论文,应受到许寿裳的影响。许寿裳曾于1911年请鲁迅翻译心理学著作。鲁迅在致许寿裳的信中说到自己"素不治心学",希望许寿裳"别择简洁之本,自加删存,指定孰则应留,孰则应去"③,此言并非谦虚。上野阳一是日本心理学家,毕业于东京帝国大学④,对他的论著,中国译介很少。译介心理学家或教育家的著述,正是许寿裳的偏好。⑤ 许寿裳对心理学确有研究,他曾在浙江两级师范学堂担任优级心理学教员,在北京优级师范学堂担任心理学教员。⑥ 许寿裳之子许世瑮在《怀思》中概述了父亲的治学领域:"他(父亲许寿裳)在精治国学外,对于心理、史地、政治、教育等各部门的社会科学都很有根底。"⑦在任教的学校中,"他主讲教育学、心理学、文字学、西洋史、传记研究和中国小说史等课程"⑧。许寿裳曾在东京高等师范大学修历史地理科四年⑨,在他所记松东教授讲授《实验心理学》笔记中,列有各国心理学实验场,其中有日本帝国大学。⑩ 而鲁迅所列上野阳一译文的参考书目中就有上野的《实验心理学讲义》(1909)一书。

---

① 《社会教育与趣味》(续第9册),《教育部编纂处月刊》第1卷第10册"学说",1913年11月。
② 《艺术玩赏之教育》(续第4册),《教育部编纂处月刊》第1卷第7册"学说",1913年8月。
③ 《110420致许寿裳》,《鲁迅全集》第11卷,第347页。
④ 参见《鲁迅大辞典》编委会编:《鲁迅大辞典》,北京:人民文学出版社,2009年,第62页。
⑤ 参见孙伏园《许寿裳先生》:许寿裳交给孙伏园的稿件,"内容大抵是介绍一位英美的心理学家或教育家"。收入绍兴市政协文史资料委员会、浙江省政协文史资料委员会编:《许寿裳纪念集》,第158页。鲁迅在《330302致许寿裳》中提及:"关于儿童心理学书,内山书店中甚少,只见两种,似亦非大佳,已嘱其径寄,并代付书价矣。"《鲁迅全集》第12卷,第377页。
⑥ 参见许寿裳存《教育部职员录》,现存北京鲁迅博物馆。
⑦ 许世瑮《怀思》,绍兴市政协文史资料委员会、浙江省政协文史资料委员会编:《许寿裳纪念集》,第2页。
⑧ 林辰:《许寿裳的生平与著作简述——〈许寿裳文录〉编后记》,绍兴市政协文史资料委员会、浙江省政协文史资料委员会编:《许寿裳纪念集》,第105页。
⑨ 参见许寿裳存《教育部职员录》,现存北京鲁迅博物馆。具体见导论第6页注释②。
⑩ 参见许寿裳所记松东教授讲授《实验心理学》笔记,现存北京鲁迅博物馆。

鲁迅译上野阳一的三篇论文,延续了翻译《域外小说集》所采用的直译法,"用亟循字移译,庶不甚损原意"①。使用的语言却不止于古文,而是文白夹杂,并掺入大量现代用语。这三篇译文和这段时期鲁迅在教育部所写的部分公务文章(如《〈欧美名家短篇小说丛刊〉评语》),都使用了文言到白话中间的一种过渡性语言。这为《狂人日记》等作品中成熟的白话语言奠定了基础。王风指出周氏兄弟的语言在翻译中由文言转向了白话,即"在其书写系统内部,晚清民初的文言实践在文学革命时期被'直译'为白话,并成为现代汉语书写语言的重要——或者说主要源头"②。此外,周氏兄弟的白话还获得了口语资源。这从周作人的自述和书信实践中,都能得到证实。③ 周作人在1918年12月14日致钱玄同的信中,有意将文言词语转为白话,如将《新青年》写为《新鲜小伙子》,"敬请文安"写为"恭恭敬敬的请问文章的平安"。④ 这是一种文字游戏,也表现出明显的白话写作意识,成为从文言思维到白话思维转变的一个尝试。

二 全国儿童艺术展览会

举办全国儿童艺术展览会是教育部进行儿童美育的重要举措。1912年9月,教育部决定翌年夏在北京举办儿童艺术展览会,并电告各省教育司按《展品搜集条例》搜集展品。但不久发生"二次革命",延至1914年4月,教

---

① 《艺术玩赏之教育》(续第4册),《教育部编纂处月刊》第1卷第7册"学说",1913年8月。
② 王风:《周氏兄弟早期著译与汉语现代书写语言(下)》,《鲁迅研究月刊》2010年第2期。
③ 周作人自言:"我从前翻译小说,很受林琴南先生的影响,一九○六年往东京以后,听章先生的讲论,又发生多少变化,一九○九年出版的《域外小说集》,正是那一时期的结果。一九一七年在《新青年》上做文章,才用口语体,当时第一篇的翻译,是古希腊的牧歌。"周作人:《〈点滴〉序》,周作人辑译:《点滴》,北京:北京大学出版社,1920年,第1—2页。
④ 《周作人致钱玄同·一九一八年十二月十四日》,北京鲁迅博物馆编:《北京鲁迅博物馆藏中国近现代名人手札大系》第7卷,北京:高等教育出版社,2021年,第2—5页。周作人在此信中,有意将文言转为白话,现将全信录下:"浑然仁善的阿哥,合用砚瓦的大的人的高台的底下。长久离开了鹿尾巴的教训,时时刻刻狠深的跑马般的想念。现在是筹画的运气极吉祥,道德的鞋子狠平和;伸著头望灵芝的相貌,实在狠深蕴草的颂扬。现在说话了。有一个破的朋友想得两本《新鲜小伙子》里边的《算命先生号》,听说尊贵的地方有这东西,可不可以请于磕头一到国子监来的时候丢下。侥幸极了,侥幸极了。特地这样达出意见,恭恭敬敬的请问文章的平安,爬在地上恳求,明晃晃的照着不曾说完。呆而且小的兄弟 独应 一钱五分。阳历腊月中浣四号。"

育部另发通令,定于当年4月21日至6月20日展出,并指派社会教育司司长夏曾佑主办。具体工作则由该司第一科负责。①

鲁迅时任第一科科长,负责儿童艺术展览会,投入了很多精力筹办。鲁迅与上司夏曾佑,同僚戴螺舲、钱稻孙合作,出色地完成了这一工作。鲁迅从看会场,到展览会开会时理事,再到会后挑选赴巴拿马的展品,一直尽心尽力,甚至周末都不休息,工作到很晚。这在鲁迅日记中有详细的记载。②

1914年登载于《京师教育报》的《第一次儿童艺术展览会旨趣》,立意高远,分析深入细密,带有以美育救国的理想主义色彩。这篇文章虽然没有署名,但因为鲁迅时任第一科科长职务,具体承办此会,而且其中所蕴含的美育观和儿童心理学的分析逻辑与鲁迅的思维很接近,可推断它至少反映了鲁迅的意旨。《儿童艺术展览会旨趣书》收入社会教育司1915年3月编辑出版的《全国儿童艺术展览会纪要》,唐弢考证也认为这份"旨趣书"是鲁迅的手笔,至少也是经过他修改润色的,"因为思想、口气、文笔都是他的",与《拟播布美术意见书》一样,也反映了鲁迅早期的美学观点与教育思想。③ 展览结束后,鲁迅还将《儿童艺术展览会纪要》寄给周作人,将《儿童艺术展览会报告》寄给他的学生商契衡。④

第一次儿童艺术展览会旨趣

人自朴野至于文明,其待遇儿童之道,约有三级。最初曰育养;更进

---

① 参见《鲁迅大辞典》编委会编:《鲁迅大辞典》,北京:人民文学出版社,2009年,第30页。
② 1913年3月31日,"午后同夏司长及戴螺舲往全浙会馆,视其戏台及附近房屋可作儿童艺术展览会会场不"。1913年11月6日,"午后同稻孙布置儿童艺术品"。1914年4月21日,"午后一时全国儿童艺术展览会开会";26日"上午仍至教育部理儿童艺术展览会事,下午五时始归寓"。5月3日"星期。……午后仍赴展览会理事至晚";"十日 星期。上午仍至展览会办事,晚六时归寓";"十七日 星期。上午仍至展览会治事,下午六时归寓";"二十日 下午四时半儿童艺术展览会闭会,会员合摄一影";"二十三日"上午开儿童艺术审查会"。6月2日,"与陈师曾就展览会诸品物选出可赴巴那马者饰之,尽一日"。《鲁迅全集》第15卷,第55、86,114—120页。
③ 参见胡从经:《轶事与佚文》,《鲁迅研究文丛》(一),长沙:湖南人民出版社,1980年,第187页。
④ 鲁迅日记记载,1914年10月15日,"得二弟所寄《绍县小学成绩展览会报告》四册,四日付邮"。1915年4月16日,"上午寄二弟信……又寄……《教育公报》第十期一本,《儿童艺术展览会纪要》二本,分两包"。6月25日,"上午寄商契衡《儿童艺术展览会报告》一册"。《鲁迅全集》第15卷,第137、168、176页。

则因审观其动止既久,而眷爱益深,是为审美;更进则知儿童与国家之关系,十余年后,皆为成人,一国盛衰,有系于此,则欲寻求方术,有所振策,是为研究。

研究儿童,为术不一,或察其体质,或观其精神。今儿童艺术展览会者,则审察精神之一端,中国十五岁以下儿童之所心营手造,略见于此。览者可借以见知识之发达,好尚之所在,外物之关系,及土风之不同。

知识之发达者,谓凡所造作,其由简而繁由疏而密者如何也。好尚之所在者,谓于平日习见诸物,其取舍如何也。与外物及土风之关系者,谓居口岸与内地,居市与居邨,生农家与商家,其制作之殊别如何。生此省与他省,其殊别又如何也。

儿童之精神,虽以外物而有殊别,然有不可不同具者,则为中国国民应有之德与智与美三者。所以养成之者,则有小学校与社会教育。然事以比较而良,学因博见而进。今儿童艺术展览会者,则研究教育之一端。全国已入及未入学校儿童之所造作皆有之。览者于此,可借以见各地家庭之情形,外物之影响,教育之状况及其教法之善否。①

心理学研究环境对儿童的影响,"教子之所以宜择居而择友者,自心理学言之,以其无识半识之间,大受影响故也"。而在儿童教育中,"半识之价值,时或反优于有识也"②。《第一次儿童艺术展览会旨趣》中的一段论述与鲁迅所译上野阳一的《社会教育与趣味》极为相似:参观儿童艺术展览会,"可借以见知识之发达,好尚之所在,外物之关系,及土风之不同","与外物及土风之关系者,谓居口岸与内地,居市与居邨,生农家与商家,其制作之殊别如何。生此省与他省,其殊别又如何也"。③

《社会教育与趣味》中比较了同在一时,居"繁地"者与居"僻壤"者、"京居人"与"乡居人"的差异,认为居"繁地"者、"京居人"感觉更为敏锐,动作

---

① 《第一次儿童艺术展览会旨趣》,《京师教育报》1914年第4期"附录",京师学务局印行。
② 参见许寿裳:《应用心理学讲义手稿》,现存北京鲁迅博物馆,许世玮捐赠。
③ 《第一次儿童艺术展览会旨趣》,《京师教育报》1914年第4期"附录",京师学务局印行。

更为迅速①,并有详细的论述:

> 故乡井优闲,人心安逸,而都市居者,心恒不定,此其物质之激刺者也。又以交通之具备,传报纷繁。……昔人所闻,不过邻家阿贵,鬻其祖田,里门阿富,嫁其夫郎,诸缓事近闻而已。今则不然,突厥和矣,"支那"乱矣,报牒纷至,应接不遑。②
>
> ……
>
> 气质迁移,多因环境,古谓居移气,养移体,又曰近朱者赤,近墨者黑。假今举国争货,闻见皆浊。吾秉本清,亦几何不同流合污。而世风高洁,礼乐彬彬,则吾资虽陋,亦自日化。此犹人相交友之情也。③

《孟子》中有句:"居移气,养移体。大哉居乎!"④鲁迅在此文翻译语言的选择中,使用了孟子的语句:"古谓居移气,养移体,又曰近朱者赤,近墨者黑。"这篇文章中讲到了居室、建筑等环境对人的影响,鲁迅在后来所写的《"京派"与"海派"》一文中,延续了这种观点:"籍贯之都鄙,固不能定本人之功罪,居处的文陋,却也影响于作家的神情,孟子曰:'居移气,养移体',此之谓也。"⑤"取今复古,别立新宗",将"世界之思潮"与"固有之血脉"接续,是鲁迅在《文化偏至论》中就提出的思想。⑥

这次展览展出的儿童艺术品中还包括了日本的艺术品。在《儿童艺术展览会会场略图》中可看到在按地区分类的22个展区中,第22个展区是神户。⑦ 这次展览会展品包括儿童手工制品及玩具等。鲁迅从1913年开始收

---

① 《社会教育与趣味》(译日本上野阳一著论),《教育部编纂处月刊》第1卷第9册"学说",1913年10月。
② 《社会教育与趣味》(译日本上野阳一著论),鲁迅译,但未署译者名,《教育部编纂处月刊》第1卷第9册"学说",1913年10月。着重号为原刊所加。
③ 《社会教育与趣味》(续第9册),《教育部编纂处月刊》第1卷第10册"学说",1913年11月。
④ 《尽心章句上》,《十三经注疏》整理委员会整理:《十三经注疏·孟子注疏》,北京:北京大学出版社,1999年,第371页。
⑤ 鲁迅:《"京派"与"海派"》,《鲁迅全集》第5卷,第453页。
⑥ 参见鲁迅:《文化偏至论》,《鲁迅全集》第1卷,第57页。
⑦ 《儿童艺术展览会会场略图》,《京师教育报》1914年第4期"附录",京师学务局印行。

集玩具,这一兴趣一直延续到展览会后。①

儿童教育,包括玩具,是当时教育界的新热点之一。《新青年》《新潮》及部分教育报刊,都相继刊发讨论儿童问题的文章。1914年,由京师学务局印行的《京师教育报》登载了译自日文的《手工教授新论》,倡导儿童的手工教育。② 1919年2月,《新潮》介绍《新青年》杂志,极希望《新青年》再选几个要紧问题积极讨论,儿童问题被列在首位。③ 1919年11月,《新青年》第6卷第6号登载了鲁迅的《我们现在怎样做父亲》。1930年,近代中国影响最大的教育辞书《教育大辞书》由商务印书馆编辑出版,并再版多次,对"玩具""玩具制作""玩偶与教育"列有很详细的条目。④《教育大辞书》编写期间,集国内众多教育名家和学科专家之力,收录了不少当时国内外教育研究的最新成果。⑤ 对重要的问题,还分别约请专家特撰专条。其中,"美育"一条就是蔡元培撰写的。⑥ 这次展览会展出的儿童艺术品名目无存,但在这次展览的纪要《儿童艺术展览会纪要》中登载了鲁迅所译日本高岛平三郎《儿童观念界之研究》,以儿童绘画研究儿童之观念界,其中玩具类的第一项即为"纸鸢",而游戏类也包括"放纸鸢"。⑦

---

① 鲁迅日记中有详细记载:1913年2月6日,"午后即散部往琉璃厂,诸店悉闭,仅有玩具摊不少,买数事而归"。1913年6月10日,"晚得杨莘耜所寄玩具一匣,五月九日西安发"。1913年7月5日,"并购饼饵、玩具少许"。1913年8月30日,"上午得杨莘士柬并玩具十二事,皆山陕所出"。1915年11月2日,"上午寄二弟小包一,内……陕西玩具十余事"。1916年12月5日,"别购玩具五种,一元"。1920年1月8日,"午后游小市,买磁玩具一"。《鲁迅全集》第15卷,第47—48、67、72、77、194、251、393页。

② 冈山秀吉:《手工教授新论》,京师公立第一小学教员唐崇保、郭兴贵、白毓森合译,《京师教育报》1914年第6期"译著",京师学务局印行。

③《新青年杂志》,《新潮》第1卷第2号,1919年2月1日。

④ 唐钺、朱经农、高觉敷主编:《教育大辞书》,上海:商务印书馆,1930年7月初版,1933年5月缩本初版、1935年4月缩本三版。

⑤ 肖朗、张秀坤:《民国教育界与出版界的互动及其影响——以王云五的人际交游为考察中心》,《教育学报》2011年第3期。

⑥ "美育"词条,唐钺、朱经农、高觉敷主编:《教育大辞书》,上海:商务印书馆,1930年,第742—743页。

⑦ 高岛平三郎:《儿童观念界之研究》,鲁迅译,原载1915年3月《全国儿童艺术展览会纪要》,收入王世家、止庵编:《鲁迅著译编年全集》第2卷,北京:人民出版社,2009年,第285—303页。

三 《风筝》对《我的兄弟》的改写

民国教育部已经认识到儿童制作手工艺品有益于成长,在制定的政策中重视手工课的教育。1920 年教育部发出部令《咨各省区据教育会联合会议决中等以下教育宜注重工艺案应分行参酌办理》(九年咨第三百三十九号),其中附有《中等以下教育宜注重工艺案》,提出"中学校手工一门宜每周改为三小时","国民学校高等小学校手工一门应令儿童自动"。①

教育部推行在儿童教育中注重工艺的宗旨:"各校须就各地方所产原料制造各地适用物品,由本校自设贩卖部出售,以销数之畅滞见成绩之优劣方与注重工艺宗旨相合,应请大部通行各省区一律遵行。"②因此出现了浚智玩具铺,这在当时的写实小说中有所记述。风筝也是其生产的浚智玩具之一。1923 年 4 月,教育部所属通俗教育研究会编辑的《通俗教育丛刊》登载了绍兴寿玺编的写实小说《风筝》。《风筝》中概述了当时小孩子玩风筝的几种情形,包括有的孩子"买了风筝或是做了风筝,不敢让家里和书房里的先生知道,偷着出来玩的"③。小说中所写的《社会教育报》(1923 年 3 月发行) 的"科学游戏"一栏里,"便是记载放风筝的事情,他说儿童游戏,最要紧的是合乎科学心理,放风筝这桩顽意儿最好没有的了。第一是补助体育……放一回风筝,可以呼吸些新鲜空气,又可以活动个人的身体,这个可以算作小孩时候的适当运动;第二是增长学问,什么动物啦、植物啦、历史上的故事啦、一切种种,在授课时候,脑力迟钝些的,便不能完全领会,就是仗记忆力,强记下来,也有些枯寂无味,倘能制造玩具,给他们顽,便容易领会、容易记忆,这风筝也是玩具之一,自然也能够令小孩不知不觉的增些智识——末后又说有一位热心社会教育的华君,组织了一爿商店,叫做浚智玩具铺,专卖儿童玩具,他说欧美的教育家,大概对于儿童,都是利用玩具,这些玩具效用不在教科书以

---

① 《咨各省区据教育会联合会议决中等以下教育宜注重工艺案应分行参酌办理》(九年咨第三百三十九号),收入《教育部文牍汇编第六》,总务厅文书科印行,1921 年 3 月辑印,第 74 页。鲁迅藏书,现存北京鲁迅博物馆。

② 同上。

③ 寿玺:《风筝》,《通俗教育丛刊》第 19 辑,通俗教育研究会编辑,1923 年 4 月。

下。从前书坊里边,出售的教科书,曾经教育部审定,现在他店里的出品,却也聘请一般学问家审定过,这风筝也就是出品之一。他家制造风筝,式样虽多,美术上、科学上都有研究"①。

1925年,鲁迅发表散文诗《风筝》,而《风筝》的核心故事原型,早在1919年创作并发表的《我的兄弟》中,就已经写出来了。

《我的兄弟》中的叙述较简单,只是对故乡所发生事件的回忆:

> 我是不喜欢放风筝的,我的一个小兄弟是喜欢放风筝的。
>
> ⋯⋯⋯⋯
>
> 我是不喜欢放风筝的,也最讨厌他放风筝,我便生气,踏碎了风轮,拆了竹丝,将纸也撕了。
>
> ⋯⋯⋯⋯
>
> 我后来悟到我的错处。我的兄弟却将我这错处全忘了,他总是很要好的叫我"哥哥"。
>
> ⋯⋯⋯⋯
>
> 阿!我的兄弟。你没有记得我的错处,我能请你原谅么?
> 然而还是请你原谅罢!②

1925年北京冬季的雪,触动了鲁迅的内心,他将《我的兄弟》改写成《风筝》。《风筝》写明了叙述地点是北京,并且首尾呼应,在地点、时间上都设置为双层:北京—故乡、冬季—春季。

> 北京的冬季,地上还有积雪,灰黑色的秃树枝丫叉于晴朗的天空中,而远处有一二风筝浮动,在我是一种惊异和悲哀。
>
> ⋯⋯⋯⋯
>
> 现在,故乡的春天又在这异地的空中了,既给我久经逝去的儿时的回忆,而一并也带着无可把握的悲哀。我倒不如躲到肃杀的严冬中去罢,——但是,四面又明明是严冬,正给我非常的寒威和冷气。③

---

① 参见寿玺:《风筝》,《通俗教育丛刊》第19辑,1923年4月。
② 鲁迅:《自言自语·我的兄弟》,《鲁迅全集》第8卷,第119—120页。
③ 鲁迅:《风筝》,《鲁迅全集》第2卷,第187—189页。

很显然,北京的寥寥几笔风物描写,使得全篇形成了更立体的结构,其含义也更加丰厚。《风筝》中增加的描写,象征地传达出作者对于社会"季候"的感觉和憎恶;《风筝》把《我的兄弟》中的思想萌芽,提升到了理性思考的更高层面。① 鲁迅在《风筝》中明确写出了"我"嫌恶风筝的原因,是"因为我以为这是没出息孩子所做的玩艺"②。而现在终于意识到风筝作为儿童玩具的价值:"我不幸偶而看了一本外国的讲论儿童的书,才知道游戏是儿童最正当的行为,玩具是儿童的天使。"③在《社会教育与趣味》一文中,第四节"趣味教育"已明确讲到玩具的作用:"故自婴时,即授以精巧之玩具,于发达儿童趣味,俾将来能昧艺术,甚非利也。"④孙玉石详细论述了北京风物引发鲁迅写作《风筝》的过程。⑤

对儿童的关注,使鲁迅在论述成人问题时,也引入儿童的意象。在《热风·题记》中,鲁迅将在北京西长安街一带观察到的卖报孩子的衣着变化——由"童子军的拟态"到"偶尔还剩有制服模样的残余",再到"衣履破碎"这样一个过程——用作比喻,并考证了"童子军式的卖报孩子"的出现是在1919年5月4日散传单的童子军出现之后。鲁迅将衣着变化中物理时间上的间隔,转换到他所认识到的社会现象时间上的间隔。文章在第一段描述了卖报孩子的衣着,在第二段又再次追溯,而在后文以此来比喻起先嘲骂《新青年》改革,后来又赞成改革,再后来又嘲骂改革者:

> 现在有谁经过西长安街一带的,总可以看见几个衣履破碎的穷苦孩

---

① 参见孙玉石:《现实的与哲学的——鲁迅〈野草〉重释》,北京:北京大学出版社,2010年,第115—116页。
② 鲁迅:《风筝》,《鲁迅全集》第2卷,第187页。
③ 同上书,第188页。
④ 《社会教育与趣味》(续第9册),《教育部编纂处月刊》第1卷第10册"学说",1913年11月。
⑤ 据《鲁迅日记》记载,1924年12月30日这一天,北京连着下了两天的大雪:"雨雪。……下午霁,夜复雪。"第二天,大约晴天,刮起了北京冬天特有的大风,满地白雪,漫天飘舞,一片非常壮观的景象,这种景象,使鲁迅的内心,产生了一种难以抑制的激动。他很少有地在自己12月31日的日记里,写下:"晴,大风吹雪盈空际。"这场纷飞的大雪和大雪过去之后北京街头的一番景象,触动了鲁迅新的艺术构思。1925年1月1日,鲁迅因为"惊异于青年消沉",写下了《希望》。18天后,他写了散文诗《雪》。再过6天,他又写了《风筝》。参见孙玉石:《现实的与哲学的——鲁迅〈野草〉重释》,第96—97、107页;《鲁迅全集》第15卷,第540、541页。

子叫卖报纸。记得三四年前,在他们身上偶而还剩有制服模样的残余;再早,就更体面,简直是童子军的拟态。

....

……自《新青年》出版以来,一切应之而嘲骂改革,后来又赞成改革,后来又嘲骂改革者,现在拟态的制服早已破碎,显出自身的本相来了,真所谓"事实胜于雄辩",又何待于纸笔喉舌的批评。①

鲁迅这篇文章对历史的描述非常深刻,袁一丹曾以之为起点做新文化运动发生考论的研究。②而鲁迅在文中将这一认识与北京街头的卖报孩子的景象结合,并以此为喻,非常形象地表述了自己在具体历史情境中的思想。

第四节　读音统一会与章门弟子进京

1913 年,留日归国在教育界任职的鲁迅、朱希祖、许寿裳、马幼渔、钱稻孙等在教育部召开的读音统一会中,联合具名提案,齐荐以章太炎 1908 年所拟的一套标音符号为基础制定字母,获得通过。章太炎闻讯后写信给朱希祖:"闻以读音统一会事入京,果为吾道张目,不胜欣跃。"③这套字母被称为注音字母,成为我国第一套官方公布的拼音方案。读音统一会是北洋政府教育部召开的全国性学术会议,由吴稚晖和王照主持,主要议程一为审定六千五百多个汉字的字音,二为讨论并裁定拼音字母方案。

章太炎这套注音字母的提出,是在 1908 年《民报》第 21 号刊发的《驳中国用万国新语说》一文中,该文对"巴黎留学生相集作《新世纪》,谓中国当废汉文,而用万国新语"加以驳诘,并提出"定纽文为三十六,韵文为二十二,皆取古文、篆、籀径省之形,以代旧谱"。④

---

① 鲁迅:《热风·题记》,《鲁迅全集》第 1 卷,第 307—308 页。
② 袁一丹:《"另起"的"新文化运动"》,《中国现代文学研究丛刊》2009 年第 3 期。
③ 朱希祖:《癸丑日记》,李德龙、俞冰主编:《历代日记丛钞》(影印本)第 168 册,第 324—325 页。
④ 太炎:《驳中国用万国新语说》,《民报》1908 年第 21 号。

巴黎《新世纪》的编者是吴稚晖,而 1913 年在读音统一会任主任的亦是吴稚晖。所以读音统一会最后通过章太炎的标音符号方案,看似偶然实非易事。此事与章太炎的东京讲学直接相关。

1908 年,在章太炎刊发这套标音符号的同一时期,鲁迅、朱希祖、许寿裳等正好在东京听章太炎先生讲学。所以,章太炎的文字音韵学对这批听讲的章门弟子产生了很大影响。并且章太炎"《新方言》及《小学答问》二书,皆于此时著成,即其体大思精之《文始》,初稿亦权舆于此"①。"著名的音韵文字学巨著《新方言》及《小学问答》、《文始》等重要著作即是在讲学基础上完成。"②东京讲学在《朱希祖日记》和《钱玄同日记》中,都有详细记载。周作人在回忆中写道:"我以为章太炎先生对于中国的贡献,还是以文字音韵学的成绩为最大,超过一切之上的。"③

对 1908 年章太炎的东京讲学,弟子许寿裳有一段详细的记述:

> 民元前四年(一九〇八),我始偕朱蓬仙(宗莱)、龚未生(宝铨)、朱遏先(希祖)、钱中季(夏,今更名玄同,名号一致)、周豫才(树人)、启明(作人)昆仲、钱均夫(家治),前往受业。……先师讲段氏《说文解字注》、郝氏《尔雅义疏》等,精力过人,逐字讲解,滔滔不绝,或则阐明语原,或则推见本字,或则旁证以各处方言,以故新谊创见,层出不穷。④

1912、1913 年鲁迅在临时教育会议和读音统一会的活动中,与浙籍教育界同乡有较多交往。1912 年 7 月,临时教育会议开会,鲁迅以部员资格出席部分会议。何燏时、汤尔和等被教育部延聘为临时教育会议议员,参加会议。⑤ 杜海生到京参加临时教育会议,曾去拜访鲁迅。因参加读音统

---

① 许寿裳:《纪念先师章太炎先生》,陈平原、杜玲玲编:《追忆章太炎》,北京:生活·读书·新知三联书店,2009 年,第 47 页。
② 章念驰:《凝聚太炎师徒两代人心血的一部巨作——记〈章太炎说文解字授课笔记〉》,《我的祖父章太炎》,上海:上海人民出版社,2011 年,第 128 页。
③ 周作人:《民报社听讲》,《知堂回想录》,香港:三育图书公司,1980 年,第 217 页。
④ 许寿裳:《纪念先师章太炎先生》,陈平原、杜玲玲编:《追忆章太炎》,第 47 页。
⑤ 《教育部编纂处月刊》第 1 卷第 1 册"本部纪事",1913 年 2 月。

一会而赴京,前往拜访鲁迅的还有陈子英、杜亚泉。1913年,朱希祖、沈尹默至京参加读音统一会。朱希祖、马幼渔、陈子英曾一起拜访鲁迅,并有多次宴饮。

1913年2月16日,开会的第二天恰逢周末停会,朱希祖前往拜访鲁迅,在其日记中将其与鲁迅的关系写得十分清楚:"至半截胡同访周豫才许季绂,皆旧时同受业于章师者,又在浙江两级师范同事,二君时皆为教育部佥事。又至南横街嘉兴会馆访旭臣叔祖不遇。"①据鲁迅日记记载,朱希祖在1913年2、3月间,曾数次与鲁迅相聚。他们于1913年来往最为频繁,1914年略减,后来多为信函交往,或共同参加朋友聚会。二人的交往主要集中在1923年之前。

1913年3月12日,鲁迅在日记中记载:"午后赴读音统一会,意在赞助以旧文为音符者,迨表决后竟得多数。"②读音统一会的会员分别由教育部延聘和各省行政机关选派,鲁迅是教育部从部员中选聘的会员之一。③ 当时的会员名录有80人,其中江浙二省会员最多,江苏有17人,浙江有9人。④ 江苏的吴稚晖、陈懋治、朱炎,直隶的王照都有留日背景。浙江9人为:胡以鲁、杜亚泉、汪怡安、马裕藻、钱稻孙、朱希祖、许寿裳、杨趋、陈子英。

关于在读音统一会中顺利通过提案,当事人鲁迅、许寿裳、黎锦熙、钱稻孙的记述中都很简要,似乎这是一个惊喜。鲁迅在文章中这样追述注音字母通过的过程:

> 劳乃宣和王照他两位都有简字,进步得很,可以照音写字了。民国初年,教育部要制字母,他们俩都是会员,劳先生派了一位代表,王先生是亲到的,为了入声存废问题,曾和吴稚晖先生大战,战得吴先生肚子一凹,棉裤也落了下来。但结果总算几经斟酌,制成了一种东西,叫作

---

① 参见朱希祖:《癸丑日记》,李德龙、俞冰主编:《历代日记丛钞》(影印本)第168册,第274页。
② 《鲁迅全集》第15卷,第53页。
③ 林辰:《鲁迅与注音符号的制定工作》,《鲁迅述林》,北京:人民文学出版社,1986年,第141页。
④ 黎锦熙:《国语运动史纲》,第51页。

"注音字母"。那时很有些人,以为可以替代汉字了,但实际上还是不行,因为它究竟不过简单的方块字,恰如日本的"假名"一样,夹上几个,或者注在汉字的旁边还可以,要它拜帅,能力就不够了。写起来会混杂,看起来要眼花。那时的会员们称它为"注音字母",是深知道它的能力范围的。①

黎锦熙和许寿裳的叙述也指出了提议人的章门弟子身份。只是他们三位列举的章门弟子名单略有差异。1913年2月15日正式开会,会员到者44人,浙江会员基本都参加了。吴稚晖为议长,王照为副议长。当时有三派争论不休。黎锦熙当时也在教育部任职,所述为"终于依据浙江会员马裕藻、朱希祖、许寿裳(按,都是章炳麟的学生)、钱稻孙及部员周树人等之提议,把审定字音时暂用之'记音字母'正式通过,此于前三派都无所属,可称为'简单汉字派',而创其例者实章炳麟也。(详所著《驳中国用万国新语说》,见《太炎文录》之《别录》卷二,已述于前……注音字母就是这个原则,而且字母中有十五个完全是采用他的)"②。这成为我国第一套官方公布的拼音方案。许寿裳记载:"会员中,章门弟子如胡以鲁、周树人、朱希祖、马裕藻及寿裳等,联合提议用先生之所规定,正大合理,遂得全会赞同。"③钱稻孙的回忆则是:"教育部的五个提案人有许季茀,周豫才,我,黎锦熙,另外还有北大的钱夏,就是我的老叔,后来改名玄同。这些提案人都是章太炎的学生,章太炎对我们的影响比较深。读音统一会结束以后,成立了国语研究所,以后又有国语字典编纂处。"④

同为章门弟子的朱希祖在日记中详细记载了此事的经过,表现出更明确的组织参会者提交议案的意识。据朱希祖日记,1913年3月10日"作读音统一会提议案一篇,五点钟誊清,偕马幼渔同至许季绂、周豫才处,均允签名"⑤。"十一日上午至许季绂处,即托其将议案并纽文韵文之篆母

---

① 鲁迅:《门外文谈》,《鲁迅全集》第6卷,第98页。
② 黎锦熙:《国语运动史纲》,第56页。着重号为原文所有。
③ 许寿裳:《章炳麟》,南京:胜利出版公司,1946年,第96页。
④ 《访问钱稻孙记录》,北京鲁迅博物馆鲁迅研究室编:《鲁迅研究资料》(4),第203—204页。
⑤ 朱希祖:《癸丑日记》,李德龙、俞冰主编:《历代日记丛钞》(影印本)第168册,第300页。

(系章太炎师所定者)与钱稻孙一阅,即送至议长处,此议案六人具名:朱希祖、马藻裕(按,原文如此,应为马裕藻)、陈滌、许寿裳、周树人、孙稻孙(按,原文如此,应为钱稻孙)。……至读音统一会,余所提议赞成者颇多,惟杭人汪怡安大加反对,讨论甚久,余与幼渔季绂稻孙力辩驳之,未议决即散会,是夜草辩难语数条以备明日辩驳。"①"十二日至汪怡安家与之辩难昨日未尽之余意。午后至读音统一会提出余之议案,同具名之六人均到,讨论至四点四十分钟,皆与汪怡安等辩难。汪系崇拜日本,事事摹仿日本,字母亦然,人多鄙之。故付表决时到会会员共四十五人,赞成余说者二十九人,得多数通过。"②

值得玩味的是鲁迅日记中所写的"意在赞助以旧文为音符者"中的"赞助"一词。鲁迅所记赞助"以旧文为音符者",正与朱希祖日记中所表述的观点一致。两人这段时期的日记有很多细节都相合。由此可推知,朱希祖日记中陈述的由他发起提案,赢得章门弟子"赞助",最后在读音统一会上通过,大致可信。因为章门弟子在提案人中占主体,此提案又是以章太炎学说为基础制订,所以黎锦熙、许寿裳、钱稻孙都强调章门弟子的身份。事实上,此次会议对章门弟子进北京,也起到了积极作用。

章门弟子中,朱希祖是有组织、联络同门同乡意识的一位。朱希祖应吴稚晖之邀到北京参加读音统一会,其原因已在日记中写明:"先是壬子六月中央教育会议议决,未统一国语以前先统一读书字音,故教育部设读音统一会,请吴稚晖为会长……其人尚可敬。余在杭州师友多至京师,故欣然允为代表,一则扩充方言知识,一则聊省师友耳。"③

朱希祖当时在浙江省教育司任职,同时在教育司任职的还有钱玄同、张宗祥等。"壬子元旦临时政府成立,浙江军政府的教育司由沈钧儒当司长,以前他当两级师范学堂校长时代在那里任教的一班人,便多转到这边来了,一部分是从前在《民报》社听过章太炎讲《说文》的学生,其中有朱遏先

---

① 朱希祖:《癸丑日记》,李德龙、俞冰主编:《历代日记丛钞》(影印本)第 168 册,第 301—302 页。此处人名也许因为写时仓促,略有讹误。
② 同上书,第 302—303 页。
③ 同上书,第 254—256 页。

钱玄同。"①朱希祖、沈尹默至京后,和戴螺舲同住在西草场胡同敫家坑海昌会馆。② 鲁迅在教育部的浙籍同僚张协和也住在海昌会馆。③

读音统一会带动了浙籍学人进京。1913年"为促进国语统一,教育部在北京召开全国读音统一会,所邀请与会者中有浙江籍的学人朱希祖、马裕藻、周树人等,后来他们都受聘北大。本年,沈尹默、朱希祖、沈兼士、钱玄同等陆续获聘(或兼任)北大教职"④。罗香林在《朱希祖先生小传》中写道:在读音统一会通过议案,"国语有注音符号,盖自先生始也。由是名动京师,国立北京大学聘为教授,旋兼清史馆编修"⑤。这则记载于史实略有出入。据朱希祖日记,1913年2月26日(早于议案通过前),何燏时即有意聘请他任教员;而同日马幼渔告诉他,杭州报已发表教育司官制,朱希祖由第三科科长降为一等科员。⑥ 虽然何燏时亲自面请是在读音统一会后,但有此意则发生于开会之前。⑦ 3月5日得钱玄同信,于是朱希祖"知杭州教育司苛待科员,不可一朝居,乃与念劬先生商酌,拟请中季亦来北京,盖大学校校长正有请中季任文科教员之意矣"⑧。

从其时北京大学的人事来看,留日背景的知识分子大批进入北京的教育界,继而引荐有相似知识背景的人才,对主要以旧学为根基者起了制约作用,

---

① 周作人:《卧治时代》,钟叔河编订:《周作人散文全集》第13卷,桂林:广西师范大学出版社,2009年,第439—440页。

② 参见朱希祖:《癸丑日记》,李德龙、俞冰主编:《历代日记丛钞》(影印本)第168册,第267页。

③ 同上书,第267页;鲁迅1912年5月日记,《鲁迅全集》第15卷。

④ 《北京大学中文系100年纪事(1910—2010)》,温儒敏主编:《北京大学中文系百年图史:1910—2010》,第261页。

⑤ 罗香林:《朱希祖先生小传》,海盐县政协学习文史委员会编:《文史大家朱希祖》,上海:学林出版社,2002年,第301页。

⑥ "而马君幼渔来,据云杭州报已发表教育司官制……第三科科长为冯巽占,余则本为第三科科长,今则降为一等科员矣。是晚,教育部次长董君恂士请饮酒,未去,尹默亦在其列,自席间回寓已晚,据云大学校校长何燏时君欲延余为文科大学教授,曾为钱念劬、董恂士二公所揄扬故也……然希祖自问学殖浅陋,不敢出此,而杭州之事亦不愿蝉联,则混迹京华亦计之得者耳。"参见朱希祖:《癸丑日记》,李德龙、俞冰主编:《历代日记丛钞》(影印本)第168册,第286—287页。

⑦ 4月12日,"傍晚北京大学校长何燮侯君来寓,因请余为教员也"。参见朱希祖:《癸丑日记》,李德龙、俞冰主编:《历代日记丛钞》(影印本)第168册,第336页。

⑧ 参见朱希祖:《癸丑日记》,李德龙、俞冰主编:《历代日记丛钞》(影印本)第168册,第296—297页。

从而影响到文化的建设和发展(详见本书第一章第一节)。

据许钦文回忆,阿Q的命名本意是使用注音字母。《阿Q正传》写道:"生怕注音字母还未通行,只好用了'洋字',照英国流行的拼法写他为阿Quei,略作阿Q。"许钦文对这句话做了解释:"鲁迅先生自己是叫做阿ㄍㄨㄟ的,笑嘻嘻善于催促鲁迅先生写《阿Q正传》的孙伏园先生也是叫做阿ㄍㄨㄟ的,实在当时听过鲁迅先生讲的,我们都是叫做阿ㄍㄨㄟ的。"①不仅如此,许钦文还在该文末尾强调了鲁迅给人物取名字的认真,而"阿克育"不是当时农村中通行的名字。② 这进一步表明鲁迅有促进国语改革的意图。

鲁迅用注音字母来为阿Q命名,并非偶然现象。民国文坛实把注音字母视为文字来运用。钱玄同曾在信中用注音字母称呼姓名。③ 不仅如此,他还时常在文章写作中加入注音字母。④ 在北京孔德学校的讲话中,钱玄同对于教职员提出的四个希望中的第一个即是:"加意教授注音字母"⑤。周作人等在《征求猥亵的歌谣启》中,也提出"文词务求存真,有音无字的俗语可用注音字母或罗马字拼写,或用汉字音注亦可"⑥。对于音译外国的文学名辞,有过应该用汉字译还是用注音字母译的讨论,许地山极端主张译名采用注音字母译。⑦

参加读音统一会对鲁迅的文学创作也有影响。社会教育司主管社会教育,在1930年代公布的第一科所掌事项中包括"关于注音符号及识字运动事项"⑧、"关于民众教育及识字运动事项"⑨。此前虽未明文写出,但其内

---

① 许钦文:《阿Q——阿桂、阿贵和阿鼠》,《在老虎尾巴的鲁迅先生:许钦文忆鲁迅全编》,上海:上海文化出版社,2007年,第65页。
② 同上书,第66页。
③ 《钱玄同文集》第6卷,北京:中国人民大学出版社,2000年,第13页。
④ 参见钱玄同:《写在半农给启明的信的后面》,《语丝》第20期,1925年3月30日;《中山先生是"国民之敌"》,《语丝》第22期,1925年4月13日。
⑤ 钱玄同:《我所希望于孔德学校者》,《北京孔德学校旬刊》第6期,1925年6月11日。
⑥ 《征求猥亵的歌谣启》,《语丝》第48期,1925年10月12日。
⑦ 参见郑振铎:《审定文学上名辞的提议》,《小说月报》第12卷第6号,1921年6月10日。
⑧ 参见《修正教育部各司分科规程》教育部修正公布(二一、七、二二),《教育法令汇编》,教育部印行,1933年3月。
⑨ 参见《修正教育部组织法》,国民政府修正公布(二〇、七、六),《教育法令汇编》,教育部印行,1933年3月。

容与第一科职务主旨相符。鲁迅始终对推行一种普通民众能够使用的语言予以关注,这与第一科职务主旨竟是如此接近。

鲁迅在社会教育司工作后,观察事物的目光和立场也渐渐转向普通民众。最初写小说《怀旧》,采用文言,观察范围主要在中等阶层。《狂人日记》中用文言和白话划分出两个语境,面向社会的范围也扩大了。鲁迅在北京写作,但北京城的皇家气象、清朝遗老,基本未纳入鲁迅的视野,他更多关注的是如《一件小事》中的普通民众:

> 我从乡下跑到京城里,一转眼已经六年了。其间耳闻目睹的所谓国家大事,算起来也很不少;但在我心里,都不留什么痕迹,倘要我寻出这些事的影响来说,便只是增长了我的坏脾气,——老实说,便是教我一天比一天的看不起人。
>
> 但有一件小事,却于我有意义,将我从坏脾气里拖开,使我至今忘记不得。①

他1930年代远离北京之后,更明确地表现出一种身居官场却心系普通百姓的实干精神,以绍兴故有传统英雄人物大禹为模型,创作了小说《理水》。②《理水》典型地表现出鲁迅关注普通民众,讽刺官场和学界的平民立场,并且涉及知识阶级和普通民众使用的两个语言系统的问题。1932年10月,北平文教界江瀚、刘复、徐炳昶、马衡等三十余人向国民党政府建议明定北平为"文化城"。这一事件促发鲁迅调动在北京的官场经验,写下《理水》。不同于《故事新编》中其他小说的寓言性情节,《理水》由讽刺北平的"文化城"事件引发。《理水》中京城官场、学界的缩影,处处可见鲁迅自身的经验;其间现代生活情节占据了小说的重要篇幅,曾被誉为"在《故事新编》中间,'油滑之处'表现得最为突出的篇章"③。通过《理水》,可以看出鲁迅对官场的态度,从而理解鲁迅在教育部的真实生存状态。鲁迅在1930年代所写的对"中

---

① 鲁迅:《一件小事》,《鲁迅全集》第1卷,第481页。着重号为引者所加。
② 绍兴本有此传统:"其民复存大禹卓苦勤劳之风,同勾践坚确慷慨之志。"鲁迅:《〈越铎〉出世辞》,《鲁迅全集》第8卷,第41页。
③ 林非:《中国现代小说史上的鲁迅》,西安:陕西人民教育出版社,1996年,第255页。

国的脊梁"的论述中更明确表示:"我们从古以来,就有埋头苦干的人,有拼命硬干的人,有为民请命的人,有舍身求法的人,……虽是等于为帝王将相作家谱的所谓'正史',也往往掩不住他们的光耀,这就是中国的脊梁。"①

《理水》中设定了一座"文化山"来暗讽"文化城"。"文化山"这一妙喻中也有爱罗先珂小说《红的花》的影响。《红的花》中有一座"有名的学问山,是知识阶级的窠"②。1922年,爱罗先珂应蔡元培的邀请来北京大学教授世界语。《红的花》是爱罗先珂1922—1923年间在北京用日文写的,由鲁迅译为中文,首发于1923年7月10日的《小说月报》,小说标题旁印有"致北京大学的学生"③。爱罗先珂描述了"我"在北京做的各种各样的梦。

《红的花》中有对学者的嘲讽。这种讽刺态度和手法,在《理水》中都得以延续。下文是《红的花》中"我"和一个工人的对话,讨论一个上了学问山,然后下山的青年说的话:

"那说的是什么话呢?不懂呵。"

"不懂。似乎并不是我们所用的话。"

"那里的话呢?不懂呵,不知道可是美国话?"

"不。"一个工人说,"那是知识阶级所用的话呵,据说就是学问话。"④

在这里,知识阶级和工人使用的显然是两个语言系统。《理水》借鉴了这种使用不同语言系统的策略进行讽刺。

在简短的文本中,隐含了不同语言的地位等级。《红的花》中的"美国话",显然被认为是一种占优势的语言。《理水》中学者们使用英语,也是在语言上显示出特权阶级的特点:

"古貌林!"

---

① 鲁迅:《中国人失掉自信力了吗》,《鲁迅全集》第6卷,第122页。
② 爱罗先珂:《红的花:致北京大学的学生》,鲁迅译,《小说月报》第14卷第7期,1923年7月10日。
③ 同上。
④ 同上。

> "好杜有图!"
> "古鲁几哩……"
> "O.K!"①

据川岛回忆,这一描写是当年鲁迅在厦门大学任教时厦大的面影之一,在当时厦门大学是具有浓厚的半封建半殖民地气息的。② 高远东指出"古貌林"这类言谈是在"强调殖民主义的外来文化价值与本土文化事实的差异和隔膜"。③

鲁迅写《理水》时的思绪回到了北京时期。《理水》中动用了鲁迅在教育部时常举办展览会的经验,出现了源于西方、中国近现代才开始举办的展览会④:

> "卑职可是已经拟好了募捐的计划,"又一位大员说。"准备开一个奇异食品展览会,另请女隗小姐来做时装表演。只卖票,并且声明会里不再募捐,那么,来看的可以多一点。"⑤

在《理水》中,除了对大禹及其团队的赞誉,在对上层社会的描写中,鲁迅用的多是讽刺手法;在描写普通民众时,则流露出同情和部分肯定。

鲁迅对北京官场人事的观察在《理水》中有所表现,小说讽刺北京的皇家官派:

> 当两位大员回到京都的时候,别的考察员也大抵陆续回来了,只有禹还在外。他们在家里休息了几天,水利局的同事们就在局里大排筵宴,替他们接风,份子分福禄寿三种,最少也得出五十枚大贝壳。这一天真是车水马龙,不到黄昏时候,主客就全都到齐了,院子里却已经点起庭燎来,鼎中的牛肉香,一直透到门外虎贲的鼻子跟前,大家就一齐咽口水。酒过三巡,大员们就讲了一些水乡沿途的风景,芦花似雪,泥水如

---

① 鲁迅:《理水》,《鲁迅全集》第2卷,第386页。
② 川岛:《和鲁迅相处的日子》,北京:人民文学出版社,1958年,第39页。
③ 高远东:《现代如何"拿来"——鲁迅的思想与文学论集》,上海:复旦大学出版社,2009年,第34页。
④ 穆六田《说展览会》:"考展览会之兴,实创于古代之希腊。"古希腊的各种集会,"虽无展览会之名,实则已开后世展览会之风"。《京师教育报》1914年第4期,京师学务局印行。
⑤ 鲁迅:《理水》,《鲁迅全集》第2卷,第396页。

金,黄鳝膏腴,青苔滑溜……等等。微醺之后,才取出大家采集了来的民食来,都装着细巧的木匣子,盖上写着文字,有的是伏羲八卦体,有的是仓颉鬼哭体,大家就先来赏鉴这些字,争论得几乎打架之后,才决定以写着"国泰民安"的一块为第一,因为不但文字质朴难识,有上古淳厚之风,而且立言也很得体,可以宣付史馆的。①

鲁迅的这种文风,在他发表于《语丝》的文章中有明显表现,第二章将进行专门的论述。

第五节　通俗教育与翻译小说

因为社会教育司的工作与通俗教育相关,鲁迅曾经先后加入过两个名称相同而机构不同的"通俗教育研究会"。第一个是在辛亥革命后,由南京临时政府教育部的一部分部员和一些社会上所谓"热心教育事业的人士"自己组织起来的,成立于1912年4月,会长是唐蔚芝,理事有黄韧之、伍博纯等。② 1912年8月,伍博纯(即社会教育司的伍达)任通俗教育研究会理事。③ 伍达力邀鲁迅入会,鲁迅却之不得,加入此会④。但他对这个研究会却不以为然,也没具体做什么工作。

第二个通俗教育研究会成立于1915年9月6日,是附属于教育部的官方组织。⑤ 1915年8月3日,教育总长汤化龙指定鲁迅为通俗教育研究会会员。通俗教育研究会研究事项分为小说、戏曲、讲演三股。同年9月1日,汤化龙又指定鲁迅为小说股主任。⑥ 1916年2月,鲁迅以部务太繁为由——实

---

① 鲁迅:《理水》,《鲁迅全集》第2卷,第393—394页。
② 参见孙瑛:《鲁迅在教育部》,第46页。
③ 陈漱渝:《鲁迅与通俗教育研究会》,《鲁迅在北京》,天津:天津人民出版社,1978年,第1页。
④ 鲁迅1912年8月6日日记:"伍博纯来劝入通俗教育研究会甚力,却之不得,遂允之。"《鲁迅全集》第15卷,第15页。
⑤ 参见孙瑛:《鲁迅在教育部》,第47页。
⑥ 陈漱渝:《鲁迅与通俗教育研究会》,《鲁迅在北京》,第3页。

则因抵制时任教育总长张一麐、会长袁希涛对小说股的要求,辞去了小说股主任一职。接任者为编审员王章祜。① 1916年10月初,通俗教育研究会又推定会员周树人为小说股审核干事。② 1917年1月至6月,小说股主任王章祜调任内务部秘书,由鲁迅的僚友戴克让(戴芦舲)担任暂代主任。③ 1917年11月,王章祜任直隶教育厅长,戴克让正式接任小说股主任。④。到1924年1月公布的《通俗教育研究会会员录》中,鲁迅仍为小说股审核干事中的第一位。⑤

孙瑛关于鲁迅在通俗教育研究会工作时限的结论,短于鲁迅实际任职年限。他认为鲁迅1916年还曾出席过小说股的两次会议,除这两次外,"在该会中就再也寻找不到他的踪迹了"⑥。他还推断虽然1916年10月初,通俗教育研究会又以正式文件将鲁迅等推定为小说股的审核干事,但在小说股开会的记录中对鲁迅不曾提到一个字,证明他没有到会。⑦ 因此孙瑛认为,"总的可以断定,鲁迅后来不仅辞掉了小说股主任这一职务,而且基本上脱离了这个会的日常活动"⑧。鲁迅真的从1916年10月之后,只是挂名担任小说股审核干事吗?1917年11月30日,登载于《教育公报》第4卷第15期的《周瘦鹃译〈欧美名家短篇小说丛刻〉评语》⑨为鲁迅所写,这可以证明鲁迅在1917年依然做了小说股审核干事的工作。孙瑛《鲁迅在教育部》中主要强调了鲁迅对通俗教育研究会的不配合。鲁迅在任小说股主任时,不仅不配合当局的需要,而且按照自己的小说观念开展工作。鲁迅在小说股工作中表现出来的小说观念,在他制定的办事细则中有所表现。从小说股的成员构成

---

① 参见《通俗教育研究会第二次报告书》,通俗教育研究会编,1917年。现存首都图书馆。
② 同上。
③ 同上。
④ 同上。
⑤ 《通俗教育研究会会员录》(十三年一月),中国第二历史档案馆编:《中华民国史档案资料汇编》,第三辑"教育",南京:江苏古籍出版社,1991年,第573—574页。
⑥ 孙瑛:《鲁迅在教育部》,第59页。
⑦ 同上书,第60页。
⑧ 同上。
⑨ 周树人、周作人:《周瘦鹃译〈欧美名家短篇小说丛刻〉评语》,严家炎编:《二十世纪中国小说理论资料》(第二卷),北京:北京大学出版社,1997年,第30—31页。

来看,大部分成员都为鲁迅的僚友,所以鲁迅在一定程度上,在这里能够按自己的意愿做事,即使辞去主任一职后,也担任审核干事。

鲁迅担任小说股主任后,主持了小说股的十二次会议,制定了《小说股办事细则》《审核小说之标准》等重要的基础文件。参加会议的包括经理干事高步瀛、庶务干事徐协贞、会计干事王丕谟以及其他小说股会员。早期成员中,刘宗炎(京师警察厅科员)、王家驹、孙壮(北京商务印书馆)为小说股调查干事,陈宝泉(北京高等师范学校校长)、毕惠康、张继煦为小说股审核干事,许丹、冯承钧、吴文洁为小说股编译干事;沈彭年、宋迈为戏曲股编译干事,据会议记录,他们也参加小说股会议。① 据《本会职员表》,还有陈懋治为小说股审核干事。李基鸿、赵梦云、许龙厚、张联魁(北京农业专门学校)、齐宗颐、朱文熊、戴克让、朱颐锐(孝荃)、裘善元为小说股会员。此外还有名誉会员化石桥法政学校教员刘抱愿、陈兆琛,陶铸,京汉铁路局科员廖琇崑。② 1924年1月公布的《通俗教育研究会会员录》中,小说股主任为佥事戴克让,调查干事为视学王家驹、商务印书馆孙壮,审核干事为鲁迅、司长陈宝泉、佥事陈懋治,编译干事为佥事冯承钧;还有齐宗颐、朱文熊、朱颐锐等七位会员。③

《通俗教育研究会章程》第四条规定了小说股的职务:"一、关于新旧小说之调查事项,二、关于新旧小说之编辑改良事项,三、关于新旧小说之审核事项,四、关于研究小说书籍之撰译事项。"④翻译方面只要求了一条,而在鲁迅主持下制定的《小说股办事细则》,对外国小说的调查和编译员的编译内容规定得更为详细,并有发展:不仅在原章程的"新旧小说"之前加上定语"内外国",并特别规定了编译的具体内容:

第二节 调查 第五条,不论内外国新旧小说,本股均应设法调

---

① 《通俗教育研究会第一次报告》中的《文牍一》,以及附录中的《本会职员表》。现存首都图书馆,下文不再出注。
② 据《通俗教育研究会第一次报告》附录中的《本会职员表》。
③ 《通俗教育研究会会员录》(十三年一月),中国第二历史档案馆编:《中华民国史档案资料汇编》,第三辑"教育",南京:江苏古籍出版社,1991年,第573—574页。
④ 《通俗教育研究会章程》,《通俗教育研究会第一次报告》。

查。……第四节 编译 第十条，本股编译员应执行之事务如左：一，撰译小说之评论。二，撰译小说之历史及小说家传记。三，编辑本股文牍。四，编辑调查目录及意见书。五，编辑审核评论及意见书。第十一条，前条所列编译各项，应随时交由本股主任经由股员会报告大会。①

《通俗教育研究会戏曲股办事细则》相对应的部分为：

第二节 调查 第五条 关于会章第五条第一项第二项第五项所列应行调查事项均应设法调查。第六条 调查员从事调查后应将详细情形作成报告书，并得加具意见书，交由本股主任报告股员会。……第四节 编译 第十条 关于会章第五条第四项所列应行编译事项均应分别编译。第十一条 本股编译各件应随时交由本股主任，经由股员会报告于大会。第十二条 本股所有调查报告书意见书及其他文牍，均应由编译员编制纪事录。②

由小说股和戏曲股办事细则的对比，可以看出鲁迅主持下制定的小说股办事细则中加入了调查外国小说的内容，编译员需要编译的内容也更加具体。

在小说股第一次会议上，鲁迅指定毕惠康、冯承钧、王家驹三人起草办事细则。③ 第二次会议，在讨论办事细则的第八条时，郭延谟问道："小说评论之介绍作何解说？"鲁迅回答说："外国评论小说之文皆可译之，介绍于社会。"④第三次会议讨论该股进行办法，鲁迅提议该股分为编译、调查、审核三项，把编译放在第一位。⑤ 参加会议的沈商耆为江苏人；宋迈为教育部专门教育司办事员，浙江吴兴人，居住于北半截胡同湖州会馆⑥；鲁迅指定起草办事细则的毕惠康、冯承钧、王家驹三人，均为任职教育部的留学生。

小说股审核的包括外国翻译小说。1919年10月至12月的《审查小说

---

① 《通俗教育研究会小说股办事细则》，《通俗教育研究会第一次报告》。
② 《通俗教育研究会戏曲股办事细则》，《通俗教育研究会第一次报告》。
③ 《小说股第一次会议》（九月十五日），《通俗教育研究会第一次报告》。
④ 《小说股第二次会议》（九月二十二日），《通俗教育研究会第一次报告》。
⑤ 《小说股第三次会议》（九月二十九日），《通俗教育研究会第一次报告》。
⑥ 据鲁迅文物《教育部职员录》（民国十一年四月编），现存北京鲁迅博物馆。

报告》，被列为上等的三部小说中就有两部翻译小说——《黑伟人》《苦英雄》。① 这两本译作都是讲述伟人的成长史。《黑伟人》，博嘉·华盛顿著，孟宪承译，上海商务印书馆1919年1月初版，收入"说部丛书"第3集第60编。② 1922年被列为上等的两部小说都是翻译小说——《瞳目英雄》《鱼雷》；此外，列为中等的小说中也有几部翻译小说。③《瞳目英雄》，泊恩著，林纾、毛文钟译，上海商务印书馆1922年3月初版，收入"说部丛书"第4集第17编。④

通俗教育研究会事务所设立于京师通俗图书馆。⑤ 1915年9月1日，鲁迅为小说股主任，黄中垲为戏曲股主任。⑥ 最初成立时，在通俗图书馆办公⑦，后"因本会事务日繁，通俗图书馆所拨房屋不敷办公"⑧，迁往教育部后院，搬至小说股审核的小说，也多是从通俗图书馆提用的。鲁迅曾对许寿裳表示过对通俗图书馆的不以为然："通俗图书馆者尤可笑，几于不通。仆以为有权在手，便当任意作之，何必参考愚说耶？……惟于通俗图书馆，则鄙意以为小说大应选择。"⑨鲁迅辞去通俗教育研究会小说股主任一职后，在小说股主要做审核工作。

1912年到1926年鲁迅在北京教育部就职期间，因为政局的变动，教育部更换过38次教育总长，24次教育次长。⑩ 教育部内部处于变动频繁的复杂状态。鲁迅最初的主要交游人群为教育部同事、浙籍同乡和留日学人，因

---

① 《审查小说报告》（民国八年十月至十二月），《通俗教育丛刊》第四辑"报告"，1920年3月。
② 参见贾植芳等编：《中国现代文学总书目·翻译文学卷》，北京：知识产权出版社，2010年，第9页。
③ 《审查小说报告》（民国十一年分），《通俗教育丛刊》第十八辑"报告"，1923年1月。
④ 参见贾植芳等编：《中国现代文学总书目·翻译文学卷》，第20页。
⑤ 《文牍二》，《通俗教育研究会第一次报告》。
⑥ 《文牍二》《教育部饬指定周树人等为本会各股主任文》（九月一日），《通俗教育研究会第一次报告》。
⑦ 《文牍二》《教育部饬知本会事务所应即设立于京师通俗图书馆文》（八月三日），《通俗教育研究会第一次报告》。
⑧ 《文牍一》《本会详教育部报告本会九十两月大会及股员会会议事项文》（十一月九日），《通俗教育研究会第一次报告》。
⑨ 《180820 致许寿裳》，《鲁迅全集》第11卷，第365—366页。
⑩ 参见孙瑛：《鲁迅在教育部》，第78—79页。

为僚友的离京,到 1917 年、1918 年前后转向以《新青年》编辑部同人为主。因为思想上与北洋政府的教育主张有别,鲁迅在教育部长期处于苦闷状态,直到 1918 年《狂人日记》发表,他的才华才在另一都市空间中得到发展。此后,鲁迅对教育部的疏离就更明显了。

第二章　鲁迅与新文化同人

鲁迅与新文化人的交往，更多是以"鲁迅"这一作者的身份进行的；鲁迅在教育部的职务，即"周树人"的社会身份在这种交往中隐匿了。回避周树人的官员身份，也是鲁迅的选择。在《新青年》发表文章时，鲁迅与周作人隐匿了他们的兄弟关系。例如，在《一个青年的梦》译序中，鲁迅写道："《新青年》四卷五号里面，周起明曾说起《一个青年的梦》。我因此便也搜求了一本，将他看完，很受些感动：觉得思想很透彻，信心很强固，声音也很真。"①更明显的例证是鲁迅曾造一段"假回信"②，以供周作人在《周建人译〈犹太人〉附记》中引述③。这段时期，鲁迅在日常生活层面的活动，如工作、寻找房源、买房后的宴请、相互借钱等基本是在同乡、同事间进行的。④

民国教育部与北京各大高校关系密切，高校校长多为教育部直接任命，高校教师与教育部人士的交往也比较多，部分教育部部员还在高校兼课。民国的高校师生思想活跃，新文化运动即以北京大学师生为主体展开。常与鲁迅交往的新文化人包括投身新文化运动的部分章门弟子以及胡适等英美留

---

① 鲁迅：《〈一个青年的梦〉译者序》，《鲁迅全集》第10卷，第209页。
② 《210716致周作人》："如你出名，则可云用信托我，我造了一段假回信，录在别纸，或录入或摘用就好了。"《鲁迅全集》第11卷，第396页。
③ 周作人《周建人译〈犹太人〉附记》："我知道鲁迅先生有德译式曼斯奇的小说集，所以便请他再校，当作第三者的评定。他的答信里说：所寄译稿，……"钟叔河编订：《周作人散文全集》第2卷，第401页。王景山也指出，"鲁迅为什么要造一段假回信，让周作人在后记中去引用？我想，大概是因为鲁迅不愿让别人获悉'鲁迅'就是作人、建人之兄树人吧！鲁迅当时在北洋政府教育部任职，用周树人名；在报刊上发表著译，用'鲁迅'、'唐俟'名"。王景山：《鲁迅"一段假回信"的下落》，收入《鲁迅书信考释》，北京：文化艺术出版社，1982年，第96页。
④ 参见鲁迅日记，《鲁迅全集》第15卷。

学归国者。1913 年,章门弟子朱希祖等因参加读音统一会进京,几次拜访鲁迅。读音统一会带动了章门弟子进入北京大学,其中包括钱玄同。他们后来发展成新文化人的一个组成部分。鲁迅与新文化人的交往始于这批章门弟子。与新文化人的交往,使鲁迅因东京时期文学活动的挫折而冷却的热情再度被点燃,经钱玄同约稿,鲁迅和二弟周作人加入了《新青年》的作者和编辑队伍,并得到了《新青年》同人的欣赏和认同,继而与陈独秀、胡适、刘半农等《新青年》同人有了进一步的交往。这种交往对鲁迅的创作产生了一定影响,即所谓"听将令"。所谓"将令"是指什么呢? 鲁迅曾做过这样的回答:"我所遵奉的是那时在压迫之下的革命的前驱者的命令,也是我自己本来愿意遵奉的命令,决不是皇上的圣旨,也不是金元和真的指挥刀。"①《域外小说集》选译短篇小说的文学观念与新文化人对短篇小说的提倡不谋而合,1921 年得以再版。

  鲁迅登上文坛,与新文化人的约稿直接相关;鲁迅的作品产生影响力,奠定了他的文坛地位,也与新文化人的欣赏、推崇直接相关。鲁迅的作品最早进入文学史叙述,也是由新文化人完成的。② 鉴于新文化人在鲁迅奠定文坛地位过程中的重要作用,有研究者将鲁迅的成名分为两个阶段,认为他最先在友人圈子里出名,然后才在更大的范围内为人所知,早期评论是内部人士写给外部人士的,这些读者构成了斯坦利·费希(Stanley Fish)所谓的阐释群体(an interpretive community)。③ 这篇论文的观点又过度地强调了内部人士的作用,并不能完全概括历史的真实情况④,鲁迅的成名是一个更加丰富而

---

 ① 据瞿秋白的爱人杨之华的回忆文章,文尹(杨之华):《回忆敬爱的导师——鲁迅先生》,《鲁迅研究文丛》(二),长沙:湖南人民出版社,1980 年,第 91 页。
 ② 胡适:《五十年来中国之文学》,上海:申报馆,1924 年,第 93 页。
 ③ 参见周杉(Eva Shan Chou):《鲁迅读者群的形成:1918—1923》,由元译,《鲁迅研究月刊》2013 年第 3 期。
 ④ 周杉这篇论文写道:"内部人士对鲁迅的想法有所了解,原因是他们有过接触,所以他们才能读懂鲁迅那充满革命性的小说。"鲁迅影响力的大小,主要不在于读者是否能读懂,而更多在于期刊发行量。据孙伏园回忆,青年对"唐俟""鲁迅"的文章、小说印象深刻,却不知道这位作家是谁:"鲁迅先生在《新青年》上发表文章,给予青年的印象是十分深刻的。青年们常常互相询问:'唐俟到底是谁呢? 谁的文章有这样深刻呢?'……还有一个问题是'唐俟'和'鲁迅'会不会是一个人?"周杉(Eva Shan Chou):《鲁迅读者群的形成:1918—1923》,由元译,《鲁迅研究月刊》2013 年第 3 期;孙伏园:《五四运动中的鲁迅先生》,鲁迅博物馆、鲁迅研究室、《鲁迅研究月刊》选编:《鲁迅回忆录》(散篇上册),北京:北京出版社,1999 年,第 74—75 页。

复杂的历史过程。

鲁迅创作的一种重要文体——杂文的形成与《新青年》有着直接的关系。《新青年》"随感录"是鲁迅杂文的一个开端。《新青年》"随感录"一至三则为陈独秀所写,似乎出自他的设想,与《甲寅》杂志的"时评"相关。《新青年》同人纷纷仿效加入"随感录"的写作。发议论本也是鲁迅的文学主张,这个栏目的设置正使他可以发挥所长。鲁迅以唐俟的笔名加入"随感录"后,这个栏目发生了很大的变化,他的随感录引入了新的论述方式,扭转了此类文体中新闻与评论的关系,确立了议论的主体性,由此草创了新的"杂感"体,再到后来的"杂文"体。①

在"随感录"的写作中,鲁迅与《新青年》同人的互动也会促使他将思考转化为文章。1923 年,周作人致信钱玄同,除了谈及自己前往北京大学交稿事宜,还告诉钱玄同鲁迅近来所发的议论,说鲁迅也有意作文批评所谓国学家,请钱玄同去约稿:"鲁君仿佛亦有借此破口大骂所谓辜倭㑹庶倭㑹几哑㑹之意,但敝人尚不能断定其何日下笔,足下如欲其早日做成,似可'侧闻……'云云之信催促之,并与以一截止之日期,则庶乎其告成之望也夫!特此告密,不宣。"②"辜倭㑹庶倭㑹几哑㑹",即指国学家。周作人当时在北京大学任教,和钱玄同交往较多,所以在钱玄同约稿过程中,有时会做中间人。周作人在信中提及交给钱玄同的文章应该是作于 1922 年 12 月 31 日的《汉字改革的我见》,刊于《国语月刊》第 7 期。在这篇文章中,周作人批评了"所谓'国学家'"③。

《新青年》的主编陈独秀曾就读于杭州的求是书院,后留学日本,曾在弘文学院学习日语。《新青年》第 1 卷的作者,多与主编陈独秀有密切交往,不仅为留学生,而且几乎全是留日学生。《新青年》编者的留日背景很明显地

---

① 参见王风:《从"自由书"到"随感录"》,夏晓虹、王风等:《文学语言与文章体式——从晚清到"五四"》,合肥:安徽教育出版社,2006 年,第 87—91 页。
② 《周作人致钱玄同》(1923 年 1 月 1 日)信中谈及"汗字的文章,如拜三往成均去,当面交"。此处"成均"即指北京大学。北京鲁迅博物馆编:《鲁迅博物馆藏近现代名家手札》(一),福州:福建教育出版社,2002 年,第 45 页。
③ 周作人:《汉字改革的我见》,钟叔河编订:《周作人散文全集》第 2 卷,桂林:广西师范大学出版社,2009 年,第 845 页。

体现出来。《新青年》版权页上注明杂志的邮费是："本国每册三分；国外日本每册三分，和其他每册一角。"这可以看出《新青年》的编者对这本杂志在国外销售的预期，并且日本读者还享有和中国国内的读者相同的邮费。杂志中的图书广告，也大部分是日本书籍的广告。《新青年》编辑群体和鲁迅共有的留日背景，使他们更容易志趣相投。

鲁迅在回忆中，曾提及《新青年》编辑会，与《新青年》同人的交往主要是通过编辑会。

> 《新青年》每出一期，就开一次编辑会，商定下一期的稿件。其时最惹我注意的是陈独秀和胡适之。假如将韬略比作一间仓库罢，独秀先生的是外面竖一面大旗，大书道："内皆武器，来者小心！"但那门却开着的，里面有几枝枪，几把刀，一目了然，用不着提防。适之先生的是紧紧的关着门，门上粘一条小纸条道："内无武器，请勿疑虑。"这自然可以是真的，但有些人——至少是我这样的人——有时总不免要侧着头想一想。半农却是令人不觉其有"武库"的一个人，所以我佩服陈胡，却亲近半农。①

> 我最初看见守常先生的时候，是在独秀先生邀去商量怎样进行《新青年》的集会上，这样就算认识了。②

鲁迅与新文化人交往以书信、文稿为主要形式，并有宴饮、聚会、拜访等活动；交流的内容倾向于思想文化层面。随着鲁迅在文化界影响力的扩大，有文化界人士主动寄赠著作，他进而和五四时期的新文化人有了广泛的交往。

---

① 鲁迅：《忆刘半农君》，《鲁迅全集》第6卷，第73—74页。
② 鲁迅：《〈守常全集〉题记》，《鲁迅全集》第4卷，第538页。

第一节 《域外小说集》再版考

鲁迅文学梦"死火"重温的过程，经历了思想上的"温热"，以及《域外小说集》的受到赞赏，因而"他从想办'新生'那时代起所有的愿望"再度被点燃。①

学界普遍认为《狂人日记》是横空出世的天才之作。事实上，《狂人日记》并非一个突发事件。鲁迅在《〈呐喊〉自序》中，指出自己进行文艺活动始于东京时期：

> 所以我们的第一要著，是在改变他们的精神，而善于改变精神的是，我那时以为当然要推文艺，于是想提倡文艺运动了。②

"欲救中国须从文学始。"③这是周作人回忆他所理解的鲁迅从事文学活动的开端。鲁迅在《〈呐喊〉自序》和《藤野先生》中追述了其弃医从文的过程。此外，鲁迅在自传中也谈到这一重要转折："这时正值俄日战争，我偶然在电影上看见一个中国人因做侦探而将被斩，因此又觉得在中国还应该先提倡新文艺。我便弃了学籍，再到东京，和几个朋友立了些小计画，但都陆续失败了。"④"我偶然在电影上看见一个中国人因做侦探而将被斩，因此又觉得在中国医好几个人也无用，还应该有较为广大的运动……先提倡新文艺。我便弃了学籍，再到东京，和几个朋友立了些小计划，但都陆续失败了。"⑤

鲁迅提倡文艺运动的第一步创办《新生》便遇到了挫败，其保存下的成

---

① 周作人：《〈新青年〉》，钟叔河编订：《周作人散文全集》第 12 卷，桂林：广西师范大学出版社，2009 年，第 163 页。
② 鲁迅：《〈呐喊〉自序》，《鲁迅全集》第 1 卷，第 439 页。
③ 周作人：《关于鲁迅之二》，钟叔河编订：《周作人散文全集》第 7 卷，桂林：广西师范大学出版社，2009 年，第 447 页。
④ 鲁迅：《俄文译本〈阿Q正传〉序及著者自叙传略》，《鲁迅全集》第 7 卷，第 85 页。
⑤ 《鲁迅自传》，《鲁迅全集》第 8 卷，第 342—343 页。

绩,一是发表在《河南》上的理论和评论文章,一是翻译作品集《域外小说集》。①《域外小说集》被周作人称为《新生》乙编,其作为周氏兄弟"文学原点"的意义,近年来已为学界所关注。② 研究者开始将《新生》时代的鲁迅与《新青年》时代的鲁迅建立起联系。③ 目前学界所进行的研究倾向于将这两个时期相关联的同时,又将其视为两个断裂的时间段,实则这两个时期有一条连续的隐线相连。

这样一种时间上的关联性和断裂性,在鲁迅追述创作缘起的《〈呐喊〉自序》中已存在。《〈呐喊〉自序》有一段叙述即点出了《新青年》引发鲁迅回忆起《新生》:

> 我懂得他的意思了,他们正办《新青年》,然而那时仿佛不特没有人来赞同,并且也还没有人来反对,我想,他们许是感到寂寞了,但是说:
> "假如一间铁屋子……"④

"既非赞同,也无反对",这正是鲁迅当年办《新生》的感受。鲁迅在东京的文学活动,以既无赞同也无反对的寂寞而结束,此后多年,他"用了种种法,来麻醉自己的灵魂,使我沉入于国民中,使我回到古代去"⑤,因而再无青年时期慷慨激昂的意思了。近年已有研究者提及鲁迅近十年的所谓沉寂时期,与东京文艺活动失败所受的打击"当有极大关系,以往的研究者似乎并没有给予足够的重视",并且认为鲁迅最初对《新青年》的态度比较冷淡,也与那次

---

① 据周作人回忆:"鲁迅计划刊行文艺杂志,没有能够成功,但在后来这几年里,得到《河南》发表理论,印行《域外小说集》,登载翻译作品,也就无形中得了替代,即是前者可以算作《新生》的甲编,专载评论,后者乃是刊载译文的乙编吧。"周作人:《〈河南〉——〈新生〉甲编》,钟叔河编订:《周作人散文全集》第13卷,桂林:广西师范大学出版社,2009年,第381页。

② 参见张丽华:《现代中国"短篇小说"的兴起——以文类形构为视角》,北京:北京大学出版社,2011年,第87页。书中列举了相关论文:杨联芬《作为"潜文本"的〈域外小说集〉》、高远东《"仙台经验"与"弃医从文"——对竹内好曲解鲁迅文学发生原因的一点分析》、顾钩《周氏兄弟与〈域外小说集〉》、王宏志《"人的文学"之"哀弦篇":论周作人与〈域外小说集〉》。

③ 如李怡:《鲁迅的"五四"与"新青年"的"五四"》,《社会科学辑刊》2007年第1期;王玮:《〈呐喊〉前的"心声"——鲁迅加入〈新青年〉及其原因探究》,吉林大学2008年硕士学位论文。

④ 鲁迅:《〈呐喊〉自序》,《鲁迅全集》第1卷,第441页。

⑤ 同上书,第440页。

失败的惨痛经历有关。①

创办《新青年》与当年办《新生》的那种相似的寂寞感,已然触动鲁迅,他使用了一个转折词"但是",说明他说出那番铁屋子的话,只是出于犹疑。随后,钱玄同即以将来的希望为论据说服了鲁迅。《新青年》触动鲁迅想起了过去的寂寞感受,在这段话后,他又再次谈到寂寞:"但或者也还未能忘怀于当日自己的寂寞的悲哀罢,所以有时候仍不免呐喊几声,聊以慰藉那在寂寞里奔驰的猛士,使他不惮于前驱。……至于自己,却也并不愿将自以为苦的寂寞,再来传染给也如我那年青时候似的正做着好梦的青年。"②汪晖的研究肯定了鲁迅作品中的"寂寞""无聊"的积极的功能性作用:"寂寞是创造的动力,而无聊是寂寞的根源,无聊的否定性因此蕴含着某种创造性的潜能。"③

当时也在现场的周作人回忆钱玄同的来访,使鲁迅"好像是在埋着的火药线上点了火,便立即爆发起来了"④。这埋着的火药线就是"想办'新生'那时代起所有的愿望"⑤。周作人这一回忆所用比喻的意象"埋着的火药线",其潜伏性和燃烧性与鲁迅创作的"死火"意象很相似,"死火"其实是未死的火。而鲁迅文中所写的死火重温,与周作人所述点燃了"埋着的火药线",是一种相似过程的两种叙述。

1919年,鲁迅曾在《自言自语》中写下"火的冰",并将此意象与人相联系:

  火,火的冰,人们没奈何他,他自己也苦么?
  唉,火的冰。

---

① 参见徐改平:《结集在〈新青年〉以前的胡适与鲁迅》,《鲁迅研究月刊》2002年第2期。
② 鲁迅:《〈呐喊〉自序》,《鲁迅全集》第1卷,第441—442页。
③ 汪晖:《阿Q生命中的六个瞬间》,上海:华东师范大学出版社,2014年,第59页。
④ "鲁迅对于文学革命即是改写白话文的问题当时无甚兴趣,可是对于思想革命却看得极重,这是他从想办'新生'那时代起所有的愿望,现在经钱君来旧事重提,好像是在埋着的火药线上点了火,便立即爆发起来了。这旗帜是打倒吃人的礼教!钱君也是主张文学革命的,可是他的最大的志愿如他自己所说,乃是:'打倒纲伦斩毒蛇',这与鲁迅的意思正是一致的,所以简单的一场话便发生了效力了。"周作人:《〈新青年〉》,钟叔河编订:《周作人散文全集》第12卷,第163—164页。
⑤ 周作人:《〈新青年〉》,钟叔河编订:《周作人散文全集》第12卷,第163页。

唉,唉,火的冰的人!①

1925年,鲁迅再次以梦的形式重写了此意象——《死火》,死火是依然如珊瑚一样的火的冰。因为遇到朋友的温热,死火重温了。

鲁迅《死火》中的"死火",周作人回忆中所述"埋着的火药线",确实存在于鲁迅心中,证据就是鲁迅日记中所载从1912年以来,多次将《域外小说集》赠送给教育部同僚和新文化人。《域外小说集》是鲁迅珍视的文学成果。从鲁迅1930年代提及《域外小说集》的信中,可看出鲁迅对之珍视的程度:"余书(几乎全部是余书)在上海和书店一起烧掉了。所以现存的便成珍本。但谁也没有珍视它。"②

据钱玄同回忆,周氏兄弟翻译《域外小说集》时,正是听章太炎讲《说文解字》期间。所以,章太炎的思想通过其小学的讲授,直接影响到鲁迅的翻译。周氏兄弟用章太炎讲授的古字翻译《域外小说集》。其中,鲁迅翻译的小说有三篇:《谩》《默》《四日》。

谩,鲁迅所记章太炎《说文解字》的授课笔记的解释为:"今作瞒,欺也。"③鲁迅所译《谩》中可看到章太炎所讲授的庄子思想的影响。"既往方在,方在将来之界域泯矣。时劫之识,如吾未生与吾生方始,其在我同然,无不似吾常生,或未生,或常生既者。——盖吾未生,与吾生方始时,彼实已君我。"④这段译文与《庄子·齐物论》中的"方生方死,方死方生;方可方不可,方不可方可"⑤在时间的复调与不确定性上相似。章太炎1915年所送鲁迅的条幅,也语出《庄子》。⑥日本学者也指出了鲁迅所译《谩》具有西方哲学的

---

① 鲁迅:《自言自语》,《鲁迅全集》第8卷,第115页。
② 《320116致增田涉》(译文),《鲁迅全集》第14卷,第196页。
③ 章太炎讲授,朱希祖、钱玄同、周树人记录,王宁主持整理:《章太炎说文解字授课笔记》,北京:中华书局,2008年,第108页。
④ 会稽周氏兄弟纂译:《域外小说集》(影印本),北京:中央编译出版社,2014年,第66页。
⑤ 《庄子今注今译》(上),陈鼓应注释,北京:中华书局,1983年,第54页。
⑥ 鲁迅1915年6月17日记:"下午许季市来,并持来章师书一幅,自所写与;又《齐物论释》一册,是新刻本,龚未生赠也。"《鲁迅全集》第15卷,第175页。

特点,"是一部存在论性质的短篇"①。

将鲁迅的《野草》与《域外小说集》中鲁迅所译的三篇小说进行比较,可看出《野草》的创作受到译文的影响。鲁迅《影的告别》明显受到《谩》的译文的影响。第一是《影的告别》中时间的不确定性:"人睡到不知道时候的时候","我不知道是黄昏还是黎明""我将在不知道时候的时候独自远行"②。第二是地点的不确定性:"彷徨于无地"③。第三是黑暗的意象。小说《谩》中,从"薄暗"④到"黳黯"⑤到"幽闇"⑥,是不断加深的黑暗,"一切特如一遥夜"⑦。据鲁迅笔记,章太炎对"薄"字的解释和段玉裁不同,认为"日薄"当作"日普",日无色也。⑧ 章太炎对"闇"的解释是"由闭门引申为无门也"⑨。因此"闇"字的黑暗更甚。《庄子》中有"黳闇"⑩一词,郭沫若在《庄子与鲁迅》一文中已指出,并论及鲁迅早期五篇文言论文中所用的《庄子》语汇。⑪

鲁迅在《谩》的翻译中所使用的带有哲学色彩的词汇,如"空虚""深渊"等,在他的创作中也有出现。例如《希望》中的"希望,希望,用这希望的盾,抗拒那空虚中的暗夜的袭来,虽然盾后面也依然是空虚中的暗夜"⑫,《墓碣文》中的"于浩歌狂热之际中寒;于天上看见深渊"⑬。《谩》中不断出现的野笑,也在《秋夜》中出现:"我忽而听到夜半的笑声,吃吃地,似乎不愿意惊动睡着的人,然而四围的空气都应和着笑。夜半,没有别的人,我即刻听出这声

---

① 谷行博:《鲁迅所译安特莱夫〈谩〉、〈默〉》,江枫译,上海鲁迅纪念馆编:《上海鲁迅研究》2014年秋,上海:上海社会科学院出版社,2014年,第211页。
② 鲁迅:《影的告别》,《鲁迅全集》第2卷,第169页。
③ 同上书,第170页。
④ 会稽周氏兄弟纂译:《域外小说集》(影印本),第61页。
⑤ 同上书,第68页。
⑥ 同上书,第74页。
⑦ 同上书,第64页。
⑧ 章太炎讲授,朱希祖、钱玄同、周树人记录,王宁主持整理:《章太炎说文解字授课笔记》,第46页。
⑨ 同上书,第486页。
⑩ "则人固受黳闇",《庄子今注今译》(上),第88页。
⑪ 郭沫若:《庄子与鲁迅》,《中苏文化》1941年第8卷第3—4期。
⑫ 鲁迅:《希望》,《鲁迅全集》第2卷,第181页。
⑬ 鲁迅:《墓碣文》,《鲁迅全集》第2卷,第207页。

音就在我嘴里,我也即刻被这笑声所驱逐,回进自己的房。"①

《新青年》同人钱玄同、胡适、刘半农都公开表示赞赏《域外小说集》,在众口一词的赞誉声中,东京时期读者稀少的《域外小说集》得以于1921年由群益书社再版。陈独秀1920年3月致周作人的信中,即已表明支持重印出版《域外小说集》之意:

> 重印《域外小说集》的事,群益很感谢你的好意。……我们很盼望豫才先生为《新青年》创作小说,请先生告诉他。②

《域外小说集》1909年东京初版,没有用新式标点断文,只偶尔采用了感叹号、问号等,在《略例》中说明"! 表大声,? 表问难"③。而《域外小说集》1921年版则明显进行了现代改装:不仅在正文中采用了新式标点符号,而且书后附有《新青年》的广告。④

鲁迅在《域外小说集序》中对1921年《域外小说集》再版的缘由有所说明:"到近年,有几位著作家,忽然又提起《域外小说集》,因而也常有问到《域外小说集》的人。但《域外小说集》却早烧了,没有法子呈教。几个友人,因此很有劝告重印,以及想法张罗的。为了这机会,我也就从久不开封的纸裹里,寻出自己留下的两本书来。"⑤其原因就在于初版之后"过了四五年,这寄售处不幸被了火,我们的书和纸板,都连同化成灰烬;我们这过去的梦幻似的无用的劳力,在中国也就完全消灭了"⑥。1932年,鲁迅在致增田涉的信中也谈到《域外小说集》被烧掉一事。"在中国""完全消灭",只"寻出自己留下的两本书",是鲁迅的艺术加工。从时间计算,上海寄售处的火,大致起于1913、1914年。而由鲁迅日记可知,从1912年开始,到1921年再版之前,鲁

---

① 鲁迅:《秋夜》,《鲁迅全集》第2卷,第167页。
② 《陈独秀致周启明》(1920年3月11日),水如编:《陈独秀书信集》,北京:新华出版社,1987年,第251页。
③ 会稽周氏兄弟纂译:《域外小说集》,周树人发行,己酉二月十一日印成。
④ 周作人译述:《域外小说集》,上海:群益书社,1921年。
⑤ 鲁迅:《域外小说集序》,《鲁迅全集》第10卷,第177页。据周作人所述,上海群益书社再版《域外小说集》时所加的新序,虽署名周作人,实则为鲁迅所写。参见周作人:《关于鲁迅之二》,钟叔河编订:《周作人散文全集》第7卷,第448页。
⑥ 鲁迅:《域外小说集序》,《鲁迅全集》第10卷,第177页。

迅一直有赠送《域外小说集》的记载。

赠书一方面是友谊的表现,另一方面也兼及广告效应。鲁迅从东京就开始以赠书的形式寻求知音,扩大影响。1919年4月一则《赠书志谢》登载于上海《神州日报》,对受赠《域外小说集》表示感谢。这则"志谢"与上海《时报》上鲁迅亲撰的《域外小说集》广告同日登载。而翌日这则广告也全文登载于《神州日报》。① 时在德国留学的蔡元培也得赠东京版的《域外小说集》,由鲁迅的朋友、蔡元培从弟蔡国亲寄予。② 蔡元培也寄赠鲁迅《中央文学报》《中央文学志》。③

据鲁迅日记所记,鲁迅曾多次要求周作人寄《域外小说集》到京,赠送的对象一开始以教育部同僚和留日同学为主。1912年8月14日,"得二弟所寄小包二,内《域外小说集》第一、第二各五册,初八日付邮,余初二函索,将以贻人者也";8月15日,"以《或外小说》贻董恂士、钱稻孙"。④ 10月7日,"以《或外小说集》两册赠戴螺舲,托张协和持去"。⑤ 10月17日,"晚季自求⑥来谈,以《或外小说集》第一、二册赠之"。⑦ 这五套书不久就赠完了,同年11月,鲁迅又收到周作人寄来的五套《域外小说集》⑧,先后赠送给教育部同僚夏穗卿(即夏曾佑)、游允白,周作人的同学刘霁青⑨。

---

① 参见谢仁敏:《新发现〈域外小说集〉最早的赠书文告一则》,《鲁迅研究月刊》2009年第11期。
② 参见蔡元培:《记鲁迅先生轶事》,鲁迅博物馆、鲁迅研究室、《鲁迅研究月刊》选编:《鲁迅回忆录》(散篇上册),第100页。
③ 1911年4月4日,"寄《中央文学报》(四月一日出)于周豫才"。1911年5月9日,"寄周豫才《中央文学志》一册"。参见王世儒编:《蔡元培日记》(上),北京:北京大学出版社,2010年,第214、216页。
④ 《鲁迅全集》第15卷,第16页。
⑤ 同上书,第24页。
⑥ 季自求,周作人南京水师学堂的同学,参见"季天复"条目,《鲁迅全集》第17卷,第149页。
⑦ 《鲁迅全集》第15卷,第25页。
⑧ 参见1912年11月23日鲁迅日记:"晚得二弟所寄书三包……《或外小说》第一、第二集各五册,并十八日发。"《鲁迅全集》第15卷,第31页。
⑨ 参见1912年鲁迅日记:11月25日,"以《或外小说集》第一、第二册赠夏穗卿先生"。12月1日,"至南通州会馆访季自求,以《或外小说》两册托其转遗刘霁青"。12月14日,"游允白来,以《或外小说集》二册赠之"。12月16日,"游允白索《或外小说》,更以二部赠之。"《鲁迅全集》第15卷,第31、32、34页。

1913年,鲁迅再次收到周作人所寄五套《域外小说集》①,先后赠与留日同学夏揖颜②、袁文薮、钱玄同、黄侃③。

1914年,周作人寄给鲁迅四套《域外小说集》,鲁迅转给许寿裳一套。④ 1915年4月,鲁迅将《域外小说集》赠给同僚陈衡恪之弟、史学家陈寅恪,9月赠给教育部同僚张春霆。⑤ 1916年12月20日,"寄宋子佩信并《或外小说》第二集一册"⑥。

1917年,鲁迅最后一次收到周作人寄来的《域外小说集》。⑦ 1919年,"午后许诗荃来并持交《或外小说》二本"⑧。1921年,"寄邵次公以《域外小说集》一本"⑨。"午代二弟寄宫竹心信并《欧洲文学史》、《或外小说集》各一册"⑩。"下午张凤举来,赠以《或外小说集》一册。"⑪鲁迅在八道湾定居后,保存于绍兴的书籍也运到了北京。⑫

由钱玄同日记可知,1917年,在北京大学、北京师范大学都任教的钱玄同,其主要交往者是蔡元培及北京大学教员。1917年8月1日,《新青年》第3卷第6号的"通信"门登出钱玄同致陈独秀的信,将文坛上尚不知名的"我的朋友

---

① 参见1913年2月16日鲁迅日记:"收二弟所寄《或外小说集》第一、第二各五册,十二日付邮。"《鲁迅全集》第15卷,第49页。
② 夏揖颜,鲁迅在日本弘文学院学习时的同学,参见"夏揖颜"条目,《鲁迅全集》第17卷,第191页。
③ 参见1913年鲁迅日记:2月18日,"晨得夏揖颜信,云将南旋,赴部途中遇之,折回邑馆,赠以《或外小说》第一、二各二册"。2月27日,"下午季市遣人来取去《或外小说集》第一、二各一册,云袁文薮欲之"。9月29日,"午前稻孙持来中季书,索《或外小说》"。9月30日,"上午以《或外小说集》二册交稻孙,托以一册赠中季,一册赠黄季刚"。《鲁迅全集》第15卷,第49、50、80、81页。
④ 参见1914年鲁迅日记:1月27日,"得二弟所寄英译显克微支作《生计》一册,又《或外小说》第一、第二各四册,并二十二日发"。9月17日,"夜季市来,索去《或外小说集》第一、第二各一册"。《鲁迅全集》第15卷,第103、134页。
⑤ 参见1915年鲁迅日记:4月6日,"赠陈寅恪《或外小说》第一、第二集,《炭画》各一册"。9月9日,"以《域外小说集》二册贻张春霆"。《鲁迅全集》第15卷,第167、186页。
⑥ 《鲁迅全集》第15卷,第252页。
⑦ 参见1917年5月13日鲁迅日记:"上午得二弟妇并三弟信,九日发,又《或外小说集》十册。"《鲁迅全集》第15卷,第284页。
⑧ 《鲁迅全集》第15卷,第380页。
⑨ 同上书,第427页。
⑩ 同上书,第438页。
⑪ 同上书,第440页。
⑫ 参见本书第9页。

周豫才、起孟两先生译的《域外小说集》《炭画》"与当时文坛上的名教授胡适之所译《二渔夫》、马君武所译《心狱》并举,视为翻译西文小说的范例。①

这大概是《域外小说集》所有宣传中最具效力的一次。随后,北京大学的《新青年》同人便通过周作人受赠了《域外小说集》。1917 年 8 月 30 日,周作人"上午往大学访蔡先生,遇君默,便交予《域外小说》二册"②。10 月 24 日,"上午往大学。……访蔡先生。……以《域外小说》二部留校,转交刘、胡二君"③。刘、胡二君即指刘半农、胡适。周作人 1917 年 4 月到北京,12 日到北京大学访问了蔡元培,定下 16 日开始到北京大学工作。④然而,却直至《新青年》登载了钱玄同的通信后,周作人才将《域外小说集》赠予沈尹默、刘半农、胡适。周作人在日记中此二处都写作"交"(交予、转交),而不是"赠"或"送"。现难以考证是否起因于这三位索书,但周作人在日记中记载赠送自己的书籍、文章时,常使用的确是"赠""送"。⑤ 1918 年 4 月 3 日,与胡适熟识的北京大学教授陶孟和来函索《域外小说集》,周作人次日便将两本寄出。⑥

《域外小说集》选译短篇小说,在晚清的小说界很少得到读者认同:"《域外小说集》初出的时候,见过的人,往往摇头说,'以为他才开头,却已完了!'那时短篇小说还很少,读书人看惯了一二百回的章回体,所以短篇便等于无物。"⑦而这种文体却正契合胡适提倡的短篇小说理论。胡适对《域外小说集》做出了很高的评价,认为"周作人兄弟的《域外小说集》便是这一派的最高作品"⑧。显然,胡适对《域外小说集》的赞赏也起到了宣传的作用。1920

---

① 《新青年》第 3 卷第 6 号,1917 年 8 月 1 日。
② 《周作人日记》(影印本 上),鲁迅博物馆藏,郑州:大象出版社,1996 年,第 690 页。
③ 同上书,第 703 页。
④ 据周作人日记,1917 年 4 月"十二日晴。上午至大学访蔡先生,言定十六日始每日四小时"。《周作人日记》(影印本 上),第 664 页。
⑤ 据周作人日记,1919 年 1 月 25 日,"以银三元向编译会购得《欧洲文学史》十部,赠君默、半农、遐先、幼渔、耀安各一";1918 年 12 月 2 日,"收《新青年》三号十本,以一送仲侃"(应为 1918 年第 4 卷第 3 号,载有周作人《童子 Lin 之奇迹》)。《周作人日记》(影印本 中),鲁迅博物馆藏,郑州:大象出版社,1996 年,第 6 页;《周作人日记》(影印本 下),第 787 页。
⑥ 据周作人日记,1918 年 4 月 3 日,"得陶孟和君函,索《域外小说集》";4 月 4 日,"致陶君函,小说集二本"。《周作人日记》(影印本 上),第 742 页。
⑦ 鲁迅:《域外小说集序》,《鲁迅全集》第 10 卷,第 178 页。
⑧ 胡适:《五十年来中国之文学》,第 3 页。

年 2 月 6 日,高语罕写信向胡适借《域外小说集》。① 胡适后来在回忆中依然不忘对《域外小说集》的欣赏:"我们那时代一个《新青年》的同事,他姓周,叫做周豫才,他的笔名叫鲁迅,他在我们那时候,他在《新青年》时代是个健将,是个大将。我们这班人不大十分作创作文学,只有鲁迅喜欢弄创作的东西,他写了许多《随感录》、《杂感录》,不过最重要他是写了许多短篇小说。他们弟兄是章太炎先生的国学的弟子,学的是古文。所以他们那个时候(在他们复古的时期,受了章太炎先生的影响最大的时期),用古文,用最好的古文翻译了两本短篇小说,《域外小说集》。《域外小说集》翻得实在比林琴南的小说集翻得好,是古文翻小说中最了不得的好,是地道的古文小说。"② 提倡白话文的胡适欣赏《域外小说集》的古文,在选中学国文选本时,便将其列入第一年的首选:"第一年,周作人《域外小说集》、林琴南小说等。第二年,近代人之文,梁任公、章行严、章太炎等。第三年,所谓'古文'时期,自韩愈到曾国藩。第四年,自六朝到周、秦。每时期自然夹入韵文。"③ 此处提及《域外小说集》时译者写"周作人",是因为 1921 年《域外小说集》由上海群益书社再版时,署周作人译,序言亦署周作人(实为鲁迅所写)。《域外小说集》1909 年在东京初版时,署会稽周氏兄弟纂译,周树人发行。1921 年再版时,鲁迅为了提携周作人,愿意使用周作人的名义,除了曾以周作人为作者署名,还以周作人的名字赠送贺年片。④

---

① 高语罕在信中写道:"你那里有周作人兄弟的《域外小说集》么? 若有,请寄把我一看,看完便寄还。"《高语罕致胡适》(1920 年 2 月 6 日),耿云志主编:《胡适遗稿及秘藏书信》第 31 册,合肥:黄山书社,1994 年,第 353 页。

② 摘自胡适:《中国文艺复兴运动》,《胡适讲演集》中册,台北胡适纪念馆,1970 年。转引自耿云志辑:《胡适回忆〈新青年〉和白话文运动》,中国社会科学院近代史研究所编:《五四运动回忆录》(上),北京:中国社会科学出版社,1979 年,第 172 页。

③ 参见胡适 1921 年 7 月 30 日日记:"与常熟人赵欲仁、孙绍伯等谈。孙君现在爱国女学教授国文,与我谈中学国文选本。我随口拟了一个选材的计划,记在下面,备日后的修改……"季羡林主编:《胡适全集》第 29 卷,合肥:安徽教育出版社,2007 年,第 392 页。

④ 据孙伏园回忆:"鲁迅先生平素舍名务实,一切都愿意由他的二弟出面,例如《会稽郡故书杂集》原是他自己的著作,就用他二弟的名义印行。再如一次新年我去,看见鲁迅先生正在用一颗木质名戳,印在空白的红色贺年片上,'恭贺新禧'等字样都是现成的,盖上去的却赫然是他二弟的名字。"孙伏园:《〈鸭的喜剧〉——〈呐喊〉谈丛》,孙伏园、孙福熙:《孙氏兄弟谈鲁迅》,北京:新星出版社,2006 年,第 229 页。

第二章　鲁迅与新文化同人

刘半农负责编辑的《新青年》第 4 卷第 3 号,1918 年 3 月 15 日出版,刊载了刘半农与王敬轩(钱玄同化名)的双簧信。刘半农的复信中驳斥了林琴南的译作,抬出的典范译作是《域外小说集》。随着《域外小说集》得到《新青年》同人的赞赏,久不创作的鲁迅也加入了《新青年》的文学活动。《新青年》第 4 卷第 3 号还登出了"除夕"诗的唱和,包括沈尹默《除夕》,胡适《除夕》("除夕过了六七日,/忽然有人来讨除夕诗!/除夕'一去不复返',/如今回想未免已太迟!"),陈独秀《丁巳除夕歌》(一名"他与我"。诗中写明"拿笔方作除夕歌。/……我有千言万语说不出,/十年不作除夕歌")①。

刘半农在《除夕》诗中写入了在绍兴会馆与周氏兄弟谈天:

　　　　　(一)
…………
这天我在绍兴县馆里;馆里大树甚多。
…………
　　　　　(二)
主人周氏兄弟,与我谈天:——
欲招缪撒,欲造"蒲鞭"。
说今年已尽,这等事,待来年。②

鲁迅和周作人在 1918 年 2 月 10 日旧历除夕时,接待刘半农来访,这是刘半农首次出现于鲁迅日记中。刘半农的《除夕》诗回忆了这次聚谈的内容。③《新青年》第 4 卷第 5 号登出《补白》:"周氏兄弟,都是我的畏友。一天,我做了首斗方派的歪诗,寄去请他哥儿俩指教。"同期登出了周作人给刘半农写的回信和"奉和寒星诗翁'中央公园即目一首'"。④

与新文化人的交往,使鲁迅因东京时期文学活动的挫折而冷却的热情再度被点燃,经钱玄同约稿,鲁迅和周作人加入了《新青年》的作者和编辑队

---

① 《新青年》第 4 卷第 3 号,1918 年 3 月 15 日。
② 同上。
③ 参见鲁迅博物馆鲁迅研究室编:《鲁迅年谱》第 1 卷,北京:人民文学出版社,1981 年,第 372 页。
④ 《新青年》第 4 卷第 5 号,1918 年 5 月 15 日。

伍,并得到了《新青年》同人的欣赏和认同,继而与陈独秀、胡适、刘半农等《新青年》同人有了进一步的交往。

第二节　钱玄同与《狂人日记》之诞生

1918年,鲁迅经章门弟子、留日同乡钱玄同约稿,写出了《狂人日记》,步入文坛。钱玄同向鲁迅约稿首先是基于对其思想的了解和欣赏,从钱玄同日记可知:"又独秀叔雅二人皆谓中国文化已成僵死之物,诚欲保种救国,非废灭汉文及中国历史不可。此说与豫才所主张相同,吾亦甚然之。"①对鲁迅思想的这种熟知和欣赏也因为钱玄同和周氏兄弟在绍兴会馆曾多次谈话。钱玄同后来致周作人的书信中对那段时期有追忆:"我之烧毁中国书之偏谬精神又渐有复活之象,即张勋败后,我和你们兄弟两人在绍兴会馆的某院子中槐树底下所谈的偏激话的精神又渐有复活之象焉。"②钱玄同熟知鲁迅的思想,并且知道《新青年》主编陈独秀的思想,以及编辑之一刘叔雅的思想与鲁迅相近,这是他极力约稿的一个思想基础。《新青年》以思想革命著称,《新潮》的"书报介绍"评价《新青年》杂志为"纯粹新思想的杂志",并引它的广告为据:"一,改造国民思想;二,讨论女子问题;三,改革伦理观念;四,提倡文学革命。"③而《新青年》的第一大成绩,是提倡文学革命。④

在钱玄同的追忆中,从他到北京的1913年9月开始至1916年,与鲁迅的交往只是"常有晤面的机会"⑤。钱玄同最早出现于鲁迅日记中是1913年3月16日:"得钱中季书,与季市合一函。"⑥1913年底,钱玄同已到北京大学

---

① 据钱玄同1918年1月2日日记。北京鲁迅博物馆编:《钱玄同日记》(影印本)第4卷,福州:福建教育出版社,2002年,第1645页。
② 《致周作人》(1923年7月9日),《钱玄同文集》第6卷,北京:中国人民大学出版社,2000年,第59页。
③ 《新青年杂志》,《新潮》第1卷第2号,1919年2月1日。
④ 同上。
⑤ 钱玄同:《我对周豫才(即鲁迅)君之追忆与略评》,鲁迅博物馆、鲁迅研究室、《鲁迅研究月刊》选编:《鲁迅回忆录》(散篇上册),第94页。
⑥ 《鲁迅全集》第15卷,第53页。

任教,和鲁迅也有交往,但在鲁迅日记中,却都是与其他同人同游。据鲁迅日记记载,钱玄同专程拜访鲁迅,最早在 1917 年 8 月 9 日:"下午钱中季来谈,至夜分去。"①此后,他就频繁出现于鲁迅日记的记载中,几乎都是独自专程来访。据周作人回忆,到绍兴会馆访问鲁迅的客人并不多,而钱玄同常来聊天,总在傍晚主人下班时走来,这也是因为钱玄同就住在附近后孙公园的师大教员宿舍,所以能谈到晚上十一点钟;周作人特别强调了钱玄同的鼓励作用。② 据钱玄同的家属回忆,钱玄同在 1919 年前一两年,下午、晚间常和朋友们一起讨论问题,并为《新青年》奔波约稿。他住在北京高等师范学校教员宿舍里,而他的家与宿舍只隔着一条胡同,就在宣外琉璃厂西北园。③

1917 年是一个转折点,其原因钱玄同已点明:其一,"蔡孑民(元培)先生任北京大学校长,大事革新";其二,"陈(独秀)、胡(适)、刘(半农)诸君正努力于新文化运动,主张文学革命";其三,"启明亦同时被聘为北大教授"。④钱玄同本人"十分赞同"《新青年》,并且"认为周氏兄弟的思想,是国内数一数二的,所以竭力怂恿他们给《新青年》写文章"。⑤ 这段话点明了钱玄同去绍兴会馆拜访周氏兄弟的动机。钱玄同和鲁迅有同乡之谊,更同为东京时期的章门弟子,是熟知鲁迅思想和文学的。

1910—1920 年代的北京,正是各种思潮论辩的高峰期。新文化和新思想在很多激烈的面对面的交锋中发展。罗家伦描述了北京大学在新文化运动前夕的论辩情景:

> 除了早晚在宿舍里面常常争一个不平以外,还有两个地方是我们聚合的场所,一个是汉花园北大一院二层楼上国文教员休息室,如钱玄同等人,是时常在这个地方的。另外一个地方是一层楼的图书馆主任室

---

① 《鲁迅全集》第 15 卷,第 292 页。
② 周作人:《S 会馆的来客》,钟叔河编订:《周作人散文全集》第 10 卷,桂林:广西师范大学出版社,2009 年,第 684—685 页。
③ 秉雄、三强、德充:《回忆我们的父亲——钱玄同》,曹述敬:《钱玄同年谱》,济南:齐鲁书社,1986 年,第 237 页。
④ 参见钱玄同:《我对周豫才君之追忆与略评》,鲁迅博物馆、鲁迅研究室、《鲁迅研究月刊》选编:《鲁迅回忆录》(散篇上册),第 94 页。
⑤ 同上。

(即李大钊的房子),这是一个另外的聚合场所。在这两个地方,无师生之别,也没有客气及礼节等一套,大家到来大家就辩,大家提出问题来大家互相问难。大约每天到了下午三时以后,这两个房间人是满的。……这两个房子里面,当时确是充满学术自由的空气。大家都是持一种处士横议的态度。谈天的时候,也没有时间的观念。……当时的文学革命可以说是从这两个地方讨论出来的,对于旧社会制度和旧思想的抨击也产生于这两个地方。①

从罗家伦的叙述可知,当时北京大学有两个论辩地点,而钱玄同是其中的活跃分子。当钱玄同到绍兴会馆时,便将那里扩大为思想论辩的又一空间。

钱玄同到绍兴会馆,作为《新青年》的编辑向鲁迅约稿。任职教育部的鲁迅,熟知文化界的动向。民国教育部包含现在文化与旅游部的工作内容。鲁迅在周作人来京、钱玄同约稿前,已知道《新青年》。鲁迅日记中最早出现《新青年》是1917年1月19日:"上午寄二弟《教育公报》二本,《青年杂志》十本,作一包〔(七)〕。"②据周作人回忆,鲁迅是通过许寿裳知道《新青年》的:"那年四月我到北京,鲁迅就拿几本《新青年》给我看,说这是许寿裳告诉的,近来有这么一种杂志,颇多谬论,大可一驳,所以买了来的。但是我们翻看了一回之后,也看不出什么特别的谬处,所以也随即搁下了。"③但很明显,周作人的这段叙述与他在日记中所记有很大缝隙。据周作人1917年1月24日日记记载,当天尚在绍兴家中的周作人已收到了鲁迅1月19日所寄的那包书,认为其中的《青年杂志》"多可读",并评论了在第2卷第3—4期连载的苏曼殊的《碎簪记》,以为"颇佳"。④

鲁迅很早就知道《新青年》,与鲁迅在教育部的工作,以及与蔡元培、汤尔和的交往有关。《新青年》进入北京大学,与蔡元培、汤尔和都有直接关

---

① 参见罗家伦:《蔡元培时代的北京大学与五四运动》,《传记文学》(台湾)第54卷第5期。
② 《鲁迅全集》第15卷,第273页。
③ 周作人:《〈新青年〉》,钟叔河编订:《周作人散文全集》第12卷,第163页。
④ 据周作人1917年1月24日日记:"得北京十九日寄书一包,内《教育公报》二本,《青年》十本。……晚阅《青年杂志》,多可读。子谷有《断簪记》,颇佳。"《周作人日记》(影印本 上),第651页。

系。1917年1月,蔡元培任北京大学校长,先访医专校长汤尔和,问北京大学情形。① 汤尔和向蔡元培推荐陈独秀任文科学长,并取《新青年》十余本给蔡元培。蔡元培对于陈独秀"本来有一种不忘的印象","现在听汤君的话,又翻阅了《新青年》,决意聘他"②,于是往访陈独秀,"与之订定"。③ 而鲁迅正是在这段时间两次拜访过蔡元培:1917年1月10日,因周作人到北京大学任教事访蔡先生;1月18日,"夜得蔡先生函,便往其寓"。④ 次日,鲁迅便将《青年杂志》十本寄往绍兴的周作人。鲁迅在写给许寿裳的信里多次谈到《新青年》,并谈到"今年群益社见贻甚多,不取值,故亦不必以值见返耳"⑤。并且,鲁迅还寄赠《新青年》给许寿裳、齐寿山、钱均夫(家治)等。⑥

《〈呐喊〉自序》中称"有一夜"钱玄同约稿:"我想,你可以做点文章……"由此引发关于铁屋子的讨论,因而鲁迅"终于答应他也做文章了,这便是最初的一篇《狂人日记》"。⑦ 这是经过了艺术处理、高度浓缩的描述。事实上,这一约稿过程经历了半年之久。钱玄同到绍兴会馆为《新青年》约稿后,周作人很快就有文章写出来,1918年1月起,《新青年》第4卷第1、2、3、4诸号都刊载了周作人的文章。从钱玄同1917年8月常去拜访周氏兄弟开始,到1918年4月鲁迅写出《狂人日记》⑧,这半年多时间,钱玄同都在向鲁迅约稿,并由初期的"怂恿"变为"催促"⑨。

鲁迅给《新青年》写稿,一开始督促最力的是钱玄同、刘半农。《新青年》的发展需要大作家,并得到其创作实绩的支持。1917年,刘半农在致钱玄同的信中,曾提及《新青年》对大作家的期待:"譬如做戏,你,我,独秀,适之,四

---

① 蔡元培:《我在北京大学的经历》,中国社会科学院近代史研究所编:《五四运动回忆录》(上),第174页。
② 同上。
③ 同上。
④ 《鲁迅全集》第15卷,第273页。
⑤ 《180310 致许寿裳》,《鲁迅全集》第11卷,第360页。
⑥ 《鲁迅全集》第15卷,第317页。
⑦ 鲁迅:《〈呐喊〉自序》,《鲁迅全集》第1卷,第441页。
⑧ 《狂人日记》文言小序将写作时间署为"七年四月二日识"。
⑨ 参见钱玄同:《我对周豫才君之追忆与略评》,鲁迅博物馆、鲁迅研究室、《鲁迅研究月刊》选编:《鲁迅回忆录》(散篇上册),第94页。

人,当自认为'枱柱',另外再多请名角帮忙,方能'押得住座'……"①鲁迅认为在《新青年》编辑的催促中,陈独秀是最着力的:"但是《新青年》的编辑者,却一回一回的来催,催几回,我就做一篇,这里我必得记念陈独秀先生,他是催促我做小说最着力的一个。"②

《狂人日记》的创作缘起,决定了它不是一篇随意之作,而是精心构建的,以"格式的特别"反映"表现的深切"③。《狂人日记》的时空是与"铁屋子"同构的,一个封闭的"四千年来时时吃人的地方"④。《狂人日记》别具一格的时空设定,与它的创作初衷是表达新思想直接相关,这与它的创作缘自现代刊物《新青年》的约稿直接相关。所以,《狂人日记》摆脱了中国传统小说讲故事的写法,而采用特定的时空设置,以寓言性的方式传达思想。

《狂人日记》的开创性和变革性还在语言上表现出来。它通过文言小序和白话日记建构了两个对立的世界:常人世界和狂人世界。从创作《狂人日记》开始,鲁迅在语言选择上有了一个很大的变革,就是开始使用白话。这一变化与他和钱玄同的交往是有关系的。这段时期,鲁迅与钱玄同交流的话题之一是关于语言的变革。这在《钱玄同日记》中有记载。1917 年 9 月 28 日,钱玄同在日记中写到得豫才信,信中谈到日本有鼓吹用罗马字拼音的杂志"Romaji",以及用罗马拼音之新文字写的科学书《海之物理学》《实验遗传学》,钱玄同认为此二科学书未必易看,因而托鲁迅转购杂志"Romaji",以资改良中国文字之参考。⑤ 1918 年 2 月 19 日,鲁迅日记记载:"东京堂寄来《口语法》一本,代钱玄同买。"⑥

1918 年 12 月钱玄同在致沈兼士的信中,自言与鲁迅谈到语言文字问

---

① 《刘半农致钱玄同》(1917 年 10 月 16 日),北京鲁迅博物馆编:《鲁迅博物馆藏近现代名家手札》(三),福州:福建教育出版社,2002 年,第 213 页。
② 鲁迅:《我怎么做起小说来》,《鲁迅全集》第 4 卷,第 526 页。
③ 《〈中国新文学大系〉小说二集序》中对《狂人日记》《孔乙己》等小说的评论为"表现的深切和格式的特别",《鲁迅全集》第 6 卷,第 246 页。
④ 鲁迅:《狂人日记》,《鲁迅全集》第 1 卷,第 454 页。
⑤ 北京鲁迅博物馆编:《钱玄同日记》(影印本)第 3 卷,福州:福建教育出版社,2002 年,第 1608 页。
⑥ 《鲁迅全集》第 15 卷,第 319 页。

题,并表示出对鲁迅文字学功底的欣赏:

> 近来同周豫才(别名唐俟,又名鲁迅)谈到此事:他也有此类的议论。我请他把已见到的写一点给我。现在要请你也把已见到的随时草草录出,寄给我看。我现在正在编大学本科的新讲义,尽变从前旧面目。现在《第一讲》论字形变迁的,已经做好,先在《月刊》一二两期上发表。以后编到字的构成法那一讲,很要借重你同豫才两人;并且决不没善,一定要说明"吾友沈兼士君怎样说","吾友周豫才君怎样说"。①

这一时期,鲁迅与周作人同住绍兴会馆,兄弟二人与钱玄同讨论的话题相近,因此周作人与钱玄同的书信可做旁证。在周作人与钱玄同的往来书信中,文字改革也是一个重点话题。1918年2月5日,周作人致信钱玄同讨论文字改革,信中写道:"汗字改革之文章,既然那样情形,当然可以写一篇,不过未免很短,只能当作呐喊,以能声势于万一而已也夫!?"②并约在北京大学面谈。

《狂人日记》的文言小序以返乡体写成,叙述空间是以鲁迅故乡为蓝本的乡村,写作地点却是北京。小说之缘起是在北京绍兴会馆与钱玄同的谈话中,鲁迅把当时的中国比喻为"铁屋子","绝无窗户而万难破毁的"③。与之如出一辙的是福柯认为全景敞视建筑(监狱)展示了一种残酷而精巧的铁笼,"它是一种被还原到理想形态的权力机制的示意图","它实际上是一种能够和应该独立于任何具体用途的政治技术的象征"。④《狂人日记》的写作缘起对小说时空的设定起了重要作用。甚至狂人这一形象的原型,据周作人回忆,也来自鲁迅在北京绍兴会馆时见到的患病的表兄弟⑤,此事在鲁迅日

---

① 《钱玄同给沈兼士的信》(1918年12月22日),现存北京大学档案馆。
② 《周作人致钱玄同·一九一八年二月五日》,北京鲁迅博物馆编:《北京鲁迅博物馆藏中国近现代名人手札大系》第7卷,北京:高等教育出版社,2021年,第19—20页。
③ 鲁迅:《〈呐喊〉自序》,《鲁迅全集》第1卷,第440、441页。
④ 米歇尔·福柯:《规训与惩罚:监狱的诞生》,刘北成、杨远婴译,北京:生活·读书·新知三联书店,1999年,第230—231页。
⑤ 周作人:《狂人是谁》,钟叔河编订:《周作人散文全集》第12卷,第185页;《〈呐喊〉索隐》,《周作人散文全集》第9卷,第185页。

记中也有旁证①。

《狂人日记》在时间和空间上都是别具一格的作品,具有很强的寓言性。有学者研究过《狂人日记》的时空,由日记的"不著月日"和"这历史没有年代""太阳也不出,门也不开"②等模糊话语得出《狂人日记》无时间化、无空间化的结论。③ 其实,《狂人日记》是有明确的时间范围和空间范围的,没有时空,它就没有批判性和反讽性。"四千年来时时吃人的地方"④——这是《狂人日记》所要揭示的时空。从表面上看,小说的实体空间是一个乡村小镇,实则它是整个中国的缩影。这个乡村小镇是一个封闭的恶托邦。《狂人日记》的空间封闭于中国,时间限于四千年,意在暴露"家族制度和礼教的弊害"⑤。这里的时间是一个长时段的范围——四千年,将每天简单分为日与夜,构成明与暗的空间色调。而《狂人日记》中的空间具有寓言性和封闭性。小说中对空间只是简洁地做了划分,主要以狂人的家门为界,划为外界和家中。狂人在空间中的活动也很简单:出门、在路上、回家、进书房。作者重点描写的是空间的规训功能。

《狂人日记》中的空间是一个强大的规训社会。文言小序写出了小说最后的结局是狂人回归到常人社会,将这段时期的日记自命为"狂人日记"。小说中的规训社会成功地规训了狂人,规训成功是因为它使用了几种规训手段。规训"是一种权力类型,一种行使权力的轨道。它包括一系列手段、技术、程序、应用层次、目标。它是一种权力'物理学'或权力'解剖学',一种技术学"⑥。《狂人日记》不仅讲述了社会的规训,更重要的是讲述了这种规训已经内化到了家庭内部关系中,其批判力度就更强。

在《狂人日记》中,这种规训手段首先是监视。具体来说,就是小说中描写的各种"看"。在这个规训社会中,对个体的监视已经达到了全景式的,最

---

① 《鲁迅全集》第 15 卷,第 184、246 页。
② 鲁迅:《狂人日记》,《鲁迅全集》第 1 卷,第 444、447、453 页。
③ 李珠鲁:《试论鲁迅〈狂人日记〉的文学时空》,《苏州大学学报(哲学社会科学版)》2001 年第 2 期。
④ 鲁迅:《狂人日记》,《鲁迅全集》第 1 卷,第 454 页。
⑤ 鲁迅:《〈中国新文学大系〉小说二集序》,《鲁迅全集》第 6 卷,第 247 页。
⑥ 米歇尔·福柯:《规训与惩罚:监狱的诞生》,第 242 页。

基层的监视者是"赵家的狗"。在这一人化空间中,连赵家的狗也被人化了,而最高层的代表人物是并未出场的古久先生,他是一个隐喻,代表中国的封建统治者。赵贵翁则是封建统治在这一人化空间中的执行者。而整个空间里的人(除了狂人),从赵贵翁到赵家的狗、路上的人,甚至包括狂人的以大哥为代表的家里人都具有监视功能,连小孩子从小也受到这样的规训。小说中不断强调,他们的眼光一模一样,因为都是经过规训的监视的眼光。在一个规训社会里,个人化是一种"下降","在一个规训制度中,儿童比成年人更个人化,病人比健康人更个人化,疯人和罪犯比正常人和守法者更个人化"。① 狂人受到这样严密的监视,是因为他二十年前把古久先生的陈年流水簿子踹了一脚,古久先生很不高兴。所以,狂人言行的个人化使他受到严密的监视。在发现他有异常表现后,这个规训社会很快就为他做了安排。

《狂人日记》中的第二种规训手段就是对社会中出现的独异个体打标签和关禁闭。"一切实行对个人的控制的权力机构都按照双重模式运作,即一方面是二元划分和打上标记(疯癫/心智健全;有害/无害;正常/反常);另一方面是强制安排,有区别的分配(他是谁,他应该在哪里,他应该如何被描述,他应该如何被辨认,一种经常性监视应如何以个别方式来对待他,等等)。"②狂人被周围监视的人群发现其独异后,就被陈老五拖回家中,"进了书房,便反扣上门,宛然是关了一只鸡鸭"③。首先是被隔离起来,让狂人和其他所谓的"正常人"分割开来。狂人经过独立的反思,发现了历史上以"仁义道德"为代表的封建社会思想体系的实质是"吃人"。这时大哥却带了医生来,给他打上了"疯子"的标签。布置在非正常人周围的、旨在改造他的各种权力机制,都是由打上标签和强制安排这两种形式构成的,换言之都或直接或间接地来自这两种形式。"不断地划分正常人和非正常人,使所有的人都纳入这种划分,是把对付麻疯病人的非此即彼、打上标记、予以放逐的方法应用到完全不同的对象上。……由于有了一系列度量、监视和矫正非正常人

---

① 米歇尔·福柯:《规训与惩罚:监狱的诞生》,第 216 页。
② 同上书,第 223 页。
③ 鲁迅:《狂人日记》,《鲁迅全集》第 1 卷,第 446 页。

的技术和制度,就使因恐惧瘟疫而产生的规训机制得以施展。"①

狂人被打上"疯子"的标签禁闭起来后,他对时间的感受是日与夜的界限模糊了:"黑漆漆的,不知是日是夜。"②《狂人日记》中的时间是近乎凝固的,这不仅是因为小说描写的时间段超出常规地长,同时也是因为狂人受到禁闭,和外界的交流中断,时间被"冻结"了。

《狂人日记》中还描写了狂人的反规训。首先是狂人对监视的回击:"忍不住大声说,'你告诉我!'他们可就跑了。"③随后是对医生看病的回击:"我忍不住,便放声大笑起来,十分快活。自己晓得这笑声里面,有的是义勇和正气。老头子和大哥,都失了色,被我这勇气正气镇压住了。"④随后,狂人决定要劝转吃人的人,经过深思熟虑后,他去找大哥,"格外沉静,格外和气的"⑤和他谈。然而,狂人这些反规训的尝试都失败了,最后这一次更是惨败。因为先后被监视和禁闭,狂人的叛逆思想还一直没有机会表达,而当他终于做好准备想劝转大哥,大哥的神情竟是"当初,他还只是冷笑,随后眼光便凶狠起来,一到说破他们的隐情,那就满脸都变成青色了"⑥。在这个规训社会中,这番出格的谈话虽然是发生在家庭内部,未出大门,大门外却来了一伙人,包括封建统治阶级在这一空间的执行者赵贵翁和他的狗,还包括构成复杂的一群人:"有的是看不出面貌,似乎用布蒙着;有的是仍旧青面獠牙,抿着嘴笑。"⑦由此可见,这个社会的思想控制是多么严密,发生在家门内的谈话,竟立刻引来了这一地域空间的最高阶层和他的爪牙们。狂人的一番劝说因此而更显势单力薄,不仅如此,他立刻就被大哥打上了标签:"疯子"!疯子的话,自然是疯言疯语,没有理性,也就没有任何价值。小说中描写了狂人在反规训惨败后的空间感受:"屋里面全是黑沉沉的。横梁和椽子都在头上发抖;抖了一会,就大起来,堆在我身上。万分沉重,动弹不得;他的意思是要

---

① 米歇尔·福柯:《规训与惩罚:监狱的诞生》,第224页。
② 鲁迅:《狂人日记》,《鲁迅全集》第1卷,第449页。
③ 同上书,第445页。
④ 同上书,第448页。
⑤ 同上书,第451页。
⑥ 同上书,第452页。
⑦ 同上。

我死。我晓得他的沉重是假的,便挣扎出来,出了一身汗。"①此后,狂人陷入了看管更严的禁闭、更深的孤独:"太阳也不出,门也不开,日日是两顿饭。"②这时,他回忆起,不仅大哥吃过人,母亲也吃过并认同吃人的思想,甚至连他自己可能也混在其中无意间吃了妹子的几片肉。狂人此时就已经放弃了要劝转大哥等人的想法,只把希望寄托于"没有吃过人的孩子,或者还有?救救孩子……"③小说清晰地呈现了狂人被规训的过程,虽然他有反规训的意图和行动,却遭受到了一次次的挫折,并且被严密监视和关禁闭,最后被规训成那个社会的"常人"。

第三节 《新青年》编辑权的改变对其分化的影响

鲁迅在回忆中多次对《新青年》同人的分化表示感慨。"'五四'事件一起,这运动的大营的北京大学负了盛名,但同时也遭了艰险。终于,《新青年》的编辑中枢不得不复归上海。"④"北京虽然是'五四运动'的策源地,但自从支持着《新青年》和《新潮》的人们,风流云散以来,一九二〇至二二年这三年间,倒显着寂寞荒凉的古战场的情景。"⑤《新青年》同人的分化,对中国思想界、文化界此后的走向影响深远。《新青年》同人分化的根源在于随着社会思潮的变化,同人们产生了思想上的分化和政治上的分歧。本节以周氏兄弟、钱玄同和陈望道在这段时期的通信为核心史料,考辨《新青年》分化过程中编辑权的改变对北京同人分化的影响。

陈望道在两篇纪念鲁迅的文章中,都追忆了鲁迅在《新青年》分化过程中对自己的支持,并明确指出从第8卷第1号开始,《新青年》成为马克思主义研究会的机关刊物。"最使人不能忘记的是一九二〇年关于《新青年》杂

---

① 鲁迅:《狂人日记》,《鲁迅全集》第1卷,第453页。
② 同上。
③ 同上书,第454—455页。
④ 鲁迅:《〈中国新文学大系〉小说二集序》,《鲁迅全集》第6卷,第249页。
⑤ 同上书,第253页。

志的斗争。鲁迅先生当时不顾胡适等人的反对，支持陈独秀先生的主张，把《新青年》杂志迁到上海出版，作为马克思主义研究会的机关刊物。"①"在这一年关于《新青年》杂志如何办的斗争中，鲁迅先生明确地反对了胡适等人要《新青年》'多谈问题少谈主义'的企图，支持把《新青年》杂志从北京迁到上海出版。这时，我为《新青年》杂志去信北京约请鲁迅先生写小说。不久，鲁迅先生就寄来了一篇批判反动封建势力复辟活动的小说:《风波》。这篇小说就刊登在一九二〇年九月一日出版的《新青年》杂志第八卷第一期上；而从这一期开始，《新青年》杂志也即正式改组为马克思主义研究会的机关刊物了。"②

对《新青年》第 8 卷第 1 号是否已经成为中国共产党上海发起组织的机关刊物，目前学界还存在争议。③ 出现争议的原因是，《新青年》第 8 卷多保留旧面貌，并向北京同人继续约稿，这是陈独秀和陈望道商议达成一致的结果。1920 年 12 月 16 日陈独秀离沪赴粤，当日他与陈望道分别致信《新青年》北京同人，并且一致诚约北京同人，由此可见，二人在上海已商定方案。

1920 年 12 月 16 日，陈独秀致信胡适、高一涵，信中写道："《新青年》编辑部事有陈望道君可负责……《新青年》色彩过于鲜明，弟近亦不以为然，陈望道君亦主张稍改内容，以后仍以趋重哲学文学为是；但如此办法，非北京同人多做文章不可。近几册内容稍稍与前不同，京中同人来文太少，也是一个

---

① 陈望道:《纪念鲁迅先生》，复旦大学语言研究室编:《陈望道文集》第 1 卷，上海：上海人民出版社，1979 年，第 541—542 页。
② 陈望道:《关于鲁迅先生的片断回忆》，复旦大学语言研究室编:《陈望道文集》第 1 卷，第 544 页。
③ 史学界长期认为《新青年》从第 8 卷第 1 号开始成为中国共产党上海发起组织的机关刊物，此观点沿用至今。参见丁守和:《陈独秀和〈新青年〉》，《历史研究》1979 年第 5 期；陈长松:《陈独秀前期报刊实践与传播思想研究（1897—1921）》，暨南大学 2012 年博士学位论文，第 98—102 页。庄森对此观点提出疑问，罗志田认同庄森的说法。参见庄森:《〈新青年〉第八卷还是社团"公同"刊物——中国现代新闻传播史重要史实辨正》，《社会科学战线》2008 年第 6 期；罗志田:《陈独秀与"五四"后〈新青年〉的转向》，《天津社会科学》2013 年第 3 期。欧阳哲生提出《新青年》从第 8 卷第 1 号开始为中国共产党上海发起组织主控。欧阳哲生:《五四运动的历史诠释》，北京：北京大学出版社，2012 年，第 26 页。

重大的原因,请二兄切实向京中同人催寄文章。"①这封信中谈到陈望道的意见与之一致:"以后仍以趋重哲学文学为是。"此信成为研究《新青年》分化问题时备受关注的一封重要信件,信中的主张成为此后《新青年》长期施行的编辑方针。

同日晨,陈望道写信给周作人祝晨安,并写道:"前两期校对颇欠精审,损了价值不少,此后三校我想自己亲校,或许可以稍为好一点。"②

继续保持《新青年》的部分旧面貌,可以使北京同人"跟过来"③,又可以起掩护作用,更有利于这一刊物的生存和发展,还有利于扩大影响。从《新青年》第8卷开始,北京同人已经失去了对《新青年》的决策权、编辑权,仅有发稿权,在这一杂志中的地位和作用由初期的主体转变为掩护马克思主义宣传。陈望道在回忆中指出:"《新青年》既然已经是马克思主义研究会的刊物了,为什么内容还是那样庞杂?为什么还刊登不同思想倾向的文章?这是因为《新青年》原有的作者队伍本来就是庞杂的,要照顾他们,来稿照用。改组后,我们的做法,不是内容完全改,不是把旧的都排出去,而是把新的放进来,把马克思主义的东西放进来,先打出马克思主义的旗帜。这样,原来写稿的人也可以跟过来,色彩也不被人家注意。我们搞点翻译文章,开辟《俄罗斯研究》专栏,就是带有树旗帜的作用。"④

至于《新青年》分化的原因,目前学界多认为《新青年》色彩趋向鲜明,引起了北京同人的矛盾是原因之一。⑤ 本节在此基础上,进一步探讨《新青年》编辑权改变带来的影响。《新青年》的编辑移到上海后,从第8卷第1号开始,性质已经发生了变化。而在编辑方针上,如前所述,陈独秀、陈望道等逐

---

① 《关于〈新青年〉问题的几封信》,张静庐辑注:《中国现代出版史料》(甲编),北京:中华书局,1954年,第7页。
② 陈望道:《关于〈新青年〉杂志的通信》,复旦大学语言研究室编:《陈望道文集》第1卷,第555页。
③ 宁树藩、丁淦林整理:《关于上海马克思主义研究会活动的回忆——陈望道同志生前谈话纪录》,《复旦学报(社会科学版)》1980年第3期。
④ 同上。
⑤ "具体说来,导致《新青年》团体陷于分裂的导火索,当是这个杂志的'色彩'越来越趋向'过于鲜明'。"章清:《1920年代:思想界的分裂与中国社会的重组——对〈新青年〉同人"后五四时期"思想分化的追踪》,《近代史研究》2004年第6期。

渐达成一致,就是《新青年》的色彩不宜过于鲜明,"仍以趋重哲学文学为是",更有利于宣传马克思主义。北京同人对供稿不积极,与《新青年》的色彩鲜明有关,更重要的是他们失去了《新青年》的编辑权,对新的编辑者对待自己文章的态度产生了疑虑。周作人和钱玄同的几封通信可以证实。胡适因此开始了争夺《新青年》编辑权的行动,最后认为他此前所提出的要求不谈政治的宣言可取消,而将要求集中于一点:移回北京编辑。①

1920年6月22日,陈望道给周氏兄弟写信,并将他翻译的《共产党宣言》寄赠鲁迅。②信中写到,因为看到《新潮》上鲁迅的意见,"对于鲁迅主张'现在偏要发议论,而且讲科学,讲科学而仍发议论,庶几乎他们依然不得安稳,我们也可告无罪于天下了'的意见表示赞同,所以特地把这本翻译的《共产党宣言》寄赠请求指正"③。这本《共产党宣言》为《新青年》向大家推荐的"社会主义研究小丛书第一种",1920年5月出版。④据周作人回忆,鲁迅接到书后,当天就翻阅了一遍,并称赞"这个工作做得很好","现在大家都在议论什么'过激主义'来了,但就是没有人切切实实地把这个'主义'真正介绍到国内来,其实这倒是当前最要紧的工作"。⑤鲁迅写了复信,把《域外小说集》寄赠陈望道作为答谢。应陈望道的约稿,鲁迅的小说《风波》发表在《新青年》第8卷第1号。

在《新青年》分化的问题上,周氏兄弟的态度大体一致,略有区别。鲁迅在致胡适的信中,将兄弟二人的意见告诉了胡适:周作人以为照第二个办法最好;鲁迅认为三个都可以,但如北京同人一定要办,便可用上两法,而"第二个办法更为顺当。至于发表新宣言说明不谈政治,我却以为不必,这固然小半在'不愿示人以弱',其实则凡《新青年》同人所作的作品,无论如何宣言,官场总是头痛,不会优容的。此后只要学术思想艺文的气息浓厚起

---

① 《关于〈新青年〉问题的几封信》,张静庐辑注:《中国现代出版史料》(甲编),第9—11页。
② 周氏兄弟1920年6月26日收到这封信,周作人在当日日记中记录:"同大哥至大学出版部得陈望道君廿二日函。"《周作人日记》(影印本 中),第133页。
③ 《陈望道回忆鲁迅——关于赠鲁迅〈共产党宣言〉译本》,手稿资料,现存北京鲁迅博物馆。
④ 同上。
⑤ 同上。

来——我所知道的几个读者,极希望《新青年》如此,——就好了"①。这第二个办法,即为1920年12月胡适致陈独秀的信中所写的,"将《新青年》编辑的事,自九卷一号移到北京来,由北京同人于九卷一号内发表一个新宣言,略根据七卷一号的宣言,而注重学术思想艺文的改造,声明不谈政治"②。鲁迅以这封信表明了周氏兄弟的态度,而实际上,周作人的态度并不完全与大哥相同。

周作人并不希望谈政治。在一封未刊的周作人致钱玄同的信中,更明确地体现了周作人的态度:"《新青年》近来的内容,我实在不大赞成。因为我自己是不懂社会问题的,所以自己不能谈,也不大喜欢看。我希望将谈政治社会的,与谈文学及什么道德等事的,分作两种杂志,但是终于做不到;这样下去恐要同《大学月刊》乙样,使得各方面的人都不满足。"③ 1925年10月5日,《语丝》第47期周作人(岂明)《我最》一文中也说"我最不喜欢谈政治"④。

1920年12月,周作人与钱玄同通信频繁,多在讨论《新青年》的变化问题。此时,除李大钊外,绝大多数北京同人并不了解《新青年》变动的实情,但在《新青年》发表文章时产生的摩擦,已使他们敏感地意识到《新青年》的变化。

1920年12月1日,周作人《儿童的文学》发表于《新青年》第8卷第4号。同期还刊出周作人的诗歌《儿歌》《慈姑的盆》《秋风》,译作日本千家元磨著《深夜的喇叭》。《新青年》第8卷第3号登载了周作人《杂译诗二十三首》、译剧《被幸福忘却的人们》。半月后,即同年12月14日这篇《儿童的文学》又被《时事新报·学灯》转载。从陈望道1920年12月16日晨致周作人信和同日周作人致钱玄同信可推断,周作人的文章发表于这两期《新青年》时,曾有文字被改动。

周作人在陈望道给他写信的同日(1920年12月16日),在致钱玄同信中私下表达了对当时《新青年》的不满,首先是对原稿文句被改动的不满:"至于《新青年》那面,我也不是那样的麻木了。我想寄稿去的时候,当声明

---

① 鲁迅:《210103 致胡适》,《鲁迅全集》第11卷,第387页。
② 《鲁迅全集》第11卷,第387—388页。
③ 《周作人致钱玄同·一九二〇年十二月十六日》,北京鲁迅博物馆编:《北京鲁迅博物馆藏中国近现代名人手札大系》第7卷,第152—153页。
④ 周作人(岂明):《我最》,《语丝》第47期,1925年10月5日。

不要改变原稿文句;倘不遵行,那时我只能敢告不敏,暂时和这《鲜绿岁》绝交了。'佢们'的板上,只能任其统乙,不值得自寻麻烦,和'佢们'斗口了。"①这里的《鲜绿岁》即为《新青年》的戏称。周作人已经敏感地意识到《新青年》发生了很大的变化,以此含蓄地表达出对此时《新青年》变化的不认同。

据同日钱玄同致周作人的信可知,《时事新报·学灯》发表《儿童的文学》时,也进行了字词上的改动。此时《时事新报·学灯》的编辑为李石岑,毕业于东京高等师范学校。② 钱玄同在《时事新报·学灯》上读到《儿童的文学》时,发现了许多"底""地""佢""佢们""哪"等字样。③ 周作人行文本来不用这些文字,显然是编辑进行了改动,将周作人原文中使用的"的""他""他们""那"等字改成了"底""佢""佢们""哪"等字样。从《时事新报·学灯》所载《儿童的文学》里抽出几段话,即可看出这种改动:

> 以前的人对于儿童多不能正当理解,不是将他当作缩小的成人,……便将他看作不完全的小人,说小孩懂得甚么,一笔抹杀,不去理佢。近来才知道儿童在生理上,虽然和大人有点不同,但佢仍是完全的个人,有佢自己的内外两面的生活。……
>
> ……………
>
> 第二……所以我们可以放胆供给儿童需要的歌谣故事,不必愁彼有什么坏的影响,但因此我们又更须细心斟酌,不要使彼停滞,脱了正当的轨道。……儿童相信猫狗能说话的时候,我们便同佢们讲猫狗说话底故事,不但要使得佢们喜悦,也因为知道这过程是跳不过的……等到儿童要知道猫狗是什么东西的时候到来,我们再可以将生物学底知识供给佢们。④

---

① 《周作人致钱玄同·一九二〇年十二月十六日》,北京鲁迅博物馆编:《北京鲁迅博物馆藏中国近现代名人手札大系》第7卷,第152—153页。
② 参见《〈学灯〉编辑更替表(1918—1922)》,见吴静:《〈学灯〉与五四新文化运动》,复旦大学2009年博士学位论文,第37—38页。
③ 钱玄同:《致周作人》(1920年12月16日),《钱玄同文集》第6卷,第40页。
④ 周作人:《儿童的文学》,《时事新报·学灯》1920年12月14日。文中着重号为引者所加。

钱玄同在信中将此类改稿事件进行了广泛联系,更具体地表述了对"用字权"的意见:

> 邵力子、陈望道、沈玄庐诸公把《觉悟》底通信都要改过,已觉不合。现在彼底潮流,又由国民党底报纸侵入进步党底报纸了。彼侵入不侵入与我们固然无关,但有此两头政府来剥夺我们底"用字权",似乎不可不提出抗议。我想你似乎可以仿ㄅㄛㄆㄊㄍ底声明"我不赞'他'字下面注'女'字底办法"底办法,声明"此等稿件如有愿转载者,请勿更改原文"。我现在对于陈望道编辑《新青年》,要看他编辑的出了一期,再定撰文与否。如他不将他人底稿改用彼等——"哪""佢"……——字样,那就不说什么,否则简直非提出抗议不可了。①

钱玄同并且说明,他对于"那""哪"之分、"他""伊""彼"之分,其实也可以说相对赞成;他反对的是"佢们定了《用字新例》,竟要强迫天下之民共遵王章吗?"②

字词改动表现出的是思想的分歧。周作人、钱玄同对字词改动如此敏感是因为"的""他""他们""那"等字与"底""佢""佢们""哪"等字的用法,被视为白话文中的重要问题,新文化人早在1919年前后就有过专门的学术讨论,做出了学术判断。1919年11—12月,在《晨报》的"通讯"和"论坛""讨论"栏中,展开了对"的"字的旷日持久的讨论。1919年11月12日,胡适在发表于《晨报》的与《晨报》记者的通讯《"的"字的用法》中明确写道:"依我个人看来,'底'字尽可不必用。如必欲用'底'字,应该规定详细的用法,决不是'术语''助词'两种区别就够了的。"③并附了一篇详细的论札《"的"字

---

① 《钱玄同致周作人》(1920年12月16日),《钱玄同文集》第6卷,第40—41页。
② 同上书,第41页。
③ 《"的"字的用法》(通讯),《晨报》1919年11月12日。胡适在这封信中,认为止水君所言"'把的字专让给术语去用,把底字来做助词用,'虽然比晨报现在一律用'底'字的办法好一点,但是他这种说法实在还不精细"。第二天,止水又作文为自己进行了申辩,参见止水:《答"适之君论'的'字》(论坛),《晨报》1919年11月13日。14日,建候加入了讨论,见建候:《关于"的"字用法之私见》(论坛),《晨报》1919年11月14日;建候:《对于"的"字问题再表私见》(论坛),《晨报》1919年11月20日。

的文法》①。11月19日，沈兼士、陈独秀、钱玄同也加入了讨论，沈兼士发表《我对于"的"字问题的意见》②，钱玄同在此文后写了附记，并引述了陈独秀的观点。11月22日，陈独秀专门作文《论"的"字底用法》③加入了讨论。11月23日，劭西也作文《"的"字的用法"解纷"》④加入了讨论。11月25日，胡适写了《再论"的"字》⑤。11月26日，胡适又写了《三论"的"字》⑥。11月27日，抱影发表《的字用法底问题》⑦。11月29、30日，傅斯年加入讨论，发表《讨论"的"字的用法》⑧、《讨论"的"字的用法》（续）⑨。11月30日，《晨报》还刊有建候《关于的字用法专答抱影》⑩。12月2日，钱玄同发表《我现在对于"的"字用法底意见》⑪。12月3日，劭西发表《"的"字问题的讨论》⑫。在12月3日《晨报》的第七版左下角，还特别注明："注意的字问题改排在第五版"⑬，由此可见当时读者们对"的"字问题的关注。后续文章还有12月5日的傅斯年《再申我对于"的"字用法的意见》⑭、12月10日的沈兼士《关于"的""得"两字通用的意见》⑮。

第二日即1920年12月17日，周作人给钱玄同写了回信，并在信中首次将当时的形势概括为"统乙（一）思想"："至于进国两派合谋，统乙思想，诚属可怕之事；但我们不大热心于'争自由'等事，所以也只好任'佢们'用了现行

---

① 《"的"字的文法》，《"的"字的用法》附录，《晨报》1919年11月12日。
② 沈兼士：《我对于"的"字问题的意见》（论坛），《晨报》1919年11月19日。
③ 陈独秀：《论"的"字底用法》（论坛），《晨报》1919年11月22日。
④ 劭西：《"的"字的用法"解纷"》（论坛），《晨报》1919年11月23日。
⑤ 胡适：《再论"的"字》（通讯），《晨报》1919年11月25日。
⑥ 胡适：《三论"的"字》（论坛），《晨报》1919年11月26日。
⑦ 抱影：《的字用法底问题》（论坛），《晨报》1919年11月27日。
⑧ 孟真：《讨论"的"字的用法》（通讯），《晨报》1919年11月29日。
⑨ 孟真：《讨论"的"字的用法》（续）（通讯），《晨报》1919年11月30日。
⑩ 建候：《关于的字用法专答抱影》（论坛），《晨报》1919年11月30日。
⑪ 钱玄同：《我现在对于"的"字用法底意见》（论坛），《晨报》1919年12月2日。
⑫ 劭西：《"的"字问题的讨论》（讨论），《晨报》1919年12月3日。
⑬ 《晨报》1919年12月3日。
⑭ 孟真：《再申我对于"的"字用法的意见》（讨论），《晨报》1919年12月5日。第七版左下角特别注明："注意本日第五版尚有'的'字问题的论文"。
⑮ 沈兼士：《关于"的""得"两字通用的意见》（十一月二十九日稿）（论坛），《晨报》1919年12月10日。

'例'来统乙我们也。……力子公还主张不应该有板权,似乎乙个人做了东西,是天上注定给那些出板者做材料的:既然如此,我们还有什些'权'去抗议呢？要于没有法子中求法子,则唯有'听其自然'乙个法子了。我前回所说任其分裂,即是此法。"①在二人的通信中,首次提出了对统一思想的忧虑。

钱玄同当天即回信,信中更多地使用了隐语,来表达对《新青年》现状的意见：

> 我近来颇觉得我摩诃至那"底"小民,实在不配讲什么"ㄋㄅㄚㄑㄧㄓㄨㄏㄧ"和什么"ㄅㄨㄦㄓㄚㄨㄟㄎㄜㄓㄨㄏㄧ",不是说"彼等"不好,实在"佢们""底"程度太不够；
>
> …………
>
> 充"新例"诸公天天改《觉悟》来信的办法,恐怕陈公"而未之见"编辑《アタテシイアテイトシ》,势必大改他人文中之"他""那""的"等字,所以我以为你寄稿去底时候,若但声明稿不可改,似乎太笼统,简直要把不可改用"彼等"底话说明为宜。②

在对胡适1921年《致守常、豫才、玄同、孟和、慰慈、启明、抚五、一涵》一信签署意见时,钱玄同又将对统一思想的忧虑写了出来,明确写出分裂原因:"玄同的意见,和周氏弟兄差不多,觉得还是分裂为两个杂志的好。一定要这边拉过来,那边拉过去,拉到结果,两败俱伤,不但无谓,且使外人误会,以为《新青年》同人主张'统一思想',这是最丢脸的事。"③这种对统一思想的担忧,是钱玄同、周作人认为《新青年》分化的重要原因之一。

关于思想分歧的具体内容,钱玄同在1921年1月29日致胡适的信中有更明确的叙述:"因为《新青年》的结合,完全是彼此思想投契的结合,不是办

---

① 《周作人致钱玄同·一九二〇年十二月十七日》,北京鲁迅博物馆编:《北京鲁迅博物馆藏中国近现代名人手札大系》第7卷,第154—158页。
② 《钱玄同致周作人》(1920年12月17日),"ㄋㄅㄚㄑㄧㄓㄏㄧ",安那其主义的注音。"ㄅㄨㄦㄓㄚㄨㄟㄎㄜㄓㄨㄏㄧ",布尔什维克主义的注音。"アタテシイアテイトシ",日语,指《新青年》。《钱玄同文集》第6卷,第42页。
③ 钱玄同附注,1921年1月26日,《陈独秀在胡适关于停办〈新青年〉信件上的批注及胡适有关此事的信件》,现存北京大学。

公司的结合。所以思想不投契了,尽可宣告退席,不可要求别人不办。换言之,即《新青年》若全体变为《苏维埃俄罗斯》的汉译本,甚至于说这是陈独秀、陈望道、李汉俊、袁振英等几个人的私产①,我们也只可说陈独秀等办了一个'劳农化'的杂志,叫做《新青年》,我们和他全不相干而已;断断不能要求他们停板。"②

于是,集中在《新青年》编辑过程中选用"那""哪"之分、"他""伊""佢""彼"之分的用字习惯的矛盾,上升为被《用字新例》统一,进而被统一思想的忧虑。北京同人丧失《新青年》的编辑权,进而对自己发表的文章是否会被改动产生疑虑,这是《新青年》同人在这一时期较少投稿,开始分化的原因之一。因为陈望道的约稿,鲁迅继续积极供稿支持《新青年》,周作人也还提供稿件。钱玄同、陶孟和基本不再供稿。胡适等向《新青年》供稿的分量也明显减少。

第四节 鲁迅与胡适北京时期交往考论

鲁迅日记中共有四十多处记载与胡适的交往,他们之间主要的交往联系方式是信件往来。胡适在鲁迅日记中出现始于 1918 年 8 月 12 日,胡适请鲁迅代转周作人信。③ 1919 年 5 月 23 日,胡适宴请鲁迅等,包括周作人。④ 1920 年 11 月 27 日,胡适转给鲁迅青木正儿信,1920 年 9 月,青木正儿在所编《支那学》杂志第 1—3 号发表《以胡适为中心潮涌浪溅着的文学革命》一文,对鲁迅及其《狂人日记》做了较高的评价,称鲁迅为"有远大前程的作家"⑤。鲁迅的白话短篇小说与胡适的理论倡导,同时得到了肯定。理论先行的胡适当然会注意到被视为自己理论实践者的鲁迅。两人的交往由此开

---

① 此处有一句被写信者删除的话:"和我们全不相干"。
② 《钱玄同致胡适》(1921 年 1 月 29 日),现存中国社会科学院近代史研究所。
③ "收胡适之与二弟信",《鲁迅全集》第 15 卷,第 336 页。
④ 同上书,第 369 页。
⑤ 同上书,第 415 页注释 2。

始,并主要围绕短篇小说翻译与创作、中国小说史研究、《新青年》编辑等方面展开。鲁迅为胡适的小说史研究提供资料,并为胡适在教育部借书。《新青年》分化过程中,两人的思想并不一致。1924年8月以后,胡适在鲁迅日记中的记载渐少。1924年9月2日,鲁迅"夜得胡适之信"①,直至1926年8月4日,鲁迅才"得凤举信,附胡适之信"②。此后,胡适在鲁迅日记中的记录就基本消失了。③ 鲁迅与胡适的交往,鲁迅择要记在日记中,1922年的鲁迅日记仅存断片。胡适也在日记中记录了不少与鲁迅的交往,还将鲁迅写来的几封原信粘在日记中。鲁迅与胡适的日记和书信往来是研究他们北京时期交往的重要史料。

1922年9月发表于上海《小说月报》的《端午节》是鲁迅小说中较少受到关注的一篇。它时常被列入鲁迅所著知识分子小说系列,甚至被视为鲁迅描写自我的小说之一。从孙伏园、苏雪林到欧阳凡海,甚至直到近年,都有研究者将《端午节》视为鲁迅的"自我小说"。把《端午节》与作者鲁迅的自我相联系,是因为如孙伏园所指出的"《端午节》是鲁迅先生的自传作品,几乎有百分之八十以上是作者自己的材料"④。鲁迅在1926年还写过《记"发薪"》,因而产生了上述这种表面化的思维逻辑。对方玄绰是否鲁迅的自况这一问题,学界始终有争议。范伯群、曾华鹏就指出:"方玄绰决不是鲁迅的自况。而是鲁迅观察了自己周围的教员和官吏中的害怕反抗北洋军阀,又千方百计作精神上的自我安慰的一些人,综合了他们的一肢一节而塑造成的典型。"⑤ 藤井省三认为《端午节》"生动描写了北京知识阶级的生活"⑥。

鲁迅的小说、杂文中,确有似乎为自我描写的故事,但它们其实往往出自虚构,其作用是功能性的,举故事是作为论据进行论证,重心在论。《莽原》

---

① 《鲁迅全集》第15卷,第527页。
② 同上书,第632页。
③ 1934年5月31日"得杨霁云信并《胡适文选》一本,即复"。《鲁迅全集》第16卷,第452页。此《胡适文选》似乎并非胡适所赠。
④ 孙伏园:《〈端午节〉》,《鲁迅研究月刊》1994年第8期。
⑤ 范伯群、曾华鹏:《论〈端午节〉——鲁迅小说研究之一》,《鲁迅研究》1983年第1期。
⑥ 藤井省三:《中国现代文学和知识阶级——兼谈鲁迅的〈端午节〉》,《中国现代文学研究丛刊》1992年第3期。

第 2 期登出的《灯下漫笔》中,写到"我"经过分析和总结,将在北京发生的事件上升为对中国的认识。① 从民初到 1920 年代,北京政治活动日益显著的重要特征,是条约口岸的现代中国银行卷入政治。② 鲁迅由现实的激发产生了另一思想:"我们极容易变成奴隶,而且变了之后,还万分喜欢。"③接下来,鲁迅对中国历史进行总结,将其概括为"一,想做奴隶而不得的时代;二,暂时做稳了奴隶的时代"④。这篇文章中所叙述的"我"兑换中交票的经历,被不少研究者误视为鲁迅自己的遭遇,实际上鲁迅在这里虚构了一个普通百姓的遭遇,目的是推出后文的结论。《端午节》采用了相似的做法,鲁迅虚构了方玄绰,通过描写他的"差不多"理论也无法面对和解决教育界的困境,更尖锐地讽刺了社会现实。

1919 年 2 月,胡适在《新生活》第 2 期发表了《差不多先生传》,后又被 1924 年 6 月 28 日的《申报·平民周刊》第 1 期转载。⑤ 这篇小说的开头便写道:"你知道中国最有名的人是谁?提起此人,人人皆晓,处处闻名。他姓差,名不多,是各省各县各村人氏。你一定见过他,一定听过别人谈起他。差不多先生的名字天天挂在大家的口头,因为他是中国全国人的代表。……他常常说:'凡事只要差不多,就好了。何必太精明呢?'"⑥

鲁迅能够接受并借鉴胡适所创作的一句"警句",并在此基础上提升和深化,《端午节》与《差不多先生传》这两篇小说中的相同语句证明了鲁迅与

---

① "我还记得那时我怀中还有三四十元的中交票,可是忽而变了一个穷人,几乎要绝食,很有些恐慌。俄国革命以后的藏着纸卢布的富翁的心情,恐怕也就这样的罢;至多,不过更深更大罢了。我只得探听,钞票可能折价换到现银呢?说是没有行市。幸而终于,暗暗地有了行市了:六折几。我非常高兴,赶紧去卖了一半。后来又涨到七折了,我更非常高兴,全去换了现银,沉垫垫地坠在怀中,似乎这就是我的性命的斤两。"鲁迅:《灯下漫笔》,《莽原》周刊第 2 期,1925 年 5 月 1 日。

② 费正清:《剑桥中华民国史》(上),杨品泉等译,北京:中国社会科学出版社,1994 年,第 261 页。

③ 鲁迅:《灯下漫笔》,《莽原》周刊第 2 期,1925 年 5 月 1 日。

④ 同上。

⑤ 可参见《胡适著译系年》,季羡林主编:《胡适全集》第 43 卷,合肥:安徽教育出版社,2003 年,第 236 页。《朱经农致胡适》(1924 年 9 月 22 日):"你上回寄给我的《差不多先生传》已于《平民周刊》第一期发表,发之后,传诵一时。"中国社会科学院近代史研究所中华民国史组编:《胡适来往书信选》(上),北京:中华书局,1979 年,第 262 页。

⑥ 胡适:《差不多先生传》,《申报·平民周刊》第 1 期,1924 年 6 月 28 日。

胡适之间的某种认同感，以及他们之间的某种共性。将鲁迅和胡适的关系叙述为前期为同人，后期为敌对，甚至认为鲁迅始终在批评胡适，是有失客观的。在众多论述鲁迅与胡适关系的论文中，提及《端午节》与《差不多先生传》相关性的很少，彭明伟《爱罗先珂与鲁迅1922年的思想转变》是近年来研究《端午节》的重要论文，文中留意到这一相关性，指出"这'差不多说'应是鲁迅从胡适著名的《差不多先生传》挪用来的"，并赋予了它更深的意义。①但彭明伟认为《端午节》中的"差不多说""并非古已有之的，是方玄绰近来才发明的新武器"，是方玄绰的"独创"②，这一论断却系误读。鲁迅在《端午节》中所用的词汇并非发明，而是发现。方玄绰并非发明了"差不多"理论，而是"发见了""差不多""这一句平凡的警句"③。"发见"这个词语的使用很巧妙，证明"差不多"并非方玄绰创造，而是国人普遍使用的词汇。《端午节》中方玄绰不时拿起《尝试集》来，小说结尾还在"咿咿呜呜的就念《尝试集》"④。

比较鲁迅《端午节》和胡适《差不多先生传》，可以清晰地看出，鲁迅和胡适通过对中国社会加以观察，得出了相似的结论。《端午节》"在塑造方玄绰的过程中，鲁迅非常中肯地指出，孔子的'性相近'和孟子的'易地则皆然'是'差不多'学说的理论渊源"⑤。鲁迅发现了中国社会中的"差不多"这一讽刺话语，并挖掘到了中国历史文化中的理论渊源，然后将其与民国教育界、官场的状况联系起来，塑造出方玄绰这一形象。而胡适的《差不多先生传》浅显通俗，更明确地点出了"差不多"话语在中国社会的普遍性。

后人探讨鲁迅和胡适的关系，常将其带入某种理论论述框架中。孙郁就对此表示过怀疑："看过几篇有关胡适与鲁迅关系的文字，有时觉得有渲染的痕迹，世人对彼此的恩怨，曾有夸大的一面，总有让人可疑的地方。"⑥在

---

① 彭明伟：《爱罗先珂与鲁迅1922年的思想转变——兼论〈端午节〉及其他作品》，《鲁迅研究月刊》2008年第2期。
② 同上。
③ 鲁迅：《端午节》，《鲁迅全集》第1卷，第560页。
④ 同上书，第568页。
⑤ 范伯群、曾华鹏：《论〈端午节〉——鲁迅小说研究之一》，《鲁迅研究》1983年第1期。
⑥ 孙郁：《鲁迅与胡适》，武汉：长江文艺出版社，2007年，第256页。

《鲁迅和他的同时代人》一书中,《鲁迅和胡适》一文以鲁迅回京时与胡适的对话开头,竟推出了一个结论性的断语:"从鲁迅与胡适在这次久别重逢中的简短的交锋中,也已经表露出他们两人,在中国知识分子的这种大分化中,各自站在了不同的一方,成为各方的一个代表人物了。"①而这段关于"卷土重来"的对话,在罗尔纲笔下则有截然不同的描述。② 这两种"卷土重来"对话的叙述背后,是叙述者自身对鲁迅和胡适关系的判断。历史的细节被夸大了,鲁迅与胡适都被漫画化了。③ 而真实的历史对话场景究竟是怎样的,如今已难考证。

《阿Q正传》在《晨报副镌》连载④,小说中有一段话曾引起顾颉刚的猜疑:"至于其余,却都非浅学所能穿凿,只希望有'历史癖与考据癖'的胡适之先生的门人们,将来或者能够寻出许多新端绪来,但是我这《阿Q正传》到那时却又怕早经消灭了。"⑤胡适却没有认为鲁迅在讽刺自己。胡适在为新文学作史的《五十年来中国之文学》中,总结新文化运动以来白话文学的成绩说:"短篇小说……成绩最大的却是一位托名'鲁迅'的。他的短篇小说,从四年前的《狂人日记》到最近的《阿Q正传》,虽然不多,差不多没有不好的。"⑥有研究者把胡适视为鲁迅作品早期阐释群体中最重要的"内部人士"。《阿Q正传》连载刚完成,"胡适的话反映了有影响力的内部人士的一致意见"。⑦ 如前所述,《域外小说集》选译短篇小说的文学观念与胡适对短篇小

---

① 彭定安、马蹄疾编著:《鲁迅和他的同时代人》(上卷),沈阳:春风文艺出版社,1985年,第209—210页。
② 《鲁迅和胡适》中写道:胡适"见到鲁迅时,劈头说了一句:'你又卷土重来了!'鲁迅冷冷地给以讥刺的回答:'我马上卷土重去,不抢你的饭碗。'"《鲁迅和他的同时代人》(上卷),第209页。罗尔纲的材料来源于胡适的儿子胡思杜:"思杜告诉我,有一次,那是个冬天,鲁迅来北京,到胡适家探访,在将进书房时边笑边说:'卷土重来了!'思杜赶着去帮他接大衣。"同时还附了罗尔纲的评语:"胡家来客,有多少显贵,我从不闻说过他给哪一个接大衣。"罗尔纲:《师门五年记·胡适琐记》(增补本),北京:生活·读书·新知三联书店,2006年,第124页。
③ 孙郁:《鲁迅与胡适》,第256—257页。
④ 《阿Q正传》第一章登载于《晨报副镌》1921年12月4日第一版"开心话",署名巴人。
⑤ 鲁迅:《阿Q正传》,《鲁迅全集》第1卷,第515页。
⑥ 胡适:《五十年来中国之文学》,第93页。
⑦ 参见周杉(Eva Shan Chou):《鲁迅读者群的形成:1918—1923》,由元译,《鲁迅研究月刊》2013年第3期。

说的提倡不谋而合,胡适对《域外小说集》做出了很高的评价;胡适在回忆中依然不忘对鲁迅创作短篇小说和翻译《域外小说集》表示欣赏。

鲁迅写给胡适的信中谈到《五十年来中国之文学》:"大稿已经读讫,警辟之至,大快人心!我很希望早日印成,因为这种历史的的提示(引者注:原文如此),胜于许多空理论。"①1923年,鲁迅的《中国小说史略》也由胡适通读,胡适并且指出"论断太少"②。即使在1936年,胡适在和苏雪林谈论被苏氏视为敌党的鲁迅时,也肯定了鲁迅的长处:"如他(鲁迅)的早年文学作品,如他的小说史研究,皆是上等工作。"③

《新青年》时期,鲁迅和胡适在思想上也有很多近似处。他们都是最早介绍易卜生主义到中国的人。鲁迅早在日本留学时期就介绍过易卜生,见《摩罗诗力说》(1907)④、《文化偏至论》(1907)⑤,这两篇发表于《河南》的论文当时在中国国内的影响很小。

1918年6月,《新青年》第4卷第6号推出"易卜生专号",引起了鲁迅的特别注意。⑥ "易卜生专号"登出了胡适的《易卜生主义》,译作《娜拉》。胡适主要翻译了娜拉觉醒、出走的第三幕,第一幕、第二幕为罗家伦译。⑦《青年杂志》第1卷第3号《现代欧洲文艺史谭》、第4号《现代欧洲文艺史谭》

---

① 鲁迅:《220821 致胡适》,《鲁迅全集》第11卷,第431页。
② 鲁迅:《231228 致胡适》,《鲁迅全集》第11卷,第439页。
③ 《胡适致苏雪林》(1936年12月14日),现存中国社会科学院近代史研究所。
④ "此其所言,与近世诺威文人伊孛生(H.Ibsen)所见合,伊氏生于近世,愤世俗之昏迷,悲真理之匿耀,假《社会之敌》以立言,使医士斯托克曼为全书主者,死守真理,以拒庸愚,终获群敌之谥。自既见放于地主,其子复受斥于学校,而终奋斗,不为之摇。末乃曰,吾又见真理矣。地球上至强之人,至独立者也!其处世之道如是。"鲁迅:《摩罗诗力说》,《鲁迅全集》第1卷,第81页。
⑤ "其后有显理伊勃生(Henrik Ibsen)见于文界,瑰才卓识,以契合迦尔之诠释者称。其所著书,往往反社会民主之倾向,精力旁注,则无问习惯信仰道德,苟有拘于虚而偏至者,无不加之抵排。更睹近世人生,每托平等之名,实乃愈趋于恶浊,庸凡凉薄,日益以深,顽愚之道行,伪诈之势遏,而气宇品性,卓尔不群之士,乃反穷于草莽,辱于泥涂,个性之尊严,人类之价值,将咸归于无有,则常为慷慨激昂而不能自已也。如其《民敌》一书,谓有人宝守真理,不阿世媚俗,而不见容于人群,狡狯之徒,乃巍然独为众愚领袖,借多陵寡,植党自私,于是战斗以兴,而其书方止:社会之象,宛然具于是焉。"鲁迅:《文化偏至论》,《鲁迅全集》第1卷,第52—53页。
⑥ 鲁迅日记1918年7月29日:"夜钱玄同来并持来《伊勃生号》十册。"7月31日:"上午寄二弟信(八五)并《伊孛生》一册。送《伊孛生》于铭伯先生一册,又寄季市一册。"《鲁迅全集》第15卷,第334—335页。
⑦ 《新青年》第4卷第6号,1918年6月15日。

中，陈独秀就开始介绍易卜生:"西洋所谓大文豪,所谓代表作家,非独以其文章卓越时流,乃以其思想左右一世也。三大文豪之左喇,自然主义之魁杰也。易卜生之剧,刻画个人自由意志者也。托尔斯泰者,尊人道,恶强权。……西洋大文豪,类为大哲人,非独现代如斯,自古尔也。"①鲁迅于 1935 年总结 1919 至 1920 年代《新潮》的小说创作时,指出在当时"输入易卜生(H. Ibsen)的《娜拉》和《群鬼》的机运,这时候也恰恰成熟了,不过还没有想到《人民之敌》和《社会柱石》"。②而胡适对易卜生的理解,鲁迅则认为尚浅:"胡适先生登在《新青年》上的《易卜生主义》,比起近时的有些文艺论文来,的确容易懂,但我们不觉得它却又粗浅,笼统吗?"③

易卜生作品涉及的妇女解放问题是鲁迅和胡适都关注的话题。胡适《贞操问题》一文中谈到易卜生《群鬼》和哈代《苔史》都讨论了这个问题。④ 1923 年 12 月 26 日,鲁迅在北京女子高等师范学校文艺会讲演《娜拉走后怎样》,延续了《娜拉》的话题。鲁迅《我之节烈观》中所讲有关再嫁女人的故事后来演绎为小说《祝福》:"只有说部书上,记载过几个女人,因为境遇上不愿守节。据做书的人说:可是他再嫁以后,便被前夫的鬼捉去,落了地狱。或者世人个个唾骂,做了乞丐,也竟求乞无门,终于惨苦不堪而死了!"⑤

鲁迅对胡适的小说史研究也有帮助。1922 年 8 月 14 日,鲁迅给胡适送去关于《西游记》的材料五纸、信两张,胡适把这两封信粘存在日记中。⑥ 据许寿裳回忆,鲁迅曾对他说:"胡适之先生有考证癖,独于《西游记》的孙悟空考不出什么来,西游记一书,虽由著者吴承恩的博览群书,想像奇逸,而所采材料上,旁及印象,如印度。然孙悟空之来源,最早要算唐李公佐的《古岳渎经》,托名于大禹治水收复形似猕猴的巨。"⑦鲁迅对好友许寿裳讲述的这段

---

① 陈独秀:《现代欧洲文艺史谭》,《青年杂志》第 1 卷第 4 号,1915 年 12 月 15 日。
② 《中国新文学大系·小说二集·导言》,鲁迅编选:《中国新文学大系·小说二集》,上海:上海良友图书印刷公司印行,1935 年,第 2 页。
③ 鲁迅:《玩笑只当它玩笑》(上),《鲁迅全集》第 5 卷,第 548 页。
④ 胡适:《贞操问题》,《新青年》第 5 卷第 1 号,1918 年 7 月 15 日。
⑤ 鲁迅:《我之节烈观》,《新青年》第 5 卷第 2 号,1918 年 8 月 15 日。
⑥ 季羡林主编:《胡适全集》第 29 卷,第 713—715 页。
⑦ 黄英哲、陈漱渝、王锡荣主编:《许寿裳遗稿》第 4 卷,福州:福建教育出版社,2011 年,第 802 页。原稿"巨"后脱字。

话,字里行间流露出学术上的自信。

　　胡适于1923年1月底作《〈西游记〉考证》。① 其中,胡适谈到鲁迅向他提供了自己搜得的吴承恩的许多材料,胡适转录在文中;对孙悟空来源的考证,胡适也得到了鲁迅的指点,并在文中三次引述了鲁迅的考证。② 从胡适文中连续用"周豫才先生指出""周先生指出""周先生又指出"③,可看出鲁迅在这个问题上咄咄逼人的强势。但胡适在学术上自视甚高,曾在日记中感慨:"现今的中国学术界真凋敝零落极了。旧式学者只剩王国维、罗振玉、叶德辉、章炳麟四人;其次则半新半旧的过渡学者,也只有梁启超和我们几个人。"④显然,鲁迅并不在胡适所列出的数位学者之列。在学术方面,胡适不甘示弱,所以虽然并无十足把握,他依然对孙悟空的来源提出了另一套解释:"我总疑心这个神通广大的猴子不是国货,乃是一件从印度进口的。也许连无支祁的神话也是受了印度影响而仿造的。"⑤而董作宾《读〈西游记〉考证》指出了《淮安志》中水帘洞的记载,正好支持了对孙悟空是"国货"的考证。⑥ 胡适在《〈西游记〉考证》的后记中,感谢了董作宾提供的好材料,却只字未提这些材料对孙悟空来源考证的作用。虽然在学术上观点不同,胡适对鲁迅的帮助仍是感激的。1923年4月17日,胡适将《〈西游记〉考证》赠送给鲁迅⑦,并写了题词:"豫才先生 适"⑧。

　　鲁迅写给胡适的信,总是称呼他"胡适先生",最初总是署名"树人"或"树",以示友好。⑨ 1923年12月28日,鲁迅致胡适信中写道:"今日到大学去,收到手教。《小说史略》竟承通读一遍……论断太少,诚如所言;玄同说

---

① 据胡适日记,季羡林主编:《胡适全集》第30卷,合肥:安徽教育出版社,2003年,第176页。
② 胡适:《〈西游记〉考证》,季羡林主编:《胡适全集》第2卷,合肥:安徽教育出版社,2003年,第674—676、666页。
③ 同上书,第666页。
④ 季羡林主编:《胡适全集》第29卷,第729页。
⑤ 胡适:《〈西游记〉考证》,季羡林主编:《胡适全集》第2卷,第668页。
⑥ 董作宾:《读〈西游记〉考证》,季羡林主编:《胡适全集》第2卷,第695页。
⑦ 《鲁迅全集》第15卷,第466页。
⑧ 赵丽霞:《胡适送给鲁迅的书》,《博览群书》2004年第3期。
⑨ 鲁迅:《210103致胡适》《210115致胡适》《220814致胡适》《220821致胡适》,《鲁迅全集》第11卷,第387—389、428—431页。

亦如此。"①鲁迅在《中国小说史略》中坚持了对孙悟空来源于无支祁的考证②，二人各执一说。当与胡适的学术观点不同时，鲁迅的表现比胡适谦虚多了，肯定了胡适"论断太少"的批评意见。他在这封信末的署名改成了"迅"③。1924年1月5日，鲁迅写信给胡适送去了《西游补》，署名依然为"迅"④。此后，鲁迅去信三封，向胡适问询，为表示友好，都署名"树人"⑤。1924年6月，胡适将《五十年来之中国文学》和《五十年来之世界哲学》赠送给鲁迅，并写了题词："送给鲁迅先生 适"⑥。鲁迅在1924年6月2日的日记中记录："夜得胡适之信并赠《五十年来之世界哲学》及《中国文学》各一本，还《说库》二本。"⑦随后的6月5日，鲁迅登门想拜访胡适，却未能见面。⑧两人此时已经产生了隔阂，鲁迅本想与胡适面谈，却未能如愿。第二天即6月6日，鲁迅给胡适写信，署名就用了"鲁迅"，与胡适两本赠书的题词对应。1926年8月4日，鲁迅在日记中记录："得凤举信，附胡适之信。"⑨朱正认为，张凤举转来的这封信是胡适从天津写给鲁迅、周作人和陈源三人的劝和信。⑩鲁迅与胡适此时已较为疏远。

1934年，鲁迅在上海回忆《新青年》编辑会，其中写到胡适：

《新青年》每出一期，就开一次编辑会，商定下一期的稿件。其时最惹我注意的是陈独秀和胡适之。……适之先生的是紧紧的关着门，门上粘一条小纸条道："内无武器，请勿疑虑。"这自然可以是真的，但有些

---

① 鲁迅：《231228致胡适》，《鲁迅全集》第11卷，第439页。
② "明吴承恩演《西游记》，又移其神变奋迅之状于孙悟空，于是禹伏无支祁故事遂以堙昧也。"鲁迅：《中国小说史略》，《鲁迅全集》第9卷，第89页。
③ 鲁迅：《231228致胡适》，《鲁迅全集》第11卷，第440页。
④ 鲁迅：《240105致胡适》，《鲁迅全集》第11卷，第443页。
⑤ 鲁迅：《240209致胡适》《240502致胡适》《240527致胡适》，《鲁迅全集》第11卷，第445、448、450页。
⑥ 赵丽霞：《胡适送给鲁迅的书》，《博览群书》2004年第3期。
⑦ 《鲁迅全集》第15卷，第515页。
⑧ 同上。
⑨ 同上书，第632页。
⑩ 朱正：《鲁迅与胡适》，《鲁迅的人际关系——从文化界教育界到政界军界》，北京：中华书局，2015年，第49页。

人——至少是我这样的人——有时总不免要侧着头想一想。①

鲁迅与胡适,分别是留日知识分子和留学英美知识分子的杰出代表。他们之间一直既有认同的一面,又有分歧的一面。在《新青年》时期,是各自有保留意见的合作。他们之间的认同更多是在文学层面:鲁迅的短篇小说创作,成为胡适短篇小说理论的最好诠释;胡适对新文学进行文学史叙述时,对鲁迅的小说创作做了高度评价;鲁迅曾进行新诗创作,胡适还请鲁迅为他删诗。胡适在《〈尝试集〉自序》中写道:"这两年来,北京有我的朋友沈尹默,刘半农,周豫才,周启明,傅斯年,俞平伯,康白情诸位,美国有陈衡哲女士,都努力作白话诗。"②胡适很欣赏鲁迅的文学才华。在小说史研究方面,鲁迅和胡适互相提供资料。他们之间的分歧主要表现在政治、思想和学术观点方面。

第五节 游离的"主将"——鲁迅与语丝社

鲁迅被视为《语丝》的主将。对这本与自己深有关系的刊物,1930年鲁迅发表了《我和〈语丝〉的始终》,其中写道:直到离开北京的时候,"我还不知道实际上是谁的编辑"③。实则关于《语丝》的编者,鲁迅在私下里提及是周作人以及新潮社。"'《莽原》和《语丝》',我只编《莽原》;《语丝》是周作人编的,我但投稿而已。"④"《语丝》是他们新潮社里的几个人编辑的。我曾经介绍过两三回文稿,都至今没有消息,所以我不想寄给他们了。"⑤北京时期《语丝》的编者主要是周作人。这一时期《语丝》登载的发刊词和编辑附记体现出周作人的编者身份⑥。《语丝》周刊的地址从第1期到64期,都写着"北京

---

① 鲁迅:《忆刘半农君》,《鲁迅全集》第6卷,第73—74页。
② 胡适:《我为什么要做白话诗》(《尝试集》自序),《新青年》第6卷第5号,1919年5月。
③ 鲁迅:《我和〈语丝〉的始终》,《鲁迅全集》第4卷,第172—173页。
④ 鲁迅:《331105 致姚克》,《鲁迅全集》第12卷,第479页。
⑤ 鲁迅:《250217 致李霁野》,《鲁迅全集》第11卷,第458页。
⑥ 表现出周作人编者身份的文章包括:《语丝》第1期发刊词、《语丝》第8期《滑稽似不多·通信二》、第14期《理想中的教师》附记、第18期《启事》("我不是主任的编辑人")、第71期《我们的闲话》(此栏不收外稿)。

大学第一院新潮社",第65期(1926年2月8日)才将地址改为"北京大学第一院语丝社"。孙伏园编辑《京报副刊》,便不大过问《语丝》;外边有稿子寄来,李小峰一律送给周作人看,决定登载与否;于是除李小峰请章衣萍陪他时常请鲁迅写稿外,周作人成了固定的编辑。① 周作人的几封私函可进一步证明周作人的《语丝》编者身份,并反映出当时语丝社成员活动的情况。

《语丝》的创办,本与鲁迅直接相关。孙伏园从《晨报》辞职后,到八道湾商议,不给《晨报》投稿,自己另办一个刊物,后约定两个月聚会一次,在东安市场或别处吃饭。② 章廷谦回忆:"在北京编《语丝》,鲁迅是不出面的,由我们三人编、印、销。……我们常常带着一些问题去找鲁迅,关于稿子如何发?如何编排?等等问题,鲁迅都一一告诉我,有些事也问周作人。"③据荆有麟回忆,《语丝》创刊词本来是请鲁迅写的,但鲁迅一向不主张刊物上有堂皇的宣言,所以终于由周作人执笔④,而命名规则的提出者和写报头者都是钱玄同⑤。

《语丝》的创办,周作人日记中记载得很清晰。1924年11月2日,"下午往访适之。又至开成北楼同玄同、伏园、小峰、矛尘、绍原、颉刚诸人议刊小周刊事,定名曰《语丝》"⑥。11月3日,孙伏园拜访鲁迅。但直到11月15日,《语丝》才在鲁迅日记中出现:"晚小峰、伏园送《语丝》五分来。"⑦11月16日语丝社的茶会⑧,鲁迅没有参加,夜里章川岛和孙伏园去鲁迅家,鲁迅"以泉拾元交付之,为《语丝》刊资之助耳"⑨。

---

① 荆有麟:《鲁迅回忆断片》,鲁迅博物馆、鲁迅研究室、《鲁迅研究月刊》选编:《鲁迅回忆录》(专著上册),北京:北京出版社,1999年,第197页。
② 参见《访问章廷谦记录》(1975年4月24日),现存北京鲁迅博物馆。
③ 同上。
④ 荆有麟:《鲁迅回忆断片》,鲁迅博物馆、鲁迅研究室、《鲁迅研究月刊》选编:《鲁迅回忆录》(专著上册),第195页。
⑤ 同上书,第196页。
⑥ 《周作人日记》(影印本 中),第408页。
⑦ 《鲁迅全集》第15卷,第535页。
⑧ 1924年11月16日:"午后至市场语丝社茶会,至晚饭后始散。"《周作人日记》(影印本 中),第409页。
⑨ 鲁迅1924年11月16日日记:"夜矛尘、伏园来,以泉拾元交付之,为《语丝》刊资之助耳。"《鲁迅全集》第15卷,第535页。

李小峰回忆了鲁迅积极支持孙伏园创办《语丝》的重要原因,与《语丝》的"发刊辞"所述不同。《语丝》"发刊辞"写道:"我们并不期望这于中国的生活或思想上会有什么影响,不过姑且发表自己所要说的话,聊以消遣罢了。"①而"鲁迅先生却并不是把办《语丝》写文章,作为消遣的"②。自从与《晨报副刊》分道以后,鲁迅"急需有一个园地作为发言之地,对古老中国这'漆黑的染缸'进行破坏工作:这便是鲁迅先生积极支持伏园创办《语丝》的重要原因"③。

鲁迅始终关注《语丝》的发展,并时而以批评性的文章来指引《语丝》的发展方向,虽然很少参与北京时期《语丝》的编辑。胡适、徐志摩在《语丝》上发表文章④,应该是由周作人编辑的。在语丝社成立当天即1924年11月2日下午,周作人先"往访适之",11月17日"得志摩函",18日晚"至香满园赴志摩之招"。⑤

在《语丝》创办之初,章川岛曾写信给胡适,请求指导:

> 这事昨天我们已经和鲁迅、启明二位谈过,他们也都赞同。而今再求教于你,希望你能有意见来指导我们,并且,倘若要真能办成一种周刊或旬刊,那时还得求你相助。我想:你——我们的引路者,这回总肯帮忙的。⑥

《语丝》第5期登出鲁迅的《"音乐"?》和川岛的《"又上了胡适之的当"》,这是针对徐志摩、胡适在《语丝》发表的文章的批评。鲁迅戏拟徐志摩式的几句诗讽刺徐志摩的轻浮:"咦,玲珑零星邦滂砰琲的小雀儿呵,你总依然是不管甚么地方都飞到,而且照例来唧唧啾啾地叫,轻飘飘地跳么?"⑦刘禾叙述

---

① 《发刊辞》,《语丝》第1期,1924年11月17日。
② 李小峰:《鲁迅先生与〈语丝〉的诞生》,鲁迅博物馆、鲁迅研究室、《鲁迅研究月刊》选编:《鲁迅回忆录》(散篇上册),第289页。
③ 同上。
④ 如在《语丝》第2期发表的胡适的《译诗一篇》,在《语丝》第3期发表的徐志摩的《死尸》。
⑤ 参见《周作人日记》(影印本 中),第408—410页。
⑥ 《章廷谦致胡适》(19□□年□月25日),存于中国社会科学院近代史研究所。□号,指原迹无法辨认。
⑦ 鲁迅:《"音乐"?》,《语丝》第5期,1924年12月15日。

了徐志摩轻浮地追逐名人,以伍尔夫为例。① 从鲁迅日记的记载可知,鲁迅很少主动访问当时文化界的名人,如陈独秀、胡适等。他还对因与名人交游而获名进行过讽刺:"乡间学者想要成名,他们必须去找名士,这在晋朝,就得去拜访王导,谢安一流人物……"②

周作人到北京后,最初的活动与交往人群多与鲁迅相关。除了拜访蔡元培,安排到北京大学的工作之外,他还时常到教育部。他到北京后的知友,多是由身为大哥的鲁迅介绍认识的。周作人在1924年日记后附有《知友一览》,所列知友如下:张凤举、常维钧、潘企莘、马幼渔、沈尹默、沈士远、沈兼士、陶晶孙、徐耀辰、俞平伯、钱玄同、徐祖正。③ 与周作人同在北京大学任教的钱玄同、刘半农等,在周氏兄弟失和后,更多地聚集于苦雨斋。

对语丝聚餐会,陈离做过专门的研究。④ 但陈离仅把周作人日记中所记标有"语丝社"的聚会列入研究范畴,考察语丝社的商谈情况,这是有遗漏的。例如《语丝》在北京停刊时,周作人曾在信中说"语丝事于二十三日在苦雨斋大家聚谈一下,决定出至一五六满三周年为止"⑤。此次聚会并没有记入日记中,标以"语丝社"会。

因为回避周作人,鲁迅不太参与语丝社的聚会:"从此市场中的茶居或饭铺的或一房门外,有时便会看见挂着一块上写'语丝社'的木牌。倘一驻足,也许就可以听到疑古玄同先生的又快又响的谈吐。但我那时是在避开宴会的,所以毫不知道内部的情形。"⑥

《语丝》第112期(1927年1月1日)登出《检查过的私信》,为"Cy先生"与周作人的通信,Cy先生这一封信经过了官方检查,"背面打了一个'检察员

---

① 刘禾:《六个字母的解法》,《今天》2012年春季号(总96期)。
② 鲁迅:《中国小说的历史的变迁》,《鲁迅全集》第9卷,第321页。
③ 《周作人日记》(影印本 中),第421页。
④ 参见陈离:《在"我"与"世界"之间——语丝社研究》第一章第四节"'十六撰稿人'与语丝聚餐会",上海:东方出版中心,2006年,第22—36页。
⑤ 周作人:《致江绍原信三十一封》,黄开发编:《知堂书信》,北京:华夏出版社,1994年,第141页。
⑥ 鲁迅:《我和〈语丝〉的始终》,《鲁迅全集》第4卷,第172页。

验讫'的腰圆印章",为"已经官许可以拆看,而且也就可以发表"。① 因此,周作人在信函中也大量使用隐语。本书接下来考证周作人信中的隐语,并据此证实周作人于北京时期《语丝》的编者身份,以此反映当时语丝社的活动情况。1925年6月25日,周作人给钱玄同写了一封信,谈到当时的一次宴会和《语丝》的几期文稿安排。② 这封信中至少出现了四个与时间相关的信息。(1)由信中谈到的《语丝》文稿的编辑情况,可知这封信写于1925年。(2)由"时维屈子投江之日"③一句可知,此信写于1925年端午节,正是6月25日。(3)由第三个时间点可进一步证实:当日《晨报》报道了下午在天安门举行追悼会,刘清扬女士读祭文。④ 周作人信中的原文为:"报载,今日下午胡二五'斋务长'将率领哭团在天安门举哀,一绝倒。九二女士将朗读祭文,二绝倒。祭文中满是胡说,可以说是历来荒谬思想之精华……真正老牌国粹。"此处"胡二五"应指胡适。刘清扬即九二女士,张崧年之妻,信中注有"此大不敬之称呼,勿令崧年君知"。(4)第四个时间点是:"那张信才写毕,殷洪乔又将鄂(=6)谟(=21)耳之书至,欣悉尊臂受伤不重。"由此可知,在写信过程中,周作人收到了来信,得知钱玄同受伤一事。《周作人致钱玄同》(1925年6月25日)以隐晦的笔调写到《语丝》的文稿安排,涉及人事时全用代称:

> 据莼客说《雨丝》下期之稿又略恐慌,所以拟将穆张周三文先行登载,尊文则在二期后发表亦可,如此庶能调剂。敝人虽当赶紧执笔,但至早也只能应三十五期之用耳。如以为可,请将该项文件直接寄交白华绛附阁去可也。

莼客、白华绛附阁都是李慈铭的代称,此处取"李"姓,代指李小峰。此信以如此隐晦的笔调谈论《语丝》的文稿安排,可作周作人编辑《语丝》的明证。

---

① 《检查过的私信》,《语丝》第112期,1927年1月1日。
② 《周作人致钱玄同·一九二五年六月二十五日》,北京鲁迅博物馆编:《北京鲁迅博物馆藏中国近现代手札大系》第7卷,第248—251页。原信无日期,也无信封。笔者在此信尚未收入该"大系"并确定写作时间时,就已根据此信内容推断出写作时间为1925年6月25日,论断过程见正文。
③ 《周作人致钱玄同·一九二五年六月二十五日》,北京鲁迅博物馆编:《北京鲁迅博物馆藏中国近现代手札大系》第7卷,第248—251页。
④ 《各界踊跃参加大示威》,《晨报》1925年6月25日。

由此信内容及《语丝》目录可知,"穆张周三文"是指《语丝》第 34 期登载的穆木天《寄启明》、周作人《答木天》、张定璜《敬答穆木天先生》。同期还登出了钱玄同《敬答穆木天先生》,陶孟和、周作人《宽容之难》。穆木天的来信虽是寄给启明的,却是从钱玄同《写在半农给启明的信底后面》谈起的。《语丝》第 35 期登载了张申府《帝国主义等》、俞平伯《美人画砖拓本》。

此信也是一封安排宴客的信件,信中的宾客姓名皆用代称,极为隐晦。主宾为"押不卢先生",来宾则有如下:"计来客中,押先生偕夫人、曲园、香涛、廉卿、亭林、艮庭、艮庭夫人则因形式不雅观(不匀称?)而不至云。"①

据周作人 1925 年 6 月 24 日日记,以及钱玄同致周作人(1925 年 6 月 25 日)的信②等史料,可以考证出《周作人致钱玄同》(1925 年 6 月 25 日)中用隐语代称的人物。主宾"押不卢先生"是林语堂,"曲园、香涛、廉卿、亭林、艮庭、艮庭夫人"分别为俞平伯、张凤举、张申府、顾颉刚、江绍原夫妇。周作人信中此处均以古人的姓代指今人。而香涛(张之洞)、廉卿(张廉卿)都姓张,周作人对这二位特意在信中作注说明:"此二位烹妾山人的本家,其一人的号系四灵之一;其一系十二支之一,其字义照《景山楼说文》盖颇不雅驯云。"③"烹妾山人"代姓"张"者,出自张巡烹妾飨士。由此注释可推知"香涛、廉卿"所代的二位张姓者分别为张凤举、张申府。

1925 年,林语堂是《语丝》的主要撰稿人之一。周作人信中的这次宴会正是语丝社同人为送林语堂到厦门而举办的。

这次宴请在周作人 1925 年 6 月 24 日日记中有详细记载:"六时同往公园长美轩周钱孙章李五人为主,来客为玉堂夫妇绍原申府平伯颉刚凤举共十一人。"④其时间 1925 年 6 月 24 日为礼拜三,地点长美轩均与《周作人致钱玄同》(1925 年 6 月 25 日)一信吻合。再辅以钱玄同致周作人(1925 年 6 月

---

① 《周作人致钱玄同·一九二五年六月二十五日》,北京鲁迅博物馆编:《北京鲁迅博物馆藏中国近现代手札大系》第 7 卷,第 248—251 页。
② 《致周作人》(1925 年 6 月 25 日),《钱玄同文集》第 6 卷,第 66—70 页。
③ 《周作人致钱玄同·一九二五年六月二十五日》,北京鲁迅博物馆编:《北京鲁迅博物馆藏中国近现代手札大系》第 7 卷,第 248—251 页。
④ 《周作人日记》(影印本 中),第 446 页。

25日）便可谓证据确凿。

钱玄同的《致周作人》（1925年6月25日）正是对《周作人致钱玄同》（1925年6月25日）的复信，信中写有"适得袁妣的来信，敬悉。承示两个'绝倒'与'老牌国粹'"①。周作人6月的这封信中正写有两个"绝倒"与"老牌国粹"，并在落款处写有"袁妣日"。钱玄同此信还答复了对《语丝》稿件的安排："答黎公信，我打算以明（拜5）、后（6）、大后（日）、再大后（1）四日之中成之，即寄交越缦。若迟至拜一（廿二）尚未成稿，便当于是日遵命先将伯长、濂溪、横渠三文寄去登载也。故来儿拜一必发寄，或三人的，或四人的也。此意弟一面当再函达越缦公。"②钱玄同信中提及的"越缦"指李小峰，他自己待成稿的文章应该即指《敬答穆木天先生》，登载于《语丝》第34期，成稿时间为1925年6月28日。③

钱玄同此信谈及1925年6月24日周作人等在长美轩的宴会。正如周作人信中所说，"因此时已知老兄进院，不能同来"，钱玄同在信中写道："盖我在某医院医臂膊之日，正公等在东兴楼（引者注：误，当为长美轩）'钱'苹果之年也。"④因为周作人信中已谈到宴会地点"初定东兴，岂知先期罢市，不得已而改在长美"⑤。钱玄同在此信中描述了自己戏剧性地遇见林语堂，这段叙述是更确切的证据：

却说今日在"谋食"处遇见林擒君⑥，他"形容枯槁，颜色惨淡"地向我问慰外，便云"我明日将南归矣。咱们且握别吧。"于是我们俩便"皮

---

① 《钱玄同文集》注释写明此信引自北京鲁迅博物馆鲁迅研究室编《鲁迅研究资料》（12），实则引自《鲁迅研究资料》（10）（天津：天津人民出版社，1982年）。据北京鲁迅博物馆藏钱玄同手札整理，此处整理有误，应为"袁妣"，《致周作人》（1925年6月25日），《钱玄同文集》第6卷，第66、70页。
② 《致周作人》（1925年6月25日），《钱玄同文集》第6卷，第70页。
③ 参见《语丝》第34期，1925年4月27日。
④ 《致周作人》（1925年6月25日），《钱玄同文集》第6卷，第66页。
⑤ 《周作人致钱玄同·一九二五年六月二十五日》，北京鲁迅博物馆编：《北京鲁迅博物馆藏中国近现代手札大系》第7卷，第248—251页。
⑥ 林擒，指林语堂。参见《钱玄同文集》第6卷，第67页注释③。此信初次登载于《鲁迅研究资料》（10）（天津：天津人民出版社，1982年，第6—9页）。注释中解释了将林擒注解为林语堂的根据，正是源自1925年6月24日周作人日记。

考史"了一下而别矣。在说"明日将南归"一语之时,我向他说,"我们要请您吃饭,您不能多留一日乎?"他说,"昨日已吃过了,主人中有您底大名。"于是今有二事奉询:

(1)日东兴楼(误,当作长美轩)之宴,他老人家"谈国事"吗?他底态度,与您、一公、小土诸君均欠相同,究竟在此筵席上怎样的酬酢尽欢呢?(假"谈"的话。)①

"明日"将南归的林语堂,向钱玄同谈到"昨日"长美轩之宴,主人中有钱玄同之名,而钱玄同并没有出席。这在时间、地点上正与《周作人致钱玄同》(1925年6月25日)中所言相符:"押不卢先生因须乘拜五快车回ビンラン去,我等只能于拜三举行吃饭",地点"初定东兴,岂知先期罢市,不得已而改在长美,因此时已知老兄进院,不能同来,故而斗胆定在'林炳炎之花圃'也"。② 由此可排列出时间顺序:礼拜三长美轩之宴,礼拜四钱玄同遇见林语堂,礼拜五林语堂南归。押不卢先生要去的地方"ビンラン",为日文的槟榔,与"南"归相合,此处应是代指厦门。

钱玄同致周作人(1925年6月25日)的信中也写到"亭林":"平日谈国故,谈线装书,谈妙峰山,谈孟姜女,我极倾倒。"③这就明显地道出"亭林"即顾颉刚。

根据上述论证可推断,曲园为俞平伯的代称,香涛为张凤举的代称,廉卿为张申府,亭林为顾颉刚,艮庭和艮庭夫人即江绍原及江绍原夫人。这次宴请的来宾都是《语丝》的作者,而"周钱孙章李五人为主"④,即周作人、钱玄同、孙伏园、章川岛、李小峰为主人,都是语丝社的主要成员,因而此次聚会也是语丝社的一次聚会。

周氏兄弟在《语丝》上的不同文风,产生了不同的影响。鲁迅在《语丝》发表了大量文章,产生很大的社会影响;而与此同时,周作人则发展出《语

---

① 《致周作人》(1925年6月25日),《钱玄同文集》第6卷,第66—68页。
② 《周作人致钱玄同·一九二五年六月二十五日》,北京鲁迅博物馆编:《北京鲁迅博物馆藏中国近现代手札大系》第7卷,第248—251页。
③ 《致周作人》(1925年6月25日),《钱玄同文集》第6卷,第69页。
④ 《周作人日记》(影印本 中),第446页。

丝》的另一种文风。

《语丝》吸引当时青年的,主要是鲁迅引领的战斗性的文章。高长虹写道:"我所喜欢的是《野草》的《语丝》,是同传统思想,同黑暗势力,同虚伪绅士奋斗的《语丝》。"①一位署名"农人"的青年在《语丝》发表文章说:"爱读敢说痛快话的出版物,如《莽原》《语丝》《现代评论》之类。自从《语丝》《现代评论》的'千元'战争结果之后,我才辨别出来《语丝》的所以为《语丝》。"②

在青年人的稿件中,有不少是模仿鲁迅的,鲁迅作品中的语句也常被青年作者征引。鲁迅《影的告别》发表于《语丝》第4期(1924年12月8日),文中有一句:"我姑且举灰黑的手装作喝干一杯酒,我将在不知道时候的时候独自远行。"这一喝酒的意象在青年创作中不断出现:《语丝》第6期(1924年12月22日)上刊出李遇安③《再斟一杯酸酒》;《洪水》第2卷第17期(1926年5月16日)中有仲屏④《我要喝加料的白干酒与红葡萄》(1925年曾投稿至《莽原》)。此后,鲁迅在《淡淡的血痕中》又再次描写"斟酒"这一意象:"日日斟出一杯微甘的苦酒,不太少,不太多,以能微醉为度,递给人间,使饮者可以哭,可以歌,也如醒,也如醉,若有知,若无知,也欲死,也欲生。"⑤

《语丝》第1期登载了鲁迅《论雷峰塔的倒掉》、周作人《生活之艺术》《清朝的玉玺》、钱玄同《恭贺爱新觉罗溥仪君升迁之喜,并祝进步》等。杭州的西湖胜景雷峰塔倒掉了,这样一件一开始只有简短的新闻报道的小事,经过鲁迅的议论文章,引发了报刊的讨论和思考。

关注时政的鲁迅,此时却并未对清室遗老发表意见,他还曾用嘲讽的口吻写道,"民众要看皇帝何在,太妃安否"⑥。鲁迅这句话实则是有针对性的

---

① 高长虹:《与春台讲讲〈语丝〉》,山西省盂县《高长虹全集》编辑委员会编:《高长虹全集》第2卷,北京:中央编译出版社,2010年,第150页。
② 农人:《读〈语丝〉》,《语丝》第104期,1926年11月6日。
③ 李遇安,青年作者,在《语丝》发表的文章还有《我们不是遇见了么?》,《语丝》第27期,1925年5月18日;《我的生命像》,《语丝》第67期,1926年2月22日。
④ 仲屏,即柯仲屏,曾发表诗作《伟大是能死》,《语丝》第31期,1925年6月15日。
⑤ 鲁迅:《淡淡的血痕中》,《语丝》第75期,1926年4月19日。
⑥ 鲁迅:《通讯》,《鲁迅全集》第3卷,第25页。

微讽。徐炳昶随后就指出这句话"是北京旧旗人特别的情形,真正的民众,绝不如此"①。鲁迅更多关注的是如《一件小事》之普通民众。这种思想,有蔡元培劳工神圣思想的影子②。在文坛纷纷追悼孙中山时,《语丝》同期登载了钱玄同《中山先生是"国民之敌"》和鲁迅《示众》。《示众》描写的是普通民众。③ 对"示众"景观的捕捉,也表现出鲁迅对都市的观察特别敏锐。这一景观在都市中实为常见,但较少受到当时文坛的关注。④

在鲁迅关注普通民众、进行社会批判的同时,周作人关注的却是中国的"礼"、生活的艺术。《语丝》第1期周作人《生活之艺术》促使江绍原写了《礼的问题》。江绍原指出,周作人讲中国固有的"礼"的一段话,太把"礼"理想化了,而且微妙,周作人所讲的"本来的礼"要倒推到怎样古的时代呢,他大概是为了攻击"宋以来的道学家"。江绍原又进而对周作人对于礼的品鉴表示认同:"假使清宫改为礼部衙门,由周先生你作礼部总长去制出的新礼,我敢说必定比贵本家'周公之礼'强,也比任何'本来的礼'强。"⑤周作人在回信中表示不能就职,不如由江绍原以次长代理部务,而自己接受礼部总长的空衔。⑥ 而且在后来的文章中,周作人以礼部总长戏拟,和江绍原讨论起礼的制定。⑦ 在《生活之艺术》中,周作人认为中国的礼早已丧失,略存于茶酒之间而已。《生活之艺术》即由契诃夫书简集中对中国饮酒礼节的描述写起,"生活之艺术这个名词,用中国固有的字来说便是所谓礼"。而礼,如辜

---

① "鲁迅先生说:'民众要看皇帝何在,太妃安否',我相信这是北京旧旗人特别的情形,真正的民众,绝不如此。"徐炳昶:《办通俗小日报者所应注意的几件事情》,《猛进》第6期,1925年4月10日。

② 蔡元培:《劳工神圣!》(演说词),《新潮》第1卷第2号,1919年2月1日。

③ 《语丝》第22期,1925年4月13日。

④ "二 都市生活暗示之势力 当观都市之间,其群众势力之强,实足使人惊愕,群众势力之下,无论何物,皆足卷入其中。好事之徒,都市尤盛。试举一石投水中,一人惊而讶之,趋向河边,以观其究竟,随其后者纷至。警察拘捕罪犯,则市人拥而观之。此等现象,皆都市居民固有之特性,谓之雷同性,或好事之根性,亦无不可。今对此特性,由心理上观察之,知都市暗示力之强也,盖人之思想感情,具有速力,由此向彼以传播者也。"汤原元一著,钟祥张、恺逯译:《都市教育论》(续第三辑),《通俗教育丛刊》第四辑"译述",1920年3月。

⑤ 江绍原、周作人:《礼的问题》,《语丝》第3期,1924年12月1日。

⑥ 同上。

⑦ 江绍原、周作人:《女裤心理之研究》,《语丝》第5期,1924年12月15日。

鸿铭所说，"不是 Rite 而是 Art"；这是指本来的礼，"后来的礼仪礼教都是堕落了的东西"。① 接下来，周作人又讲喝茶："喝茶当于瓦屋纸窗之下，清泉绿茶，用素雅的陶瓷茶具，同二三人共饮，得半日之闲，可抵十年的尘梦。"②

对雷峰塔的倒掉，周作人晚年回忆弹词《雷峰塔》，说法海是"封建与道学的代表"，并作《白蛇传》一诗，中有"迩来廿年前，塔倒经自现"之句。③ 他将此文做成剪报留存。④ 可见，周作人并非不关注雷峰塔的倒掉，只是回避了和鲁迅进行呼应。他的关注点也更多在白蛇传说本身，思路更接近于北京大学研究所国学门对民间传说进行研究的思路。周作人曾任歌谣研究会主席。⑤

以具有绍兴传统的大禹形象为例，周氏兄弟笔下大禹形象的不同，体现出他们思想上的分歧。《理水》中之禹和随员被视为"墨家人物"⑥；而周作人自述"半是儒家半释家"，其《释子与儒生》所理解的大禹，更接近儒家。

推崇墨家的不仅是鲁迅。1920 年代，"墨学几乎成了一种时髦风尚"⑦。钱玄同自述"改名玄同，即因妄希墨子之故"，并指出墨子《非乐》不明美术之作用，是他的短处。⑧ 美术，这个近现代才开始在中国使用的词语，被钱玄同用来批评《非乐》。礼乐和美术概念的混用，在钱玄同另一篇文章中也出现过，是对 1925 年国内最时髦的议论之一的叙述："美育是'古已有之'的，便是礼乐。"⑨这样，钱玄同把古代音乐与现代的美术概念相联系，而对儒家的礼乐有所保留。所以，钱玄同的反儒，实则并不彻底。

《语丝》上也展开了周氏兄弟对"支那民族性"的讨论。1926 年 7 月 19 日，周作人在"我们的闲话"一栏中评论了安冈秀夫《从小说上看出的支那民

---

① 开明：《生活之艺术》，《语丝》第 1 期，1924 年 11 月 17 日。
② 开明：《喝茶》，《语丝》第 7 期，1924 年 12 月 29 日。
③ 《雷峰塔》，1950 年 1 月 27 日《亦报》"饭后随笔"，署名"十山"。
④ 参见《周作人剪报》，现存北京鲁迅博物馆。
⑤ 参见《国立北京大学研究所国学门概略》，1927 年。
⑥ 高远东：《鲁迅与墨家的思想联系》，《现代如何"拿来"——鲁迅的思想与文学论集》，上海：复旦大学出版社，2009 年，第 21 页。
⑦ 胡适：《翁方纲与墨子》，《猛进》第 12 期，1925 年 5 月 22 日。
⑧ 钱玄同 1917 年 4 月 14 日日记，《钱玄同日记》（影印本）第 3 卷，第 1575 页。
⑨ 钱玄同：《写在半农给启明的信底后面》，《语丝》第 20 期，1925 年 3 月 30 日。

族性》,认为此书以免去"支那通的那种轻薄卑劣的态度"为宜。① 随后一期《语丝》即登出鲁迅《马上支日记(二)》,鲁迅写到7月2日午后,在东亚公司买了安冈秀夫《从小说上看出的支那民族性》。与周作人为中国人保留体面的态度不同,鲁迅指出对于安冈秀夫的批评,"我们试来博观和内省,便可以知道这话并不过于刻毒"②,并据此展开论述,将笔锋指向了上等华人,提出"做戏的虚无党"的概念。鲁迅意犹未尽,在《语丝》第90期再登出《马上支日记(三)》,对安冈秀夫论中国菜进行了反驳,但也指出"从小说来看民族性"是一个好题目。③

---

① 岂明:《我们的闲话 二四》,《语丝》第88期,1926年7月19日。
② 鲁迅:《马上支日记(二)》,《语丝》第89期,1926年7月26日。
③ 鲁迅:《马上支日记(三)》,《语丝》第90期,1926年8月2日。

第三章　作为高校教师的鲁迅

高校教师，是鲁迅北京时期的第三种社会身份。鲁迅留日回国后即进入教育界，回国初期曾相继在浙江两级师范学堂、绍兴府中学堂、山会初级师范学堂任教。1912年鲁迅曾任绍兴教育会副会长①。清末民初，公派留日本来就主要是为了培养师资。鲁迅曾在日本弘文学院师范科短期学习②。据鲁迅留日同学厉绥之回忆："在弘文学院学毕日语后，我们就准备选科继续深造。出国前，清政府曾指定要我们学高师，但如今除许寿裳和钱家治（钱学森之父）外，都改选他科，因此颇引起清公使监督的不满。"③留日学生回国后，大量进入教育界。

浙江两级师范学堂于1906年（光绪三十二年）筹办，1908年4月15日正式开学。该校是浙江省的最高学府，以省城贡院旧址改建，建筑格局和学制大部分仿照日本东京高等师范学校。教员大部分是日本留学生，科学和民主气氛较浓。浙江两级师范学堂筹备期间，派王廷扬两次赴日考察学务。曾任留日学生监督的王廷扬到日后特访东京高师的浙江籍留学生经亨颐、许寿裳、钱家治、张邦华。几年之后，这些学生就成为两级师范的教务管理者，王廷扬先后聘请经亨颐、钱家治、张邦华、许寿裳担任教务长职务。鲁迅在两级师范学堂工作了一年时间，这是许寿裳帮助介绍联系的。当时两级师范学堂的监督（校长）是沈钧儒④，教务长是许寿裳。

---

① 参见鲁迅日记，《鲁迅全集》第15卷，第72—74页。
② 参见清国留学生会馆编：《清国留学生会馆第四次报告》，清国留学生会馆发行，明治三十七年五月廿九日、光绪三十年四月十五日。
③ 厉绥之：《五十年前的学友——鲁迅先生》，鲁迅博物馆、鲁迅研究室、《鲁迅研究月刊》选编：《鲁迅回忆录》（散篇上册），北京：北京出版社，1999年，第40页。
④ 沈钧儒，1903年应乡试中举人，次年应殿试得"赐进士出身"衔，被签分刑部贵州司主事；1905年秋得以新科进士被清政府派赴日本，入东京法政大学法政速成科政治部学习，后继入补修科，于1908年4月毕业回国。

鲁迅在北京教育部任职的初期,经常拜访他的青年主要是旧日的学生。在鲁迅日记中,可找到鲁迅与这些旧日学生的交往记录,很多学生中学毕业后到北京,或继续进入大学学习,或在北京工作。① 这些学生之一的孙伏园回忆,鲁迅到北京大学任教之前,"到他那里走动的青年大抵是他旧日的学生。他并不只是关怀某些个别青年的一举一动,他所无时无刻不关怀着的是全体进步青年,大部分是他所不认识的,也是大部分不认识他的那些进步青年的一举一动"。②

民国教育部掌管高校,在高校担任校长的留日知识分子何燏时、汤尔和等,和教育部有工作关系,与鲁迅也时有交往。③ 当时,北京高校的校长任命多与教育部有关。④ 1912 年 11 月,教育部任命何燏时为北京大学校长。⑤

---

① 1913 年 7 月,鲁迅回绍兴时,见到以前的学生蒋庸生、宋知方、李霞卿、孙伏园。参见鲁迅日记,《鲁迅全集》第 15 卷,第 72—74 页。李霞卿、孙伏园后来都到北京大学读书。孙伏园介绍许钦文与鲁迅认识。许钦文和陶元庆当时同住在绍兴会馆,许钦文偶然向鲁迅谈起陶元庆,鲁迅要许钦文托陶元庆绘封面画,从《往星中》和《苦闷的象征》开始,一直画到《彷徨》的封面。许钦文:《鲁迅和陶元庆》,《在老虎尾巴的鲁迅先生:许钦文忆鲁迅全编》,上海:上海文化出版社,2007 年,第 147—153 页。

② 孙伏园:《五四运动中的鲁迅先生》,孙伏园、孙福熙:《孙氏兄弟谈鲁迅》,北京:新星出版社,2006 年,第 60 页。

③ 鲁迅日记 1912 年 5 月 12 日:"午前何燮侯来,午后去。"1912 年 8 月 31 日:"晚董恂士招饮于致美斋,同席者汤哲存、夏穗卿、何燮侯、张协和、钱稻孙、许季黻。"1913 年 3 月 22 日:"午后得何燮侯信。"1913 年 3 月 24 日:"晚何燮侯招饮于厚德福,同席马幼舆、陈于盦、王幼山、王叔梅、蔡谷青、许季市,略涉麻溪坝事。"1913 年 5 月 17 日:"致何燮侯信。"1913 年 8 月 18 日:"晚何燮侯以柬招饮于广和居,同席者吴雷川、汤尔和、张稼庭、王维忱、稻孙、季市。"1920 年 4 月 14 日:"午后何燮侯来访。"《鲁迅全集》第 15 卷,第 1、17、54、63、76、400 页。

1914 年 1 月 5 日:"午后汤尔和来部见访,似有贺年之意。"1916 年 11 月 27 日:"晚至医校访汤尔和,读碑,乞方。"1917 年 6 月 9 日:"上午得汤尔和信并《东游日记》一册。"1918 年 7 月 30 日:"汤尔和赠《蝎尾毒腺之组织学的研究报告》一册,稻孙持来。"1918 年 8 月 29 日:"得汤尔和信。"8 月 30 日:"寄汤尔和信。"1919 年 8 月 21 日:"访汤尔和。"1920 年 5 月 29 日:"午后访汤尔和。"1920 年 8 月 16 日:"晚寄汤尔和信。"《鲁迅全集》第 15 卷,第 100、249、287、335、338、377、403、408 页。

④ 教育部"本部纪事"载:"呈请任命章士钊为北京大学校长"(十月一日);"呈请任命马良代理北京大学校长"(十月十八日)。《教育部编纂处月刊》第 1 卷第 1 册,1913 年 2 月。

⑤ 清光绪三十四年,"七月学部派何燏时、商衍瀛前往日本考查大学制度及一切建筑设备事宜"。宣统元年闰二月何燏时充工科大学监督。民国元年十一月,任命何燏时署大学校长。参见《北京大学沿革略》(录北京大学规程第一章),《教育公报》第 2 册,1914 年 7 月 28 日初版,1915 年 4 月 20 日再版。

汤尔和随即被教育部委任为医学专门学校校长。① 汤尔和,为鲁迅在浙江两级师范学堂同事,1910 年毕业于日本金泽医学专门学校。归国后任杭州浙江两级师范学堂校医,民国成立后长期任北京医学专门学校校长,1922 年曾任教育部次长、总长等职。民国教育部与高校联系密切,教育部部员中有不少先后在高校任职,如下表所列②:

教育部部员高校任职简况

姓　名	教育部(曾)任职职务	高校任职职务	高校任职时间
王维白	佥事、视学	兼任国立北京法政专门学校校长	1919 年
毛子龙	佥事,编审处审查员	北京女子高等师范学校校长	1919—1923 年
许寿裳	佥事、科长、参事等	北京女子高等师范学校校长	1922—1924 年
陈子良	社会教育司一等额外部员,后任佥事	北京女子高等师范学校教授	
汤尔和	教育部次长、总长	北京医学专门学校校长	
易寅村	教育总长	北京女子师范大学校长	1926 年 1 月
胡玉搢	历史博物馆筹备处处长	北京大学等校教授	
钱稻孙	主事,兼任京师图书馆分馆主任,后改任视学	北京大学东方文学系兼课	
高鲁	编纂员	北京大学讲师	1924 年
高步瀛	社会教育司司长	北京师范大学国文系教授,兼女子师范大学教授	
潘企莘	社会教育司	北京女子高等师范学校兼课	1923 年
冀贡泉	社会教育司主事	山西省立法政专门学校校长、山西大学法科学长	
夏曾佑	社会教育司司长	在北京大学研究所国学门担任导师③	1923 年

---

① 教育部"本部纪事"载:"委任汤尔和为医学专门学校校长"(十月十六日)。《教育部编纂处月刊》第 1 卷第 1 册,1913 年 2 月。
② 本表的制作参见《鲁迅全集》第 17 卷。
③ 参见《国立北京大学研究所国学门重要纪事》(十二年七月一日至十二月三十一日),《国学季刊》第 1 卷第 4 号,1923 年 12 月。

在教育部任职,鲁迅经常有机会参加一些学校的活动,他在日记中曾有记载。①

1920年8月,鲁迅接受北京大学聘任。他从12月开始,在北京大学讲授"中国小说史"课程,自编讲义《中国小说史略》,还曾翻译厨川白村《苦闷的象征》作为教材讲授文学理论,任教至1926年8月离京为止。②

在北京大学任教后,鲁迅陆续在多所学校任教,任教情况参见下表:

鲁迅北京任教简况

学校	任教时间	聘职	课程	备注
北京大学③	1920年12月—1926年6月	讲师;北大研究所国学门委员会委员	中国小说史(文学理论)	为北大刊物写稿,扶植学生文学团体。曾被指为"北大派";写《我观北大》
北京高等师范学校(北京师范大学)④	1921年1月—1925年6月	讲师	中国小说史	1924年1月17日在北京师范大学附属中学校友会讲演《未有天才之前》⑤

---

① 1914年5月15日,鲁迅曾到丞相胡同第一女子小学答访董仿都,未遇留刺。1914年9月29日,鲁迅"下午往西什库第四中学,其开校纪念日也,小立便返"。1914年10月11日,"高等师范附小学开二周年纪念会,下午赴观,遇戴螺舲,至晚回寓"。1914年10月15日,"得二弟所寄《绍县小学成绩展览会报告》四册"。1915年10月26日,"医学专门学校三年纪念,下午往观,不得入,仍回部"。1916年1月17日,"参观医学专门学校"。教育部直接管辖的北京专门以上学校有八所,其中包括北京大学和北京医学专门学校等,是日鲁迅代表教育部前往视察并报告教育现状。1916年3月15日,"是日专门学校成绩展览会开会"。此展览会指全国专门以上学校成绩展览会,主要由专门教育司负责,参加展出的学校共六十八所。1916年5月31日,"师范校寄杂志一册"。此师范校指国立北京高等师范学校。参见《鲁迅全集》第15卷,第117、135、136、137、192、213、215、220、222、229页。

② 参见《北京大学中文系100年纪事(1910—2010)》,温儒敏主编:《北京大学中文系百年图史:1910—2010》,北京:北京大学出版社,2010年,第45—47页。

③ 1920年9月6日,"晚马幼渔来送大学聘书"。指北京大学聘任鲁迅为国文系讲师的聘书,讲授"中国小说史"等课,1923年后又被增聘为北京大学研究所国学门委员会委员。1920年12月24日,"午后往大学讲"。"本日开始在北京大学国文系讲课,初为每周五讲一小时'中国小说史'课程,后渐增至一周三次,课程增加文艺理论,讲厨川白村《苦闷的象征》。"参见《鲁迅全集》第15卷,第408、409、417页。

④ 1920年8月26日,"得高等师范学校信。夜寄毛子龙信"。指收到北京高等师范学校聘任信。1921年1月12日,"午后往高师校讲"。"本日开始在北京高等师范学校国文系讲中国小说史课程,自此时起至1922年12月每周三下午、1923年至1925年6月每周五上午授课。"参见《鲁迅全集》第15卷,第409、421、423页。

⑤ 参见《鲁迅全集》第15卷,第498—500页。

续　表

学校	任教时间	聘职	课程	备注
北京女子高等师范学校（北京女子师范大学）①	1923年10月—1926年8月	国文系讲师（1923年1月—1926年1月）；教授（1926年2—8月）	中国小说史 文艺理论	应该校校长许寿裳之请 1925年，女师大风潮；1926年，三一八惨案；1923年12月26日"往女子师校文艺会讲演"《娜拉走后怎样》②
世界语专门学校③	1923年9月—1925年3月	教师；董事	中国小说史	
集成国际语言学校④	1924年5月—1924年6月	教师		
黎明中学	1925年9—12月	高中文科小说教员	小说	以《点滴》为教材
大中公学	1925年9—11月	高中部新文艺学科教员		
中国大学	1925年9月—1926年5月	大学部文科国文系小说学科讲师		该校原名国民大学，创办人为孙中山
人艺	1922年11月22日，"午后往赴人艺戏剧学校开学式"⑤	校董事		1923年10月28日，"往新民大戏院观戏剧专门学校学生演剧二幕"⑥

---

① 1920年9月4日，"上午寄女子师范学校信"。1923年10月13日，"晨往女子师校讲"。"鲁迅应该校校长许寿裳之请，本日起前往讲授小说史等课，直至1926年离京止。"参见《鲁迅全集》第15卷，第410、483、485—486页。

② 参见《鲁迅全集》第15卷，第491、492页。

③ 李霁野分析可能是马叙伦，或者冯省三邀请鲁迅到世界语学校讲课。参见《与李霁野同志座谈纪略》（北京鲁迅博物馆1975年6月于天津），第15页。现存北京鲁迅博物馆。1923年6月7日，"午后往世界语学校筹款游艺会"。此会为创办北京世界语专门学校筹款而举办，"世界语学校"即北京世界语专门学校，鲁迅为发起人和董事之一，并于1923年9月至1925年3月在该校讲授"中国小说史"。参见《鲁迅全集》第15卷，第472、474页。

④ 1924年5月8日，"午后往集成国际语言学讲"。日记又作"国际语言学校""集成学校""集成校"，鲁迅于本年5、6月间在该校兼课。参见《鲁迅全集》第15卷，第511、514页。

⑤ 参见《鲁迅全集》第16卷，第639页。

⑥ 《鲁迅全集》第15卷，第485页。

(按:上表中北大、北师大任教开始时间为开始讲课的时间,而非受聘时间)①

此外,据北京大学法文系学生、选修过鲁迅的"中国小说史"、1923 年参加《歌谣》周刊编辑的常惠②回忆,聘请鲁迅讲课的学校还有燕京大学、俄文法政专门学校、平民中学(西四北路东)。

和其他大部分在高校兼任教职的教育部职员不同的是,鲁迅对于兼任的教职投入了大量心血,将越来越多的精力用于教学和文学创作,其授课教材《中国小说史略》成为专著,他又翻译了《苦闷的象征》,培养了众多青年。1921 年进入北京大学预科、后就读北京大学英文系的狂飙社成员,日后成为著名历史学家的尚钺③曾写道:"他(引者注:指鲁迅)在大学中,对青年负着比任何教授更重大的责任,但他所拿的只是一个讲师的薪金。"④据尚钺回忆,1921 年他在北京大学英文系预科时,在郑奠⑤老师的课上写了一篇小说,郑老师推荐给鲁迅先生;鲁迅先生讲"中国小说史",为了团结青年学生参加战斗,又办了《莽原》杂志,鼓励同学们写文章投稿。⑥

第一节 授课中的学术传承

进入北京大学任教的鲁迅,开设的课程是在当时的国文系颇具创举性质

---

① 参考顾明远、俞芳、金锵、李恺:《鲁迅的教育思想和实践》,北京:人民教育出版社,1981 年,第 30—34 页。

② 《常惠同志来馆座谈》记录手稿(1975 年 5 月 10 日上午),现存北京鲁迅博物馆。

③ 参见《鲁迅全集》第 17 卷,第 146 页。

④ 尚钺:《怀念鲁迅先生》,鲁迅博物馆、鲁迅研究室、《鲁迅研究月刊》选编:《鲁迅回忆录》(散篇上册),第 137 页。

⑤ 郑奠(1896—1968),字介石,号石君,浙江诸暨人,语言学家,曾与鲁迅有交往。郑奠在鲁迅日记中多写作"郑介石""郑石君",1923—1926 年在北京女子高等师范学校(北京女子师范大学)任教,1928 年在杭州浙江大学任教,1932 年在北京大学任教。参见"郑奠"条目,《鲁迅全集》第 17 卷,第 163 页。从 1923 年到 1926 年 8 月,鲁迅和郑奠同在北京女子高等师范学校(北京女子师范大学)教书,参见郑奠:《片断的回忆》,沈尹默等:《回忆伟大的鲁迅》,上海:新文艺出版社,1958 年。

⑥ 尚钺:《经历自述》,中国人民大学历史学院编:《尚钺先生》,北京:中国人民大学出版社,2011 年,第 2—3 页。

的课程。鲁迅的文学课堂的独特性在于,它是进行文明批评与社会批评的讲台。据常惠①回忆,鲁迅来北京大学讲课是在他发表了《狂人日记》以后,因为这篇文章影响很大,很多人纷纷要求鲁迅来讲课。②

> 当时学校发表一个通告,写的是周树人来校讲《中国小说史》,知道"周树人"就是鲁迅的人都很高兴,不知道"周树人"就是鲁迅的人,就说:"为什么不请鲁迅来讲。"那时不知道周树人就是鲁迅的人多。北京大学的课程有必修科和选修科两种,《中国小说史》是选修科,又不知道这门课是鲁迅讲的,所以选修的人数不多。
>
> ············
>
> 鲁迅到北京大学讲课,是因为有人要求来讲《中国小说史》。当时北京大学国文系也有人提出让周作人讲,钱玄同不同意,说:"还是请豫才来讲,周豫才有许多材料。"周作人也说:"还是让他讲好,中国小说我不大熟。"最初只有十来个人选修这门课,因为我知道是鲁迅来讲,我是很早就登记选修这门课的。后来知道是鲁迅讲的,听讲的人越来越多,甚至校外的人也来听,每次听课教室里都挤得满满的。③

自从《新青年》上登载了鲁迅一系列小说、随感录后,北京的青年知识者们开始关注鲁迅,并影响到全国。④ 常惠知道这门"中国小说史"是鲁迅开设的,是因为1918年他在《新青年》上读到鲁迅的《狂人日记》后,曾问刘半农先生:"鲁迅是谁?"刘半农告诉了他鲁迅的本名,并陪他去了鲁迅的住处——

---

① 参见"常惠"条目,《鲁迅全集》第17卷,第217页。
② 《常惠同志来馆座谈》记录手稿(1975年5月10日上午),现存北京鲁迅博物馆。
③ 同上。
④ 参见孙伏园《五四运动中的鲁迅先生》:"鲁迅先生在《新青年》上发表文章,给予青年的印象是十分深刻的。……在五四运动前后,用唐俟和鲁迅两个笔名所发表的几十篇文字,在青年思想界所起的影响是深远而广大的。"李霁野《忆鲁迅先生》:"在乡间的师范学校读书时,每月有一件难以忘却的事,这便是《新青年》的寄到。拆开来第一先看看有否鲁迅先生的文字……以后先生常有译著的零篇发表,这些都是最深切的引起我对文学的嗜好,同时对于作者的好奇心,也随之增加起来了:我愿望见这样的人物。"尚钺《怀念鲁迅先生》:"那时我是一个中学生,一个孩子,最初读到他的文章是在《新青年》上。"此外还可参看冯至《鲁迅与沉钟社》。鲁迅博物馆、鲁迅研究室、《鲁迅研究月刊》选编:《鲁迅回忆录》(散篇上册),第74—76、102、132、340页。

绍兴会馆补树书屋。①

据1922年入北京大学研究所国学门旁听、1923年入北京大学国文系旁听、1924年入北京大学研究所国学门读研究生、日后成为作家和学者的台静农②回忆："这在当时中文系是创举，因为一般中文系课程小说是不入流的，而北大是新思潮的发源地，讲授此课的又是划时代的小说作者。"③由1917、1918年北京大学的两张课程表，陈平原推断，"小说"一课，校方明知重要，却因一时找不到合适的教员，设计为系列演讲（演讲者包括胡适、刘半农、周作人等），直到1920年鲁迅接受北京大学的聘请，正式讲授"中国小说史"，中文系的课程方才较为完整。对扛起"文学革命"大旗的北京大学来说，其文学课堂开设"中国小说史"是可喜的新气象。④

台静农写于1939年的《鲁迅先生整理中国古文学之成绩》一文中，以《中国小说史略》为首，将《古小说钩沉》《唐宋传奇集》《小说旧闻钞》列为《中国小说史略》的副册，并讲述《中国小说史略》与北京大学授课的关系，特别指出《中国小说史略》的"数种版本以前，尚有北京大学讲义课两种讲义，一为油印，一为铅印，门弟子中藏有此两种讲义本者，恐只有北平常为君氏"。⑤冯至回忆道："鲁迅在一九二四年到一九二五年，利用讲授《中国小说史略》的时间，把厨川白村的《苦闷的象征》作为讲义。"⑥许钦文回忆，鲁迅在北京大学讲完《中国小说史略》以后，接着讲文学理论，仍然每星期一小时。⑦

---

① 参见台静农:《忆常维钧与北大歌谣研究会》，原载1990年11月11日台北《联合报》副刊。收入台静农著，陈子善编:《龙坡杂文》（增补本），北京:生活·读书·新知三联书店，2002年，第228页。

② 参见罗联添:《台静农先生学术艺文编年考释》，台北:台湾学生书局，2009年。

③ 参见台静农:《忆常维钧与北大歌谣研究会》，原载1990年11月11日台北《联合报》副刊。收入台静农著，陈子善编:《龙坡杂文》（增补本），第228页。

④ 陈平原:《作为学科的文学史:文学教育的方法、途径及境界》（增订本），北京:北京大学出版社，2016年，第25、35页。

⑤ 台静农:《鲁迅先生整理中国古文学之成绩》，原载1939年11月重庆《理论与现实》第1卷第3期，收入陈子善编:《龙坡论学集》，沈阳:辽宁教育出版社，2000年，第199页。

⑥ 冯至:《鲁迅与沉钟社》，鲁迅博物馆、鲁迅研究室、《鲁迅研究月刊》选编:《鲁迅回忆录》（散篇上册），第339页。

⑦ 许钦文:《鲁迅先生在砖塔胡同》，原载《文艺报》1956年第17期，收入《在老虎尾巴的鲁迅先生:许钦文忆鲁迅全编》，第56页。

鲁迅在北京大学讲授"中国小说史",吸引了众多青年学子。鲁迅在北京大学的授课地点是第一院文学院二楼第十九教室,就是现在的沙滩红楼。① 听课的学生,除了北京大学的正式学生,还有旁听生,以及没有办旁听手续的偷听生。② 五四以后,北京大学学术公开,中学毕业生有志深造而经济困难的可以工读,到北京大学去旁听。③ "赶来听课的朋友像在新潮社工作的李荣第(小峰)、在歌谣研究会工作的常惠(维钧)和在宣武门外晨报馆编副刊的孙福源(伏园),他们多半坐在最后面。"④所以,鲁迅的文学课堂不仅培养了北京大学的学生,还影响到整个北京的青年群体。北京时期,鲁迅仅在日记中记录下的有过交往的北京大学学生就有六十多位。⑤ 此外,鲁迅日记中还记录了与部分北京大学旁听生的交往。⑥

从学生们日后的回忆可以看出鲁迅的文学课堂与他的文章风格类似,他在课堂上以文明批评与社会批评的方式讲授文学与学术。鲁迅把老师章太炎先生誉为"有学问的革命家",此评价侧重其革命性。在《关于太炎先生二三事》中,鲁迅主要追忆的是章太炎在革命方面的业绩。木山英雄指出,章

---

① 常惠:《回忆鲁迅先生》,鲁迅博物馆、鲁迅研究室、《鲁迅研究月刊》选编:《鲁迅回忆录》(散篇上册),第421页。

② 1915—1918年就读北京大学哲学门的冯友兰回忆过他在校时北京大学的学生状况:"当时有一种说法,说北大有三种学生,一种是正式学生,是经过入学考试进来的;一种是旁听生,虽然没有经过入学考试,可是办了旁听手续,得到许可的;还有一种是偷听生,既没有经过入学考试,也不办旁听手续,不要许可,自由来校听讲的。"冯友兰:《三松堂自序》,北京:生活·读书·新知三联书店,2009年,第366页。

③ 许钦文:《鲁迅先生和青年》,孙伏园、许钦文等:《鲁迅先生二三事——前期弟子忆鲁迅》,石家庄:河北教育出版社,2000年,第169页。

④ 魏建功:《忆三十年代的鲁迅先生》,鲁迅博物馆、鲁迅研究室、《鲁迅研究月刊》选编:《鲁迅回忆录》(散篇上册),第258页。

⑤ 包括:王式乾、王有德、王仲仁、王品青、王倬汉、王捷三、王焕猷、王镜清、毛坤、尹宗益、邓飞黄、孔宪书、玉帆、冯至、冯文炳、冯省三、台静农、曲广钧、任国桢、许诗荃、许诗荀、孙永显、孙伏园、李季、李人灿、李小峰、李秉中、李霞卿、宋孔显、张永善、张辛南、张勉之、陈炜谟、陈空三、陈翔鹤、尚钺、罗庸、罗家伦、宓汝卓、孟云桥、赵之远、赵自成、胡敩、胡博厚、俞物恒、夏葵如、徐元、徐宗伟、黄鹏基、萧盛嶷、常惠、商契衡、董秋芳、敬隐渔、韩寿晋、傅斯年、童亚镇、童经立、翟永坤、缪金源、潘家洵、戴敦智、魏建功、魏福绵、塞先艾。据《鲁迅全集》第15、17卷整理。

⑥ 包括:张秀中、柔石、丸山昏迷、冯雪峰、许钦文、陈学昭、赵其文、赵荫堂、赵泉澄、胡风、俞芬、俞宗杰(与许钦文、龚宝贤同为浙江第五师范学校学生,后同在北京大学旁听)、曹靖华、龚宝贤、章衣萍、甄永安、孙席珍,以及北京大学歌谣研究会通讯会员刘策奇。据《鲁迅全集》第15、17卷整理。

太炎在《民报》时期独特的思想斗争最全面的继承者,非鲁迅莫属。① 鲁迅课堂的主要特点可概括为:(1)与杂感风格一致;(2)讽刺的艺术手法;(3)培养青年作家。

一、与杂感风格一致的课堂

魏建功回忆鲁迅"讲课的精神跟写杂感的风格是一致的"。② 例如,讲第二章"神话与传说"末了的第二例"紫姑神",鲁迅就提到封建社会妇女地位等问题。③

在北京大学先读预科、后入德文系,共读了六年(1921—1927),日后成为"中国最为杰出的抒情诗人"的冯至④回忆道:

> 那门课名义上是"中国小说史",实际讲的是对历史的观察,对社会的批判,对文艺理论的探索。有人听了一年课以后,第二年仍继续去听,一点也不觉得重复。⑤

鲁迅讲《苦闷的象征》,"也并不按照《苦闷的象征》的内容,谈论涉及的范围比讲'中国小说史'时更为广泛。我们听他的讲,和读他的文章一样,在引人入胜、娓娓动听的语言中蕴蓄着精辟的见解,闪烁着智慧的光芒。对于历史人物的评价,都是很中肯和剀切的,跟传统的说法很不同"⑥。

李秉中的同学、1925年曾致信鲁迅的投稿者刘弄潮回忆在北京大学旁听鲁迅讲授《苦闷的象征》,说鲁迅善于联系当下的社会现实讲文艺理论:

> (鲁迅先生)用夹杂着绍兴乡音的北方话,从容不迫地、娓娓动听地

---

① 木山英雄:《"文学复古"与"文学革命"》,《文学复古与文学革命——木山英雄中国现代文学思想论集》,赵京华编译,北京:北京大学出版社,2004年,第237页。
② 魏建功:《忆三十年代的鲁迅先生》,鲁迅博物馆、鲁迅研究室、《鲁迅研究月刊》选编:《鲁迅回忆录》(散篇上册),第258页。
③ 同上。
④ 鲁迅在《中国新文学大系·小说二集·导言》中称赞冯至为"中国最为杰出的抒情诗人",鲁迅编选:《中国新文学大系·小说二集》,上海:上海良友图书印刷公司,1935年,第5页。
⑤ 冯至:《笑谈虎尾记犹新》,鲁迅博物馆、鲁迅研究室、《鲁迅研究月刊》选编:《鲁迅回忆录》(散篇上册),第331页。
⑥ 同上。

讲授《苦闷的象征》。他善于深入浅出地联系实际,如随口举例说:"如象吴佩孚'秀才',当他横行洛阳屠杀工人的时候,他并没有做所谓的'诗';等到'登彼西山,赋彼其诗'的时候,已经是被逼下台'日暮途穷'了,岂非苦闷也哉?!"先生的话音刚落,全场哄堂大笑不止,因为当时北京各报,正登载吴佩孚逃窜河南"西山",大做其诗的趣闻。①

1920 年代初在北京大学学习世界语并旁听鲁迅"中国小说史"的小说家鲁彦回忆道:

> 他叙述着极平常的中国小说史实,用着极平常的语句,既不赞誉,也不贬毁。
>
> ……大家在听他的"中国小说史"的讲述,却仿佛听到了全人类的灵魂的历史,每一件事态的甚至是人心的重重叠叠的外套都给他连根撕掉了。②

尚钺回忆听鲁迅讲授《中国小说史略》和《苦闷的象征》,受了此后求学和做人的宝贵教育:

> 在《中国小说史略》中,先生给了我对社会和文学的认识上一种严格的历史观念,使我了解了每本著作不是一种平面的叙述,而是某个立体社会的真实批评,建立了我此后写作的基础与方向。③

孙席珍从 1924 年开始听鲁迅的课,刚开始是"偷听",后来正式听讲。④ 孙席珍回忆说,鲁迅讲话略带乡音,但相当通俗,总能运用深湛的哲学理论、广博的科学知识、丰富的历史经验,融会贯通地逐一解决疑难问题,常常有独到的见解,又能从这些问题生发开去,旁涉到其他学术领域,阐明其实质的奥

---

① 刘弄潮:《甘为孺子牛,敢与千夫对》,鲁迅博物馆鲁迅研究室编:《鲁迅诞辰百年纪念集》,长沙:湖南人民出版社,1981 年,第 121 页。
② 鲁彦:《活在人类的心里》,鲁迅博物馆、鲁迅研究室、《鲁迅研究月刊》选编:《鲁迅回忆录》(散篇上册),第 121 页。
③ 尚钺:《怀念鲁迅先生》,鲁迅博物馆、鲁迅研究室、《鲁迅研究月刊》选编:《鲁迅回忆录》(散篇上册),第 134 页。
④ 孙席珍:《鲁迅先生怎样教导我们的》,鲁迅博物馆、鲁迅研究室、《鲁迅研究月刊》选编:《鲁迅回忆录》(散篇上册),第 350 页。

义,使人茅塞顿开;鲁迅还喜欢揭露和批判当前的社会现象。①

李秉中 1923 年由四川来到北京,在北京大学当旁听生,时常听鲁迅讲授"中国小说史",并经常去鲁迅家拜访、请教问题。② 据刘弄潮回忆,1925 年鲁迅在北京时,就曾跟他们说过应当办军事学校的主张,认为改革最快的还是火与剑;鲁迅介绍李秉中到广州进黄埔军校第三期学习,并写了保荐信给谭平山。③ 谭平山,即谭鸣谦,曾在北京大学学习并参加新潮社,当时是在广州的中共中央委员,而又跨党兼任国民党中央执行委员会常委和国民政府中央组织部长。④ 1927 年 4 月 8 日,鲁迅在黄埔军校做了《革命时代的文学》的讲演。鲁迅曾在致许广平的信中写道:"我现在对于做文章的青年,实在有些失望;我看有希望的青年似乎大抵打仗去了,至于弄弄笔墨的,却还未看见一个真有几分为社会的,他们多是挂新招牌的利己主义者。而他们却以为他们比我新一二十年,我真觉得他们无自知之明,这也就是他们之所以'小'的地方。"⑤李秉中 1925 年给鲁迅写了多封信讲述战场生活。⑥ 从这些信中,可以看出李秉中深受鲁迅的影响,信中不时忆及鲁迅上课时讲授的内容,例如《水浒传》、"超人":

> 先生常说欲啸绿林而难于得适宜之地,我看黄埔要算是最好的了,因为处在珠江中流,岛上山势起伏,汊港萦回,凡有炮垒十数座,更兼土地膏腴,物产足以自给,且为海舶江轮来往必经之处,当无虞财路不佳、有林冲雪夜上梁山为王伦索取"信物"之苦也。……先生如有意南来聚

---

① 孙席珍:《鲁迅先生怎样教导我们的》,鲁迅博物馆、鲁迅研究室、《鲁迅研究月刊》选编:《鲁迅回忆录》(散篇上册),第 350—351 页。

② 参见荣太之:《从李秉中致鲁迅的信看他与鲁迅的交往》,陈漱渝、姜异新主编:《民国那些人——鲁迅同时代人》,桂林:漓江出版社,2012 年,第 266 页。

③ 刘弄潮:《甘为孺子牛,敢与千夫对——缅忆终身难忘的鲁迅先生》,鲁迅博物馆鲁迅研究室编:《鲁迅诞辰百年纪念集》,第 125 页。

④ 参见荣太之:《从李秉中致鲁迅的信看他与鲁迅的交往》,陈漱渝、姜异新主编:《民国那些人——鲁迅同时代人》,第 270 页。

⑤ 《261202 致许广平》,鲁迅手稿全集编辑委员会编:《鲁迅手稿全集》书信第 3 册,北京:文物出版社,1978 年,第 122 页。

⑥ 《李秉中致鲁迅》,周海婴编:《鲁迅、许广平所藏书信选》,北京鲁迅博物馆鲁迅研究室注释,长沙:湖南文艺出版社,1987 年,第 48—60 页。

义,生愿执干戈以隶麾下,纠结一班弟兄,共尊先生坐头把交椅也。①

走常人不走的路,赏常人所略之景。如此浪漫的行径,自己疑心我是一个超人。②

在军队生活中,李秉中仍念念不忘"往日曾奉书,所请于先生各节,希拨冗详示我!"③鲁迅曾称"老虎尾巴"为绿林书屋,并曾刻印章"戎马书生"。④

1923年许寿裳出任北京女子高等师范学校校长,聘请鲁迅任教职。鲁迅应聘担任女高师国文科第二、三两班讲师,每周讲课一次,每次一小时。1923年10月13日上午开始讲第一次,课程名称是"小说史",但在讲授《中国小说史略》之前,曾讲授过一学期多的文艺理论,以《苦闷的象征》为教材,着重讲了"创作论"和"赏鉴论"两章。⑤ 1925年11月30日,鲁迅为沈尹默代课,讲授《楚辞》。⑥

北京女子师范大学的学生刘和珍深受鲁迅影响,并付诸行动。刘和珍是女性解放的先锋,据女师大同学张静淑回忆,在入校时,刘和珍就以"男学生式的短发"在"蓄着长发"的女生们中特别引人注目:原来刘和珍在南昌女子师范读书的时候,就向同学宣传剪发,自己带头剪掉辫子,留了个男式短发。⑦ 英语系的刘和珍、教育系的张静淑都选修了鲁迅的"中国小说史";刘和珍还很爱读鲁迅的文章,生活艰难却毅然订了全年《莽原》半月刊,在她的影响下,张静淑也经常读《新青年》《语丝》《莽原》等刊物。⑧ 女师大风潮发

---

① 《李秉中致鲁迅》(1925年1月23日),周海婴编:《鲁迅、许广平所藏书信选》,第50页。
② 《李秉中致鲁迅》(1925年2月28日),周海婴编:《鲁迅、许广平所藏书信选》,第54页。
③ 《李秉中致鲁迅》(1925年1月16日),张杰编著:《鲁迅藏同时代人书信》,郑州:大象出版社,2011年,第354页。1925年2月2日,鲁迅在日记中记载:"上午得李庸倩信片,一月十六日发。"即指此信。《鲁迅全集》第15卷,第551页。
④ "戎马书生 青田石章,高二十七毫米。周作人《鲁迅的青年时代》载:鲁迅在南京求学时刻过'戛剑生'、'戎马书生'和'文章误我'三方印,现仅存此印。"北京鲁迅博物馆藏:《鲁迅印谱》,2009年11月,第22页。
⑤ 陆晶清:《鲁迅先生在北师大》,鲁迅博物馆、鲁迅研究室《鲁迅研究月刊》选编:《鲁迅回忆录》(散篇上册),第403页。
⑥ 同上书,第404页。
⑦ 张静淑:《忆刘和珍》,《鲁迅研究文丛》(二),长沙:湖南人民出版社,1980年,第121—123页。
⑧ 同上书,第123—124页。

生后,鲁迅的战斗檄文《答KS君》《十四年的"读经"》等,鼓舞了她们的斗志,学生自治会主席刘和珍、总干事许广平等,坚持领导复校的斗争。① 1925年12月1日,为庆祝女师大光复,刘和珍、许广平、张静淑等二十四位同学在校门前合影留念,这张照片顶端的题辞为鲁迅起草,其中写道:"诗云:修我甲兵,与子偕行。此之谓也。"②晶清和刘和珍同窗两年多。晶清写文章谈到刘和珍为力女师大,耗去了不少的精力:"去年为了学校事她曾跑过几次国务院,所以那天持枪的卫队是认识她而照准了打她的,不然,她为什么会受比人人重的伤?"③

刘和珍等学生在段祺瑞执政府门前遇难后,女师大教育系学生程毅志劝说鲁迅写文章纪念刘和珍。鲁迅写了《记念刘和珍君》:"在四十余被害的青年之中,刘和珍君是我的学生。学生云者,我向来这样想,这样说,现在却觉得有些踌躇了,我应该对她奉献我的悲哀与尊敬。她不是'苟活到现在的我'的学生,是为了中国而死的中国的青年。"④这段时期,鲁迅带病写出了《无花的蔷薇之二》《死地》《可惨与可笑》《空谈》《如此讨赤》《新的蔷薇》《淡淡的血痕中》等文章。

二、讽刺的艺术手法

鲁迅的《中国小说史略》课堂,在对我国古典文学作品的分析、评价中,也常常附带地讲些文学批评和新小说的作法。⑤ 讲《儒林外史》时教学生讽刺、幽默的用法;讲《水浒》时教学生刻画个性、塑造形象要注意脸颜的描绘等。⑥ 许钦文回忆,"其中对我帮助最大的是要注重描写,不要随便明白直说的原则"。⑦

---

① 张静淑:《忆刘和珍》,《鲁迅研究文丛》(二),第127—128页。
② 同上书,第128页。
③ 晶清:《从刘和珍说到女子学院》,《语丝》第109期,1926年12月11日。
④ 鲁迅:《记念刘和珍君》,《鲁迅全集》第3卷,第290页。
⑤ 许钦文:《忆春光社》,《杭州日报》1959年5月5日。
⑥ 许钦文:《鲁迅先生和古典文学》,原载《文艺月报》1956年第10期,收入《在老虎尾巴的鲁迅先生:许钦文忆鲁迅全编》,第68—69页。
⑦ 许钦文:《跟鲁迅先生学写小说》,原载《中国青年报》1956年10月19日,收入《在老虎尾巴的鲁迅先生:许钦文忆鲁迅全编》,第71—74页。

时为学生的台静农,记录下鲁迅答文学社问:"什么是讽刺?"鲁迅的回答是:"'讽刺'的生命是真实;不必是曾有的实事,但必须是会有的实情。所以它不是'捏造',也不是'诬蔑';既不是'揭发阴私',又不是专记骇人听闻的所谓'奇闻'或'怪现状'。"台静农认为鲁迅的这段回答与他的小说史中的见解一致,也是文学上不移之定论。①

1920年考入北京大学、曾旁听鲁迅讲课的董秋芳②回忆:

> 鲁迅先生在北京大学授的是"中国小说史",讲授间随时加入一些意味深长的幽默的讽刺话,使听者忘倦,座无隙地。③

未名社成员、日后成为文物专家的王冶秋回忆鲁迅先生讲"中国小说史":

> 记得只是带着个小布包,打开,取出来《小说史略》的讲稿:翻开便讲,有时讲得把人都要笑死了,他还是讲,一点也不停止,一点也没有笑容。他本心并没有想"插科打诨"故意逗人笑的含意,只是认真的讲,往深处钻,往皮骨里拧,把一切的什么"膏丹丸散,三坟五典"的破玩意撕得精尽。④

旁听生许钦文随孙伏园走进教室时,鲁迅正在讲《岳传》,指出"英雄可以分作两种:一种是社会的英雄,还有一种是非社会的英雄"⑤。许钦文回忆了鲁迅这次讲课对他产生的影响:

> 鲁迅先生这些话对我的启发性很大……听了鲁迅先生的讲,虽然不过大半个钟头的时间,就觉得好像已经把我脑袋里的混乱思想整顿了一下了。以后他讲《儒林外史》……都用严肃的态度讲话,从沉静中引出

---

① 台静农:《鲁迅先生整理中国古文学之成绩》,陈子善编:《龙坡论学集》,第208—209页。
② 参见"董秋芳"条目,《鲁迅全集》第17卷,第228页。
③ 董秋芳:《我所认识的鲁迅先生》,鲁迅博物馆、鲁迅研究室、《鲁迅研究月刊》选编:《鲁迅回忆录》(散篇上册),第115页。
④ 冶秋:《怀想鲁迅先生》,《鲁迅回忆录》(散篇上册),第171页。
⑤ 许钦文:《跟鲁迅先生学写小说》,原载《中国青年报》1956年10月19日,收入《在老虎尾巴的鲁迅先生:许钦文忆鲁迅全编》,第71页。

来了轰然的笑声,于无形中教了我们讽刺、幽默的笔法。①

第二节　文学与思想的启蒙

鲁迅在课堂上不仅传授学术,而且讲授文学和思想,培养了一批青年作家。"许多'五四'时期的青年作家,都是听了鲁迅先生的课才开始写作的。"②冯至甚至认为,鲁迅的作品成为沉钟社的教科书。③ 1920年在北京大学旁听鲁迅讲课的小说家许钦文自言开始创作是在北京大学听了鲁迅先生的课以后,并在文章《跟鲁迅先生学写小说》中叙述了这个过程,将向鲁迅学写小说的经过分为两个阶段:第一个阶段是旁听鲁迅先生的《中国小说史略》,第二个阶段是到鲁迅的住宅亲聆教诲。④ 他将自己被鲁迅编入"乌合丛书"之二的《故乡》和孙福熙的《山野掇拾》称作学生文艺。⑤

许钦文所总结的与鲁迅交往的这两个阶段,是当时不少青年作家的共同经历。后来活跃于文坛的许多作家,在当时都作为文学青年听过鲁迅的课,如胡风、冯雪峰。冯雪峰回忆,"在一九二五至二七年之间,我在北京过那时所谓的流浪生活,曾经走进北京大学的教室听过几次鲁迅先生的讲课"。⑥

许钦文总觉得鲁迅先生讲"中国小说史",并非只是为着讲小说史,而是故意多讲些作法,鼓励大家写作,培养青年作家;同时找机会多方指出旧社会

---

① 许钦文:《跟鲁迅先生学写小说》,原载《中国青年报》1956年10月19日,收入《在老虎尾巴的鲁迅先生:许钦文忆鲁迅全编》,第71页。
② 参见许钦文:《鲁迅先生和古典文学》,原载《文艺月报》1956年第10期,收入《在老虎尾巴的鲁迅先生:许钦文忆鲁迅全编》,第68页。
③ 冯至:《鲁迅与沉钟社》,鲁迅博物馆、鲁迅研究室、《鲁迅研究月刊》选编:《鲁迅回忆录》(散篇上册),第337页。
④ 许钦文:《跟鲁迅先生学写小说》,原载《中国青年报》1956年10月19日,收入《在老虎尾巴的鲁迅先生:许钦文忆鲁迅全编》,第71—74页。
⑤ 许钦文:《鲁迅在五四时期》,原载《人民文学》1979年第5期,收入《在老虎尾巴的鲁迅先生:许钦文忆鲁迅全编》,第176页。
⑥ 冯雪峰:《回忆鲁迅》,北京:人民文学出版社,1952年,第6页。

的缺点。① 据许钦文回忆,鲁迅也认同他的这种看法。② 这段对话,许钦文在《鲁迅先生和青年》《鲁迅在五四时期》《跟鲁迅先生学写小说》等回忆文章中不断追述,而在《来今雨轩》一文中叙述得最为详细:一次下课后,鲁迅约许钦文到中央公园喝茶谈话③,是为了谈鲁迅推荐许钦文的两篇稿件,一篇发表了,另一篇被退回一事。许钦文继而向鲁迅先生提问:

"大先生,我开始听你的课以后不久,就觉得你讲的课虽然是《中国小说史》,但你讲的话,并不限于中国的小说史,而且重点好像还是在反对封建思想和介绍写作的方法上的,是不是?"

"是的呀!如果只为着《中国小说史》而讲中国小说史,即使讲得烂熟,大家都能够背诵,可有什么用处呢!现在需要的是行,不是言。现在的问题:首先要使大家明白,什么孔孟之道,封建礼教,都非反掉不可。旧象越摧破,人类便越进步。这并不是只靠几个人在口头上说说就可以收到效果的,所以也要讲作法,总要培养一大批能够写写的青年作家,这才可以向旧社会多方面地进攻。"④

授课之外,鲁迅还应邀在一些学校讲演。1923 年 12 月 26 日,鲁迅应邀到北京女子高等师范学校文艺研究会做题为《娜拉走后怎样》的讲演。⑤ 讲演稿登载于《北京女子高等师范文艺会刊》第 6 期⑥。听讲的人除本校全体同学和部分教职员外,还有闻风而来的其他学校的一些女同学。这次讲演在

---

① 许钦文:《〈鲁迅日记〉中的我》,孙伏园、许钦文等:《鲁迅先生二三事——前期弟子忆鲁迅》,第 171 页。
② 同上。
③ 此事在鲁迅日记中有记载:1924 年 5 月 30 日,"遇许钦文,邀之至中央公园饮茗"。《鲁迅全集》第 15 卷,第 514 页。
④ 许钦文:《来今雨轩》,《在老虎尾巴的鲁迅先生:许钦文忆鲁迅全编》,第 184 页。
⑤ "往女子师校文艺会讲演",参见《鲁迅全集》第 15 卷,第 491—492 页。
⑥ 鲁迅藏书中至今收藏着这本期刊,封面上写有:"赠阅,请批评"。在该刊"讲演"栏同期登载了梁漱溟先生讲《从教育上和哲学上所见中西人之不同》、周树人先生讲《娜拉走后怎样》。在"讨论"栏中有我愚《婚姻问题的我见》。《北京女子高等师范文艺会刊》第 6 期,北京女高师文艺研究会编,出版时间不详。

女师大起到了"震动作用,受震动的是两百多个同学的思想"①。这次讲演对当时的妇女界也有很大的影响。②

1924年1月,鲁迅应北师大附中校友会之请,做了题为《未有天才之前》的讲演。会场在北师大附中大操场,听讲的人除本校还有别校的,把场地挤得满满的。③ 蹇先艾回忆自己"正是聆听了鲁迅先生的'未有天才之前'以后,'就不顾幼稚的大胆动笔了'",从此走上了文学之路。④ 1925年9月28日,蹇先艾将诗作《积水潭之畔》投稿给《莽原》,并给鲁迅写了一封信。⑤

学生在课外组织文学社团,常常请鲁迅指导。春光社主要由董秋芳发动,他是北京大学英文系的学生,后来翻译了高尔基的《争自由的波浪》。⑥ 在春光社开成立会时,鲁迅首先发言,讲得最多,介绍了好些外国的名作家,如果戈理和契诃夫等的作品。⑦ 董秋芳由宋紫佩带领,拜访过鲁迅西三条的家。"这一次访问,特别使我明白,他对于青年人是诚心诚意去接近的,因为他唯一希望的是不受旧染之污,能够创造新环境的青年人。"⑧

北京大学微波社编有《微波》,其编辑思想明显受到鲁迅思想影响。《微波》第2、3期中缝刊有《莽原》《猛进》近期的目录。⑨《微波》第1期的编者《闲话》中写道:

> 我们的喊叫,只愿是出自自己的本心,是罪恶的歌也好,是赞美之辞也好,甚而是文学界的几棵恶草也好……这种偏僻主张,也许不为大雅

---

① 陆晶清:《鲁迅先生在北师大》,鲁迅博物馆、鲁迅研究室、《鲁迅研究月刊》选编:《鲁迅回忆录》(散篇上册),第404页。

② 许羡苏:《回忆鲁迅先生》,鲁迅博物馆、鲁迅研究室、《鲁迅研究月刊》选编:《鲁迅回忆录》(散篇上册),第312—313页。

③ 刘淑度:《回忆鲁迅先生二三事》,《鲁迅诞辰百年纪念集》,第113页。

④ 蹇先艾:《学习鲁迅先生的日记》,原载《西南文艺》1951年第1期,收入王吉鹏、李丹主编:《鲁迅与中国作家关系研究》,长春:吉林人民出版社,2006年,第505页。

⑤ 参见蹇先艾《积水潭之畔》和致鲁迅的信(1925年9月28日),现存北京鲁迅博物馆。

⑥ 许钦文:《忆春光社》,《杭州日报》1959年5月5日。

⑦ 参见许钦文:《〈鲁迅日记〉中的我》,孙伏园、许钦文等:《鲁迅先生二三事——前期弟子忆鲁迅》,第171—172页;许钦文:《忆春光社》,《杭州日报》1959年5月5日。

⑧ 董秋芳:《我所认识的鲁迅先生》,鲁迅博物馆、鲁迅研究室、《鲁迅研究月刊》选编:《鲁迅回忆录》(散篇上册),第116页。

⑨ 《微波》第2、3期,1925年6月7日、1925年6月17日。

先生所许可。

....

> 我们不客气地叫骂着自身的罪恶,赶出以前看不见的魔鬼!只要是我们心中所痛恨的,什么都敢做,什么都敢骂!①

鲁迅指导的青年文学社团还有未名社、沉钟社、狂飙社等。沉钟社、未名社成员多数都是北京大学的学生。高长虹回忆,在见到鲁迅之前,他时常听到一些朋友谈起鲁迅,他们在世界语学校里是鲁迅的学生。② 如未名社的张目寒,最初就是鲁迅在世界语专门学校任教时的学生。③ 张目寒是李霁野的小学同学,他告诉李霁野鲁迅先生喜欢青年人,常感叹少见青年人的翻译或创作,便将李霁野翻译的安特列夫《往星中》送给鲁迅看,并于1924年初冬带李霁野去拜访鲁迅。以后,韦素园、台静农和韦丛芜也都陆续和鲁迅认识了。④ 而韦素园与鲁迅的初识,是在北京大学的教员休息室,由李霁野介绍,当场还有未名社的其他成员。韦素园是俄文法政专门学校的学生,也在北京大学俄文系听课。⑤ 李霁野对这次会面及鲁迅在北京大学的授课,有一段生动的回忆:

> 鲁迅那时除在教育部工作外,还在北京大学教中国小说史,我去旁听过几次,教室里总是满座。虽然他的话有时不甚好懂,但是他讲得很生动,很有风趣,常常引起哄堂大笑,而他自己并不笑。他上课前,先到教员休息室,从不迟到,不象其他有些教授摆架子,不按时上课堂。他回忆我在休息室介绍韦素园去见他,我记得不甚清楚了,但他说我那时发须很长,却是实在的;未名社几个人"没有笑影",也是真的。⑥

---

① 编者:《闲话》,《微波》第1期,1925年5月27日。
② 高长虹:《一点回忆——关于鲁迅和我》,鲁迅博物馆、鲁迅研究室、《鲁迅研究月刊》选编:《鲁迅回忆录》(散篇上册),第179页。
③ 参见"张目寒"条目,《鲁迅全集》第17卷,第121页。
④ 李霁野:《鲁迅先生与未名社》,北京:人民文学出版社,1984年,第7—8页。
⑤ 《常惠同志来馆座谈》记录手稿(1975年5月10日上午),现存北京鲁迅博物馆。
⑥ 《与李霁野同志座谈纪略》(鲁迅博物馆1975年6月于天津),第15页。现存北京鲁迅博物馆。

鲁迅关于这段回忆是这样写的：

> 怕是十多年之前了罢，我在北京大学做讲师，有一天，在教师豫备室里遇见了一个头发和胡子统统长得要命的青年，这就是李霁野。我的认识素园，大约就是霁野介绍的罢，然而我忘记了那时的情景。①

李霁野回忆，鲁迅与未名社的谈话常围绕当时的一本书或一篇文章展开。鲁迅选译《出了象牙之塔》，"首先因为它符合先生所要求的'批评社会'，'批评文明'的精神和态度。鲁迅先生多次说到，我们需要这样的文章"。②

沉钟社成员听鲁迅讲授《中国小说史略》始于1923年下半年，因为听课的受益，他们"要求认识鲁迅的心情与日俱增"。1924年6、7月里，沉钟社成员陈翔鹤首先给鲁迅写信，不久便得到鲁迅回信；首先到阜成门内西三条鲁迅住宅拜访鲁迅的，也是陈翔鹤。陈翔鹤首次拜访鲁迅，是和郁达夫一起去的，郁达夫当时和鲁迅同在北京大学任教。③ 陈炜谟回忆道："鲁迅先生对于我们的刊物很热心扶助，他是每期必读，而且还随时奖掖。鲁迅先生所编选的新文学大系《小说二集》，沉钟社诸友的作品，几乎要占去一半的篇幅。他甚至还称道沉钟社是'中国的最坚韧，最诚实，挣扎得最久的团体'。"④

鲁迅在《一觉》中记叙了在北京大学的教员预备室里，冯至送来《浅草》。⑤ 沉钟社的陈炜谟、李开先、杨晦也都是北京大学学生。1925年12月至1926年，鲁迅与张凤举轮流编辑《国民新报副刊》。张凤举在《〈沉钟〉》一文中写道，去年见过三种小印刷物《支那二月》《微波》《沉钟》，并转述了鲁迅对《沉钟》的评价："鲁迅先生对我说：'《沉钟》才是纯文艺的呢！'我狠怪他

---

① 鲁迅：《忆韦素园君》，《鲁迅全集》第6卷，第65页。
② 李霁野：《未名社出版的书籍和期刊》，《鲁迅先生与未名社》，第67页。
③ 冯至：《鲁迅与沉钟社》，鲁迅博物馆、鲁迅研究室、《鲁迅研究月刊》选编：《鲁迅回忆录》（散篇上册），第338、339页。
④ 参见陈炜谟：《我所知道的鲁迅先生》，鲁迅博物馆、鲁迅研究室、《鲁迅研究月刊》选编：《鲁迅回忆录》（散篇上册），第232页。
⑤ 鲁迅：《一觉》及注释，《鲁迅全集》第2卷，第228—230页。鲁迅日记记载，1925年4月3日"上午往师大讲。午后往北大讲。浅草社员赠《浅草》一卷之四期一本"。《鲁迅全集》第15卷，第559页。

这话为什么不向大家说说。我以为《沉钟》不但是纯文艺的刊物,而且是好,狠好狠好的纯文艺的刊物。"①但鲁迅也对沉钟社提出了批评:"你们为什么总是搞翻译、写诗?为什么不发议论?对些问题不说话?为什么不参加实际斗争?"②

鲁迅在《一觉》中描述了编校青年来稿的感受:

> 因为或一种原因,我着手编校那历来积压在我这里的青年作者的文稿了,我要全都给一个清理。我照作品的年月看下去,这些不肯涂脂抹粉的青年们的魂灵便依次屹立在我眼前。他们是绰约的,是纯真的,——阿,然而他们苦恼了,呻吟了,愤怒,而且终于粗暴了,我的可爱的青年们!
>
> 魂灵被风沙打击得粗暴,因为这是人的魂灵。我爱这样的魂灵,我愿意在无形无色的鲜血淋漓的粗暴上接吻。渺飘的名园中,奇花盛开着,红颜的静女正在超然无事地逍遥;鹤唳一声,白云郁然而起……。这自然使人神往的罢,然而我总记得我活在人间。③

接下来,鲁迅引用了《沉钟》周刊最后一期"等于是停刊词的《无题》中一段话"后④,又写道:

> 是的,青年的魂灵屹立在我眼前,他们已经粗暴了,或者将要粗暴了,然而我爱这些流血和隐痛的魂灵,因为他使我觉得是在人间,是在人间活着。⑤

冯至认为"这段话是对于我们的期望,也是对一切青年的期望"⑥。鲁迅虽然

---

① 张定璜:《〈沉钟〉》,《国民新报副刊》乙刊二四,第 56 号,1926 年 2 月 2 日。
② 冯至:《鲁迅与沉钟社》,鲁迅博物馆、鲁迅研究室、《鲁迅研究月刊》选编:《鲁迅回忆录》(散篇上册),第 341 页。
③ 鲁迅:《一觉》,《语丝》第 75 期,1926 年 4 月 19 日。
④ 参见冯至:《鲁迅与沉钟社》,鲁迅博物馆、鲁迅研究室、《鲁迅研究月刊》选编:《鲁迅回忆录》(散篇上册),第 340 页。
⑤ 鲁迅:《一觉》,《语丝》第 75 期,1926 年 4 月 19 日。
⑥ 冯至:《鲁迅与沉钟社》,鲁迅博物馆、鲁迅研究室、《鲁迅研究月刊》选编:《鲁迅回忆录》(散篇上册),第 340 页。

并不提倡青年进行纯文艺的创作,但他看到这些文艺的青年也"终于粗暴了",并不只是"超然无事地逍遥",所以他爱"这样的魂灵"。

冯至 1976 年回忆鲁迅 1926 年 4 月发表的《一觉》,"对我们的刊物给以很大的鼓励,我十分激动地读了这篇散文,才增强了我访问的决心"。1926 年 5 月 1 日下午,冯至和一个共办刊物的朋友(陈炜谟)访问了鲁迅先生。① 6 月 6 日,二人再次访问鲁迅。②

1926 年 8 月复刊的《沉钟》半月刊,前 6 期的封面是由鲁迅转托陶元庆绘制的。③ 第 1 期登载了陈炜谟(署名"有熊")翻译的安特列夫《大城》,封底为《彷徨》和周作人《狂言集》做了发售预约的广告④;第 2 期登载了冯至 *Petofi Sandor*⑤。裴多菲最早由鲁迅介绍到中国,他将裴多菲誉为"诗人和英雄"。

鲁迅在北京大学讲授"中国小说史"的讲义《中国小说史略》出版,使未能到学校听课的青年也受益。1925 年 7 月 5 日,一位研究小说史的青年谭正璧看了《中国小说史略》后,写了《关于罗贯中著作的话》,向《莽原》投稿;并写了《关于施耐庵是谁的话》,向鲁迅请教。⑥ 在《中国文学进化史·序言》中,谭正璧因参考当时其他文学史著述而列出致谢书目,其中包括鲁迅《中国小说史略》《唐宋传奇集》两书。⑦ 在《中国文学进化史》中,《水浒传》《三国志演义》《金瓶梅》《西游记》《红楼梦》等后来被列入中国古典名著的小说,都被谭正璧归入"通俗文学的勃兴"(上、下)讨论。⑧

---

① 冯至:《笑谈虎尾记犹新》,鲁迅研究室编:《鲁迅研究资料》(1),北京:文物出版社,1976 年,第 30 页。据鲁迅日记 1926 年 5 月 1 日,可知"一个共办刊物的朋友"是陈炜谟,《鲁迅全集》第 15 卷,第 618 页。

② 据鲁迅 1926 年 6 月 6 日日记,《鲁迅全集》第 15 卷,第 623 页。

③ 冯至:《鲁迅与沉钟社》,鲁迅博物馆、鲁迅研究室、《鲁迅研究月刊》选编:《鲁迅回忆录》(散篇上册),第 341 页。

④ 《沉钟》半月刊第 1 期,1926 年 8 月 11 日。

⑤ 《沉钟》半月刊第 2 期,1926 年 8 月 25 日。

⑥ 鲁迅保存的青年人稿件:谭正璧《关于罗贯中著作的话》《关于施耐庵是谁的话》。现存北京鲁迅博物馆。

⑦ 谭正璧:《中国文学进化史·序言》,谭正璧编:《中国文学进化史》,上海:光明书局,1929 年,"序言"第 3—4 页。

⑧ 同上书,第 241—318 页。

鲁迅讲"中国小说史",启发学生章廷谦校对了《游仙窟》。章川岛专门写了文章《记重印"游仙窟"》,回忆自己在鲁迅的影响和指导下,将《游仙窟》校点重印的过程。1919年考入北京大学预科、1921年考入北京大学国文系,二年级时选修鲁迅的"中国小说史"的魏建功①很敬佩鲁迅的学术水平,曾抄写过鲁迅1918年6月发表于《北京大学日刊》的《新出土吕超墓志铭考证》寄给同学常维钧(常惠)。② 魏建功1925年从北京大学国文系毕业,留校任教,成为著名语言学家。现存魏建功抄"鲁迅先生诗存"手稿,共抄录鲁迅1903—1935年诗作39首。③

鲁迅不仅培养了青年作家,他指导的学生还进入了文化实体领域。北新书局的创始人李小峰,是鲁迅在北京大学的学生。孙伏园离开《晨报副刊》后,和鲁迅、启明、语堂等开始经营《语丝》,当时还没从北京大学毕业的李小峰就负责了《语丝》的发行兼印刷管理。④ 李小峰1923年从北京大学哲学系毕业,1925年3月15日在翠花胡同开设北新书局。鲁迅的《呐喊》《苦闷的象征》《中国小说史略》等书都交给他发行,帮助他把书局办起来。"他自己也遵从鲁迅的指示,译了丹麦爱华德的《两条腿》,还译了安徒生的童话《旅伴》等,又曾用林兰笔名编了民间故事三十七册,有英、法译本。后来北新书局营业发达,就于1926年迁移上海为总店,并在北京、开封、成都等地逐渐成立分店。除鲁迅著作外,还出版了冰心、郁达夫等人的全集,在文化界有一定的影响。"⑤鲁迅的著译,在《三闲集》以前,几乎全由北新书局出版。此后,鲁迅仍将大部分不至于被国民党反动派禁止的书稿交北新书局出版,如《鲁迅杂感选集》《两地书》《近代美术史潮论》等。⑥

北京各高校毕业学生到各地担任教师,在其他地区讲授鲁迅著作,产生

---

① 参见《鲁迅全集》第17卷,第257页。
② 《魏建功抄鲁迅写的吕超墓志铭》,现存北京鲁迅博物馆。
③ 《魏建功抄"鲁迅先生诗存"手稿》,现存北京鲁迅博物馆。
④ 郁达夫:《回忆鲁迅》,鲁迅博物馆、鲁迅研究室、《鲁迅研究月刊》选编:《鲁迅回忆录》(散篇上册),第162页。
⑤ 参见赵景深所写《有关赵景深与李小峰的传略》,现存北京鲁迅博物馆。赵景深,1930年起就任复旦大学教授,同时任北新书局总编辑,1951年辞去北新书局职务。
⑥ 同上。

了广泛影响。五四之后,云南省立第一中学校的授课老师自己编印讲义,选用鲁迅《呐喊》《彷徨》《野草》中的作品和鲁迅翻译的《苦闷的象征》《出了象牙之塔》作为教材。① 这是因为这所学校的老师多半是北京各大学毕业的,被当地称为"北派"。陈梓模曾将当地出版的综合性刊物《云南周刊》寄给鲁迅,这在鲁迅 1925 年 4 月 21 日的日记里有记载:"得梓模信并《云南周刊》。"② 1928 年,上海一所大学的"大一国文",选讲了鲁迅的《故乡》《药》等小说。③ 在北京学习的大学生回乡以及向其他大城市流动,也对鲁迅作品起到了宣传作用。④

鲁迅对学生如慈父,在教授学业外,还帮助学生解决求学中的困难。川岛回忆鲁迅常常资助学生:

> 鲁迅先生……往往替青年缴学费(那时就是国立的北京大学,要是学生在开学时不缴学费也是不能注册上课的),付饭费,付旅馆费和行李费,再从朋友那里借了钱来给他做回家的路费。他和他的学生孙伏园一道旅行时,常常是鲁迅先生给他打铺盖的。⑤

孙伏园把鲁迅先生为他打铺盖的事,比作耶稣替门徒洗脚。⑥

鲁迅在浙江培养的学生陆续到北京求学,在北京继续得到鲁迅的教导和帮助,鲁迅甚至资助很多学生求学。下面的列表是鲁迅在北京的旧学生名录,以该生在浙江所就读的学校区分。

---

① 马子华:《点点星光》,鲁迅博物馆鲁迅研究室编:《鲁迅诞辰百年纪念集》,第 24 页。
② 同上。
③ 参见任钧:《有关鲁迅先生的片断回忆》,鲁迅博物馆鲁迅研究室编:《鲁迅诞辰百年纪念集》,第 75 页。
④ 参见藤井省三:《鲁迅〈故乡〉阅读史》,董炳月译,北京:新世界出版社,2002 年,第 36—37 页;蒙树宏:《鲁迅札记三题》,《中国现代文学研究丛刊》1992 年第 2 期。
⑤ 川岛:《大师和园丁——鲁迅先生与青年们》,《和鲁迅相处的日子》,北京:人民文学出版社,1958 年,第 3 页。
⑥ 同上书,第 4 页。

曾就读绍兴府中学堂的鲁迅学生①

学　生	与鲁迅的交往
商契衡	1913 年 5 月 12 日来,并偕旧第五中校生三人,一为王镜清
王镜清	1913 年考入北京大学预科,请鲁迅作保,1917 年退学。学习期间曾向鲁迅借支或汇划学费
童亚镇	1913 年 5 月考入北京大学预科,请鲁迅作保。学习期间曾向鲁迅借支或汇划学费
韩寿晋	1913 年 5 月考入北京大学预科,请鲁迅作保。学习期间曾向鲁迅借支或汇划学费
韩寿谦	曾拜访鲁迅,曾向鲁迅借款
魏福绵	1913 年 5 月考入北京大学预科,请鲁迅作保。学习期间曾向鲁迅借支或汇划学费
李鸿梁	1926 年 6 月 26 日致信鲁迅,向《莽原》投稿②
李霞卿	1915 年考入北京大学国文系
沈应麟	借二十元
王式乾	1914 年考入北京工业专门学校,鲁迅曾为其作保,后转入北京大学机械科,1919 年毕业。学习期间曾向鲁迅借支或汇划学费
徐宗伟	1914 年考入北京工业专门学校,鲁迅曾为其作保,后转入北京大学电机科。在京学习期间经常向鲁迅借支或汇划学费
徐元	1914 年考入北京工业专门学校,鲁迅曾为其作保
尹宗益	1916 年为北京大学理科生
王铎中	曾给鲁迅写信
董世乾	曾拜访鲁迅
俞物恒	1918 年间为北京大学理预科学生,1920 年鲁迅曾为其留学美国作保
徐宝谦	浙江五中学生
胡愈之	1921—1927 年间为商务印书馆《东方杂志》助理编辑。介绍爱罗先珂往北京大学任教而与鲁迅通信。此后鲁迅所译爱罗先珂童话多种,通过他在商务出版的一些杂志上发表。

① 本表的制作参考《鲁迅全集》第 15 卷。
② 参见《李鸿梁致鲁迅》(1926 年 6 月 26 日),张杰编著:《鲁迅藏同时代人书信》,第 399 页。

曾就读山会初级师范学堂的鲁迅学生①

学　生	与鲁迅的交往
孙伏园	1918年入北京大学国文系旁听,翌年转为正科生
孙伯康	曾拜访鲁迅
冯克书	1918年为北京高等师范学校英语部学生

曾就读浙江两级师范学堂的鲁迅学生②

学　生	与鲁迅的交往
宋子佩	1913年到北京,由鲁迅介绍入京师图书馆分馆。1919年间兼任北京第一监狱教诲师
童鹏超	鲁迅日记记录其"谬极",曾患精神病
钱允斌	1913年5月6日索去十元,说没有学费
蒋庸生	曾拜访鲁迅
宋知方	曾拜访鲁迅,曾给鲁迅写信
沈养之	曾给鲁迅写信
吴方侯	1916年北京高等师范学校理化部毕业,在浙江任教员
尹翰周	1916年为北京高等师范学校理化部学生
祝宏猷	北京高等师范学校理化部学生

第三节　鲁迅与北京高校的同事

郁达夫回忆与鲁迅的第一次见面,"不知是在哪一年哪一月哪一日",他所能记得的是"一定是在我去北平,入北京大学教书的那一年冬天,时间仿佛是在下午的三四点钟。……那时候,鲁迅还在教育部里当佥事,同时也在北京大学里教小说史略。我们谈的话,已经记不起来了,但只记得谈了些北

---

①　本表的制作参考《鲁迅全集》第15卷。
②　同上。

大的教员中间的闲话,和学生的习气之类。"①鲁迅与郁达夫同任北京大学教员,因而相识。鲁迅在北京高校任职的同事,很多都是当时文坛上的活跃人物,他们之间产生思想的共鸣成为文友,或者在报刊交锋成为论敌。在北京文坛这一城市空间中,他们是同事的这层社会身份常常被遮蔽了。

在鲁迅日记中记录下的北京大学同事就有五十多位,多为当时文化界名流,包括郁达夫、钱玄同、冯汉叔、马幼渔、马叔平、邓以蛰、朱遏先、朱蓬仙、伊法尔、刘子庚、刘半农、刘叔雅、江绍原、许季上、李大钊、李玄伯、吴虞、沈士远、沈尹默、沈兼士、张凤举、陈垣、陈大齐、陈独秀、陈慎之、邵次公、林语堂、罗庸、周作人、赵少侯、胡适、夏元瑮、顾孟余、顾颉刚、钱稻陵、徐以孙、徐旭生、徐祖正、徐悲鸿、爱罗先珂、高一涵、陶孟和、黄季刚、萧友梅、康心孚、章嶔、章廷谦、廖翠凤(林语堂夫人)、黎锦熙、何植三(北京大学图书馆职员,春光社成员)等。②

北京大学英文系的陈源、徐志摩等教授,虽然没有在鲁迅日记中留下交往记录,但他们在文坛上与鲁迅屡次交手,成为论敌。

1923年许寿裳出任北京女子高等师范学校校长,聘请鲁迅任教职。经过调整的女师大师资很多来自北京大学等校以及教育部,多数教员是兼任教职。该校国文科教师阵容引人注目,以北京大学国文系教师为主体,包括"三沈"(沈士远、沈尹默、沈兼士),"二周"(鲁迅、周作人),还有钱玄同、马裕藻、朱希祖、林语堂、徐祖正、黎锦熙、郑奠等。③ 此外,北京大学教员张凤举、冯汉叔、徐旭生、陈大齐、罗庸、陈源等也受聘为女师大教员。④

鲁迅在北京多所高校任职,与高校同事的交往主要集中于北京大学和北京女子高等师范学校。鲁迅与胡适、陈独秀、钱玄同、刘半农等《新青年》同人的交往,在上一章已论及,此章主要论述鲁迅与其他高校同事的交往。

---

① 郁达夫:《回忆鲁迅》,鲁迅博物馆、鲁迅研究室、《鲁迅研究月刊》选编:《鲁迅回忆录》(散篇上册),第149页。
② 参见《鲁迅全集》第15卷。
③ 陆晶清:《鲁迅先生在北师大》,鲁迅博物馆、鲁迅研究室、《鲁迅研究月刊》选编:《鲁迅回忆录》(散篇上册),第403页。
④ 参见《国立北京女子师范大学职教员通讯处一览》(1926年4月)、《女师大教职员通讯》(1924年冬节),现存北京鲁迅博物馆。

对周氏兄弟与北京大学同事的交往,沈尹默有一段详细的回忆:

> "五四"前后,有一个相当长的时期,每逢元旦,八道湾周宅必定有一封信来,邀我去宴集,座中大部分是北京大学同人,每年必到的是:马二、马四、马九弟兄,以及玄同、柏年、遏先、半农诸人。……从清晨直到傍晚,边吃边谈,作竟日之乐。谈话涉及范围,极其广泛,有时也不免臧否当代人物,鲁迅每每冷不防地、要言不烦地刺中了所谈对象的要害,大家哄堂不已,附和一阵。当时大家觉得最为畅快的,即在于此。①

拜年的明信片,鲁迅总是以二弟周作人的名义寄送。这样的宴集,也常常是由周作人出面邀集。

顾颉刚在日记中记述过鲁迅与北京大学教授的交往情况:

> 鲁迅虽任教北京大学,且为《新青年》作文,而与北京大学诸教授不相往来,不赴宴会,虽曰高傲,而心理之沉郁可知。②

此段描述是顾颉刚1973年时对1926年日记的补记,叙述中有过激情绪,但也从一个侧面描述了鲁迅的交往情况。同任北京大学教授的沈兼士1936年写文章悼念鲁迅,两次提及鲁迅不好应酬:"在民国初年,蔡元培先生任教育总长的时候,他任科长,在办公时间外,从不作无谓酬应,只作学术上的研究";"先生是不好应酬的一个人,他在北平时也不大和人来往"。③

《语丝》创刊于1924年11月17日,同年12月13日《现代评论》在北京创刊。二刊创刊后,鲁迅和他的很多高校同事都是它们的撰稿人,这两个刊物也构成他和同事交流的空间。周作人作为专职的教员,与成员多为高校同事的《现代评论》派有较多交往。④ 这在周作人的日记中有记载。周作人写有《志摩纪念》,登载于1932年3月《新月》第4卷第1期。1930年,为胡适

---

① 沈尹默:《鲁迅生活中的一节》,鲁迅博物馆、鲁迅研究室、《鲁迅研究月刊》选编:《鲁迅回忆录》(散篇上册),第248页。
② 《顾颉刚日记》第1卷,北京:中华书局,2011年,第835页。
③ 沈兼士:《我所知道的鲁迅先生》,鲁迅博物馆、鲁迅研究室、《鲁迅研究月刊》选编:《鲁迅回忆录》(散篇上册),第98—99页。
④ 周作人日记中记载与现代评论派的交往有1923年11月3日、11月17日、1924年5则,见《周作人日记》(影印本 中),鲁迅博物馆藏,郑州:大象出版社,1996年。

四十岁生日祝寿的就有钱玄同、周作人。① 鲁迅和《现代评论》派则由疏离发展为论敌。

1925年,林语堂在《给玄同的信》中借用刘半农描述钱玄同等人的话来描述三种周刊:"温文尔雅,《语丝》也(此似乎近于自夸,姑置之);激昂慷慨,《猛进》也;穿大棉鞋与带厚眼镜者,《现代评论》也。"②这三种周刊形成了一个报刊环境。

周氏兄弟1923年失和后,在北京大学任教的钱玄同、刘半农等教授,与专职任教的周作人接触更多。他们更多地聚集于苦雨斋,与鲁迅则较疏离了。1925年,《语丝》第20期登载了刘半农致周作人的《巴黎通信》,并附有钱玄同《写在半农给启明的信底后面》③。刘半农在信中回忆了北京风物,如观音寺、青云阁、琉璃厂,忆及启明、玄同、尹默诸位老友,却没有提及鲁迅。④

刘半农在信中称周作人寄来的《语丝》"真是应时妙品"⑤,述及近期刊载的文章:周作人和钱玄同议溥仪的文章⑥、周作人与江绍原讨论的女裤问题——亦即"关于女子衣裳的礼"⑦、周作人《林琴南与罗振玉》⑧等。这几篇文章分别登载于《语丝》第1、3、4、5期,这几期所登鲁迅的《论雷峰塔的倒掉》《"说不出"》《野草(一秋夜)》《野草(二至四)》《说胡须》《"音乐"?》《我来说"持中"的真相》却未被提及。

1925年展开了对《语丝》文体的讨论,文章包括孙伏园《语丝的文体》⑨、周作人《答伏园论〈语丝的文体〉》⑩、林语堂《插论语丝的文体——稳健骂人

---

① 参见魏建功:《胡适之寿酒米粮库》,《国语周刊》第67期,1932年12月31日。魏建功此文有钱玄同的按语,钱玄同也有文章再次写到胡适四十岁生日,参见钱玄同:《关于魏建功的〈胡适之寿酒米粮库〉》,《国语周刊》第68期,1933年1月14日。
② 林语堂:《给玄同的信》,《语丝》第23期,1925年4月20日。
③ 《语丝》第20期,1925年3月30日。
④ 刘复:《巴黎通信》,《语丝》第20期,1925年3月30日。
⑤ 同上。
⑥ 周作人:《致溥仪君书》,《语丝》第4期,1924年2月8日;钱玄同:《恭贺爱新觉罗溥仪君升迁之喜,并祝进步》,《语丝》第1期,1924年11月17日。
⑦ 江绍原、周作人:《女裤心理之研究》,《语丝》第5期,1924年12月15日。
⑧ 《语丝》第3期,1924年12月1日。
⑨ 《语丝》第52期,1925年11月9日。
⑩ 《语丝》第54期,1925年11月23日。

及费厄泼赖》①。林语堂在《语丝》谈话会上主张《语丝》扩大范围,评论政治社会种种大小问题;孙伏园则指出《语丝》同人所写的思想学术言论,其实是更深层的政治问题②。

周作人对林语堂此议也做出回应,指出《语丝》谈的是政治上的大事件,如溥仪出宫、孙中山去世等;对于小事件,如"那只大虫"在教育界跳踉,则只是个人在日报上发议论,不曾在《语丝》上提到③;他并且进一步提出《语丝》的"费厄泼赖"精神④。林语堂在继续讨论《语丝》题材范围时,终于涉及鲁迅的"胡须"与"牙齿",但放在众话题之末:"所以有时忽而谈《盘庚今译》,有时忽而谈'女裤心理',忽又谈到孙中山主义,忽又谈到胡须与牙齿,各人要说什么便说什么。"⑤

针对林语堂的《插论语丝的文体——稳健骂人及费厄泼赖》,鲁迅写了《论"费厄泼赖"应该缓行》,发表于 1926 年 1 月 10 日《莽原》半月刊第 1 期。此文虽以"语堂先生曾经讲起'费厄泼赖'(Fair play)"起笔⑥,但"费厄泼赖"以及"不打落水狗",在林文中都已指明是周作人之意:"'费厄泼赖'原来是岂明的意思。"⑦鲁迅在这篇文章中,主要将笔锋指向"今之论者"即吴稚晖、周作人、林语堂等;但真正的论敌其实是《现代评论》派。⑧

鲁迅在给许广平的信中写道:

> 西滢文托之"流言",以为此次风潮是"某系某籍教员所鼓动",那明是说"国文系浙籍教员"了。别人我不知道,至于我之骂杨荫榆,却在此次风潮之后,而"杨家将"偏来诬赖,可谓卑劣万分。⑨

但在 1925 年的女师大风潮中,周作人、钱玄同和鲁迅一起站在了章士钊、杨

---

① 《语丝》第 57 期,1925 年 12 月 14 日。
② 孙伏园:《语丝的文体》,《语丝》第 52 期,1925 年 11 月 9 日。
③ 周作人:《答伏园论〈语丝的文体〉》,《语丝》第 54 期,1925 年 11 月 23 日。
④ 同上。
⑤ 林语堂:《插论语丝的文体——稳健骂人及费厄泼赖》,《语丝》第 57 期,1925 年 12 月 14 日。
⑥ 鲁迅:《论"费厄泼赖"应该缓行》,《莽原》半月刊第 1 期,1926 年 1 月 10 日。
⑦ 林语堂:《插论语丝的文体——稳健骂人及费厄泼赖》,《语丝》第 57 期,1925 年 12 月 14 日。
⑧ 鲁迅:《论"费厄泼赖"应该缓行》,《莽原》半月刊第 1 期,1926 年 1 月 10 日。
⑨ 《250530 致许广平》,《鲁迅全集》第 11 卷,第 492 页。

荫榆的对立面,并批评钟鼓派、东吉祥胡同派,因为他们"捧之舐之"①。1925年,杨荫榆担任校长期间发生的女师大风潮,在文坛上的表现就是《语丝》派与《现代评论》派的论战。1924年2月,许寿裳被段祺瑞政府无理革职,继任校长是杨荫榆。1925年8月,周作人在《京报副刊》发表《与友人论章杨书》,批评章士钊、杨荫榆。② 猛进社参与了语丝社的聚会,在随后的一期《语丝》上,周作人的文中便引用了《猛进》的一段话。这一时期,鲁迅也参加过猛进社的聚会。③《语丝》上曾设有"我们的闲话"一栏,只用内稿;《语丝》第91期增设了"大家的闲话"栏目,吸纳外稿。

1925年2月7日,《现代评论》第1卷第9期刊登的《〈现代丛书〉出版预告》中说:"《现代丛书》中不会有一本无价值的书,一本读不懂的书,一本在水平线下的书。"④此处使用的"水平线"一词,此后被多次使用,成为《语丝》派与《现代评论》派论战中的一个利器。1925年10月30日,鲁迅在《从胡须说到牙齿》中便用了"水平线"这个典故:"我现在虽然也弄弄笔墨做做白话文,但才气却仿佛早经注定是该在'水平线'之下似的,所以看见手帕或荒冢之类,倒无动于中;只记得在解剖室里第一次要在女性的尸体上动刀的时候,可似乎略有做诗之意,——但是,不过'之意'而已,并没有诗,读者幸勿误会,以为我有诗集将要精装行世,传之其人,先在此预告。"⑤ 1926年1月14日,鲁迅在《有趣的消息》中再次使用这一利器:"归根结蒂,如果杨荫榆或章士钊可以比附到犹太人特莱孚斯去,则他的篾片就可以等于左拉等辈了。这个时候,可怜的左拉要被中国人背出来;幸而杨荫榆或章士钊是否等于特莱孚斯,也还是一个疑问。然而事情还没有这么简单,中国的坏人(如水平线下的文人和学棍学匪之类),似乎将来要大吃其苦了,虽然也许要在身后,像下地狱一般。"⑥ 1926年,《语丝》第63期登载了元月17日晚署名"爱管闲

---

① 《周作人致钱玄同·一九二五年八月三日》,北京鲁迅博物馆编:《北京鲁迅博物馆藏中国近现代名人手札大系》第7卷,北京:高等教育出版社,2021年,第276—277页。
② 周作人:《与友人论章杨书》(1925年8月10日),《京报副刊》第236号,1925年8月12日。
③ 参见鲁迅日记,《鲁迅全集》第15卷,第576页。
④ 《〈现代丛书〉出版预告》,《现代评论》第1卷第9期,1925年2月7日。
⑤ 鲁迅:《从胡须说到牙齿》,《鲁迅全集》第1卷,第259页。
⑥ 鲁迅:《有趣的消息》,《国民新报副刊》第42号,1926年1月19日。

事"所编《刘博士订正中国现代文学史冤狱图表》,其中位于狄更斯水平线之上者有段祺瑞、章士钊、徐志摩、陈西滢、凌叔华等,位于水平线之下者,仅有刘半农、周作人、鲁迅,及未写明的"其他学匪"。①《语丝》派与《现代评论》派展开笔战。《语丝》第64期登出鲁迅《学界的三魂》、刘复《奉答陈通伯先生(兼答SSS君及某前辈)》、岂明《陈源先生的来信》。随后,《语丝》第65期又登出鲁迅《不是信》。

《语丝》第86期登出《"现代评论主角"唐有壬致晶报书书后》,唐有壬致晶报社的信中清理了"现代评论与语丝结怨之始",周作人将此信与自己的《书后》一并发表,开始在《语丝》上公布《现代评论》社收受章士钊一千元的事件②,并在《语丝》第90期做郑重声明:"《现代评论》社收受章士钊一千元一节全系事实。"③这是《语丝》对《现代评论》的有力一击。鲁迅在与北京高校同事的交往中,写下了大量作品。

除了高校同事交游和约稿有激发灵感和促进写作的作用,与论敌的论辩也是激发鲁迅写作的一个动力。在《〈坟〉的题记》中,谈及《坟》结集的第二个原因时,鲁迅写道:"其次,自然因为还有人要看,但尤其是因为又有人厌恶我的文章。"在鲁迅手稿中,可以明显地看到"自然因为还有人要看,但尤其""又"("又"有人厌恶我的文章中的"又")这些字是后增加的,可见鲁迅写这句话时,先写下的是"是因为有人厌恶我的文章"。在后文中,鲁迅进一步写出了这层意思:"我的可恶有时自己也觉得,即如我的戒酒,吃鱼肝油,以望延长我的生命,倒不尽是为了我的爱人,大大半乃是为了我的敌人,——给他们说得体面一点,就是敌人罢——要在他的好世界上多留一些缺陷。"在手稿中,鲁迅先写下"倒不是为了我的爱人","尽"字是后来增加的。④

---

① 爱管闲事编:《刘博士订正中国现代文学史冤狱图表》,《语丝》第63期,1926年1月26日。
② 岂明:《"现代评论主角"唐有壬致晶报书书后》,《语丝》第86期,1926年7月5日。
③ 岂明:《我们的闲话》三〇,《语丝》第90期,1926年8月2日。
④ 《鲁迅著作手稿全集》(二),福州:福建教育出版社,1999年,第222页。

第四章　鲁迅与青年作家群体

　　1920年代,鲁迅在北京多所高校、中学任教①,并参与创办世界语专门学校,同时在《新青年》《语丝》《晨报副刊》《京报副刊》《莽原》《国民新报副刊》等报刊发表大量文章②。鲁迅指导、组织了莽原社、未名社,以及其他几个青年文学社团③,指导青年办报刊④,帮青年看稿,推荐发表⑤,培养了青年翻译家,在青年作家群体中产生了广泛的影响。到北京教育部的初期,鲁迅交往的人群主要是教育部同事和同乡,而1920年代后,越来越多的青年前往

---

　　① 当年听过鲁迅授课的一些青年,后来在文章中回忆过鲁迅当年上课的情形,如董秋芳《我所认识的鲁迅先生》、鲁彦《活在人类的心里》、冯至《笑谈虎尾记犹新》,见鲁迅博物馆、鲁迅研究室、《鲁迅研究月刊》选编:《鲁迅回忆录》(散篇上册),北京:北京出版社,1999年,第115、120、331—332页。

　　② 李霁野《忆鲁迅先生》中回忆《语丝》大概是"继《新青年》之后最为一般喜爱文艺的青年所期待的",周氏兄弟的文章"都有自己人格的印记,深为一般青年人所喜爱"。冯至《笑谈虎尾记犹新》:"鲁迅的文章,在《语丝》、《莽原》等刊物上几乎每星期都有新的发表,我们争购、传诵、讨论,有时也和外地的朋友通信谈读后的感想。"鲁迅博物馆、鲁迅研究室、《鲁迅研究月刊》选编:《鲁迅回忆录》(散篇上册),第107、331页。

　　③ 文学团体有旭社、浅草社、沉钟社、春光社等。鲁迅日记1925年4月15日:"夜人灿来并交旭社信。"旭社,北京大学学生的文学团体,出版《旭光》旬刊,来信系向鲁迅约稿。参见《鲁迅全集》第15卷,第560—561页。鲁迅手稿全集编辑委员会编:《鲁迅手稿全集》日记第13册,北京:文物出版社,1981年,第12页。

　　④ 例如由向培良、吕琦、高歌等在河南开封编辑《豫报周刊》。吕琦是鲁迅在北京世界语专门学校任教时的学生。鲁迅1925年4月23日记有"复蕴儒、高歌、培良信",《鲁迅全集》第15卷,第562页。赵荫棠,"1924至1926年间在北京大学研究所国学门读书,曾为创办《微波》刊物拜访鲁迅",《鲁迅全集》第17卷,第169页。1925年6月18日,鲁迅"收《微波》第三期一",《鲁迅全集》第15卷,第569页。

　　⑤ 《250408致赵其文》就是一封鲁迅通知青年他的投稿将要发表的信,《鲁迅全集》第11卷,第472页。

拜访鲁迅,很多是高校学生,并逐渐集中为文学青年①、革命青年②。

1920年代,鲁迅和日本《北京周报》的记者丸山昏迷交往较多,丸山昏迷还向鲁迅介绍了日本记者桔朴。③ 这一时期,鲁迅在《北京周报》上发表《教育部竞卖问题真相》等文章。《北京周报》翻译发表了鲁迅《中国小说史略》日文版和《孔乙己》《兔和猫》等小说的日文版。鲁迅还介绍丸山昏迷等日本友人参观图书馆,并把自己的《呐喊》《中国小说史略》赠送给丸山昏迷。

第一节 "文明批评"和"社会批评"的阵地

1920年代,鲁迅在北京编辑《莽原》《国民新报副刊》,主要将它们作为发现和培养青年作家的阵地,并明确地提出了进行"文明批评"和"社会批评"的文学观,文体选择以杂文为主。

《莽原》是鲁迅第一个真正主编的刊物。创办《莽原》后,鲁迅才真正开辟了自己的阵地。鲁迅屡次提及创办《莽原》的目的:"中国现今文坛(?)的状态,实在不佳,但究竟做诗及小说者尚有人。最缺少的是'文明批评'和'社会批评',我之以《莽原》起哄,大半也就为得想引出些新的这样的批评者来,虽在割去敝舌之后,也还有人说话,继续撕去旧社会的假面。"④

鲁迅在高校授课所形成的人际环境为莽原社的成立创造了条件。1925年4月11日,鲁迅在日记中记录:"夜买酒并邀长虹、培良、有麟共饮,大

---

① 例如废名、刘策奇、丁玲、胡风、甄永安、张秀中。鲁迅日记中有关于刘策奇的记录。刘策奇,1924年为北京大学歌谣研究会通讯会员,曾通过鲁迅在《莽原》周刊发表《一本通书看到老》。参见"刘策奇"条目,《鲁迅全集》第17卷,第61页。1926年1月17日胡风给鲁迅写信,"上午得张光人信"(胡风原名张光人),鲁迅手稿全集编辑委员会编:《鲁迅手稿全集》日记第14册,北京:文物出版社,1981年,第3页。胡风,1925年秋至1926年夏在北京大学预科,曾旁听鲁迅讲授中国小说史。参见"胡风"条目,《鲁迅全集》第17卷,第172页。
② 例如任国桢、赵赤坪、梓模、胡也频。
③ 据鲁迅日记1923年1月7日记载,《鲁迅全集》第15卷,第457页。
④ 鲁迅:《250428致许广平》,鲁迅手稿全集编辑委员会编:《鲁迅手稿全集》书信第2册,北京:文物出版社,1978年,第56页;《华盖集·题记》,《鲁迅全集》第3卷,第3—5页。

醉。"①这便是莽原社成立的开始。此三人中,培良、有麟都是学生。向培良1924年在中国大学学习时开始与鲁迅交往,鲁迅赴厦门前在女师大的讲演由他记录整理。② 荆有麟是北京世界语专门学校的学生。高长虹则在认识鲁迅之前,已从世界语学校鲁迅的学生那里听到过鲁迅上课的情况。③ 高长虹去拜访鲁迅,与鲁迅的学生孙伏园的传话有关。④ 鲁迅编辑《莽原》,在《京报》作为副刊出版;为对外联络方便,就有了莽原社,社址写的是锦什坊街;组织了一个青年知识群体,包括高长虹、向培良、荆有麟等。经常为《莽原》撰稿的有鲁迅、尚钺、高长虹、向培良、韦丛芜、韦素园、台静农、李霁野、姜华、金仲芸、黄鹏基等⑤,以狂飙社成员和安徽作家群为主体。

有研究者指出,《莽原》创刊有三方面原因:第一,鲁迅早有办刊物之意;第二,邵飘萍为办刊物提供了阵地;第三,北京《狂飙》周刊停刊,为《莽原》创刊准备了人才。⑥ 据许钦文回忆,1924年5月30日,鲁迅曾说过:"我总想自己办点刊物。只有几个老作家总是不够的。不让新作家起来,这怎么行!"⑦鲁迅在1925年3月31日致许广平的信中也写道:

> 我又无拳无勇,真没有法,在手头的只有笔墨……但我总还想对于根深蒂固的所谓旧文明,施行袭击,令其动摇,冀于将来有万一之希望。而且留心看看,居然也有几个不问成败而要战斗的人,虽然意见和我并不尽同,但这是前几年所没有遇到的。

....

---

① 《鲁迅全集》第15卷,第560页。
② 《鲁迅全集》第17卷,第56页。
③ 高长虹:《一点回忆》,鲁迅博物馆、鲁迅研究室、《鲁迅研究月刊》选编:《鲁迅回忆录》(散篇上册),第179页。
④ 参见高长虹《走到出版界》:"自我从伏园处得到消息,于是鲁迅之对于狂飙,我已确知之矣。在一个大风的晚上,我带了几份《狂飙》,初次去访鲁迅。"《狂飙》周刊第5期,1926年11月7日。
⑤ 荆有麟:《鲁迅回忆断片》,鲁迅博物馆、鲁迅研究室、《鲁迅研究月刊》选编:《鲁迅回忆录》(专著上册),北京:北京出版社,1999年,第201页。
⑥ 参见廖久明:《一群被惊醒的人——狂飙社研究》,武汉:武汉出版社,2011年,第91页。
⑦ 许钦文:《来今雨轩》,《在老虎尾巴的鲁迅先生:许钦文忆鲁迅全编》,上海:上海文化出版社,2007年,第182页。

北京的印刷品现在虽然比先前多,但好的却少。《猛进》很勇,而论一时的政象的文字太多。《现代评论》的作者固然多是名人,看去却显得灰色。《语丝》虽总想有反抗精神,而时时有疲劳的颜色,大约因为看得中国的内情太清楚,所以不免有些失望之故罢。……我现在还要找寻生力军,加多破坏论者。①

1925年4月24日,鲁迅主编的《莽原》周刊在北京创刊,希望通过办杂志对旧文明开战。据荆有麟回忆,他劝说邵飘萍将《京报》的戏剧周刊停刊,邵飘萍请他约鲁迅先生,鲁迅很赞成,说:"我们还应该扩大起来。你看,《现代评论》有多猖狂,现在固然有《语丝》,但《语丝》态度还太暗。不能满足青年人要求,稿子是岂明他们看的,我又不大管,徐旭生先生的《猛进》,倒很好,单枪匹马在战斗,我们为他作声援罢,你去同飘萍商议条件,我就写信约人写文章。"②这就促成了《莽原》周刊的创刊。《莽原》为《京报》第五种周刊,"率性而言,凭心立论,忠于现世,望彼将来"③。1925年10月,《京报》要停止副刊以外的小幅,鲁迅决定将《莽原》周刊改为半月刊。1926年1月,《莽原》半月刊出版。

当时住在西三条附近的青年章衣萍时常拜访鲁迅,莽原社成立时也在场。章衣萍致鲁迅的信,从侧面记叙了《莽原》周刊的情况:

鲁迅先生:

这两天真窘极了,所以也没有到西三条来吃点心。《莽原》的第二期应该要发稿了罢,然而我的小作《中国的知识阶级》也终于写不成!听说《莽原》的投稿很丰富,这是我听闻而心慰的。我万想不到荒凉的北京城竟会有这么多而且硬的打手!④

青年亚侠给《莽原》寄来投稿《这是谩骂栏里的几则杂话》,并在信中写道,

---

① 鲁迅:《250331 致许广平》,《鲁迅全集》第11卷,第470—472页。
② 荆有麟:《鲁迅回忆断片》,鲁迅博物馆、鲁迅研究室、《鲁迅研究月刊》选编:《鲁迅回忆录》(专著上册),第200页。
③ 鲁迅:《〈莽原〉出版预告》,《鲁迅全集》第8卷,第472页。
④ 《章衣萍致鲁迅》,现存北京鲁迅博物馆。原信无日期。

《莽原》刚出第 2 期时,热心的朋友问他有无稿子,鲁迅先生的编刊准则起到了鼓励作用:"据说:'鲁迅先生是专爱登无名作家的作品的。'"这位朋友随后说:"就是骂骂也可以。"①

1926 年 1 月,鲁迅在《莽原》半月刊第 2 期刊出《华盖集题记》,直接写出了对青年批评主体的呼唤和期待:"我早就很希望中国的青年站出来,对于中国的社会,文明,都毫无忌惮地加以批评,因此编印《莽原》,作为发言之地,可惜来说话的竟很少。"②这段话激起了青年的创作热情。青年作者开始有意识地创作鲁迅期待的议论性批评性文章,虽然大部分质量不高,但有了明确的杂文创作意识。1926 年 2 月 9 日,青年阎剑民在写给《莽原》的投稿信中引用了鲁迅的话("我早就很希望中国的青年站出来,对于中国的社会,文明,都毫无忌惮地加以批评"),这句话成了他的写作动机,他写出了《似乎不成问题的一个问题》寄给《莽原》。③ 1926 年 3 月 28 日,青年李天织给《莽原》寄来投稿《猫,狗》,并在信中写道:"在《华盖集题记》里又见到这样的一句话:'可惜来说话的竟很少。'要说话的决心已竟拿定。"④

大量的青年稿件都寄给鲁迅,鲁迅保存的青年稿件共两百多件,其中北京时期的投稿有一百七十余篇,大部分为《莽原》投稿,也有少量是投给《国民新报副刊》和《语丝》的。详见附录《鲁迅保存的青年稿件列表》。青年人的写作热情更集中于诗歌、小说等文体,但因为鲁迅的提倡,青年投稿中散文的创作占了多数。在现存的这批稿件中,数量最多的是各类文章,但大部分是随兴而作的散文,只有小部分是议论性批评性的杂文;其次是诗歌,其中有少量译诗;再次是小说;还有少量的剧本创作与翻译。作者来自全国各地,以北京的青年学生为主,不少学生就是听了鲁迅的课或演讲后拿起笔创作的;也有少量在都市漂泊的文学青年。很多青年投稿或致信鲁迅,寄往鲁迅住宅、《莽原》周刊、《语丝》通讯处(北京大学一院新潮社)、《国民新报

---

① 亚侠:《这是谩骂栏里的几则杂话》,鲁迅保存青年稿,现存北京鲁迅博物馆。以下关于这批文稿的收藏地不再出注。
② 鲁迅:《华盖集题记》,《莽原》半月刊第 2 期,1926 年 1 月 25 日。
③ 阎剑民:《似乎不成问题的一个问题》,鲁迅保存青年稿。
④ 李天织:《猫,狗》,鲁迅保存青年稿。

副刊》编辑部。

而鲁迅对《莽原》周刊的这些青年来稿不甚满意,认为"这些人里面,做小说的和能翻译的居多,而做评论的没有几个:这实在一个大缺点"①。鲁迅在这段时期写给许广平的信中,反复谈到此问题,显然他对作为批评主体的青年作者的出现有很大期待,所以对来稿颇感失望。"然而咱们的《莽原》也很窘,寄来的多是小说与诗,评论很少,倘不小心,也容易变成文艺杂志的。我虽然被称为'编辑先生',非常骄气,但每星期被逼作文,却很感痛苦,因为这简直像先前学校中的星期考试。"②"《莽原》实在有些穿棉花鞋了,但没有撒泼文章,真是无法。"③"《莽原》的投稿,就是小说太多,议论太少。现在则并小说也少,大约大家专心爱国,到民间去,所以不做文章了。"④"我所要多登的是议论,而寄来的偏多小说,诗。先前是虚伪的'花呀''爱呀'的诗,现在是虚伪的'死呀''血呀'的诗。呜呼,头痛极了!所以倘有近于议论的文章,即易于登出,夫岂'骗小孩'云乎哉!又,新做文章的人,在我所编的报上,也比较的易于登出,此则颇有'骗小孩'之嫌疑者也。"⑤

尚钺回忆鲁迅曾谈起《莽原》外来稿件的问题,并有着特别的文风期待——"言中有物""粗糙泼辣的青年态度":

> 一日夜饭后,几个朋友集在先生的小书斋中,谈起《莽原》外来稿件的问题。据先生说外来的稿件并不少,但大多都是"言中无物"之类,只要"言中有物",即使文字技巧差一点,《莽原》也是非常欢迎的。因《莽原》本身并不是一种什么"纯文艺"或据(疑为具)有什么崇高水准的刊物。但有一点似乎是先生与我们一致的感觉:就是"脂粉骷髅"式的散文或小说和"祖母教训"式的大小诗,即使文学技巧上很优美,作者的名望也很大,《莽原》为着自身不愿作隔靴搔痒的无病呻吟,和保持它的粗

---

① 《250422 致许广平》,鲁迅手稿全集编辑委员会编:《鲁迅手稿全集》书信第2册,第50页。
② 《250503 致许广平》,鲁迅手稿全集编辑委员会编:《鲁迅手稿全集》书信第2册,第59页。
③ 《250530 致许广平》,鲁迅手稿全集编辑委员会编:《鲁迅手稿全集》书信第2册,第65页。
④ 《250629 致许广平》,鲁迅手稿全集编辑委员会编:《鲁迅手稿全集》书信第2册,第80页。
⑤ 《250709 致许广平》,鲁迅手稿全集编辑委员会编:《鲁迅手稿全集》书信第2册,第82页。

糙泼辣的青年态度,也不得不向作者表示歉意。①

尚钺并且在文中举例说曾有一位"当时发表文字很多的作家"给《莽原》投稿多次,鲁迅不得不多看几遍来稿,而结果还是未刊,因"《莽原》无须有这种光荣"②。

《莽原》编辑中议论性批评性文风的坚守者是鲁迅,鲁迅离京后,未名社同人的编刊思路就有所变动。1926年10月15日,鲁迅离开北京后,李霁野、张目寒致信钱玄同,希望钱玄同为《莽原》投稿,并且"拉人",如林语堂等。他们在信中谈到《莽原》改组,并且与以前"异趣"了:"骂人是要骂人的,不过只占五分之一的地盘,每期要有些译的论文和小说等放在里面,每半月出一次。"③

鲁迅编辑《莽原》的思路很明确。因此,对一些高质量,但与《莽原》宗旨不同的来稿,鲁迅也未选用。其中就有《新青年》同人刘半农的六首《江阴的山歌》(民歌)。这是刘半农应莽原社约稿寄来的;前言写于1925年12月26日,用语丝稿纸,自言是1924年11月从江阴一个卖豆芽菜的老头儿那里采录的。刘半农在致莽原诸公的信中说明,这是去年采到的民歌,共有三十多首,如果《莽原》需要,一定继续寄上;"如觉讨厌,即连这六首不登亦无不可"。④ 这六首为《山歌勿唱忘记多》《说荒疏来话荒疏》《郎关姐来姐关郎》《隔河望见野花红》《韭菜黄豆种木香》《姐勒河头洗钵头》。前四首除《说荒疏来话荒疏》外,后来收入《瓦釜集》附录《手攀杨柳望情哥词》,为第三、四、五歌。⑤ 刘半农采集到的与《江阴的山歌》相近的江阴的船歌,1923年6月24日以《江阴船歌》为题,发表于《歌谣》周刊第24号;《歌谣》周刊第6号先登载了周作人写的序《中国民歌的价值》。

---

① 尚钺:《怀念鲁迅先生》,中国人民大学历史学院编:《尚钺先生》,北京:中国人民大学出版社,2011年,第48页。
② 同上。
③ 《李霁野致钱玄同》(1926年10月15日)、《张目寒致钱玄同》,北京鲁迅博物馆编:《鲁迅博物馆藏近现代名家手札》(三),福州:福建教育出版社,2002年,第276—277页。
④ 刘复:《江阴的山歌》及信,鲁迅保存青年稿。
⑤ 参见附录《手攀杨柳望情哥词》,刘复:《瓦釜集》,北京:北新书局,1926年。

刘半农的来稿《江阴的山歌》未见刊于《莽原》周刊及《莽原》半月刊。这六首民歌已经达到了发表水平，但显然与《莽原》进行"文明批评"和"社会批评"的主旨无关。在半月刊上登出的刘半农作品，均更接近《莽原》的编刊思想，包括译作左拉著《猫的天堂》（献给打猫打狗的鲁迅翁）①、丹梭著《黑珠》②、左拉著《失业》③、嚣俄著《〈克洛特格欧〉的后序》④、服尔德著《比打哥儿》⑤。

废名是北京大学的学生，听过鲁迅的课，也给鲁迅投过稿。笔者在北京鲁迅博物馆查阅鲁迅保存的稿件时，发现了一篇废名的佚文。这是废名寄给鲁迅的一封投稿信，内附废名的一篇文章《也来"闲话"》⑥。废名的这封信和文章都用红杠稿纸写成。信封上写明寄至"宫门口西三条西头路北周宅周树人先生"，寄信者为"国立北京大学 冯"⑦。信封上的邮戳显示时间为：1925年12月26日。

《也来"闲话"》未收录于《废名集》，也未列入《冯文炳著作年表》⑧。这篇佚文是废名向鲁迅编辑的《国民新报副刊》或《莽原》的投稿。《国民新报》的总编辑邓飞黄，1925年毕业于北京大学经济系。⑨ 鲁迅编辑的《国民新报副刊》（乙刊）登载的文章，不少是对当时时事的批评和讽刺。查《国民新报副刊》（乙刊）以及《莽原》周刊、《莽原》半月刊，均未见这篇《也来"闲话"》发表。笔者确认其为废名佚文，并请《废名集》的编者王风复鉴，确为废名笔迹。

《也来"闲话"》原件在鲁迅博物馆鉴定的写作时间为1925年4月11

---

① 《莽原》半月刊第1卷第23期，1926年12月10日。
② 《莽原》半月刊第2卷第2期，1927年1月25日。
③ 《莽原》半月刊第2卷第5期，1927年3月10日。
④ 《莽原》半月刊第2卷第11期，1927年6月10日。
⑤ 《莽原》半月刊第2卷第17期，1927年9月10日。
⑥ 《也来"闲话"》和废名致鲁迅信（1925年12月26日），现存北京鲁迅博物馆。
⑦ 据废名致鲁迅信（1925年12月26日）的信封。
⑧ 《废名集·前言》："本书收录现能找到的废名所有已刊未刊作品，依全集体例编纂，其不名'全集'者，盖缺收日记、书信两项。"陈振国、陈建军编，王风定稿：《冯文炳著作年表》，王风编：《废名集》第6卷，北京：北京大学出版社，2009年。
⑨ 参见《鲁迅全集》第17卷，第33页。

日。根据这篇文章的内容和废名的写作情况推断,写作时间应在 1925 年 12 月。

1925 年 12 月至 1926 年 4 月,废名介入了《语丝》派和《现代评论》派的论争,写了《忙里写几句》《也来"闲话"》《"偏见"》《作战》《"公理"》《给陈通伯先生的一封信》等系列文章。这篇《也来"闲话"》是继他 1925 年 12 月 15 日发表在《京报副刊》上的《忙里写几句》之后写作的。以下为废名给鲁迅的信及佚文:

废名致鲁迅(1925 年 12 月 26 日)

鲁迅先生:

我这样的文章,可以在先生的副刊上凑篇幅吗?署名就用那两个字。编辑者如有权利多拿几份,我倒很盼望先生每期赠我一份,免得我到号房铺台上去偷看。

冯文炳,十二,二十六。

我的住址:马神庙西斋。

我到先生家来过几次,都是空空而返。①

也来"闲话"

春风

白话文自有他的不朽作品,胡适之,梁漱溟也自有他的特别地方,若有人捧《中国哲学史大纲》,《东西文化及其哲学》替白话文保镖,我敢说他是"以耳代目"。

鲁迅,疑古玄同反对"东方文明",自然都不是无病的呻吟,"东方文明"若嘲笑于捧梅兰芳者之口,我敢说他是"人云亦云",——他自己就是活"东方文明"。

冯文炳的《忙里讲几句》里面有这么一句:"倘若真正的找出了一篇或两篇……"我读了很觉惊异。他"自有他的身分",何至于这样降格轻

---

① 废名致鲁迅(1925 年 12 月 26 日),此信整理收入张杰编著:《鲁迅藏同时代人书信》,郑州:大象出版社,2011 年,第 391 页。

许?而我又相信他的话是有分寸的,于是真到"大报"上去找,——啊,有了,一篇,两篇,他自己的恰恰两篇。但我怪他太客气了一点。①

《也来"闲话"》所署笔名"春风",笔者未见冯文炳在发表其他文章的时候使用过,这也为他的笔名录增加了一个新笔名。自 1926 年 7 月 26 日在《语丝》第 89 期发表《无题之三》,冯文炳开始使用"废名"这个笔名,"之前基本都用本名"②。

《也来"闲话"》引述了《忙里写几句》中的话:"倘若真正的找出了一篇或两篇,我又怎样会知道是西滢先生的'几篇'呢?"③这句话的机锋指向《现代评论》第 53 期陈西滢的《闲话》谈到的文艺上的"标准"。这个"几篇"即为《闲话》中所写:"至于本刊的文艺部分,别的不敢说,至少在中国的新文坛里添了几篇极有价值的创作和批评。"④废名于是在"大报"《现代评论》上找了两篇⑤,写成文章《也来"闲话"》。

《现代评论》上确有文章以《中国哲学史大纲》《东西文化及其哲学》"替白话文保镖",也有文章"捧梅兰芳"。《现代评论》第 2 卷第 37 期登载了陈西滢《闲话》、仲揆(李四光)《在北京女师大观剧的经验》。陈西滢《闲话》中写道:

> 这二十年里,有过什么文言著作可以比得上吴稚晖先生的《一个新信仰的宇宙观和人生观》,胡适之先生的《中国哲学史大纲》,梁漱溟先生的《东西方文化及其哲学》——都是些白话的作品?⑥

李仲揆《在北京女师大观剧的经验》则将 1925 年的北京女师大事件比作戏场,在文章开头写道:

> 听说北京老听戏的大爷们有一个特别的习惯;那就是他们必要到什

---

① 春风(废名):《也来"闲话"》,现存北京鲁迅博物馆。
② 参见王风:《冯文炳笔名录》,王风编:《废名集》第 6 卷,第 3568 页。
③ 冯文炳:《忙里写几句》,《京报副刊》第 358 号,1925 年 12 月 15 日。
④ 陈西滢:《闲话》,《现代评论》第 53 期,1925 年 12 月 12 日。
⑤ 鲁迅《"碰壁"之余》也写到"号称'大报'如所谓《现代评论》者",《语丝》周刊第 45 期,1925 年 9 月 21 日。
⑥ 陈西滢:《闲话》,《现代评论》第 2 卷第 37 期,1925 年 8 月 22 日。

么梅兰芳、王凤卿出台的时候,才到戏园;……那是何等的畅快。①
引述《现代评论》两篇文章中的这几句话,可以看出废名这两段议论的机锋指向。

此次投稿前,废名已是《莽原》周刊的作者:1925 年 5 月 8 日,废名的《河上柳》发表于《莽原》周刊头版,"声援"了《莽原》周刊。② 1925 年 12 月 19 日的《国民新报副刊》上,林语堂《再论骂人》中引用了废名同年 12 月 14 日在《京报副刊》发表的文章③:"由此我们更明白(如十四日《京副》上冯文炳君所说),还是我们的不干净为干净,'我们的不干净也是干净,否则世上到那里去找干净!'(《从牙齿念到胡须》一文)。"④

1925 年 12 月 24 日的《国民新报副刊》刚登载了一篇《反"闲话"》⑤。废名这篇《也来"闲话"》是为批评《现代评论》而作,鲁迅为什么没有将它发表于《国民新报副刊》或者《莽原》呢?目前尚无确切的证据来做出解释。废名这篇文章在语言上很晦涩,写得十分微妙,需要读者具有较高的鉴赏能力,并对所涉及的言说背景十分了解。如果一般读者不能理解这篇文章的意旨,它就很难实现批评的功能。而文章写得如此晦涩有两个原因:其一,废名时为北京大学英语系的学生,正是《现代评论》的主要编者的学生,以学生的身份对老师进行批评,有违伦理⑥;其二,废名的语言本就晦涩,这样的语言风格写作小说、散文都很好,写作议论性的杂文则容易导致主旨不明晰,不同于鲁迅所欣赏的杂文风格。

未名社的台静农是在 1925 年 4 月 27 日夜,应张目寒之邀首访鲁迅,始

---

① 仲揆:《在北京女师大观剧的经验》,《现代评论》第 2 卷第 37 期,1925 年 8 月 22 日。
② 冯文炳:《河上柳》,《莽原》周刊第 3 期,1925 年 5 月 8 日。
③ 原文为:"鲁迅先生近来时常讲些'不干净'的话,我们看见的当然是他的干净的心,(这自然是依照蔼理斯的意见,不过我自己另外有一点,就是,我们的不干净也是干净,否则世上到那里去找干净呢?)甚至于看见他的苦闷。"冯文炳:《从牙齿念到胡须》,《京报副刊》第 357 号,1925 年 12 月 14 日。
④ 语堂:《再论骂人》,《国民新报副刊》乙刊七,第 15 号,1925 年 12 月 19 日。
⑤ 参见《国民新报副刊》甲刊十一,第 20 号,1925 年 12 月 24 日。同期登出鲁迅《"公理"的把戏》。有研究者认为,这篇署名《野火》的《反"闲话"》为鲁迅所作,但因证据不足,存疑。
⑥ 正因为废名英文系学生的身份,鲁迅大概对是否刊发此文也会感到犹豫。

与鲁迅相识。① 此事在鲁迅日记中有记录②。这一时期,台静农与鲁迅往来频繁,时常通信,并多次寄文稿给鲁迅,鲁迅日记中有多处记录。台静农在《莽原》周刊、半月刊,《国民新报副刊》《语丝》等发表多篇文章、小说。现存台静农寄给鲁迅的两篇文章及书信,未见收入台静农的《龙坡杂文》等文集,也未被列入陈子善、秦贤次所编《台静农先生前期创作目录》③和台静农《学术论著暨艺文作品类目编年》④,为台静农的佚文。一篇是题名《人彘》的散文,署名"静农";另一篇是台静农1925年10月13日给《莽原》的投稿,题为《画阳的老头儿与章士钊》,署名"或尽"。⑤《画阳的老头儿与章士钊》一文讽刺批评了林琴南和章士钊的复古,并批评了章士钊的党徒——"章士钊怀中之一部分的自命学者与走狗"。

青年作者的杂文创作明显受到鲁迅的影响,并在文章中不断征引鲁迅的言论。李宗武《十月》开篇即写道:

> 鲁迅先生说过,中国人有一种古怪的脾气,就是大家喜欢一个"十"字:请客的菜,须有"十大碗";告人的状,须凑成"十大罪";道人的喜,要说"十大全"。……这种例子,不一而足。⑥

登载于《莽原》半月刊第2期的李霁野《反表现主义》写道:"大概是L先生说的罢,中国有这么一大片地方,统共出版的定期刊物大约不到二百种,便有人多了多了的嚷起来,真是些没出息的小器东西。"⑦受到鲁迅杂文风格影响的青年作品还有《语丝》第67期登载的张同光《"国骂"之研究》⑧;李天织的

---

① 参见罗联添:《台静农先生学术艺文编年考释》,台北:台湾学生书局,2009年,第81页。
② 鲁迅1925年4月27日日记中记载:"夜目寒、静农来,即以钦文小说各一本赠之。"参见《鲁迅手稿全集》日记第13册,第13页。在人民文学出版社2005年版《鲁迅全集》中,"夜目寒、静农来"误作"夜目寒、静衣来",《鲁迅全集》第15卷,第562页。
③ 《台静农先生前期创作目录》,收入台静农著,陈子善、秦贤次编:《我与老舍与酒——台静农文集》附录,台北:联经出版事业公司,1992年。
④ 《学术论著暨艺文作品类目编年》,收入罗联添:《台静农先生学术艺文编年考释》附录。
⑤ 《人彘》《画阳的老头儿与章士钊》,鲁迅保存青年稿。
⑥ 李宗武:《十月》,《京报副刊》第302号,1925年10月19日。
⑦ 李霁野:《反表现主义》,《莽原》半月刊第2期,1926年1月25日。
⑧ 张同光:《"国骂"之研究》,《语丝》第67期,1926年2月22日。

《猫，狗》后附信，也自言此篇是仿鲁迅在《莽原》发表的《猫狗鼠》而作①。

北京法政大学法律系学生柯仲平1925年结识了鲁迅，荆有麟"曾记诗人柯仲平第一次访先生时，带着大批诗稿"②。鲁迅将柯仲平的《伟大是"能死"》推荐发表于《语丝》第31期。③ 1926年3月，鲁迅又将柯仲平1923年冬创作的诗歌《此千起万伏的银河》发表于《莽原》半月刊第6期。④

部分青年是通过《语丝》了解鲁迅的，认为《语丝》为鲁迅编辑而向鲁迅投稿。鲁迅再将作品推荐给《语丝》。有位署名"振"的北京大学学生，向《语丝》投稿《呓语》（诗歌），1925年3月8日寄至"北大一院新潮社语丝编辑部周树人先生"⑤。鲁迅在第二天便收到了这封信。⑥ "振"在来信中说："读先生辈主办的《语丝》，真使我痛快极了！……读先生《野草》诸篇以后，也仿作了《呓语》几首。"⑦1925年4月27日，蒋鸿年向《语丝》《莽原》投稿《泥胎歌》，信中称此诗为小弟弟在中央公园拾到。⑧ 鲁迅1925年4月30日的日记中记录"得蒋鸿年信"⑨。

汪静之读懂鲁迅所写的《爱之神》后，写信给鲁迅，附了学写的新诗请他指教。⑩ 鲁迅在日记中记录了给汪静之回信⑪。汪静之回忆鲁迅在给他的信中指点他读拜伦、雪莱、海涅的诗："情感自然流露，天真而清新，是天籁，不

---

① 李天织：《猫，狗》，鲁迅保存青年稿。
② 参见《年谱简编》，刘锦满、王琳编：《柯仲平研究资料》，西安：陕西人民出版社，1988年，第12页。
③ 柯仲平：《伟大是"能死"》，《语丝》第31期，1925年6月15日。
④ 柯仲平：《此千起万伏的银河》，《莽原》半月刊第6期，1926年3月25日。
⑤ 振：《呓语》信封，现存北京鲁迅博物馆。
⑥ 鲁迅日记1925年3月9日："得自署曰振者来信并诗稿。"鲁迅手稿全集编辑委员会编：《鲁迅手稿全集》日记第13册，第7页。
⑦ 振：《呓语》附信，现存北京鲁迅博物馆。
⑧ 这封信的信封写着寄到"北京大学第一院新潮社转语丝周刊编辑部费神转交鲁迅先生台启"，见《泥胎歌》附信，现存北京鲁迅博物馆。
⑨ 鲁迅手稿全集编辑委员会编：《鲁迅手稿全集》日记第13册，第14页。
⑩ 汪静之：《鲁迅——莳花的园丁》，鲁迅博物馆鲁迅研究室编：《鲁迅诞辰百年纪念集》，长沙：湖南人民出版社，1981年，第202页。
⑪ 鲁迅在1921年6月13日日记中写道："上午寄汪静之信。"同年7月23日日记又记："下午寄汪静之信。"《鲁迅全集》第15卷，第434、437页。

是硬做出来的。然而颇幼稚,宜读拜伦、雪莱、海涅之诗,以助成长。"①《蕙的风》出版后,遭到顽固派的攻击,鲁迅写了《反对"含泪"的批评家》。所以,汪静之写道:"我是鲁迅的私淑弟子,鲁迅是我的恩师。"②魏金枝将《留下镇上的黄昏》投稿给《莽原》,经鲁迅校对发表,被鲁迅称为"是描写着乡下的沉滞的氛围气"的"新作品"③。

在鲁迅的倡导下,涌现了青年作家群体。郁达夫回忆了鲁迅对年轻人的鼓励:

> 鲁迅的对于后进的提拔,可以说是无微不至。《语丝》发刊以后,有些新人的稿子,差不多都是鲁迅推荐的。他对于高长虹他们的一集团,对于沉钟社的几位,对于未名社的诸子,都一例地在为说项。就是对于沈从文氏,虽则已有人在孙伏园去后的《晨报副刊》上在替吹嘘了,他也时时提到,唯恐诸编辑的埋没了他。还有当时在北大念书的王品青氏,也是他所属望的青年之一。④

有几位鲁迅同辈的朋友,时常把青年们在报刊上发表的作品中的错误辞句作为背面挖苦的材料。例如,刘半农曾就大学入学考试时学生在国文试卷中答错的地方和字句,写了几首打油诗,发表在上海的一个杂志上,鲁迅就写文章批评了他。⑤钱玄同也常喜欢把青年们作品中的错误辞句和缺点,当作谈话资料或加以讥讽。但"鲁迅先生就总对我们说:'自己么现在不动笔,青年们写点东西又嫌他们写的不好,评头论足的指摘他们,这会使青年们不敢再写,会使出版界更没有生气的。'"⑥

---

① 汪静之:《鲁迅——莳花的园丁》,鲁迅博物馆鲁迅研究室编:《鲁迅诞辰百年纪念集》,第203页。
② 同上书,第204页。
③ 参见《鲁迅与魏金枝》,王吉鹏、李丹主编:《鲁迅与中国作家关系研究》,长春:吉林人民出版社,2006年,第542页;鲁迅:《〈中国新文学大系〉小说二集序》,《鲁迅全集》第6卷,第258页。
④ 郁达夫:《回忆鲁迅》,鲁迅博物馆、鲁迅研究室、《鲁迅研究月刊》选编:《鲁迅回忆录》(散篇上册),第153页。
⑤ 川岛:《大师和园丁——鲁迅先生与青年们》,《和鲁迅相处的日子》,北京:人民文学出版社,1958年,第4页。
⑥ 同上书,第4—5页。

《莽原》半月刊的封面使用了青年司徒乔的画。司徒乔时为燕京大学的学生,《语丝》上曾有一段文章介绍他,《莽原》半月刊共出两卷,全用司徒乔的画作封面,司徒乔还为未名社的出版物画过封面和插图。①

青年学生投稿者很多,甚至有因投稿没有回音写信来骂者,如田问山。此事在鲁迅日记中有记载:1926年4月14日,"上午得田问山信并稿"。4月22日,"得田问山信,骂而索旧稿,即检寄之"。② 1925年5月16日,田问山首次将诗歌《离别(送祚祥归家)》寄给鲁迅,作为向《莽原》的投稿,祚祥即雷祚祥,是狂飙社的编辑。③ 1925年9月8日田问山写给鲁迅的信中说:"鲁迅先生:承蒙不弃,赐来示,并将原稿退还。"证明鲁迅最初是将稿件退还并写了回信。④ 对这些青年的行为,鲁迅在书信中也发出感慨:"我的生命,碎割在给人改稿子,看稿子,编书,校字,陪坐这些事情上者,已经很不少,而有些人因此竟以主子自居,稍不合意,就责难纷起,我此后颇想不再蹈这覆辙了。"⑤

在《中国新文学大系·小说二集·导言》中,鲁迅对莽原社的文学成绩做了总结:

> 一九二五年十月间,北京突然有"莽原社"出现,这其实不过是不满于《京报副刊》编辑者的一群,另设《莽原》周刊,却仍附《京报》发行,聊以快意的团体。⑥

莽原社这个以鲁迅为主编的青年知识群体,后来内部发生冲突,借《莽原》改为半月刊之机,分立为未名社和狂飙社。此即鲁迅所说:

> 但不久这"莽原社"内部冲突了,长虹一流,便在上海设立了狂飙社。⑦

---

① 参见彭定安:《鲁迅和司徒乔》,陈漱渝、姜异新主编:《民国那些人——鲁迅同时代人》,桂林:漓江出版社,2012年,第352页。
② 《鲁迅全集》第15卷,第616—617页。
③ 参见田问山致鲁迅信及诗稿(1925年5月16日),现存北京鲁迅博物馆。
④ 参见《心火》《什么关系》附田问山致鲁迅信(1925年9月8日),现存北京鲁迅博物馆。
⑤ 鲁迅:《两地书》七一,《鲁迅全集》第11卷,第199页。
⑥ 《中国新文学大系·小说二集·导言》,鲁迅编选:《中国新文学大系·小说二集》,上海:上海良友图书印刷公司,1935年,第12页。
⑦ 同上。

而在李霁野的叙述中,未名社与莽原社本就没有关系。与莽原社有关系的"有高长虹、向培良、荆有麟等。未名社五人中,只有一二人以个人名义给《莽原》写过很少稿子。我们和高等无交往,与所谓莽原社更无关系"①。李霁野回忆,自己所作的《微笑的脸面》,鲁迅说在《莽原》周刊上发表有点可惜,留着在未名社出版的《莽原》半月刊上发表了。李霁野以这件小事来说明鲁迅对高长虹的文字评价,以及《莽原》半月刊和《莽原》周刊的区别,还有未名社和莽原社的分界。②

狂飙社与未名社分裂,并进而因为对未名社诸人不满,同鲁迅的感情也越来越疏远。③ 从1925年7月尚钺致鲁迅的两封信里,可以清楚地看到狂飙社与未名社的矛盾。当时,尚钺到了《豫报副刊》。《豫报副刊》主要由向培良、吕蕴儒、高歌等编辑,1925年5月4日创刊,附于开封《豫报》日报。鲁迅有四封写给他们的信:《通讯》(复吕蕴儒)、《通讯》(致向培良)、《通讯》(复高歌)、《北京通信》,先后登载于《豫报副刊》④,支持并指导了青年办刊。狂飙社在《莽原》时期是具有战斗性的青年作家群体,在与鲁迅疏远后,鲁迅依然肯定了他们的作品的文学价值。

第二节　鲁迅为青年校稿

在鲁迅的鼓励和指导下,青年知识者开始将翻译视为一种有意义的工作,并翻译了大量作品。李霁野等青年知识者最初进入翻译领域的时候,只是视之为一种"精神的游戏"。李霁野在《往星中·后记》中回忆此书的翻译是在1924年夏季,"那时候正和几个朋友同住着消磨困长的日子,拿翻译当

---

① 《与李霁野同志座谈纪略》(鲁迅博物馆1975年6月于天津),现存北京鲁迅博物馆,第12页。

② 同上书,第13页。

③ 参见高长虹:《一点回忆》,鲁迅博物馆、鲁迅研究室、《鲁迅研究月刊》选编:《鲁迅回忆录》(散篇上册),第193页。

④ 先后发表于1925年5月6日、5月6日、5月8日、5月14日开封《豫报副刊》。

作一种精神的游戏,因此,素园也有余暇把我的译稿仔细校正,改了许多因英译而生的错误,使之较近于原文"①。《往星中》的译稿由李霁野的小学同学张目寒转给鲁迅,李霁野称鲁迅"给我许多热诚的鼓励。大概他也和我一样,以为翻译虽然只是'媒婆',总也可以算是一种有所介绍的工作罢,就想叫他穿着华服走进世间去"②。

张目寒最初是鲁迅在世界语专门学校任教时的学生。③ 未名社成员以张目寒为中间人,陆续认识鲁迅,随后成立了未名社。④ 未名社成员原本都是文坛上无名的青年人,因同乡同学的关系而聚集,本身并无文化资本,译书也很难出版。在鲁迅为他们校稿后,他们的译稿比较成形,逐渐走上文坛,翻译成为一些人的终身职业,并逐渐成名成家。

对未名社的形成过程,川岛做了如下追述:

> 在 1924 年下半年,有几个穷学生住在沙滩北京大学附近的公寓里,翻译了两部俄国小说,没有地方替他们出版,搁在书架上有半年多。鲁迅先生知道了这件事,托人去把这两部稿子拿来,看了一遍,以为"在这个时候,青年中竟有爱好俄国文学的人,而且下了这么大的功夫译成中文,很是难得"。就约他们来谈,答应出资给他们印出来;因为鲁迅先生刚得到一笔版税,可以替他们付印刷费,但只够印出一本的,只好等卖完了再印第二本。并且为他们计划,要他们自己直接交给印刷局去印,自己校对;印好了,自己卖。鲁迅先生且为译书作了序——这就是"未名社"的形成与产生。⑤

这里所说的两部俄国小说,一部是韦丛芜译的陀思妥耶夫斯基《穷人》,一部是李霁野译的安特列夫《往星中》。⑥ 李霁野认为未名社成立的基本原因之

---

① 李霁野:《往星中·后记》,安特列夫:《往星中》,李霁野译,未名丛刊之一,1926年,第143页。
② 同上。
③ 参见"张目寒"条目,《鲁迅全集》第17卷,第121页。
④ 参见韦丛芜:《未名社始末记》,鲁迅博物馆、鲁迅研究室、《鲁迅研究月刊》选编:《鲁迅回忆录》(散篇上册),第296—297页。
⑤ 川岛:《大师和园丁——鲁迅先生与青年们》,《和鲁迅相处的日子》,第3页。
⑥ 同上书,第3—4页。

一就是随着《新青年》的分化,"鲁迅先生对于脱离阵地的资产阶级知识分子开始觉得不满"①。基本原因之二是培养青年人从事文学译作。② 因为未名社、狂飙社的这些青年的成名经历,有不少青年前来拜访鲁迅。

鲁迅为青年人校阅了大量文稿和译稿,1932年4月在《鲁迅译著书目》中列出的就有:

所选定、校字者

《故乡》(许钦文作短篇小说集。北新书局印行《乌合丛书》之一。)

《心的探险》(长虹作杂文集。同上。)

《飘渺的梦》(向培良作短篇小说集。同上。)

《忘川之水》(真吾诗选。北新书局印行。)

所校订、校字者

《苏俄的文艺论战》(苏联褚沙克等论文,附《蒲力汗诺夫与艺术问题》,任国桢译。北新书局印行《未名丛刊》之一。)

《十二个》(苏联 A. 勃洛克作长诗,胡斅译。同上。)

《争自由的波浪》(俄国 V. 但兼珂等作短篇小说集,董秋芳译。同上。)

《勇敢的约翰》(匈牙利裴多菲·山大作民间故事诗,孙用译。湖风书局印行。)

《夏娃日记》(美国马克·土温作小说,李兰译。湖风书局印行《世界文学名著译丛》之一。)

所校订者

《二月》(柔石作中篇小说。朝华社印行,今绝版。)

《小小十年》(叶永蓁作长篇小说。春潮书局印行。)

《穷人》(俄国 F. 陀思妥夫斯基作小说,韦丛芜译。未名社印行《未名丛书》之一。)

---

① 李霁野:《记"未名社"》,鲁迅博物馆、鲁迅研究室、《鲁迅研究月刊》选编:《鲁迅回忆录》(散篇上册),第251—252页。

② 同上。

《黑假面人》(俄国 L. 安特来夫作戏曲,李霁野译。同上。)

《红笑》(前人作小说,梅川译。商务印书馆印行。)

《小彼得》(匈牙利 H. 至尔·妙伦作童话,许霞译。朝华社印行,今绝版。)

《进化与退化》(周建人所译生物学的论文选集。光华书局印行。)

《浮士德与城》(苏联 A. 卢那卡尔斯基作戏曲,柔石译。神州国光社印行《现代文艺丛书》之一。)

《静静的顿河》(苏联 M. 唆罗诃夫作长篇小说,第一卷,贺非译。同上。)

《铁甲列车第一四——六九》(苏联 V. 伊凡诺夫作小说,侍桁译。同上,未出。)①

此外,还有大量校阅过的没有列入此名单。例如,鲁迅曾校阅李宗武与毛咏棠合译的日本武者小路实笃《人间的生活》②;审阅孙席珍《到大连去》③;为任国桢编译的《苏俄的文艺论战》作前记;为胡㪍译《十二个》作后记。鲁迅曾为李霁野修改小说《生活》,在给李霁野的信中以尊重作者的口吻道出自己的意见:"结末一句说:这喊声里似乎有着双关的意义。我以为这'双关'二字,将全篇的意义说得太清楚了,所有蕴蓄,有被其打破之虑。我想将它改作'含着别样'或'含着几样',后一个比较的好,但也总不觉得恰好。这一点关系较大些,所以要问问你的意思,以为怎样?"④

鲁迅为青年的文稿做了大量细致的校阅工作,有些校稿留存至今。现存鲁迅为青年人校稿的目录如下:

---

① 鲁迅:《鲁迅译著书目》,《鲁迅全集》第 4 卷,第 185—186 页。
② 参见"李宗武"条目,《鲁迅全集》第 17 卷,第 96—97 页。
③ 孙席珍:《鲁迅先生怎样教导我们的》,鲁迅博物馆鲁迅研究室编:《鲁迅诞辰百年纪念集》,第 101 页。
④ 鲁迅:《250517 致李霁野》,《鲁迅全集》第 11 卷,第 489—490 页。

篇　名	著　者	译　者	备　注
《黑假面人》	[俄]安特列夫	李霁野	出版
《外套》	[俄]果戈理	韦素园	出版
《看了〈春雨的主人公〉以后》	引名		这是作者引名看了《语丝》第30期静贞和周作人的一篇通信后所写的文章。《春雨》是韦素园所作,登载于《语丝》第27期。鲁迅在校稿时加入"《语丝》三十期中",指明发表期刊,原文为"当我看了静贞先生的《春雨的主人公》的一篇通信"。作者曾在《莽原》周刊第6期发表过《乐观与悲观》
《漫骂栏中的杂话》	亚侠		作者曾在《莽原》周刊第17期发表过《"反感"?》
《三一八》	天织		
《落花集》	王志之		原名《血泪英雄》,1929年9月北平东方书店出版,后作者将其中的历史剧《血泪英雄》抽去,保留小说五篇和诗二首,改名《落花集》,鲁迅曾为之校订,但未能出版①
《城与年》概要			
《爱国志士》	勤扬		文章
《弦上》	未署名,高长虹在《莽原》周刊发表过同名系列文章,疑为高长虹所作		
《乱说》	未署名		
《迷信与误解》	梦苇		
《杂话一束》	曲广均②		

---

① 参见《330626致王志之》,《鲁迅全集》第12卷,第412页。
② 曲广均,即曲广钧,1925年间为北京大学英文系学生,曾在《京报副刊》《国民新报副刊》发表文章。据原手稿,《杂话一束》写于1926年3月11日夜。鲁迅日记记载1926年3月25日,"得曲广均信并稿"。鲁迅手稿全集编辑委员会编:《鲁迅手稿全集》日记第14册,第9页。

续表

篇　名	著　者	译　者	备　注
《中国的前途》（十七）	有麟		
《战胜一切？》	有麟		
《女神的姿态》	天庐		
《髑髅》	[俄]都介涅夫	孝嵩	
《读了"罗曼罗兰评鲁迅以后"》	敬隐渔		

川岛曾回忆鲁迅为青年看稿校稿的情况：

> 鲁迅先生在北京时，除担任教育部的工作之外，还在北大、师大、女师大和世界语学校等校教课，已经很够忙的了，但是如果青年们有事给他去信，他一定写回信；有去找他的，他也总接见。有些青年还拿了译稿或者自己写的文章，请他去校、去改，他也从不推托的。如果白天没有功夫校改，又怕搁的日子多了耽误了他们，就在夜里来替他们校改，看稿子又看的极仔细，翻书、查字典，甚至稿子中的一个错别字都给改正了；他喝着很浓的茶，不断的吸着纸烟，一直到深夜不息。有时困了在他的木板床上躺一下，再起来工作。等到把稿子还给他们时，也不过淡淡的说一句，"我看过了。"或者说："有和原意不大符合的地方，我已经改了一些。"①

李霁野回忆，抗日战争爆发时，"未名社各种译著，鲁迅先生改过的我们的原稿，都在我手边"，存放在天津，天津忽然盛传日本宪兵队要逐户搜查的流言，李霁野只好把不便存留的都扔弃或烧毁，多年的书信也一同付之一炬。"侥幸存留下来的，只有鲁迅先生改过的《外套》和《黑假面人》译稿，现在保存在北京鲁迅博物馆"。② 在现存的鲁迅藏书中，还收有日文版的《外套》和

---

① 川岛：《大师和园丁——鲁迅先生与青年们》，《和鲁迅相处的日子》，第2页。
② 李霁野：《鲁迅先生与未名社》，北京：人民文学出版社，1984年，第92页。

《黑假面人》,鲁迅在校稿过程中,还可以参阅日文的译本。① 鲁迅在信中也谈到对《外套》的校阅:"《外套》已看过,其中有数处疑问,用?号标在上面。"②

由现存的鲁迅为韦素园译《外套》和李霁野译《黑假面人》进行校稿的手稿,可以看出经过鲁迅的修改后,青年译者译作中错误、含混和幼稚之处得到了校正,面目更清晰了。青年译作的初稿远没有达到出版水平,经过鲁迅的指导、修改和润色,并由其提供出版条件,终于成为翻译作品面世。

鲁迅在《中国新文学大系·小说二集·导言》中总结了未名社的成绩:"未名社……事业的中心,也多在外国文学的译述。"③鲁迅追忆未名社道:

> 未名社现在是几乎消灭了,那存在期,也并不长久。然而自素园经营以来,绍介了果戈理(N.Gogol),陀思妥也夫斯基(F.Dostoevsky),安特列夫(L.Andreev),绍介了望·蔼覃(F.van Eeden),绍介了爱伦堡(I.Ehrenburg)的《烟袋》和拉夫列涅夫(B.Lavrenev)的《四十一》。还印行了《未名新集》,其中有丛芜的《君山》,静农的《地之子》和《建塔者》,我的《朝华夕拾》,在那时候,也都还算是相当可看的作品。事实不为轻薄阴险小儿留情,曾几何年,他们就都已烟消火灭,然而未名社的译作,在文苑里却至今没有枯死的。④

在鲁迅的指导下,未名社所译介的作品具有很强思想性和战斗性。未名社是中国最早致力于介绍苏联文学的一个社团⑤,高长虹指出,"未名社的翻译对于中国的时代是有重大的意义的,与时流的翻译决不一样",所举的例子是

---

① 在北京鲁迅博物馆中藏有"鲁迅藏书"《外套》(他二篇),ゴーゴリ作,伊吹山次郎译,"岩波文库"913,岩波书店昭和八年六月二十日印刷,昭和八年六月二十五日发行,昭和九年十二月三十日第三刷发行;《黑い假面》,アンドレーフ著,米川正夫译,先驱艺术丛书(11),发行所:金星堂,大正十三年十一月十日印刷,大正十三年十一月十五日发行。
② 《260713 致韦素园》,《鲁迅全集》第 11 卷,第 533 页。
③ 《中国新文学大系·小说二集·导言》,鲁迅编选:《中国新文学大系·小说二集》,第 15—16 页。
④ 鲁迅:《忆韦素园君》,《鲁迅全集》第 6 卷,第 69—70 页。
⑤ 参见王瑶:《鲁迅和北京》,《鲁迅与中国文学》,上海:平明出版社,1952 年,第 150 页。

《苏俄文艺论战》与《十二个》。①

未名社的翻译是在鲁迅的指导下开展的,因此在翻译作家作品的选择、对作家的评价、译文的风格等各方面都得到了鲁迅的指导,并受其影响。韦素园在《序〈往星中〉》中列出的多位俄国作家均为鲁迅所重视的作家:"十九世纪末与二十世纪开场的俄国文学界有两个代表的人物——戈理奇与安特列夫。""安特列夫初年的著作中显然有着契诃夫与戈理奇的影响在。""在另一方面,他是继承着陀思妥夫斯基的精神的,他被称为俄国文学上的伊万喀拉玛若夫。"②伊万喀拉玛若夫是陀思妥夫斯基的最后一部小说《喀拉玛若夫兄弟》的主人公,怀疑思想的代表。韦素园《校了稿后》所谈到的梭罗古勃、卜宁(蒲宁),也为鲁迅所常述及。"就以对于文学上的事来说罢,我很爱那已经装在架柜里的梭罗古勃和那拼(摒)弃在现代文坛榱(桌)下的卜宁。"③这句话是针对《新俄罗斯文坛的现势漫画》(画室译解说)而说的④。

在《外套》的校稿中,鲁迅修改的地方主要有:

1. 这本小说涉及俄国的官职系统,这是青年人所不了解的。鲁迅帮助韦素园确立了官衔的译法。韦素园原文采取的是意译的方法,而鲁迅则采取了直译。首先,鲁迅将韦素园所译"爵位"改为"品位"⑤。再将各意译的官职改为按品位命名的官职。例如,韦素园的原文为:

> 倘若在不仅是挂名的(意译为九等),甚至连机密的(意译为三等),实任的(意译为四等),宫廷的(意译为七等),和其他各种的顾问。

这样的翻译使得官职含混不清。鲁迅将此段括号及其里面的文字都删除,在旁做注释来指导译法:

> 注:挂名顾问应译为九品官,机密顾问是三品官,实任顾问是四品

---

① 高长虹:《未名社的翻译,广告及其他》,山西省盂县《高长虹全集》编辑委员会编:《高长虹全集》第2卷,北京:中央编译出版社,2010年,第154页。
② 韦素园:《序〈往星中〉》,《莽原》半月刊第10期,1926年5月25日。
③ 韦素园:《校了稿后》,《莽原》半月刊第21期,1926年11月10日。
④ 画室:《新俄罗斯文坛的现势》,《莽原》半月刊第2卷第1期,1927年1月10日。
⑤ 参见"鲁迅校稿"《外套》,果戈理著,韦素园译,第1页。现存北京鲁迅博物馆。原稿为手稿,部分页面无页码,下文不再一一注明。

官,宫廷顾问是七品官,在此处不便意译,故直译之。

此后,韦素园的译文中再出现"挂名顾问"时,鲁迅便将其改为"九品官",并将"文事顾问"改为"五品官",将"记录员"改为"十四品官",将"地方政府书记"改为"十二品官",将"区长"改为"署长"。鲁迅还为译文中出现的官衔——土耳其的"巴沙"加上注释:"注:土耳其省长和都督等的爵衔。"将韦译"将军的爵位"改为"将军品位",并加注:"在俄国,不论文武官,品位比较最高些的,都可呼之为将军,其品位亦可称之为将军品位。"这样,译文中的俄国官职系统清晰明了,易为中国读者理解。

2. 在文中加入注释,介绍相关的外国背景资料。例如注释"法易珂纳纪念碑":"法易珂纳(Falconer 1716—1791)是法国十八世纪有名的雕刻师,循俄女皇加德邻第二之请,在一千七百六十六年,造成大彼得跨着骏马的黄铜立像,因此一般人遂呼为法易珂纳纪念碑。"

3. 人名的翻译。鲁迅在所有翻译的人名后加入括号,补入原文中的俄文人名。对外国人名的译法,鲁迅在1922年11月所写的《不懂的音译》一文中曾专门讨论过。

4. 字句的修改。年轻人生涩的译文经过鲁迅的改校,变得语调从容而又能准确表达原文的语意。例如,韦素园的原译文为:

> 嗓音简短而且严厉,这是他还在没得现在的位置和将军爵位之前,用一礼拜工夫在自己屋里私人对着镜子老早故意学会的。

经过鲁迅的修改后,这句话改为:

> 嗓音简短而且严厉,这是他还在没有得到现在的位置和将军品位之前,用一礼拜工夫在自己屋里独自对着镜子老早故意学会的。

另外的例句是鲁迅将韦译"在青年人们中怎么这样放肆□□反对长官"改为"你们青年人对长官真是放肆得太过分了!"将"嗓音调到这么高"的"调"改为"提"。

鲁迅对李霁野所译《黑假面人》所做校正的突出之处,有以下几点:

1. 大量修改了原译文中人名的译法。李霁野回忆了鲁迅对自己译文的校改：

> 《黑假面人》的人物译名，几乎全给先生改正了，他笑着解释说，以中国的名姓译外国人的名字也许在懒惰的读者看着很顺眼，但在译者是绝对不可以的。①

在《黑假面人》的校稿中，鲁迅将李霁野所译的剧中人名进行了修改，使它们更符合这些人物在剧中的身份。例如，将主角斯巴达路的公爵译名"罗软饶"（Lorenyo）改译为"罗连卓"；公爵夫人"杜娜"（Donna）改译为"堂娜"；公爵的酒的经理人"柯锐斯陶法路"（Christofaro）改译为"克理斯多法路"；管事"白厨克佐"（Petruccio）改译为"彼德卢佐"；歌者"罗玛杜"（Romauldo）改译为"罗马陀"。②

2. 增加了注释。例如，对"隋普烈"和"费拉勒"酒，增加注释："Cyprus 和 Falernus 是两个古时出酒著名的地方，酒名是从这两个字变出的。"

3. 注意修正原译中容易产生歧义之处。例如，李霁野原译中罗连卓所说的一句话为：

> "原谅我，我必得先来这个厚脸的匪棍，路易治！"

因为当时场上有多人，这句话这样翻译就很含混不清，需要说明这句话所指向的对象，并增补这句话中的动词。鲁迅将之修改为：

> "原谅我，迷人的女嘲笑家，我必得先来惩戒这个厚脸的匪棍，路易治！"

又例如，将原译中一个假面人所说的话"罗软饶，是一个杀人的凶手！"改译为"罗连卓公爵，是一个杀人的凶手！"用"罗连卓公爵"与"凶手"形成鲜明的对比，原剧的讽刺效果得以言传。

为李霁野的两本译作《往星中》《黑假面人》的出版，鲁迅亲自写信给许

---

① 李霁野：《鲁迅先生与未名社》，第 177 页。
② 参见"鲁迅校稿"《黑假面人》，安特列夫著，李霁野译，现存北京鲁迅博物馆。下文不一一注明。

钦文和陶元庆,托陶元庆设计封面。① 为了使陶元庆对这两本书有深入的了解,鲁迅还在致许钦文、陶元庆的信里,写了这两本书的故事梗概。②

未名社 1925 年夏成立于北京,是由鲁迅建议成立的,并由他领导,主要负审稿和编辑的责任。③ 未名社的主要成员还有韦素园、曹靖华、李霁野、台静农、韦丛芜等。这五个主要成员除曹靖华外,都是安徽霍邱人。鲁迅在日记中记载,1925 年 8 月 30 日,"夜李霁野、韦素园、丛芜、台静农、赵赤坪来"④。"是夜李霁野等来访时鲁迅发起组织未名社。"⑤"鲁迅筹印费 400 元,曹靖华、台静农、韦素园、韦丛芜、李霁野各筹 50 元。"⑥据李霁野统计,鲁迅日记中关于未名社的记事约有七百则,寄成员的书信共三百几十封,互相访问的次数也不少,而全体六个成员相聚却只有一次。⑦

未名社成员情况如下:

曹靖华,1896 年生于河南卢氏县,与韦素园同时去苏俄入东方大学,1921 年夏护送一个病友回国,在安庆与韦丛芜、李霁野晤面。1922 年到北京大学旁听俄文课。在开封时,助俄人王希礼译《阿 Q 正传》,与鲁迅通讯,并由韦素园的信知道未名社成立,也加入未名社。⑧

韦素园,1902 年生于安徽霍邱县叶集,在明强小学毕业后,入阜阳第三师范学校读书,未毕业离开,约 1920—1921 年去苏俄入东方大学。1922 年到北京,入俄文法政专门学校续学俄文。未名社成立后,首先担任实际工作。

台静农,1903 年生于安徽霍邱县叶集,在明强小学毕业后,到汉口上过一段时间中学,未毕业即到北京大学国文系旁听,后在北京大学国学研究所

---

① 参见鲁迅《250929 致许钦文》《250930 致许钦文》《261029 致陶元庆》,《鲁迅全集》第 11 卷,第 514—518、593 页。
② 《250930 致许钦文》《261029 致陶元庆》,《鲁迅全集》第 11 卷,第 517—518、593 页。
③ 《与李霁野同志座谈纪略》(鲁迅博物馆 1975 年 6 月于天津),现存北京鲁迅博物馆,第 10 页。
④ 《鲁迅全集》第 15 卷,第 578 页。
⑤ 同上书,第 578、581 页。
⑥ 《与李霁野同志座谈纪略》(鲁迅博物馆 1975 年 6 月于天津),现存北京鲁迅博物馆,第 10 页。
⑦ 李霁野:《鲁迅先生与未名社》,"小引"第 4 页。
⑧ 同上书,第 8 页。

边工作边学习。

韦丛芜，1905 年生于安徽霍邱县叶集，在明强小学毕业后，先入阜阳第三师范，继到岳州湖滨中学，终于在北京崇实中学毕业，后毕业于燕京大学。

李霁野，1904 年生于安徽霍邱县叶集，在明强小学毕业后，入阜阳第三师范，三年后退学，转学安庆未成，1922 年到北京入崇实中学，毕业后入燕京大学。①

李霁野 1975 年在北京鲁迅博物馆的座谈中，谈到未名社与地下党的关系，指出实际上未名社当时是共产党的地下联络站。② 鲁迅和陈沂（"反右"前任解放军总政治部文化部部长）在台静农家见面交谈过。任国桢是作为地下党员牺牲的。③ 地下党员赵赤坪在《莽原》半月刊第 12 期（1926 年 6 月 25 日）发表诗歌《赠礼》，署名"赤坪"。地下党员李云鹤因党的工作关系路过北京，住在未名社。地下党员戴铸义，即戴映东，也在未名社住过。王青士、李何林、王冶秋也到过未名社，他们那时似是地下党员。④ 1928 年 4 月，因为未名社出版《文学与革命》，北洋军阀查封未名社并逮捕李霁野、台静农。⑤ 李霁野、台静农第一次被捕时，鲁迅曾写信给汤尔和，请他帮忙；台静农第三次被捕时，李霁野通过鲁迅去找蔡元培帮忙。⑥

1926 年，台静农编选《关于鲁迅及其著作》一书，列为"未名社丛书"之一。这本书收录自 1923 年至 1926 年间发表于全国各主要报刊的有关评论鲁迅的文章，共十二篇，并收入《鲁迅自叙传略》和景宋《鲁迅先生撰译书录》，另附四张图片。这本书收入的《鲁迅自叙传略》，是鲁迅自觉为一位文学家的自传。1920 年代，《阿Q正传》被译为英语⑦、俄语⑧，鲁迅在《俄文译

---

① 未名社成员的简况参见《与李霁野同志座谈纪略》（鲁迅博物馆 1975 年 6 月于天津），现存北京鲁迅博物馆，第 24—26 页。
② 同上书，第 2 页。
③ 同上书，第 1 页。
④ 同上书，手稿，本页无页码。
⑤ 同上书，第 4 页。
⑥ 同上书，第 10 页。
⑦ 梁社乾为译《阿Q正传》为英文事与鲁迅通信，鲁迅日记有记录，《鲁迅全集》第 15 卷，第 563—649 页。
⑧ 鲁迅日记 1925 年 5 月 9 日，"寄曹靖华信，附致王希礼笺"。王希礼经曹靖华介绍，翻译鲁迅的《阿Q正传》，请鲁迅作序并答疑，鲁迅在是日信中绘图解答其询问。《鲁迅全集》第 15 卷，第 564、567 页。

本《阿Q正传》序及著者自叙传略》里对自己的创作生涯做了初步总结:"我在留学时候,只在杂志上登过几篇不好的文章。初做小说是一九一八年,因了我的朋友钱玄同的劝告,做来登在《新青年》上的。这时才用'鲁'迅(引者注:原文如此)的笔名(Pen-name);也常用别的名字做一点短论。现在汇印成书的只有一本短篇小说集《呐喊》,其余还散在几种杂志上。别的,除翻译不计外,印成的又有一本《中国小说史略》。"①

这本书首次对鲁迅的文学创作做了一个总结。书中收入了张定璜《鲁迅先生》,中国鲁研界很多人都认为,这篇文章"是这个时期最有分量的一篇鲁迅小说的评论文章"②。在这本书的书末,还附录了鲁迅编《未名丛刊》《乌合丛书》的广告,为鲁迅所写:"现在将这分为两部分了。《未名丛刊》专收译本;另外又分立了一种单印不阔气的作者的创作的,叫作《乌合丛书》。"③

第三节 鲁迅与新潮社

五四时期,北京大学的学生们办了三个大型刊物,代表左、中、右三派:"左派的刊物叫《新潮》,中派的刊物叫《国民》,右派的刊物叫《国故》。这些刊物都是由学生自己写稿、自己编辑、自己筹款印刷、自己发行,面向全国,影响全国。"④在北京大学的三个学生刊物中,鲁迅对新潮社曾有经济上的支持。⑤ 鲁迅的《呐喊》于1923年8月由新潮社出版,列为"文艺丛书"之一。

1918年,傅斯年约集同学罗家伦、毛子水等二十人,创立新潮社。1919

---

① 鲁迅:《俄文译本〈阿Q正传〉序及著者自叙传略》,《语丝》周刊第31期,1925年6月15日。
② 王富仁:《中国鲁迅研究的历史与现状》,福州:福建教育出版社,2006年,第19页。
③ 台静农编:《关于鲁迅及其著作》,北京:未名社刊物经售处,1926年,该篇最初印入版权页后。
④ 据冯友兰回忆,冯友兰:《三松堂自序》,北京:生活·读书·新知三联书店,2009年,第368页。杨早:《一班刊物竟成三——五四时期的北大学生刊物比较》论述了这三种刊物,收入陈平原、山口守编:《大众传媒与现代文学》,北京:新世界出版社,2003年,第282—310页。
⑤ 鲁迅日记1924年3月14日,"晚伏园来并交前新潮社所借泉百"。4月4日,"晚孙伏园来并交泉百,乃前借与新潮社者,于是清讫"。《鲁迅全集》第15卷,第504、507页。

年1月1日,《新潮》月刊创刊。①"《新潮》者,北京大学学生集合同好,撰辑之月刊杂志也。"②李霁野1975年在回忆中认为"新潮社大概主要是周作人负责,鲁迅自然也有关系"③。李小峰创办北新书局,以出版鲁迅著作起家。"新潮社出版的第一本文艺丛书,就是鲁迅的《呐喊》,内容、封面、印刷和装订,都引起极大的赞赏,因为各方面都开创了一个新局面。"④《新潮》这本充满朝气的学生刊物,其反传统之激烈程度甚至比《新青年》有过之而无不及。鲁迅在1919年1月16日致许寿裳的信中评论了《新潮》:"惟近来出杂志一种曰《新潮》,颇强人意,只是二十人左右之小集合所作,间亦杂教员著作。"⑤此后,便连续寄许寿裳⑥。

《新潮》很明显地受到师辈所编《新青年》的影响,参与编写的学生们都是《新青年》的忠实读者。1918年,《狂人日记》在《新青年》发表后,最初的反响即来自《新潮》杂志。8个月后,1919年2月1日出版的《新潮》第1卷第2号的"书报介绍"栏介绍《〈新青年〉杂志》,文中对《狂人日记》做出了最早的反应:"唐俟君的《狂人日记》用写实笔法,达寄托的(Symbolism)旨趣,诚然是中国近来第一篇好小说。"⑦1919年4月,傅斯年又以"孟真"为笔名在《新潮》第1卷第4号上发表了《一段疯话》,表达了他对《狂人日记》的深刻理解和推崇,说《狂人日记》的狂人,"对于人世的见解,真个透彻极了,但是世人总不能不说他是狂人。哼哼!狂人!狂人!耶稣、苏格拉底在古代,托尔斯泰、尼采在近代,世人何尝不称他做狂人呢?"⑧

---

① 参见《傅斯年先生年谱简编》,《傅斯年全集》第7卷,长沙:湖南教育出版社,2003年,第401页。
② 《新潮发刊旨趣书》,《新潮》第1卷第1号,1919年1月1日。
③ 其他还有孙伏园、李小峰、罗家伦、傅斯年、康白情等,似乎也有俞平伯。《与李霁野同志座谈纪略》(鲁迅博物馆1975年6月于天津),现存北京鲁迅博物馆,第13页。
④ 同上书,第13—14页。
⑤ 《190116致许寿裳》,《鲁迅全集》第11卷,第369页。
⑥ 鲁迅日记1919年1月16日,"寄许季市信并《新潮》一册。寄张梓生《新潮》一册,代二弟发"。2月4日,"寄季市《新青年》、《新潮》各一册"。8月7日,"寄季市《新青年》、《新潮》各一册"。《鲁迅全集》第15卷,第358、359、376页。
⑦ 记者:《新青年杂志》,《新潮》第1卷第2号,1919年2月1日。
⑧ 孟真:《一段疯话》,《新潮》第1卷第4号,1919年4月1日。

随后,傅斯年给鲁迅写信,请鲁迅给《新潮》提意见,鲁迅由此介入了对《新潮》的指导。①《新潮》第1卷第5号刊登了鲁迅和傅斯年的通信。在致傅斯年的信中,鲁迅对于《新潮》的偏学理性提出了要求:

> 《新潮》每本里面有一二篇纯粹科学文,也是好的。但我的意见,以为不要太多;而且最好是无论如何总要对于中国的老病刺他几针,譬如说天文忽然骂阴历,讲生理终于打医生之类。现在的老先生听人说"地球椭圆","元素七十七种",是不反对的了。《新潮》里满了这些文章,他们或者暗地高兴。(他们有许多很鼓吹少年专讲科学,不要议论,《新潮》三期通信内有史志元先生的信,似乎也上了他们的当。)现在偏要发议论,而且讲科学,讲科学仍发议论,庶几乎他们依然不得安稳,我们也可告无罪于天下了。总而言之,从三皇五帝时代的眼光看来,讲科学和发议论都是蛇,无非前者是青梢蛇,后者是蝮蛇罢了;一朝有了棍子,就要打死哟。既然如此,自然还是重的好。——但蛇自己不肯被打,也自然不消说得。②

鲁迅把讲科学比喻为无毒蛇"青梢蛇",把发议论比喻为"蝮蛇",自然是强调进行社会批评的重要性了。鲁迅对《新潮》中有社会批评主题的作品评价较高:"《新潮》里的《雪夜》《这也是一个人》《是爱情还是苦痛》(起首有点小毛病),都是好的。上海的小说家梦里也没有想到过。这样下去,创作很有点希望。《扇误》译的很好。……《推霞》实在不敢恭维。"③鲁迅在致钱玄同的私函中更明确地写道:"昨天看见《新潮》第二册内《推霞》上面的小序,不禁不敬之心,油然而生,勃然而长。"④钱玄同回信讽刺了宋春舫的前言中所概

---

① 由鲁迅的回信可知傅斯年给鲁迅的信中曾请鲁迅对《新潮》提意见。《对于〈新潮〉一部分的意见》,《新潮》第1卷第5号,1919年5月1日。
② 鲁迅:《对于〈新潮〉一部分的意见》,《新潮》第1卷第5号,1919年5月1日。
③ 同上。此外,鲁迅还在《190130致钱玄同》中评论《推霞》:"昨天看见《新潮》第二册内《推霞》上面的小序,不禁不敬之心,油然而生,勃然而长;倘若跳舞再不高明,便要沛然莫之能御了。"《鲁迅全集》第11卷,第371页。
④ 《190130致钱玄同》,《鲁迅全集》第11卷,第371页。

括的妇女形象:"目莲之母亲,易卜之娜拉,同得'这种人'之徽号。"①宋春舫所译《推霞》载于《新潮》,剧前介绍《推霞》一剧为"Moritori 三剧之一",谈到剧中的妇女形象时,有诋毁女性的态度。②

傅斯年在回信中对鲁迅的意见都表示赞同,并再次表达了对《狂人日记》的赞赏:

> 先生的一番见解是更进一层了。……
>
> 先生对于我们的诗的意见很对。我们的诗实在犯单调的毛病。……
>
> 《狂人日记》是真好的……《新潮》里第一种成绩是小说。……
>
> 先生想闹出几个新的创作家来,实在是我们《新潮》创立的目的了。③

傅斯年在回信中还谈到同社某君看了《狂人日记》和《红笑》,也作了一篇《新婚前后七日记》。而这篇《新婚前后七日记》(小说)就登载于这一期④。而且本期登出的傅斯年《随感录》也深受鲁迅小说《狂人日记》的影响,第(二)部分大谈狂人,第(三)部分引用了"救救孩子!"的呼声,第(四)部分则详细写明:

> 《新青年》里有一位鲁迅先生和一位唐俟先生是能做内涵的文章的。我固不能说他们的文章就是逼真托尔斯泰、尼采的调头,北欧中欧式的文学,然而实在是《新青年》里一位健者。

并在文中声援了鲁迅对上海《泼克》的批评。⑤

1918年10月13日,新潮社开第一次预备会,决定要办什么样的杂志,定下的原则是:

---

① 钱玄同1919年1月31日致鲁迅信,周海婴编:《鲁迅、许广平所藏书信选》,北京鲁迅博物馆鲁迅研究室注释,长沙:湖南文艺出版社,1987年,第19—20页。
② 苏特曼:《推霞》,宋春舫译,《新潮》第1卷第2号,1919年2月1日。
③ 傅斯年答《对于〈新潮〉一部分的意见》,《新潮》第1卷第5号,1919年5月1日。
④ 任钘:《新婚前后七日记》,《新潮》第1卷第5号,1919年5月1日。
⑤ 傅斯年:《随感录》,《新潮》第1卷第5号,1919年5月1日。

(1)批评的精神。

(2)科学的主义。

(3)革新的文词。①

学理性强,确实是《新潮》的一大特点和编者的主动追求,《新潮发刊旨趣书》中就把对学术的追求放在首位,对社会的批评位列第二:"今日之大学固来日中国一切新学术之策源地;而大学之思潮未必不可普遍国中,影响无量。……同人等深惭不能自致于真学者之列,特发愿为人作前驱而已。名曰《新潮》,其义可知也。今日出版界之职务,莫先于唤起国人对于本国学术之自觉心。……此本志之第一责任也。""对中国社会的不平之鸣,兼谈所以因革之方,是本志之第二责任也。"②这种追求中有胡适的影响。1920年留学英国的傅斯年致胡适的信中写道:"我很希望北京大学里造成一种真研究学问的风气。"③并自言"我在北大期中,以受先生之影响最多"④。《新潮》的另一主将罗家伦在评论当时中国的杂志界时,对于学理派"脑筋清楚的"一类表示"非常佩服",列举出这类杂志:作政论的前有《甲寅》,后有《太平洋》;论科学的以《科学》为最有价值。他又专门写了三点期望于科学社。⑤

在接受鲁迅的指导后,傅斯年公开声明接受鲁迅的意见:"鲁迅先生:我现在所以把《新潮》第三期里加入科学文一条意见自行取销的缘故,不过以为我们当发挥我们的比较的所长,大可不必用上牛刀补足我们天生的所短。先生的一番见解是更进一层了。此后不有科学文则已,有必不免于发议论;不这样不足以尽我们的责任。"⑥傅斯年自行取消的这条"加入科学文的意见",是指他在致同社同学读者诸君的信中曾写道:"我们杂志的唯一大缺点,是纯粹科学文字太少了,——简只是还不曾有哩。"因此,"(1)凡关于纯正科学的著作,无论是普通论文,或是专门研究,最当欢迎;他若社会科学的

---

① 傅斯年:《新潮之回顾与前瞻》,《新潮》第2卷第1号,1919年10月30日。
② 《新潮发刊旨趣书》,《新潮》第1卷第1号,1919年1月1日。
③ 《致胡适》(1920年8月1日),《傅斯年全集》第7卷,第13页。
④ 同上书,第14页。
⑤ 罗家伦:《今日中国之杂志界》,《新潮》第1卷第4号,1919年4月1日。
⑥ 傅斯年答《对于〈新潮〉一部分的意见》,《新潮》第1卷第5号,1919年5月1日。

著作——经济学,政治学,法理学等,——也是同样欢迎。(2)理科法科工科的同学,若肯光顾我们,是更欢迎的。(3)但专说一种特殊技术的著作,本志以适应普通读者之故,不便登载"。①

在接下来出版的《新潮》第 2 卷第 1 号中,关注社会批评的文章增加了。这一期刊出了关注社会问题的罗家伦《妇女解放》、陈达材《社会改制问题》、郭绍虞《新村研究》、周作人《访日本新村记》,诗歌有罗家伦《天安门前的冬夜》、寒星《老牛》《铁匠》、俞平伯《"他们又来了"》、叶绍钧《我的伴侣》,小说有鲁迅的《明天》等。② 此后的几期《新潮》延续了这一风格,登载了一些进行社会批评的文章。

《新潮》第 2 卷第 2 号刊出了梦麟《北大学生林德扬君的自杀:教育上生死关头的大问题》、守常《青年厌世自杀问题》、志希《是青年自杀还是社会杀青年:北大学生林德扬君的自杀教育上转变的大问题》,就当时发生的大学生林德扬自杀一事展开了讨论。③《新潮》第 2 卷第 3 号刊出了朱洪《女权与法律》、罗家伦《批评的研究:三 W 主义》。罗家伦《批评的研究:三 W 主义》明显受到鲁迅提倡文明批评和社会批评的影响,从科学、文学、社会三方面提倡批评的精神,并指出中国缺乏批评的原因有两个:"(一)中了政治专制的毒;(二)中了思想专制的毒。"④《新潮》第 2 卷第 5 号刊出了鲁迅翻译的《察拉图斯忒拉的序言》(尼采名著)。《新潮》第 3 卷第 1 号刊出了平伯《现行婚制底片面批评》。

但《新潮》作为北京大学学生刊物,主要认同的指导者还是北京大学的老师,特别是胡适、周作人。傅斯年 1916 年由预科升入北京大学本科国文门。⑤ 这一时期的北京大学国文门的教员群体因为胡适的到来,正处于由章门弟子占主体向留学英美知识分子主导转变的时期,这种转变在 1916、1917 两级学生中,表现明显。傅斯年本人即经历了由章太炎学派转向胡适之学的

---

① 傅斯年:《通信》,《新潮》第 1 卷第 3 号,1919 年 3 月 1 日。
② 《新潮》第 2 卷第 1 号,1919 年 10 月 30 日。
③ 《新潮》第 2 卷第 2 号,1919 年 12 月 1 日。
④ 罗家伦:《批评的研究:三 W 主义》,《新潮》第 2 卷第 3 号,1920 年 4 月 1 日。
⑤ 参见《傅斯年先生年谱简编》,《傅斯年全集》第 7 卷,第 400—401 页。

过程。因而,新潮社请"胡适之先生做我们的顾问,我们很受他些指导"①。因为傅斯年 1919 年即离开北京大学前往英国留学,而当时鲁迅尚未进入北京大学任教,所以傅斯年并没有把鲁迅看作自己的北京大学老师。傅斯年 1920 年 8 月 1 日致信北京大学的幼渔、士远、君默、启明、玄同、遏先诸位先生,这封写给北京大学老师的信中,并未包括鲁迅。傅斯年在这封信中谈到周作人加入新潮社一事:"前云新潮由启明先生编辑一说听说已实行了。极欢喜。"②《新潮》第 2 卷第 5 号刊出《本社纪事》,周作人当选为主任编辑。③在江绍原的讲述中,"鲁迅先生在北京时,傅斯年他们瞧不起鲁迅和许寿裳先生,说他们是'官',不是研究学问的人"④。此说不足信。

新潮社后来与北京大学教授中的《现代评论》派关系密切,鲁迅对新潮社也有批评。"《现代评论》比起日报的副刊来,比较的着重于文艺,但那些作者,也还是新潮社和创造社的老手居多。"⑤杨振声的小说《玉君》,被《现代评论》列为 11 种"中国新出有价值的书"之一。⑥ 鲁迅讽刺道:"我先前看见《现代评论》上保举十一种好著作,杨振声先生的小说《玉君》即是其中的一种,理由之一是因为做得'长'。"⑦鲁迅在书信中谈到杨振声也带贬义:"文科主任杨振声,此君近来似已联络周启明之流矣。"⑧1935 年,鲁迅在《中国新文学大系·小说二集》中,对杨振声的作品只收入了《渔家》,在"导言"中对《玉君》还有批评:"他先决定了'想把天然艺术化',唯一的方法是'说假话','说假话的才是小说家'。于是依照了这定律,并且博采众议,将《玉君》

---

① 傅斯年:《新潮之回顾与前瞻》,《新潮》第 2 卷第 1 号,1919 年 10 月 30 日。
② 参见《傅斯年致马幼渔等》(1920 年 8 月 1 日),北京鲁迅博物馆编:《鲁迅博物馆藏近现代名家手札》(三),第 267 页。
③ 孟寿椿:《本社纪事》,《新潮》第 2 卷第 5 号,1920 年 9 月 1 日。
④ 参见潘德延:《走访江绍原同志》,《鲁迅研究文丛》(一),长沙:湖南人民出版社,1980 年,第 116 页。
⑤ 鲁迅:《中国新文学大系·小说二集·导言》,鲁迅编选:《中国新文学大系·小说二集》,第 11 页。
⑥ 陈西滢《闲话》列举他认为是"中国新出有价值的书"共 11 种,其中举《玉君》为长篇小说的代表:"要是没有杨振声先生的《玉君》,我们简直可以说没有长篇小说。"《现代评论》第 3 卷第 71、72 期,1926 年 4 月 17、24 日。《玉君》,杨振声著,现代社文艺丛书之一,1925 年出版。
⑦ 鲁迅:《马上支日记》,《语丝》周刊第 89 期,1926 年 7 月 26 日。
⑧ 鲁迅:《290721 致章廷谦》,《鲁迅全集》第 12 卷,第 197 页。

创造出来了。然而这是一定的:不过一个傀儡,她的降生也就是死亡。我们此后也不再见这位作家的创作。"①在鲁迅与张凤举轮流编辑的《国民新报副刊》上发表的张一鸣《文学家们和其他的兼忒儿满》,讽刺了《现代评论》的众多作者包括胡适、徐志摩、陈西滢、凌叔华、丁西林,也讽刺了《玉君》。②

鲁迅对顾颉刚的嘲讽是更为明显的,不仅在小说中偶尔插入一笔:"他近来很有点不大喜欢红鼻子的人。但这回见了这尖尖的小红鼻子,却忽然觉得它可怜了。"③在致友人的书信中也对顾颉刚多有讽刺。"红鼻,先前有许多人都说他好,可笑。这样的人,会看不出来。"④"实则我之'鼻来我走'与鼻不两立,大似梅毒菌,真是倒楣之至之宣言,远在四月初上也。"⑤"鼻君似仍颇仆仆道途,可叹。此公急于成名,又急于得势,所以往往难免于'道大莫能容'。"⑥

在1920年代顾颉刚致沈兼士的一封信中,顾颉刚误认为鲁迅暗中诋毁自己,这是造成他与鲁迅交恶的原因之一。此信写道:

> 鲁迅因为我曾任研究所助教,在匿名揭帖上说我在北大中只作书记,这不必辨,我决不在这资格上计较。⑦

鲁迅在《阿Q正传》中有一段话,胡适并未在意,他还高度评价了《阿Q正传》;这段话却被顾颉刚放大了,顾颉刚在1973年时写道:

> 至在我之故,首发见于一九二一年冬之《阿Q正传》,渠谓"阿Q"之名为"桂"为"贵",只有待于"胡适之先生之门人们"的考定,按是年春胡适始作《红楼梦考证》,而我为之搜罗曹雪芹家庭事实及高鹗之登第岁

---

① 鲁迅:《中国新文学大系·小说二集·导言》,鲁迅编选:《中国新文学大系·小说二集》,第3页。
② 张一鸣:《文学家们和其他的兼忒儿满》,《国民新报副刊》乙刊二三,第53号,1926年1月30日。
③ 鲁迅:《铸剑》,《鲁迅全集》第2卷,第433页。
④ 鲁迅:《270225 致章廷谦》,《鲁迅全集》第12卷,第21页。
⑤ 鲁迅:《270530 致章廷谦》,《鲁迅全集》第12卷,第34页。
⑥ 鲁迅:《290315 致章廷谦》,《鲁迅全集》第12卷,第151页。
⑦ 《顾颉刚给沈兼士的信》(1921—1927),现存北京大学档案馆。此信无明确年份,仅注"6月29日"。

月,此等事亦彼在《中国小说史略》中所不废,足证此类考据亦适合于彼之需要,而彼所以致此讥讽者,只因五四运动后,胡适以提倡白话文得名过骤,为北大浙江派所深忌,而我为之辅佐,觅得许多文字资料,助长其气焰,故于小说中下一刺笔……总之,我助胡适作文,只此搜集《红楼梦》资料一事,而彼之妒我忌我则即由此一事而来。加上他反对杨荫榆而陈源驳之,陈源与我为友而孙伏园又加以挑拨,于是彼之恨我乃益深。①

顾颉刚在1970年代时翻看自己早年的日记,又在其中增补不少关于他与鲁迅交往的回忆。顾颉刚认为鲁迅把他看作胡适的门生、陈西滢的朋友,而其中又有孙伏园等挑拨,所以造成了交恶。②

顾颉刚在回忆中又为自己鸣冤,说自己并非胡适门徒,而是被胡适利用,"我那时引为学术上之导师的,是王国维,不是胡适"③。"予未尝留学,说不上某派,徒以与胡适、陈源接近,遂亦被编入英美派,冤哉!一九七三年七月记。"④顾颉刚在1973年翻看到1924年1月21日陈源来访的日记时,又写了一段话,说陈源因为自己是近同乡,"乃常至予家谈话,遂为稔友"。而陈源和杨荫榆是亲同乡,"通伯遂在《现代评论》上作文为杨鸣冤。时鲁迅以许广平故,作文反杨尤烈,遂与陈相互对骂"。因为孙伏园的挑拨,"使鲁迅认为我为通伯死党"。⑤

顾颉刚的追忆显然是偏颇的,他对鲁迅的思想缺乏了解,只简单地将二人的交恶归结于人际关系,归结为党派之争。这也因为顾颉刚在内心深处对鲁迅缺乏尊敬之意。1925年11月3日,顾颉刚在日记中补记吴山立君转告吴稚晖的话:"近为国学者惟胡适之、顾颉刚,其次则梁任公。若章太炎则甚不行者。"⑥在1927年致罗家伦的信中,又将对章太炎学派的轻视推及周氏

---

① 《顾颉刚日记》第1卷,北京:中华书局,2011年,第835—836页。
② 同上书,第835—836页。
③ 同上书,第471页。
④ 同上书,第674页。
⑤ 同上书,第445—446页。
⑥ 同上书,第678页。

兄弟:"以自己一班人不会做文章,故竭力捧周氏兄弟。"同时表达了对鲁迅议论性文风的不认同:"风气所趋,害了一班盲目的青年,专以刻薄尖酸为事,视骂人为惟一之文材。"①实际上,鲁迅与《现代评论》派在政治、思想立场上的对立,以及顾颉刚对《现代评论》派的追随和认同,是鲁迅批评、讽刺顾颉刚的更深层的原因。

鲁迅对傅斯年也多有批评:"傅斯年我初见,先前竟想不到是这样人。当红鼻到此时,我便走了;而傅大写其信,给我,说他已有补救法,即使鼻赴京买书,不在校;且宣传于别人。我仍不理,即出校。现已知买书是他们的豫定计划,实是鼻们的一批大生意,因为数至五万元。但鼻系新来人,忽托以这么大事,颇不妥,所以托词于我之反对,而这是调和办法,则别人便无话可说了。他们的这办法,是我即不辞职,而略有微词,便可以提出的。"②1933年,鲁迅在文中再次以辛辣的笔调提到新潮社:"看当时欢宴罗素,而愤愤于他那答话的由新潮社而发迹的诸公的现在,实在令人觉得罗素并非滑头,倒是一个先知的讽刺家,将十年后的心思豫先说去了。"③

而在1935年,鲁迅编选《中国新文学大系·小说二集》时,对新潮社当年的文学成绩依然做出了很高的公允的评价。《小说二集》继鲁迅的四篇小说之后,即选入了俞平伯、罗家伦、汪敬熙、杨振声等新潮社成员的作品。鲁迅在"导言"中写道:"(小说的作家)较多的倒是在《新潮》上。从一九一九年一月创刊,到次年主干者们出洋留学而消灭的两个年中,小说作者就有汪敬熙,罗家伦,杨振声,俞平伯,欧阳予倩和叶绍钧。……他们每作一篇,都是'有所为'而发,是在用改革社会的器械,——虽然也没有设定终极的目标。"④其中,表达了对新潮社文学成绩的肯定和期望。

---

① 《顾颉刚日记》第1卷,第250页。
② 鲁迅:《270515致章廷谦》,《鲁迅全集》第12卷,第32—33页。
③ 鲁迅:《打听印象》,《鲁迅全集》第5卷,第326页。
④ 鲁迅:《中国新文学大系·小说二集·导言》,鲁迅编选:《中国新文学大系·小说二集》,第2页。

结　语

　　本书对鲁迅在北京的交游做了系统的研究。鲁迅到北京教育部任职后，与北京的学术文化圈形成网状交往结构。在这个文学场域中，鲁迅的文学位置经由场域内人群的合力作用，逐渐位移到文坛中心，成为著名作家。此后的鲁迅，自身也成为北京文学场域的构成部分，他运用自身的文化资源，秉持文学救国的精神，倡导进行文明批评和社会批评的文学，建立起文学阵地，并培养了一批青年。鲁迅是中国现代文学史上的焦点人物，通过对鲁迅的研究，可以观照当时整个学术文化圈的构成状况。这个论题力图对中国现代文学史上重要人物的一些重要时间点进行准确的历史定位，描绘出不同时期的一张张中国现代文学场域图。由此鲁迅在北京文学场域中的位移可以得到更科学的描述。

　　鲁迅在北京时期，基本在教育部任职，教育部的同僚以及浙籍同乡是鲁迅在北京时期人际交往的主要和基本网络。鲁迅与教育部同事交往密切的时期主要集中在1912—1917年，主要僚友有两类：浙籍同僚；留学归国的同僚。因为浙籍上司蔡元培、董恂士的器重，鲁迅在教育部曾接手并完成了一批重要工作。在这个过程中，鲁迅的思想和语言都得到了锻炼，并得以进一步观察中国社会，研究中国历史。

　　目前学界普遍把绍兴会馆时期视为"沉默的十年"，认为鲁迅在这一时期把主要精力用于钞古碑、辑校古籍、读佛经。实则鲁迅钞古碑还有更具体更深层的原因。首先，长期被学界忽视的一点是，古碑与鲁迅在教育部的工作直接相关。其次，鲁迅收藏石刻画像，从一开始就有西方考古学的影响。

所以鲁迅整理古碑,不但注意其文字,而且研究其图案。最后,鲁迅钞古碑,也是借助金石研究中国历史。学界忽视鲁迅钞古碑与鲁迅在教育部工作的相关性,主要是因为学界长期忽视了鲁迅在教育部的工作实绩,以及鲁迅与教育部同事的交往。而这些史实在鲁迅日记中有清晰的记载。

辛亥革命后,鲁迅曾任职的浙江两级师范学堂的部分同事到北京工作:一部分到北京教育部,一部分到北京大学。这两部分人成为鲁迅人际交往的重要组成之一。

1917年是一个转折点,蔡元培在北京大学担任校长,章门弟子大举进入北京大学任教,北京大学诸君创办的《新青年》,正努力于新文化运动,主张文学革命。1917年,鲁迅的僚友们受到范源濂的打压外放,此后,教育部的工作和同事交往在鲁迅日记中的记载就越来越少。在教育部愈感苦闷的鲁迅,与进入北京大学的浙籍章门弟子往来增多。随着周作人进京,章门弟子中的同乡钱玄同与周氏兄弟交往频繁,经钱玄同约稿,鲁迅创作《狂人日记》,开始步入文坛,接续起东京时期以文学活动救国的精神。在语言上,鲁迅在教育部时期因工作原因进行翻译,开始使用文白夹杂的语言。从《狂人日记》开始,鲁迅自觉使用白话,并力倡白话文学。鲁迅在《新青年》时期的写作有"听将令"的特点,其创作也由约稿所激发。《新青年》"随感录"的写作,使鲁迅发展出一条自己独有的以批评为主的议论性短文的道路,逐渐形成了自己的文学观。在新文化人的欣赏、推崇下,鲁迅奠定了著名作家的地位。

因小说著名的鲁迅,被北京大学等高校、中学聘为教师。高校的教学使鲁迅培养起一批青年,并开始进入文化实体领域。随着《新青年》同人的分化,他们产生了对新的发表阵地的需求,学生孙伏园从《晨报副刊》辞职后,鲁迅就支持几个学生创办了《语丝》。学生李小峰进入文化实体领域,创办了北新书局。鲁迅因《雷峰塔的倒掉》《再论雷峰塔的倒掉》为代表的战斗性杂文而成为《语丝》主将。但《语丝》在北京时期的编辑权主要在周作人那里,周作人发展出不同于鲁迅的另一种文风,并以苦雨斋为中心形成一个作者群,使《语丝》呈现出灰色。因为与同辈知识群体在文学观和思想观上的疏离，鲁迅越来越多地将希望寄托在年轻人身上，希望能培养出新的社会批评主体，而将自己这一辈视为"历史的中间物"。

为了培养新的青年战士，鲁迅创办了《莽原》，并编辑《国民新报副刊》，主要将它们作为发现和培养青年作家的阵地，并明确提出了进行"文明批评"和"社会批评"的文学观，文体选择以杂文为主。鲁迅应邀写了自传，完成了作家身份的自我塑造。

这个时期，鲁迅的主要交往群体是年轻的知识群体，以未名社、莽原社、沉钟社等为主体。未名社在鲁迅的指导下，翻译了一系列具有思想性和战斗性的外国作品，培养出年轻的翻译家。莽原社在《莽原》时期是具有战斗性的青年作家群体，后来与鲁迅的关系逐渐疏远，但鲁迅依然肯定了他们作品的文学价值。鲁迅曾资助以北京大学学生为主体的新潮社，指导他们多写议论性的文章。

通过对鲁迅在北京时期的交游进行研究，本书勾勒出一条鲁迅从教育部官员到新文化人，再到高校教师、深受青年敬仰的思想家和文学家的清晰的发展脉络。

参考文献

一、基本文献
（一）文物与档案
《北京大学浙江同乡录》，现存北京鲁迅博物馆。

《常惠同志来馆座谈》记录手稿（1975年5月10日上午），现存北京鲁迅博物馆。

《陈独秀在胡适关于停办〈新青年〉信件上的批注及胡适有关此事的信件》，现存北京大学档案馆。

《陈望道回忆鲁迅——关于赠鲁迅〈共产党宣言〉译本》，现存北京鲁迅博物馆。

《访问章廷谦记录》（1975年4月24日），现存北京鲁迅博物馆。

高启沃：《关于鲁迅在北京黎明中学任教的情况》，现存北京鲁迅博物馆。

《顾颉刚给沈兼士的信》（1921—1927），现存北京大学档案馆。

《国立北京女子师范大学职教员通讯处一览》（1926年4月），现存北京鲁迅博物馆。

汉画像等拓片，北京鲁迅博物馆藏。

《黑假面人》，安特列夫著，李霁野译，"鲁迅校稿"，现存北京鲁迅博物馆。

《黑い假面》，アンドレーフ著，米川正夫译，北京鲁迅博物馆"鲁迅藏书"，先驱艺术丛书（11），发行所：金星堂，大正十三年十一月十日印刷，大正十三年十一月十五日发行。

《教育部文牍汇编第六》总务厅文书科印，1921年3月辑印，鲁迅藏书，现存北京鲁迅博物馆。

《教育部职员录》，许寿裳藏，现存北京鲁迅博物馆。

《教育部职员录》（民国三年六月编、民国四年四月编、民国五年五月编、民国五年九月编），许寿裳藏，现存北京鲁迅博物馆。

《教育部职员录》（民国十一年四月编、民国十三年十二月编），鲁迅文物，现存北京鲁迅博物馆。

李霁野:《鲁迅先生与未名社》,李霁野赠北京鲁迅博物馆、鲁迅研究室油印本,1976年5月10日。

《留日同学录》,许寿裳藏,现存北京鲁迅博物馆。

鲁迅保存青年人稿件两百二十余件,现存北京鲁迅博物馆,具体目录请参见附录"鲁迅保存的青年稿件列表"。此处列举七件:

废名:《也来"闲话"》文章和致鲁迅信(1925年12月26日);

蹇先艾:《积水潭之畔》和致鲁迅信(1925年9月28日);

刘复:《江阴的山歌》及信;

台静农:《人彘》《画阳的老头儿与章士钊》;

沉君:《面皮之进步——无端之一》;

章廷谦:《游仙窟》抄稿,"鲁迅校稿";

朱湘:《〈苦闷的象征〉英诗中译拟正表》。

鲁迅编:《六朝墓志目录》《汉石存目》《六朝造像目录》《汉画像目录》《四川通志等书金石录摘抄》,现存中国国家图书馆。

《鲁迅剪报》,现存北京鲁迅博物馆。

《女师大教职员通讯》(1924年冬节),现存北京鲁迅博物馆。

《钱玄同给沈兼士的信》(1918年12月22日),现存北京大学档案馆。

《通俗教育研究会第一次报告》《通俗教育研究会第二次报告书》《通俗教育研究会第三次报告书》《通俗教育研究会第四次报告书》,现存首都图书馆。

《外套》,果戈理著,韦素园译,"鲁迅校稿",现存北京鲁迅博物馆。

《外套》(他二篇),ゴーゴリ作,伊吹山次郎译,北京鲁迅博物馆"鲁迅藏书","岩波文库"913,岩波书店昭和八年(1933)六月二十日印刷,昭和八年六月二十五日发行,昭和九年十二月三十日第三刷发行。

《魏建功抄鲁迅写的吕超墓志铭》,现存北京鲁迅博物馆。

许寿裳所记松东教授述《实验心理学》笔记,现存北京鲁迅博物馆。

许寿裳:《应用心理学讲义手稿》,现存北京鲁迅博物馆。

《有关赵景深与李小峰的传略》,现存北京鲁迅博物馆。

《与李霁野同志座谈纪略》(鲁迅博物馆1975年6月于天津),现存北京鲁迅博物馆。

《章衣萍致鲁迅》,现存北京鲁迅博物馆。

《浙江旅京同乡录》,1916年12月浙江公会第五次编刊。

《浙江全省旅京同乡录》,浙江同乡公会文牍科编印,孙宝琦署耑,1922年1月。

《周作人剪报》,现存北京鲁迅博物馆。

周作人书信,存于新文化运动纪念馆文物库:

 《周作人为女师大风潮事致钱玄同函》;

 《周作人为文字改革事致钱玄同函》(1918年2月5日);

 《周作人(独应)为代友人索〈新青年〉致钱玄同函》(1918年12月14日);

 《周作人为歌谣研究会开会及对"专制"和〈新青年〉的看法致钱玄同函》(1920年12月16日);

 《周作人致钱玄同》(1920年12月17日);

 《周作人致钱玄同》(1925年6月25日)。

(二)近现代报刊

《北京女子高等师范文艺会刊》

《晨报副镌》

《晨(钟)报》

《沉钟》周刊、半月刊

《国立历史博物馆丛刊》

《国民新报副刊》

《国学季刊》

《国语周刊》

《河南》

《教育部编纂处月刊》

《教育公报》

《教育世界》

《京报副刊》

《京师教育报》

《莽原》周刊、半月刊

《猛进》

《民报》

《浅草》

《时事新报·学灯》

《通俗教育丛刊》

《微波》

《现代评论》

《小说月报》

《新潮》

《新青年》

《语丝》

(三)基本史料

安特列夫:《往星中》,李霁野译,"未名丛刊"之一,1926年。

《北京会馆资料集成》,北京:学苑出版社,2007年。

《北京历史纪年》,北京:北京出版社,1984年。

北京鲁迅博物馆编:《北京鲁迅博物馆藏中国近现代名人手札大系》(第1—8卷),北京:高等教育出版社,2016年、2018年、2021年。

北京鲁迅博物馆编:《鲁迅博物馆藏近现代名家手札》,福州:福建教育出版社,2002年。

北京鲁迅博物馆编:《鲁迅珍藏汉代画像精品集》,天津:百花文艺出版社,2005年。

北京鲁迅博物馆编:《钱玄同日记》(影印本),福州:福建教育出版社,2002年。

北京鲁迅博物馆鲁迅研究室编:《鲁迅研究资料》(4—17),天津:天津人民出版社,1980—1986年。

北京鲁迅博物馆、上海鲁迅纪念馆编:《鲁迅藏汉画象》(一)(二),上海:上海人民美术出版社,1986、1991年。

北京师范大学校史编写组编:《北京师范大学校史》,北京:北京师范大学出版社,1982年。

《北京往事谈》,北京:北京出版社,1988年。

滨田耕作:《考古学通论》,俞剑华译,上海:商务印书馆,1933年。

曹述敬:《钱玄同年谱》,济南:齐鲁书社,1986年。

陈衡恪:《陈衡恪诗文集》,刘经富辑注,南昌:江西人民出版社,2009年。

陈平原、郑勇编:《追忆蔡元培》,北京:生活·读书·新知三联书店,2009年。

陈师曾:《北京风俗图》,北京:北京古籍出版社,1986年。

陈漱渝、姜异新主编:《民国那些人——鲁迅同时代人》,桂林:漓江出版社,2012年。

陈漱渝、姜异新主编:《民国那些事——鲁迅同时代人》,桂林:漓江出版社,2012年。

陈玉堂编著:《中国近现代人物名号大辞典》,杭州:浙江古籍出版社,1993年。

陈子善编:《龙坡论学集》,沈阳:辽宁教育出版社,2000年。

崇彝:《道咸以来朝野杂记》,北京:北京古籍出版社,1982年。

厨川白村:《苦闷的象征》,鲁迅译,北京:北新书局,1926年。

川岛:《和鲁迅相处的日子》,北京:人民文学出版社,1958年。

邓云乡:《鲁迅与北京风土》,北京:文史资料出版社,1982年。

多田贞一:《北京地名志》,张紫晨译,北京:书目文献出版社,1986年。

冯雪峰:《回忆鲁迅》,北京:人民文学出版社,1953年。

复旦大学语言研究室编:《陈望道文集》,上海:上海人民出版社,1979年。

傅秋爽主编:《北京文学史》,北京:人民出版社,2010年。

高平叔编:《蔡元培全集》,北京:中华书局,1989年

高平叔撰著:《蔡元培年谱长编》,北京:人民教育出版社,1999年。

戈公振:《中国报学史》,上海:上海古籍出版社,2003年。

《顾颉刚日记》,北京:中华书局,2011年。

《顾颉刚书信集》,北京:中华书局,2011年。

《国立北京大学研究所国学门概略》,1927年。

胡适:《五十年来中国之文学》,上海:申报馆,1924年。

黄英哲、陈漱渝、王锡荣主编:《许寿裳遗稿》,福州:福建教育出版社,2011年。

吉田熊次原:《德国教育之精神》,华文祺、蔡文森、秦同培编译,上海:商务印书馆,1916年。

吉田熊次原:《社会教育的设施及理论》,马宗荣译,上海:中华书局,1935年。

季羡林主编:《胡适全集》,合肥:安徽教育出版社,2003年。

贾植芳等编:《中国现代文学总书目·翻译文学卷》,北京:知识产权出版社,2010年。

姜德明:《书叶集》,广州:花城出版社,1985年。

《教育法令汇编》,教育部印行,1933年3月。

《京师五城坊巷胡同集 京师坊巷志稿》,北京:北京古籍出版社,1983年。

《旧京遗事 旧京琐记 燕京杂记》,北京:北京古籍出版社,1986年。

黎锦熙、白涤洲:《注音字母无师自通》,北平:文化学社,1929年。

黎锦熙:《国语运动史纲》,上海:商务印书馆,1934年。

李德龙、俞冰主编:《历代日记丛钞》(影印本)第168册,北京:学苑出版社,2006年。

李霁野:《鲁迅先生与未名社》,北京:人民文学出版社,1984年。

李学勤主编:《20世纪中国学术大典(考古学 博物馆学)》,福州:福建教育出版社,2007年。

刘侗、于奕正:《帝京景物略》,北京:北京古籍出版社,1982年。

刘复:《瓦釜集》,北京:北新书局,1926年。

刘锦满、王琳编:《柯仲平研究资料》,西安:陕西人民出版社,1988年。

刘运峰编:《鲁迅全集补遗》,天津:天津人民出版社,2006年。

鲁迅编选:《中国新文学大系·小说二集》,上海:上海良友图书印刷公司印行,1935年。

鲁迅博物馆编著:《鲁迅研究资料》(18—24),北京:中国文联出版公司,1987—1991年。

鲁迅博物馆鲁迅研究室编:《鲁迅年谱》(1—4),北京:人民文学出版社,1981年。

鲁迅博物馆、鲁迅研究室、《鲁迅研究月刊》选编:《鲁迅回忆录》(散篇专著),北京:北京出版社,1999年。

《鲁迅大辞典》编委会编:《鲁迅大辞典》,北京:人民文学出版社,2009年。

《鲁迅全集》,北京:人民文学出版社,2005年。

鲁迅手稿全集编辑委员会编:《鲁迅手稿全集》,北京:文物出版社。第一函文稿1986年7月版;第二函文稿1986年10月版;第三函书信1978年6月版;第四函书信1979年12月版;第五函日记1985年5月版;第六函日记1981年2月版。

鲁迅研究室编:《鲁迅研究资料》(1—3),北京:文物出版社,1976、1977、1979年。

《鲁迅译文全集》,福州:福建教育出版社,2008年。

罗尔纲:《师门五年记·胡适琐记》,北京:生活·读书·新知三联书店,2006年。

罗慧生:《鲁迅与许寿裳》,杭州:浙江人民出版社,1982年。

茅盾:《我走过的道路》,北京:人民文学出版社,1981年。

彭定安、马蹄疾编著:《鲁迅和他的同时代人》,沈阳:春风文艺出版社,1985年。

钱玄同:《钱玄同文集》(1—6),北京:中国人民大学出版社,1999—2000年。

伽斯那:《痴华鬘》,上海:上海书店,1985年影印。

《清代北京竹枝词》(十三种),北京:北京古籍出版社,1982年。

《清国留学生会馆第一次报告》,清国留学生会馆发行,明治三十五年十月五日、光绪二十八年九月四日。《清国留学生会馆第二次报告》,清国留学生会馆发行,明治三十六年三月廿九日、光绪二十九年三月一日。《清国留学生会馆第三次报告》,清国留学生会馆发行,明治三十六年十一月廿一日、光绪二十九年十月二日。《清国留学生会馆第四次报告》,清国留学生会馆发行,明治三十七年五月廿九日、光绪三十年四月十五日。《清国留学生会馆第五次报告》,清国留学生会馆发行,明治三十七年十二月一日、光绪三十年十月二十六日。

璩鑫圭、唐良炎编:《中国近代教育史资料汇编·学制演变》,上海:上海教育出版社,2007年。

山东师范学院聊城分院中文系图书馆编:《鲁迅在日本》,1978年12月。

山东师院聊城分院中文系、图书馆编:《鲁迅在北京》(一)(二),1977年10月、1978年4月。

上海图书馆编:《中国近代期刊篇目汇录》,上海:上海人民出版社,1983年。

绍兴市政协文史资料委员会、浙江省政协文史资料委员会编:《许寿裳纪念集》,杭州:浙江人民出版社,1992年。

沈尹默等:《回忆伟大的鲁迅》,上海:新文艺出版社,1958年。

实藤惠秀:《中国人留学日本史》,谭汝谦、林启彦译,北京:生活·读书·新知三联书店,1983年。

水如编:《陈独秀书信集》,北京:新华出版社,1987年。

孙殿起辑:《琉璃厂小志》,北京:北京出版社,1962年。

孙伏园、孙福熙:《孙氏兄弟谈鲁迅》,北京:新星出版社,2006年。

孙郁、黄乔生主编"回望鲁迅丛书"(散文部分),石家庄:河北教育出版社,2002年。包括《无限沧桑怀遗简》《永在的温情》等,共13册。

台静农编:《关于鲁迅及其著作》,北京:未名社刊物经售处,1926年。

台静农:《台静农先生辑存遗稿》,台北:"中研院"中国文哲研究所,1993年。

台静农著,陈子善编:《龙坡杂文》(增补本),北京:生活·读书·新知三联书店,2002年。

台静农著,陈子善、秦贤次编:《我与老舍与酒——台静农文集》,台北:联经出版事业公司,1992年。

谭正璧编:《中国文学进化史》,上海:光明书局,1929年。

唐钺、朱经农、高觉敷主编:《教育大辞书》,上海:商务印书馆,1930年。

王彬、徐秀珊主编:《北京地名典》(修订版),北京:中国文联出版社,2008年。

王风编:《废名集》(全六卷),北京:北京大学出版社,2009年。

王世家、止庵编:《鲁迅著译编年全集》,北京:人民出版社,2009年。

王世儒编:《蔡元培日记》(上下),北京:北京大学出版社,2010年。

王冶秋:《琉璃厂史话》,北京:生活·读书·新知三联书店,1963年。

《文史大家朱希祖》,上海:学林出版社,2002年。

吴建雍、赫晓琳:《宣南士乡》,北京:北京出版社,2000年。

《西湖》文艺编辑部编:《鲁迅在杭州》,1979年3月。

许钦文:《在老虎尾巴的鲁迅先生:许钦文忆鲁迅全编》,上海:上海文化出版社,2007年。

许寿裳:《亡友鲁迅印象记》,香港:上海书局有限公司,1974年。

许寿裳:《章炳麟》,上海:胜利出版公司,1946年。

薛绥之主编:《鲁迅生平史料汇编》(第一至五辑),天津:天津人民出版社,1981年。

严家炎编:《二十世纪中国小说理论资料》(第二卷),北京:北京大学出版社,1997年。

叶淑穗、杨燕丽:《从鲁迅遗物认识鲁迅》,北京:中国人民大学出版社,1999年。

于敏中等编纂:《日下旧闻考》,北京:北京古籍出版社,1981年。

郁达夫等著,周黎庵主编:《回忆鲁迅及其他》,上海、桂林、香港:宇宙风社,1940年。

《域外小说集》,会稽周氏兄弟纂译,周树人发行,己酉二月十一日印成。

《域外小说集》,上海:群益书社,1921年。

张杰编著:《鲁迅藏同时代人书信》,郑州:大象出版社,2011年。

张能耿:《鲁迅早期事迹别录》,石家庄:河北人民出版社,1981年。

张仁忠:《北京史》,北京:北京大学出版社,2009年。

张文成:《游仙窟》,上海:上海书店影印出版,1985年。

张文成:《游仙窟》,今村与志雄译,东京:岩波书店,1990年。

赵英:《籍海探珍——鲁迅整理祖国文化遗产撷华》,北京:中国文史出版社,1991年。

震钧:《天咫偶闻》,北京:北京古籍出版社,1982年。

中岛长文编刊:《鲁迅目睹书目》(日本书之部),1986年3月25日。

中国第二历史档案馆编:《中华民国史档案资料汇编》,第三辑教育,南京:江苏古籍出版社。

中国人民大学历史学院编:《尚钺先生》,北京:中国人民大学出版社,2011年。

中国人民政协会议浙江省委员会、文史资料研究委员会编:《浙江文史资料选辑》(1—28),杭州:浙江人民出版社,1985年。

中国社会科学院考古研究所编辑:《明清北京城图》,北京:地图出版社,1986年。

中国社会科学院近代史研究所中华民国史组编:《胡适来往书信选》,北京:中华书局,1979年。

中国社会科学院近代史研究所编:《五四运动回忆录》,北京:中国社会科学出版社出版。

中国史学会主编:《辛亥革命》(一)(八),上海:上海人民出版社,1957年。

钟叔河编订:《周作人散文全集》,桂林:广西师范大学出版社,2009年。

周海婴编:《鲁迅、许广平所藏书信选》,北京鲁迅博物馆鲁迅研究室注释,长沙:湖南文艺出版社,1987年。

周遐寿:《鲁迅小说里的人物》,上海:上海出版公司,1954年。

周作人辑译:《点滴》,北京:北京大学出版部,1920年。

《周作人日记》(影印本),鲁迅博物馆藏,郑州:大象出版社,1996年。

周作人著,黄开发编:《知堂书信》,北京:华夏出版社,1995年。

二、研究论著

(一)专著

安德森:《想像的共同体——民族主义的起源与散布》,吴叡人译,上海:上海人民出版社,2008年。

包亚明主编:《现代性与空间的生产》,上海:上海教育出版社,2003年。

北冈正子:《摩罗诗力说材源考》,何乃英译,北京:北京师范大学出版社,1983年。

彼得·伯克:《历史学与社会理论》,姚朋、周玉鹏、胡秋红等译,上海:上海人民出版社,2001年。

曹聚仁:《鲁迅评传》(修订版),北京:生活·读书·新知三联书店,2011年。

陈根生:《鲁迅——伟大的教育家》,乌鲁木齐:新疆大学出版社,1991年。

陈离:《在"我"与"世界"之间——语丝社研究》,上海:东方出版中心,2006年。

陈平原、王德威编:《北京:都市想像与文化记忆》,北京:北京大学出版社,2005年。

陈漱渝:《鲁迅在北京》,天津:天津人民出版社,1978年。

程麻:《鲁迅留学日本史》,西安:陕西人民出版社,1985年。

费正清:《剑桥中华民国史》(上),杨品泉等译,北京:中国社会科学出版社,1994年。

费正清、费维恺编:《剑桥中华民国史》(下),刘敬坤等译,北京:中国社会科学出版社,1994年。

费正清、刘广京编:《剑桥中国晚清史》(上、下),北京:中国社会科学出版社,2007年。

高远东:《现代如何"拿来"——鲁迅的思想与文学论集》,上海:复旦大学出版社,2009年。

顾钧:《鲁迅翻译研究》,福州:福建教育出版社,2009年。

顾明远、俞芳、金锵、李恺:《鲁迅的教育思想和实践》,北京:人民教育出版社,1981年。

哈·麦金德:《历史的地理枢纽》,林尔蔚、陈江译,北京:商务印书馆,2010年。

亨利·勒菲弗:《空间与政治》(第二版),李春译,上海:上海人民出版社,2008年。

亨利·列斐伏尔:《空间的生产》,刘怀玉等译,北京:商务印书馆,2021年。

Henri Lefebvre, *The Production of Space*, Translated by Donald Nicholson-Smith, Oxford UK & Cambridge USA: Basil Blackwell, 1991.

侯仁之:《北京城市历史地理》,北京:燕山出版社,2000年。

黄乔生:《度尽劫波——周氏三兄弟》,北京:群众出版社,1998年。

卡尔·曼海姆:《意识形态和乌托邦》,艾彦译,北京:华夏出版社,2001年。

卡尔·曼海姆:《意识形态与乌托邦》,黎鸣、李书崇译,上海:上海三联书店,2011年。

L. A. 怀特:《文化的科学——人类与文明研究》,济南:山东人民出版社,1988年。

李喜所主编:《中国留学通史》(晚清卷、民国卷),广州:广东教育出版社,2010年。

林辰:《鲁迅事迹考》,上海:新文艺出版社,1955年。

林辰:《鲁迅述林》,北京:人民文学出版社,1986年。

林非:《中国现代小说史上的鲁迅》,西安:陕西人民教育出版社,1996年。

卢毅:《章门弟子与近代文化》,桂林:广西师范大学出版社,2009年。

鲁迅博物馆鲁迅研究室编:《鲁迅诞辰百年纪念集》,长沙:湖南人民出版社,1981年。

罗联添:《台静农先生学术艺文编年考释》,台北:学生书局,2009年。

马衡、陈衡恪:《中国金石学概论 中国绘画史》,长春:时代文艺出版社,2009年。

蒙树宏:《鲁迅年谱稿》,桂林:广西师范大学出版社,1988年。

米歇尔·福柯:《规训与惩罚:监狱的诞生》,刘北成、杨远婴译,北京:生活·读书·新

知三联书店,1999 年

米歇尔·福柯著,汪民安编:《声名狼藉者的生活:福柯文选 I》,北京:北京大学出版社, 2016 年。

米歇尔·福柯著,汪民安编:《什么是批判:福柯文选 II》,北京:北京大学出版社, 2016 年。

米歇尔·福柯著,汪民安编:《自我技术:福柯文选 III》,北京:北京大学出版社, 2016 年。

木山英雄:《文学复古与文学革命》,赵京华编译,北京:北京大学出版社,2004 年。

倪墨炎:《鲁迅的社会活动》,上海:上海人民出版社,2006 年。

皮埃尔·布迪厄:《艺术的法则:文学场的生成和结构》,刘晖译,北京:中央编译出版社,2001 年。

P. 布尔迪约、J. -C. 帕斯隆:《再生产:一种教育系统理论的要点》,邢克超译,北京:商务印书馆,2002 年。

钱理群:《心灵的探寻》,石家庄:河北教育出版社,2005 年。

尚小明:《留日学生与清末新政》,南昌:江西教育出版社,2002 年。

孙赛茵:《鲁迅与中国现代文场》,北京:清华大学出版社,2014 年。

孙世哲:《鲁迅教育思想研究》,沈阳:辽宁教育出版社,1988 年。

孙瑛:《鲁迅在教育部》,天津:天津人民出版社,1979 年。

孙玉石:《现实的与哲学的——鲁迅〈野草〉重释》,北京:北京大学出版社,2010 年。

孙玉石:《〈野草〉研究》,北京:北京大学出版社,2010 年。

孙郁、黄乔生主编"回望鲁迅丛书"(论文专著部分),包括《吃人与礼教》《鲁迅研究的历史批判》《鲁迅史料考证》《围剿集》《红色光环下的鲁迅》《鲁迅与日本人》《心灵的探寻》《铁屋中的呐喊》《反抗绝望》共 9 册,石家庄:河北教育出版社, 2001 年。

孙郁:《鲁迅与陈独秀》,贵阳:贵州人民出版社,2009 年。

孙郁:《鲁迅与胡适》,武汉:长江文艺出版社,2007 年。

孙郁:《鲁迅与周作人》,沈阳:辽宁人民出版社,2007 年。

藤井省三:《鲁迅〈故乡〉阅读史》,董炳月译,北京:新世界出版社,2002 年。

藤井省三:《鲁迅事典》,东京:三省堂,2002 年。

丸山升:《鲁迅·革命·历史——丸山升现代中国文学论集》,王俊文译,北京:北京大学出版社,2005年。

汪晖、王中忱主编:《区域:亚洲研究论丛》第1辑,北京:清华大学出版社,2011年。

王标:《城市知识分子的社会形态:袁枚及其交游网络的研究》,上海:上海三联书店,2008年。

王得后:《鲁迅与孔子》,北京:人民文学出版社,2010年。

王富仁:《鲁迅与顾颉刚》,北京:商务印书馆,2018年。

王富仁:《中国鲁迅研究的历史与现状》,福州:福建教育出版社,2006年。

王吉鹏、李丹主编:《鲁迅与中国作家关系研究》,长春:吉林人民出版社,2006年。

王景山:《鲁迅书信考释》,北京:文化艺术出版社,1982年。

王润华:《鲁迅小说新论》,台北:东大图书股份有限公司,1992年。

王士菁:《鲁迅传》,北京:中国青年出版社,1981年。

王瑶:《鲁迅与中国文学》,上海:平明出版社,1952年。

魏定熙:《北京大学与中国政治文化(1898—1920)》,金安平、张毅译,北京:北京大学出版社,1998年。

温儒敏主编:《北京大学中文系百年图史:1910—2010》,北京:北京大学出版社,2010年。

吴晓东:《漫读经典》,北京:生活·读书·新知三联书店,2008年。

夏晓虹、王风等:《文学语言与文章体式:从晚清到五四》,合肥:安徽教育出版社,2006年。

萧振鸣:《鲁迅美术年谱》,北京:国家图书馆出版社,2010年。

谢一彪:《光复会史稿》,北京:人民出版社,2009年。

严家炎:《论鲁迅的复调小说》,上海:上海教育出版社,2002年。

阎晶明:《鲁迅与陈西滢》,石家庄:河北人民出版社,2002年。

张丽华:《现代中国"短篇小说"的兴起——以文类形构为视角》,北京:北京大学出版社,2011年。

中国社会科学院文学研究所鲁迅研究室编:《鲁迅研究学术论著资料汇编》,北京:中国文联出版公司,1990年。

中央教育科学研究所编:《鲁迅论教育》,北京:北京教育科学出版社,1986年。

周策纵:《五四运动:现代中国的思想革命》,南京:江苏人民出版社。

朱正:《鲁迅的人际关系——从文化界教育界到政界军界》,北京:中华书局,2015年。

朱正:《鲁迅的人脉》,上海:东方出版中心,2010年。

朱正:《鲁迅回忆录正误》,北京:人民文学出版社,2006年。

竹内好:《鲁迅》,李心峰译,杭州:浙江文艺出版社,1986年。

竹内实:《中国现代文学评说——竹内实文集(第二卷)》,程麻译,北京:中国文联出版社,2002年。

(二)论文

北冈正子:《鲁迅留日时期关联史料探索》,何乃英译,《鲁迅研究动态》1989年第11期。

陈平原:《知识、技能与情怀——新文化运动时期北大国文系的文学教育》(上、下),《北京大学学报(哲学社会科学版)》2009年第6期、2010年第1期。

范伯群、曾华鹏:《论〈端午节〉——鲁迅小说研究之一》,《鲁迅研究》1983年第1期。

李怡:《鲁迅的"五四"与"新青年"的"五四"》,《社会科学辑刊》2007年第1期。

刘铭璋:《对新版〈鲁迅全集〉两条注释的商榷》,《鲁迅研究月刊》1989年第1期。

蒙树宏:《鲁迅札记三题》,《中国现代文学研究丛刊》1992年第2期。

潘光哲:《"胡适档案检索系统"中的周氏兄弟》,《现代中文学刊》2011年第6期。

王风:《周氏兄弟早期著译与汉语现代书写语言》(上、下),《鲁迅研究月刊》2009年第12期、2010年第2期。

肖朗、张秀坤:《民国教育界与出版界的互动及其影响——以王云五的人际交游为考察中心》,《教育学报》2011年6月。

谢仁敏:《新发现〈域外小说集〉最早的赠书文告一则》,《鲁迅研究月刊》2009年第11期。

周杉(Eva Shan Chou):《鲁迅读者群的形成:1918—1923》,由元译,《鲁迅研究月刊》2013年第3期。

附　录

附录一：鲁迅同时期留日部分《同瀛录》

在1902年《清国留学生会馆第一次报告》(自壬寅年一月起八月止)的《同瀛录》中列有：

姓氏	年龄	籍贯	着京年月	费别	学校及科目
周树人	二十	浙江绍兴	光绪二十八年三月	南洋官费	弘文学院普通科
范源濂	二十五	湖南湘阴	光绪二十四年十月	自费	高等师范学校
何燏时	二十五	浙江诸暨	光绪二十四年四月	浙江官费	第一高等学校

在1904年《清国留学生会馆第五次报告》(自甲辰四月起至十月止)的《同瀛录》中列有：

姓名	籍贯	着京年月	费别	学校及科目
何燏时	浙江诸暨	光绪二十四年四月	官费	东京帝国大学工科
胡仁源	浙江归安	三十年九月	自费	预备入校
范源濂	湖南湘阴	二十四年二月	自费	法政大学
周树人	浙江会稽	二十八年三月	官费	仙台医学校
经亨颐	浙江上虞	二十九年正月	官费	弘文学院
许寿裳	浙江山阴	光绪二十八年五月	官费	东京高等师范学校
钱家治	浙江仁和	光绪二十八年五月	官费	东京高等师范学校
冯祖荀	浙江仁和	光绪二十九年十月	官费	第一高等学校
胡浚济	浙江慈溪	光绪二十九年十月	官费	第一高等学校

附录二:1916年教育部留学生名录(据《留日同学录》整理)

姓名	号	留学国	留学学堂	职业	住址
王家驹	维白	日		视学	丘祖胡同西头路北
王嘉榘	维忱	日		佥事兼任秘书	西单报子街
毛邦伟	子龙	日		编审处主任	
伍崇学	仲文	日			
朱 炎	炎之	法		佥事、留欧学生监督	
朱文熊	造五	日		编审员	后王公厂西口外12号
朱颐锐	孝荃	比		主事	达智桥松筠菴
吴文洁	玉汝	比		主事	西城油房胡同
李宝圭	笔城	日	宏文学院	佥事	石驸马大街后宅如园
周树人	豫才	日		佥事	南半截胡同山会邑馆
周庆修	国辅	日	早稻田大学	编审员	西城根未英胡同王宅
范鸿泰	吉六	日		佥事	米市胡同南头东夹道
洪 逵	芰舲	英		佥事	后王公厂中间路北
徐协贞	吉轩	日		佥事	顺治门内授水河
徐敬熙	惺初	日	早稻田大学	佥事	西四兵马司中间黄陂陈寓
陆懋德	泳沂	美		专门司任事	武功卫街
陈文哲	象明	日		编审员	石驸马大街西头路北
陈荣镜	万仰	日	东京高等师范学校、日本大学	主事	宣武门内众议院西夹道22号
陈衡恪	师曾	日	东京高等师范学校	编审员	安福胡同56号
陈懋治	颂平	日		佥事	西单察院东胡同东头路北
孙 炳	健青	日	东京高等师范学校	任用	西单东铁匠胡同17号
高 鲁	曙青	比		中央观象台台长	东单羊肉胡同官帽胡同9号
张 绂	耘叔	日		分部任用人员	上斜街

续表

姓名	号	留学国	留学学堂	职业	住址
张恺	端卿	日	日本大学	任事	西安门内酒醋局胡同剪子巷
张谨	仲苏	德		佥事	西太平街路南
张文廉	勺泉	日		主事	后孙公园
张仁辅	守文	日	日本高等师范	分部任用人员	西单旧刑部街长安公寓
张邦华	燮和	日	东京高等师范学校	佥事	西城西铁匠胡同东头路北
张宗祥	阆声	日		视学	辟才胡同
张继煦	春霆	日		视学	南半截胡同南头路西
冯承钧	子衡	法		佥事	西城兵马司
许寿裳	季黻	日	东京高等师范学校	参事	朱巢街南头路东
汤中	爱理	日		参事	辟才胡同西口
彭清鹏	云伯	日	东京物理学校	编审员	石驸马大街如意胡同
杨乃康	莘耗	日	早稻田大学	视学	东华门南池子
杨维新	鼎甫	日		主事	新帘子胡同桥西小大院
虞铭新	和钦	日		视学	东安门外小甜水井
虞锡晋	叔昭	德		分部任用人员	上斜街番禺会馆
雷通群	振夫	英		分部任用人员	上斜街东莞新馆
齐宗熙	寿山	德		视学	东城褛褙胡同
刘家璠	崐璞	日	日本盛冈高等农林	任用	旧刑部街长安公寓
德启	茂田	日		主事	西单达智营路西
谈锡恩	君讷	日	东京高等师范学校	佥事	顺治门外椿树下
钱家治	均甫	日		视学	南半截胡同北口路西李宅内
钱稻孙		日		视学	石老娘胡同
卢均	民一	日美		编审员	西单堂子胡同
罗会垣	履平	日	东京农科大学	佥事	宣外大街歙县馆

附录三:教育部职员录(民国十一年四月编)

时 职	姓名	留学国	号	年岁	籍贯	住址
参事	汤中	日				
编审处编纂股主任编审员	毛邦伟	日	子龙	四十八	贵州	西城屯绢胡同
编审员	陈衡恪	日	师曾	四十七	江西义宁	丘祖胡同
编审员	朱文熊	日	造五	四十	江苏	石驸马大街
编审员	许寿裳	日	季黻		浙江	西城保安寺8号
司长派编审处办事	张继煦	日			湖北	
视学编审处办事	谈锡恩	日			湖北	
审查股主任编审员	陈文哲	日			湖北	西单报子街
编审员	周庆修	日			浙江	宣内翠花湾
编审员	卢均	日、美	一民		湖北	宣内西铁匠胡同
编审员	彭清鹏	日			江苏	
总务厅文书科佥事	陈懋治				江苏	崇内
总务厅会计科视学兼会计科办事	钱稻孙	日		三十七	浙江吴兴	西城姚家胡同
总务厅统计科主事	德启				京旗	
普通教育司第一科科长、视学	张邦华	日			浙江	屯绢胡同西头路西
视学兼秘书处办事	李宝圭	日			湖北	
视学	陈荣镜	日			湖北	
主事	孙炳			三十四	浙江	
第三科科长、视学	钱家治	日	均甫	四十一	浙江杭县	西城察院胡同
分部人员	张仁辅	日				西城保安寺
第四科科长、视学	齐宗颐	德	寿山	四十一	直隶高阳	东裱褙胡同

续 表

时 职	姓名	留学国	号	年岁	籍贯	住 址
主事	张文廉	日				
专门教育司第二科科长、视学	张宗祥	日	冷僧	四十一	浙江	西铁匠胡同28号
第三科科长、佥事	朱炎	法				宣内参议院后
佥事	冯承钧	法				
主事	杨维新	日				
主事	张绂	日				
主事	吴文洁	比				
社会教育司司长	高步瀛	日	阆仙	五十	京兆	西单北大街
第一科科长、佥事	周树人	日	豫才	四十	浙江绍兴	西直门内八道湾11号
主事兼通俗图书馆主任	朱颐锐	比				
第二科科长、佥事	徐协贞	日	吉轩	五十	湖北	宣内嘎哩胡同2号
视学	陆懋德	美		三十八	浙江	

附录四:浙江籍留学生名录(据1916年《留日同学录》整理)

王文蔚(芗侯)　王正黼(子文)　王廷璋(子琦)　王君飑(启常)　王佩文(纳秋)
王家襄(幼山)　王嘉榘(维忱)　王履皋(瑞声)　王荫泰(孟庸)　王蔚文(荫承)
王鸿年(鲁璠)　毛纪民(少林)　毛毓源(漱泉)　史悠明(蔼士)　朱文邵(劭臣)
朱希祖(过生)　朱绍濂(茂溪)　任祖荼(钰岑)　竹塑厚(绍斋)　沈 坚(取士)
沈王贞(修士)　沈承烈(幼甫)　沈秉衡(观群)　沈慕周(诚甫)　余晋苏(幼庚)
余荣昌(戟门)　余绍宋(越园)　吴乃琛(荇忱)　金子直(敏斋)　金绍诚(巩伯)
周启濂(钰卿)　周象贤(企虞)　周庆修(国辅)　周树人(豫才)　林 摄(赞侯)
林大闾　林行规(裴成)　林亮功(孟仓)　郁 华(曼陀)　居益铉(逸鸿)
胡仁源(次珊)　胡文耀(雪琴)　胡以鲁(仰曾)　胡诒穀(文甫)　胡濬济　马寅初
马裕藻(幼渔)　施振华(子眉)　俞大纯(慎修)　俞文鼎(琴贻)　俞同奎(星枢)
陶 铸(冶公)　陶昌善　翁文灏　徐志诚(振麟)　徐新六(振飞)　徐苇舫

徐维震(旭瀛)　　徐维纶(君纬)　　陆　灏(仲渔)　　陆世勋(竹铭)　　陆懋德(咏沂)
夏元瑮(浮筠)　　夏循垍(爽夫)　　夏锡祺(仲彝)　　陈　经(蓺青)　　陈大斋(百年)
陈世第(稚鹤)　　陈祖民(味轩)　　陈冠群(感尘)　　陈汉弟(仲恕)　　陈树斌(百练)
陈懋治(仲平)　　陈继善(孝周)　　孙炳(健青)　孙恒(慕潮)　　孙嘉禄　孙宝琦(慕韩)
韦以黻(作民)　　姚桐豫(吾刚)　　姚传驹(咏白)　　凌启鸿(楫民)　　黄公迈
黄曾铭(述西)　　黄履和(介卿)　　章宗元(伯初)　　章宗祥(仲和)　　章祖申(苢生)
章祖纯(子山)　　章鸿钊(演群)(笔名半粟,地质学家、地质教育家、地质科学史专家)
张侃(爱其)　　张绂(耘叔)　　张大椿(菊人)　　张廷霖(平卿)　　张邦华(燮和)
张孝曾(椽庭)　　张宗祥(阆声)　　张善扬(赍卿)　　张兢仁(心毂)　　张际春
张鸿勋(敬其)　　张翼燕(夔鸣)　　张竞立(彬人)　　冯农(稷家)　　冯承钧(述先)
冯祖荀(汉叔)(数学教育家,中国现代数学教育的早期代表人物之一)
冯？瀛(楚臣)　许寿裳　屠师韩　叶景莘(叔衡)　钮家董(秦韶)　邬肇元
邬学韶(志和)　　项骢(伟孚)　　项骧(卫尘)　　贺绍章(絜先)　　杨乃康(莘耜)
杨文濂(仲侯)　　虞振镛(谨庸)　　虞铭新(和钦)　　虞锡晋(叔昭)　　董甫青　董显光
赵之骗(伯俞)　　赵景建(简廷)　　赵福涛(潾川)　　钱泰(阶平)　　钱承志(念慈)
钱家治(均甫)　　钱家澄(芷斋)　　钱稻孙　钱槲亭　钱穟孙　蒋尊簋(伯器)
薛楷(式恪)　　钟赓言(子飏)　　严鹤龄(履勤)　　罗鹏九(卓然)　　顾宗林(介眉)

附录五:居住在绍兴会馆一带的留学生简表(据1916年《留日同学录》整理,部分参照1914年《教育部职员录》)

姓　名	毕业学校/留学国	职务/任职单位	住　址
王永炅	日本东京物理学校	北京工业专门学校教员	南半截胡同南口
王印川	日本	参政院参政	宣外潘家河沿
王邵廉	英国	参政院参政	宣外椿树头条
王季点	日本东京高等工科学校(工科举人)	农商部技正	宣外上斜街24号
王焕文	日本东京药学校帝国医科大学	陆军部差遣	魏染胡同
王双岐	早稻田大学	中国银行办事员	丞相胡同
李祖虞	日本	大理院推事	南半截胡同

续 表

姓 名	毕业学校/留学国	职务/任职单位	住 址
马为珑	日本	蒙藏院佥事统计科科长	南半截胡同
唐桂馨	日本	主计局参事	南半截胡同
施恩曦	东京帝国大学	交通部	丞相胡同
陆家鼐	东京高等工业学校	交通部技正	丞相胡同内大井胡同
陆梦熊	早稻田大学	交通部参事	丞相胡同内大井胡同
夏坚仲	法国		丞相胡同内大井胡同
夏循垲	日本中央大学	农商部参事	丞相胡同内大井胡同
陈邵余	日本	交通部	丞相胡同
陈登山	日本法政大学	陆军部军法司法官	丞相胡同北口路西
侯士绾	比利时、德国		丞相胡同内大井胡同
黄序鹓	日本	财政部办事	北半截胡同
章祖纯	美国	农商部技正	北半截胡同潮州馆
方宗鳌	日本明治大学	中国银行总稽核处科员	丞相胡同潮州会馆
张毓骅	早稻田大学	交通部	北半截胡同孙寓
张继煦	日本	教育部视学	南半截胡同南头路西
钱家治	日本	教育部视学	南半截胡同北口路西李宅内
王振先	日本明治大学、早稻田大学	教育部参事	丞相胡同
程承迈	日本明治大学	中国银行副总司账	丞相胡同
杨若	日本	交通部技正	丞相胡同37号
龙绂慈	奥匈帝国	交通部主事	北半截胡同
蓝任大	日本陆军士官学校	陆军部副官	南半截胡同陆海军俱乐部

注:烂熳胡同、米市胡同等从略。

附录六:鲁迅保存的青年稿件列表①

序号	篇 名	文体	作者	备 注
1	《有忆》	诗歌	翰哥	题目本为《美少女》,经朱自清看过,改为此名。《莽原》投稿,寄自宁波
2	《灯前别话》	诗歌	张春波	《莽原》投稿,致信鲁迅
3	《窃听者》	诗歌	冰庐	发表
4	《心火》《什么关系》	诗歌	田间山(闻蝉)	《莽原》投稿,致信鲁迅。1925年9月3日(写作时间);9月8日于北京(写信时间、地点)
5	《忆》《秋雨》《潇潇的雨》	诗歌	张云瀹	《莽原》投稿
6	《侠鸟曲》	诗歌	张直觉	1925年7月7日(写作时间)
7	《请罪》	诗歌	滕刚	《莽原》投稿
8	《我要喝加料的白干酒与红葡萄酒》	诗歌	仲平	《莽原》投稿,1925年6月18日(写作时间),后来发表
9	《灭亡》	诗歌	仲平	发表,6月7日于北京(写作时间、地点)
10	《到如今》	诗歌	仲平	寄至"北京大学第一院新潮社收",发表,6月11日(写作时间)
11	《没有题目》	散文诗	默深	《莽原》投稿
12	《一个村孩的冥想》	诗歌	燕喧	
13	《沦落》	组诗	山丰	自杭州寄至莽原周刊社
14	《灯下》	小小说	黎锦明	1925年5月28日(写作时间)
15	《光明之神》	诗歌	王黻丞	1925年7月5日
16	《一群瞎子》	散文诗	焘之	《莽原》投稿,1925年9月7日(写作时间)
17	《野菊》	诗歌		
18	《我是一个时代的落伍者》	诗歌	玉纹	1925年10月12日,太原来稿
19	《命运》	诗歌	玉纹	1925年10月12日,附致鲁迅、有麟信,太原来稿

① 表中序号为北京鲁迅博物馆所藏鲁迅保存青年稿件的藏品序号,本表收录了其中北京时期的稿件,故序号并不连贯。表中的时间、地点等内容为原件中的信息。

续 表

序号	篇 名	文体	作者	备 注
20	《积水潭之畔》	诗歌	蹇先艾	1925年9月28日(写作时间,同时写信并邮寄),《莽原》投稿
21	《不知为什么》	诗歌		《莽原》投稿
22	《父亲》	诗歌	人禾	
23	《无名》	诗歌	人禾	
24	《离别》	诗歌	田问山	《莽原》投稿,1925年5月16日于北京(写作时间、地点)
25	《神秘者》	诗歌	鲁少飞	1925年7月22日在北京旅舍选抄
26	《听说——想起》	诗歌	朱大枬①	《听说——想起》系列部分发表于《莽原》
27	《萍别》	诗歌	金仲芸	
28	《——寄春妹c》	诗歌		1925年5月22日,民大
29	《你们究竟要怎样》	诗歌	童企鲁	《莽原》投稿,法政大学(通信处)
30	《寄母亲》	诗歌	翟永坤②	1925年,后来发表
31	《剑长啸》	诗歌	翟永坤	寄至西三条
32	《故宫》	诗歌	孟士达(孟宪熙)	北京大学学生,据信纸、信封、通信处;1925年9月20日(写信时间)
33	《醉之夜——呈元武》《在她底醉了醉了以后——酬苇哥作》	诗歌	刘梦苇 邱元武	《莽原》投稿,发表
34	《致某某》	诗歌	刘梦苇	《莽原》投稿
35	《箭在弦上》	诗歌	峙南	《莽原》投稿
36	《一群绵羊》	诗歌	峙南	《莽原》投稿
37	《寄他》	诗歌	木先生	

---

① 朱大枬,1926年为交通大学学生。参见《鲁迅全集》第17卷,第50页。
② 翟永坤,1925年为北京法政大学学生,因向《国民新报副刊》投稿而与鲁迅交往,次年转入北京大学国文系,鲁迅曾在其创作方面给以指导和帮助。参见《鲁迅全集》第17卷,第248页。

续表

序号	篇 名	文体	作者	备 注
38	《呓语》	诗歌	振①	北京大学学生,向北京大学一院新潮社《语丝》编辑部的投稿。来信中说:"读先生《野草》诸篇以后,也仿作了《呓语》几首。"
39	《窃取》(二)	诗歌	浪子	作于女师新年同乐会之前一日
40	《奉榆车中》	诗歌	笛晨	寄至莽原社
41	《泥胎歌》	诗歌	蒋鸿年	给《语丝》《莽原》的投稿,信中称在中央公园拾到一篇泥胎歌②
42	《江阴的山歌》	民歌	刘复	给《莽原》的投稿,1925年12月26日(写作时间),用语丝稿纸。后来发表于他处
43	《姐姐》	诗歌		
44	《夜深》	诗歌	招桂熙	
45	《滚》	诗歌	招桂熙	
46	《非非想》	诗歌	伏英九	
47	《美妙的春心——忆江南》	诗歌	李昶	
48	《泪浆》	诗歌	吴呆羊	
49	《歪诗》	诗歌	白云僧	北京大学学生,写于北京大学东斋。针对时事,向《莽原》投稿
50	《北风中》	诗歌	戴敦智	《国民新报副刊》投稿,寄自北京大学一舍
51	《回忆》	诗歌	白鹿舞水	1926年4月17日向《莽原》投稿,从济南寄至西三条
52	《动的宇宙》	诗歌	张秀中	1926年1月2日寄给张凤举,向《国民新报副刊》投稿
53	《飘着》	散文	曲广均	自北京大学二舍,寄给张凤举
54	《昨霄月下的心》	诗歌	邓焯(学生)	为时事而作,1926年4月27日

① 鲁迅日记有记载,《鲁迅全集》第15卷,第555页。
② 寄至"北大一院新潮社转语丝周刊编辑部费神转交鲁迅先生台启"。

续表

序号	篇 名	文体	作者	备 注
65	《农人》	剧本（独幕剧）	鲍成美	1925年7月3日于北京师大改稿①
66	《穷神的威权》	小小说	鲁丙	
67	《天才》	杂文	凄瑜	
68	《返途》	小说	觉民	
69	《墙壁上的字》	杂文	姜觉民	
70	《记今年五四纪念日我所遇见的和想到的》	杂文	燕生	
71	《梦想》	散文	目寒	文中引用鲁迅"凶兽样的羊，羊样的凶兽"②
72	《呜呼思想界》	杂文	张目寒	5月4日（写作时间）
73	《这是谩骂栏里的几则杂话》	杂文	亚侠	
74	《门口头》	小小说	白波	《莽原》投稿
75	《林清人》	小小说	白波	1925年9月25日
76	《青年作家》	文章	张书桂	《莽原》投稿
78	《追记读了喻元庆君"梦的研究"的一段思想》	文章	渊	《莽原》投稿
79	《让我谈几句"人道"话》	文章	王京淑	《莽原》投稿
80	《他的回顾》	小小说	母梦鹤生	上海立达
81	《不幸之死》	文章	张直觉	1925年7月18日于南阳（写作时间、地点），《莽原》周刊投稿。作者为张云潆之兄

---

① 鲁迅日记1925年8月25日："得杨遇夫信，附鲍成美稿。"见鲁迅手稿全集编辑委员会编：《鲁迅手稿全集》日记第13册，北京：文物出版社，1978年，第23页。

② 鲁迅：《忽然想到（七至九）》，《鲁迅全集》第3卷，第63页。

续表

序号	篇名	文体	作者	备注
82	《嘈杂之歌声》	文章	王铣	1925年7月6日(写作时间),与张直觉合写信于南阳,《莽原》周刊投稿
83	《请愿》	小说	冰庐	1925年9月23日
84	《介绍"我们的诗哲"的"我们为什么来办,我想怎么办"》	文章	武林独行	《莽原》投稿
85	《哀黄叶》	文章	靳登瀛	1925年8月15日
86	《"有什么法子"!?》	文章		
87	《老头可怜》	文章		
88	《杀伐的东街》	散文	谷凤田	1925年5月9日
89	《悬空的人生观》	文章	谷凤田	
90	《也算是杂感吧?》	文章	谷凤田	
91	《听说——想起》(十三)	杂文	朱大枏	《莽原》半月刊投稿,后来发表
92	《苦药》	杂文	朱大枏	《莽原》半月刊投稿,北京交通大学
93	《随便说两句出出气》	文章	小俗	
94	《杂感》	文章	何彬	
95	《疑》	文章	燕喧	
96	《木铃》	小说	王志恒(学生)	《莽原》周刊投稿,1925年5月2日
97	《忠告》	文章	焦明锟	
98	《狗性谈》	文章	钟吾	
99	《逃学》	小说	鲍成美	1925年7月5日
100	《也是杂记》	文章	有麟	
101	《四面八方的○○○》	文章	有麟	
102	《论……》	文章	有麟	发表

续表

序号	篇 名	文体	作者	备 注
104	《"不俏为伍"?》（杂感之一）	文章	金仲芸	
	《议论与批评》（杂感之二）	文章	金仲芸	
105	《人杀与?》（杂感之三）	文章	金仲芸	
106	无题（标题被涂黑）	文章	金仲芸	
107	《狗?》	文章	金仲芸	
108	《心之呓语》	文章	金仲芸	
109	《回忆》	文章	金仲芸	
110	《顽皮的儿子不认识母亲了》	文章	金仲芸	
111	《给情人的一封信》	文章	金仲芸	
112	《烦恼的夜》	文章	金仲芸	
113	《美的我观》	文章	金仲芸	
114	《几句话》	文章	震亚	
115	《傻死》	文章	代一	
116	《美人与美人》	文章	鲁少飞	《莽原》投稿，1925年7月22日作于北京旅舍
117	《善人的故事》	小说	裴劲霜	《莽原》投稿
118	《矛盾园（三—四）》	文章	长弓	《莽原》投稿
119	《学生——我所听到的》	文章	勷扬	1925年9月9日寄自云南
120	《昏夜》	小说	李简君	师大
121	《"病咬的"!》	小说		
122	《淞滨之夏》	小说	梦	
123	《说?? 狗屁》	文章	招勉之	1926年1月1日
124	《獠牙的一露》	杂文	李遇安	

续表

序号	篇名	文体	作者	备注
125	《校长与结婚》	讽刺小说	李遇安	
126	《骂人及其他》	杂文		批评《现代评论》第52期西滢《闲话》
127	《王老爷的惊恐》	小说	甯速	
128	《微笑》	文章	培良	
129	《哭父》	小说	弄潮	1925年4月11日
130	《画阳的老头儿与章士钊》	杂文	台静农（或疾）	1925年10月13日（邮寄时间）
131	《虎？狐？》	文章	景宋	1925年8月5日（写作时间），后来发表
132	《谈"赤化"》	文章	罗曼（张闻天）	1925年8月5日（写作时间），《莽原》投稿
133	《一个文学家的资格》	文章		《莽原》投稿
134	《文艺之神》	诗歌	张耀南	1925年10月12日
135	《别后》	文章	武酉山	1925年10月18日，《莽原》周刊投稿
136	《关于罗贯中著作的话》	文章	谭正璧	《莽原》投稿，1925年7月5日寄信，后来发表
137	《关于施耐庵是谁的话》	文章	谭正璧	
138	《"苦闷的象征"英诗中译拟正表》	译诗	朱湘	
139	《月夜》	小说	东方练、宁辛	1925年7月7日
140	《似乎不成问题的一个问题》	文章	阎剑民	1926年2月9日于马神庙（写信时间、地点）
141	《闲话》	文章	南滢	为"国立北京法政大学"信封
142	《白云的路》	文章	翟永坤	1926年2月26日（写作时间），"国立北京法政大学"信封，《莽原》投稿
143	《疯了》	文章	翟永坤	1926年3月18日血腥薰天时（写作时间），寄张凤举
144	《陈问咸和女师大学生的谈话》	小说		
157	《未题》	文章	拜言	1926年3月9日

续表

序号	篇 名	文体	作者	备 注
158	《无聊话》	文章	王耘庄	
159	《在饭厅中》	小说	霏白	
160	《朦胧》	小说	姜孝昌	1926年1月12日寄自太原
161	《欢送洪深先生》		张一鸣	
162	《吹毛求疵》	文章	范冠三	1926年1月30日（写作时间），致信鲁迅、张凤举，《国民新报副刊》投稿
163	《写容》	文章	招桂熙	1926年清明
164	《贼》	小说	春芝	1926年2月4日
165	《假期》	小说	锦明	1926年3月18日（写作时间），《国民新报副刊》投稿，鲁迅或林语堂或张凤举收
166	《伤心》	文章	布衣	《国民新报副刊》投稿，1926年4月10日
167	《清明怀祖》	文章	琴海	《国民新报副刊》投稿
168	《一个卖晚报的小把戏》	文章	朱挽倾	1926年2月7日于北京（写作时间、地点），《国民新报副刊》投稿，信封写"国民新报编辑部转贵报副刊主任鲁迅先生收启"
169	《过新春》	文章	伏英九	
170	《记梦》	小说	程之	1926年3月9日
171	《顺姑底死》	小说	戴敦智	1926年2月12日
172	《面皮之进步》	杂文	沅君	1924年8月10日（写作时间），后来发表
173	《清溪》	小说	王衡	《莽原》投稿，1924年8月24日
174	《挽回的生命》	小说		1925年6月5日
175	《盲目的抗议》	文章		
176	《少女之梦》	小说		1926年8月19日
177	《归家》	小说		1924年8月24日
186	《悼妹》	文章	袁志翔	《莽原》周刊投稿，1922年4月14日旅京湘校
187	《也来"闲话"》	杂文	春风（冯文炳）	1925年12月26日（写信时间）
188	《叔本华名言》	文章	黎锦明	

续 表

序号	篇 名	文体	作者	备 注
189	《死》	译诗	许兰(Uhland)著,邓琳译	1925年6月19日(翻译时间)
190	《女郎恋歌》	译诗	费同泽译	
191	《夜魂》	译诗	吴呆羊译	《国民新报副刊》投稿
192	《露台之下》《由春至冬之歌》	译诗	王尔德著,酸狼(胡寄窗)译	《国民新报副刊》或《莽原》投稿,北京大学信封
193	《驿夫》	译诗	勒劳著,饶主谦译	
194	《猫,狗》	文章	李天织	《莽原》投稿,"北京朝阳大学"信封、信笺
196	《窃取》	文章	浪子	
197	《人彘》	文章	静农	《莽原》投稿,《建塔者》有同名小说
198	《不看原文的批评家?》	文章	有麟	发表
199	《深夜读书记——〈呐喊自序〉》	文章	高阳遗稿(文章署名)	刘弄潮寄上,现寓北京沙滩(信中说明)。鲁迅日记1925年3月27日"得刘弄潮信……复刘弄潮信";29日,"夜刘弄潮来"
200	《关于"叭儿狗"》	文章	孔祥枬	《莽原》投稿,1926年1月24日夜(写作时间)
201	《惩罚》	小说	陈微之	1923年11月4日于香港(写作时间、地点),1924年4月18日于香港(写信时间、地点)
202	《贝兰阿斯与梅丽桑特》	剧本	梅特林克著,陈学昭、季志仁等译	后发表于1980年7月《百花洲》总第4期"外国文学专号"
203	《侵入者》	话剧	梅德林克著,季志仁(石心)译	1923年

续 表

序号	篇 名	文体	作者	备 注
204	《骡子的故事》	小说	东丰	
205	《阿呆》	小说	王衡	1925年11月22日
209	《黑僧》	剧本	柴柯夫著,任国桢译	
214	《复活节蛋》	小说	库普林著,鲁彦译	由世界语译出
215	《西班牙旅店的厨房》		金郁彮译	《莽原》投稿,1925年6月30日于北京(写作时间、地点)
216	《父亲》	小说	扶剑译	1926年7月11日(翻译时间),1926年7月12日(写信时间),《莽原》投稿
217	《克孪才尔琐拿台》	小说	托尔斯泰著,石心重译	
218	《瞎子》	独幕剧	梅德林克著,石心译	
221	《自序》	序文	钦文	1924年2月8日于北京(写作时间、地点)
	《爱国志士》	文章	勷扬	1925年9月9日于云南(写作时间、地点)
	《读了〈罗曼罗兰评鲁迅〉以后》	文章	敬隐渔	《莽原》投稿,1926年3月29日(写信时间)

附录七:鲁迅与部分学生的交往列表①

姓 名	学 校	交往背景	与鲁迅的交往
向培良	中国大学	狂飙社主要成员	1926年记录整理女师大讲演
张永善	北京大学哲学系	选习"中国小说史"	函询新旧讲义

---

① 据《鲁迅全集》整理。

续表

姓 名	学 校	交往背景	与鲁迅的交往
许钦文	在北京大学旁听鲁迅讲课	浙江绍兴人，1923年1月15日，"许钦文君持伏园信来"	《故乡》由鲁迅编选，收入《乌合丛书》因许钦文涉嫌命案，鲁迅曾写信给陶书臣营救
许羡苏	北京女子高等师范学校	许钦文四妹	鲁迅为许的遭遇触发，创作小说《头发的故事》 1921年10月8日，"下午至女高师校邀许羡苏，同至高师校为作保人"。许原在北京女子高等师范学校就读，决定转入高等师范学校，请鲁迅做担保人①
冯省三	北京大学预科法文班	1921年因反对学校征收讲义费被开除	1923年与陈声树等创办世界语专门学校，请鲁迅到校任教
张俊杰	1922年北京高等师范学校国文部毕业	毕业后任北平志成中学副训育主任	1923年2月给鲁迅写信，鲁迅回信
李小峰	1923年北京大学哲学系毕业	通过孙伏园开始与鲁迅交往	《语丝》周刊负责发行兼管理印刷的出版业者 在鲁迅的帮助下开设北新书局
章廷谦	1922年北京大学哲学系毕业	毕业后留校任职	1924年参与《语丝》出版发行事务 鲁迅为他标点的《游仙窟》作序
何植三	北京大学图书馆职员，经常旁听鲁迅讲课	参与发起组织春光社，在《晨报副刊》发表过新诗	曾给鲁迅写信
王倬汉	1919年毕业于北京大学国文系		给鲁迅写信，并曾拜访鲁迅
王捷三	北京大学哲学系	陕西韩城人，1924年在北大习时，通过王品青认识鲁迅	曾以西北大学驻京代表的身份促成并接待鲁迅在西北大学讲学
宋孔显	北京大学哲学系	绍兴浙江第五中学毕业，周作人的学生，后考入北京大学哲学系	

---

① 《鲁迅全集》第15卷，第445—447页。

续表

姓　名	学　校	交往背景	与鲁迅的交往
胡博厚	北京大学文预科一年级学生	浙江绍兴人	1918年拜访鲁迅,托为入学证人
许诗荀	1922年北京大学化学系毕业	许铭伯第三子,毕业后在北洋政府实业部任职	曾多次拜访鲁迅,结婚时,鲁迅贺以二元
赵之远	北京大学法律系	浙江绍兴人	曾拜访鲁迅
缪金源	北京大学哲学系毕业	任教辅仁大学	1923年6月14日,"得缪金源信并《江苏清议》三枚《枰角公道话》二枚"。鲁迅回信,曾拜访鲁迅
陈空三	1922年北京大学哲学系毕业	1923年与陈声树、冯省三等合办世界语专门学校,任该校董事	多次拜访鲁迅,鲁迅曾回访。曾向鲁迅借钱
陈声树	原为北京法政大学学生	1923年参与合办世界语专门学校,为该校董事	多次拜访鲁迅
俞芬	北京女高师附中毕业,后间或去北京大学旁听鲁迅讲课	浙江绍兴人,俞英崖长女	鲁迅住在砖塔胡同61号时的邻居
俞芳	1935年北平师范大学数学系毕业	浙江绍兴人,俞英崖次女	1924年转入培根小学时,鲁迅曾为其作保
常惠(字维钧)	北京大学法文系	选修过鲁迅的"中国小说史"	1923年参加《歌谣》周刊编辑工作,曾请鲁迅设计封面
孙伏园	1918年入北京大学国文系旁听,翌年转为正科生	浙江绍兴人,鲁迅任山会初级师范学堂监督时的学生	1924年以记者身份与鲁迅等同赴西安讲学。后曾与鲁迅同在厦门大学、中山大学工作
孙福熙		孙伏园之弟	曾为鲁迅设计《野草》初版封面画。所著散文集《山野掇拾》《大西洋之滨》经鲁迅校正出版
孙揩第	北京师范大学国文系	后成为目录学家	曾作文请鲁迅推荐给《语丝》,未发表
夏葵如	北京大学文预科		曾给鲁迅写信,鲁迅回信
李秉中	北京大学		曾得到鲁迅的资助

续表

姓　名	学　校	交往背景	与鲁迅的交往
张目寒	世界语专门学校		《莽原》周刊投稿者
李人灿	北京大学	与北京大学旭社有联系	曾拜访鲁迅,鲁迅曾借钱给他
陈翔鹤	复旦大学转学北京大学研究生班	浅草社、沉钟社成员,曾听鲁迅授课	曾拜访鲁迅,曾寄赠《不安定的灵魂》
陈炜谟	北京大学英文系	浅草社、沉钟社成员,曾听鲁迅讲授"中国小说史"	曾拜访鲁迅,并寄赠《沉钟》、安特来夫像
王品青	北京大学物理系	毕业后任北京孔德学校教员	《语丝》撰稿人之一,曾促成鲁迅往西安讲学
台静农	北京大学研究所国学门	未名社、北方"左联"成员	鲁迅三次赠予手书字幅
章衣萍	北京大学文学院旁听①	1924年由孙伏园介绍开始与鲁迅交往	《语丝》撰稿人之一,多次拜访鲁迅,鲁迅也回访
陈学昭	在北京大学旁听鲁迅讲授"中国小说史"	1925年经孙伏园介绍认识鲁迅	曾多次在巴黎为鲁迅代购有木刻插图的书籍

附录八:鲁迅1912—1926年宴饮情况②

时间	序号	地点	召集者	参加者	与鲁迅关系	相关记载
1912年	1	致美斋		国亲	同乡	
	2	广和居		董恂士、张协和	教育部同僚、同乡	
	3	广和居		董恂士、张协和、季市、蔡国亲	同乡	
	4	青云阁		季市、诗荃	同乡	啜茗
	5	广和居	谷清	季市	同乡	
	6	广和居		恂士、铭伯、季市	同乡	

① 参见《鲁迅全集》第7卷,第241页。
② 据《鲁迅全集》整理。

续　表

时间	序号	地点	召集者	参加者	与鲁迅关系	相关记载
1912年	7	广和居	国亲	铭伯、季市、俞英厓	同乡	
	8			铭伯、季市	同乡	
	9	广和居	季市	董恂士、铭伯	同乡	董恂士来谈
	10	广和居		谢西园、商契衡	同乡	
	11	广和居		季市	同乡、教育部同僚	
	12	广和居		铭伯、季市	同乡	
	13	季市之室		季市	同乡、教育部同僚	
	14	广和居		杨莘士、钱稻孙、季市	同乡、教育部同僚	
	15	陈公猛家		陈公猛、蔡元培、蔡谷青、俞英厓、王叔眉、季市	同乡	为蔡元培饯别
	16	谷青寓	谷青	季市、燮和	同乡	
	17	广和居		稻孙、季茀、莘士	同乡、教育部同僚	
	18	便宜坊		稻孙、季茀、莘士	同乡、教育部同僚	
	19	广和居	杨莘士	章演群、稻孙、季黻	同乡	
	20			张燮和、季市	同乡、教育部同僚	
	21	季市之室		季市	同乡、教育部同僚	
	22	劝工场		季市	同乡、教育部同僚	饮茗
	23	季市之室		季市	同乡、教育部同僚	
	24		铭伯	铭伯	同乡	
	25	集贤楼		齐寿山	教育部同僚	阅毕,游什刹海
	26	广和居		钱稻孙、季市	同乡、教育部同僚	

续　表

时间	序号	地点	召集者	参加者	与鲁迅关系	相关记载
1912年	27	什刹海		钱稻孙	同乡、教育部同僚	同往琉璃厂,后饮茗
	28	季市之室		稻孙、季市	同乡、教育部同僚	同拟国徽告成
	29	致美斋	董恂士	汤哲存、夏穗卿、何燮侯、张协和、钱稻孙、许季黻	同乡	
	30	同和居		季市、稻孙	同乡、教育部同僚	游什刹海
	31	广和居		稻孙、铭伯、季市	同乡	
	32	什刹海		稻孙	同乡、教育部同僚	公务后饮茗
	33	季市之室		稻孙、季市	同乡、教育部同僚	
	34	便宜坊	稻孙	季市、汪曙霞及其兄	同乡	
	35	南味斋	胡孟乐	张、童、陶,俞伯英、许季茀、陈公猛、杨莘士	同乡	盖举子之庆
	36	广和居		稻孙、季市	同乡、教育部同僚	
	37	广和居		稻孙、铭伯、季市	同乡	
	38		铭伯、季市		同乡	中秋
	39	劝业场小有天		董恂士、钱稻孙、许季黻	同乡、教育部同僚	
	40	劝工陈列所澄乐园		钱稻孙	同乡、教育部同僚	饮茗
	41	广和居		稻孙、铭伯、季市	同乡	
	42	广和居		铭伯、季市、诗荃、诗苓	同乡	
	43	广和居	寿洙邻		同乡	
	44	杏花春	许铭伯	陈姓上虞人,俞月湖、胡孟乐、张协和、许季市	同乡	
	45	广和居		铭伯、季市、诗荃	同乡	
	46	青云阁		季市、协和	同乡、教育部同僚	

续　表

时间	序号	地点	召集者	参加者	与鲁迅关系	相关记载
1912年	47	广和居		王伟人、钱稻孙、季市	同乡、教育部同僚	
	48	广和居		铭伯、季市	同乡	
	49	青云阁		季市	同乡、教育部同僚	
	50		铭伯	季市、俞毓吴	同乡	
1913年	1	青云阁	季市		同乡、教育部同僚	
	2	季市家	季市	诗荃		
	3	季市家	季市		同乡、教育部同僚	
	4	南味斋		寿洙邻、曾丽润、阮和孙	同乡	
	5	广和居	鲁迅	陈子英、张协和	同乡	
	6	夏曾佑家		夏曾佑、沈商耆	教育部同僚	
	7	广和居	鲁迅	迪先、子英	同乡	
	8	广和居		季自求、刘立青	周作人南京水师学堂同学	
	9	广和居		戴芦舲	同乡、教育部同僚	看画册
	10	四海春		戴芦舲、齐寿山	教育部同僚	午餐
	11	玉楼春	季市	朱迪先、芷青、沈尹默、陈子英、王维忱、钱稻孙、戴芦舲	同乡	
	12			戴芦舲、朱遏先、沈尹默、陈子英	同乡	往视陈子英
	13	广和居		子英、季市	同乡	
	14	广和居		子英、季市、张卓卿	同乡	
	15	海天春		戴芦舲	同乡、教育部同僚	午餐
	16	厚德福	何燮侯	马幼舆、陈于鑫、王幼山、王叔梅、蔡谷青、许季市	同乡	略涉麻溪坝事

续 表

时间	序号	地点	召集者	参加者	与鲁迅关系	相关记载
1913年	17	广和居		稻孙、季市	同乡、教育部同僚	
	18	青云阁		齐寿山、戴芦舲	教育部同僚	公务后饮茗
	19	广和居	季市	陈子英	同乡	
	20	劝业场小有天		冀贡泉、社会教育司同人,十人	教育部同僚	公宴
	21	广和居	季市	稻孙	同乡、教育部同僚	
	22	广和居	鲁迅	子英、子佩	同乡	
	23	季市处		董恂士、钱稻孙	同乡、教育部同僚	
	24	海天春		齐寿山、戴芦舲	教育部同僚	午餐
	25	广和居	稻孙	朱迪先、沈尹默、张稼庭、戴芦舲	同乡	
	26	夏曾佑家	戴芦舲		同乡、教育部同僚	饮酒
	27	广和居		商契衡、王镜清、魏福绵、陈忘其名	学生、同乡	
	28	海天春		齐寿山、戴芦舲	教育部同僚	午餐
	29	季市寓	季市		同乡、教育部同僚	
	30	夏曾佑家		夏曾佑、沈商耆、关来卿、戴芦舲	教育部同僚	
	31		鲁迅	伍仲文	教育部同僚	
	32	便宜坊		朱焕奎、朱石甫(其弟)	教育部同僚	
	33	季市寓		季市、协和	教育部同僚	
	34	广和居	何燮侯	何燮侯、吴雷川、汤尔和、张稼庭、王维忱、稻孙、季市	同乡	
	35			齐寿山	教育部同僚	午出市
	36	海天春	鲁迅	王屏华、齐寿山、沈商耆	同乡	午餐
	37	醉琼林	寿洙邻	寿洙邻八九人	同乡	

续　表

时间	序号	地点	召集者	参加者	与鲁迅关系	相关记载
1913年	38	蔡谷卿寓	蔡谷卿	蔡谷卿及其家属、王惕如、倪汉章	同乡	中秋
	39	伍仲文寓		伍仲文	教育部同僚	
	40	广和居	稻孙	稻孙、爕侯、中季、稼庭、遏先、幼渔、莘士、君默、维忱	同乡	1913年9月27日宴饮,30日以《域外小说集》二册交稻孙,托以赠中季、黄季刚
	41	广和居	季市	季市、十一位教育部员	教育部同僚	
	42	同丰堂	季市代铭伯招		同乡	诗荃订婚
	43	广和居		忆农伯	同乡	
	44	益锠		钱稻孙	教育部同僚	午餐
	45		伍仲文	王君直、钱稻孙、毛子龙	教育部同僚	饯张仲素
	46	益锠		稻孙、芦舲	同乡、教育部同僚	
	47	华宾馆	王仲猷	同事	教育部同僚	
	48	广和居	鲁迅、季市、协和	蔡谷青、王惕如、陈公猛、胡孟乐	同乡	蔡谷青将赴杭
	49	广和居		协和、季市	同乡、教育部同僚	
	50	广和居		铭伯、协和、季市	同乡	铭伯将赴黑龙江
	51	铭伯、季市寓		俞月湖、查姓者、范云台、张协和、许诗苓	同乡	
	52	玉楼春	协和	许铭伯、季市	同乡	饯铭伯
	53			许季上	同乡、教育部同僚	来谈
	54		祁柏冈		教育部同僚	谢去之
	55		祁柏冈		教育部同僚	谢不赴

续　表

时间	序号	地点	召集者	参加者	与鲁迅关系	相关记载
1914年	1	小有天		社会教育司同人、稻孙	教育部同僚	公宴
	2	益锠		齐寿山、徐吉轩、戴芦舲	教育部同僚	午餐
	3	广和居		许季上	同乡	来
	4	醉琼林	顾养吾	张景良、钱稻孙、许姓(教育部同僚)、董姓(教授)	主人为教育部同僚	印二弟译《炭画》
	5			许季上	同乡	来
	6		童杭时		同乡	不赴
	7			许季上	同乡	来
	8			朱遏先	同乡	来谈至午,后同至琉璃厂
	9	季市寓		仲兄仲南、协和、诗苓	同乡	
	10			许季上	同乡	来
	11	夏司长寓		戴芦舲	教育部同僚	
	12	宣南第一楼		齐寿山、钱稻孙、戴螺舲	教育部同僚	午餐
	13	宣南第一楼		齐寿山、钱稻孙、戴螺舲	教育部同僚	午餐
	14	宣南第一楼		钱稻孙	教育部同僚	下午
	15	益锠		稻孙	教育部同僚	午餐
	16	益锠		季市、协和	教育部同僚	午餐
	17	福全馆		蒋抑卮、蒋孟平、蔡国青	同乡	访蒋抑卮
	18	便宜坊		朱舜丞及其弟	亲属	
	19	徐吉轩寓	徐吉轩	齐寿山、王屏华、常毅箴、钱稻孙、戴螺舲、许季上	教育部同僚	
	20	教育部	夏司长	齐寿山、钱稻孙、戴螺舲、许季上	教育部同僚	
	21	戴螺舲寓	戴螺舲	齐寿山、钱稻孙、徐吉轩、常毅箴、王屏华、许季上	教育部同僚	出示曾祖文节公画册
	22	常毅箴寓	常毅箴	徐吉轩、齐寿山、许季上、戴芦舲、祁柏冈、朱舜丞	教育部同僚	

续 表

时间	序号	地点	召集者	参加者	与鲁迅关系	相关记载
1914年	23			许季上	同乡	来
	24	益铝		齐寿山	教育部同僚	午餐
	25	广和居		刘历青	周作人南京水师学堂同学	来
	26	广和居		杜海生	同乡	来
	27	益铝		齐寿山	教育部同僚	午餐
	28	益铝		陈师曾	教育部同僚	午餐
	29	瑞记饭店	沈尹默、臤士、钱中季、马幼渔、朱遏先函招	又有黄季刚、康性夫、曾不知字,共九人	章门弟子为主	
	30	小店		张仲素、齐寿山、钱稻孙	教育部同僚	午餐
	31	小店	张仲素	齐寿山、许季上、钱稻孙	教育部同僚	午餐
	32			齐寿山	教育部同僚	午餐
	33			齐寿山	教育部同僚	午餐
	34	广和居	刘立青	程伯高、许永康、季自求	刘立青之友	
	35			齐寿山	教育部同僚	午后出饮咖啡
	36	益铝		齐寿山、戴螺舲、许季上	教育部同僚	午后出饮咖啡
	37	益铝	鲁迅	仲素、齐寿山、戴芦舲、许季上	教育部同僚	午餐
	38	益铝		稻孙	同乡、教育部同僚	午餐
	39	益铝		齐寿山	教育部同僚	午餐
	40			马幼渔、朱遏先、沈尹默、臤士、钱中季、汪旭初、吴(胡)仰曾、许季市	章门弟子为主	往马幼渔寓
	41	金谷春		社会教育司同人徐吉轩、黄芷涧、许季上、戴芦舲、常毅箴、齐寿山、祁柏冈、林松坚、吴文瑄、王仲猷	教育部同僚	公宴

续　表

时间	序号	地点	召集者	参加者	与鲁迅关系	相关记载
1915年	1	广和居		刘立青、季自求	周作人南京水师学堂同学	来
	2	益锠		汪书堂、钱稻孙	教育部同僚	午餐
	3	益锠		齐寿山	教育部同僚	午餐
	4	劝业场玉楼春	鲁迅	伍仲文、毛子龙、谭君陆、张协和、刘济舟	教育部同僚，留日	共宴刘济舟
	5	益锠		汪书堂、齐寿山、钱稻孙	教育部同僚	午餐
	6	益锠		齐寿山	教育部同僚	午餐
	7	益锠		稻孙	教育部同僚	午餐
	8	益锠		稻孙、齐寿山	教育部同僚	午餐
	9	便宜坊	徐吉轩	十三位社会教育司员	教育部同僚	
	10	益锠		季市	教育部同僚	午餐
	11	益锠		张仲素、齐寿山、许季上	教育部同僚	午餐
	12	益锠		齐寿山	教育部同僚	午餐
	13	益锠	稻孙	书堂、维忱、阆声、齐寿山	教育部同僚	午餐
	14	益锠		稻孙	同乡、教育部同僚	午餐
	15	益锠		稻孙、汪书堂	教育部同僚	午餐
	16	益锠		齐寿山	教育部同僚	午餐
	17	益锠		汪书堂、稻孙	教育部同僚	午餐
	18	益锠		汪书堂、稻孙	教育部同僚	午餐
	19	益锠		齐寿山	教育部同僚	午餐
	20	益锠		王维忱、汪书堂	教育部同僚	午餐
	21	益锠		齐寿山、稻孙	教育部同僚	午餐
	22	益锠		汪书堂、杨莘士、钱稻孙	教育部同僚	午餐
	23	益锠		汪书堂、稻孙、齐寿山	教育部同僚	午餐
	24	益锠		陈师曾、稻孙、汪书堂	教育部同僚	午餐
	25	小店		稻孙	同乡、教育部同僚	晚餐

续 表

时间	序号	地点	召集者	参加者	与鲁迅关系	相关记载
1915年	26	益锠		齐寿山、钱均夫	教育部同僚	午餐
	27	益锠		汪书堂、齐寿山	教育部同僚	午餐
	28	益锠		齐寿山	教育部同僚	午餐
	29	益锠	朱炎	共八人	教育部同僚	午餐
	30			许季上	同乡	来
	31	广和居		钱稻孙	同乡、教育部同僚	来
	32	广和居	鲁迅	铭伯、季市	同乡	
	33	广和居		刘历青	周作人南京水师学堂同学	来还经
	34	泰丰楼	冀育堂	同席十人	原教育部同僚,曾留日	
	35	中央公园闽菜馆	鲁迅	吴雷川、白振民、季市、稻孙、维忱	教育部同僚	为宋子佩作族谱序酬款
	36	益锠	鲁迅	白振民、吴雷川、维忱、稻孙、季市	教育部同僚	宋氏谱叙款
	37	齐寿山家	齐寿山	张仲素、徐吉轩、戴芦舲、许季上	教育部同僚	食蟹,大饮啖,剧谭
	38		协和	协和弟,十人	教育部同僚、亲属	协和弟定婚
	39	同和居	高阆仙	齐如山、陈孝庄,余并同事	教育部同僚为主	
	40	京华春	虞叔昭	共九人,皆同事	教育部同僚	
	41		鲁迅	共九人	教育部同僚	宋氏谱叙款
	42	广和居		念钦先生	同乡	来
	43	安庆会馆	常毅箴		教育部同僚	
	44	广和居	紫佩	念钦先生、李霞卿	同乡	
	45		许铭伯	季市、诗荃、世英、范伯昂、云台	同乡	
	46		许铭伯、季市	明之、协和	同乡	邀明之

续 表

时间	序号	地点	召集者	参加者	与鲁迅关系	相关记载
1915年	47	韩家潭杏花春	鲁迅、伍仲文、张协和	沈康伯、范逸丞、稚和兄弟、顾石臣	南京矿路学堂同学	沈康伯将赴吉林
	48	陕西巷中华饭庄	范逸丞、顾石臣	伍仲文、张协和、沈康伯、稚和兄弟	南京矿路学堂同学	
	49	季市寓		季市	同乡、教育部同僚	
1916年	1			通俗教育会员	教育部同僚	新年茶话会
	2	广和居		念卿先生	同乡	来
	3	图书分馆			教育部同僚	茶话会
	4	又一村	王叔钧	同席共十人	教育部同僚	
	5	季市寓		季市	同乡、教育部同僚	
	6	益锠		铭伯先生一家	同乡	赴展览会场
	7	广和居	鲁迅	和孙	亲属	
	8	季市寓		张协和	同乡、教育部同僚	张协和来
	9	季市寓		季市	同乡、教育部同僚	
	10	铭伯寓		铭伯	同乡	
	11	季市寓		季市	同乡、教育部同僚	
	12		陶望潮①		留日同乡	赴辞
	13	益锠	鲁迅、徐吉轩、齐寿山、许季上	冀育堂	教育部同僚	共宴冀育堂
	14	四川饭馆	汪书堂		教育部同僚	午餐
	15	青云阁		三弟、张协和	同乡	
	16	铭伯先生寓		三弟、张协和	同乡	

---

① 陶成章族叔。

续 表

时间	序号	地点	召集者	参加者	与鲁迅关系	相关记载
1916年	17	邑馆	鲁迅	张仲苏、齐寿山、戴芦舲、许季上、许铭伯、季市	同乡、教育部同僚	
	18	南味斋		三弟		午餐
	19	季市寓		同坐十人	同乡、教育部同僚	
	20	广和居	鲁迅	子佩、三弟	同乡	
	21	广和居	铭伯、季市	三弟、诗荃、诗英	同乡	饯三弟行
	22	青云阁		三弟	亲属	
	23	广和居	子佩	子佩	学生	
	24	广和居		卢润州、季自求	周作人南京水师学堂同学	
	25			邵明之	留日同乡	来
1917年	1			蔡谷青、寿拜耕	留日同乡	访蔡谷青
	2	季市寓		同坐共九人	同乡、教育部同僚	
	3	益锠		二弟	亲属	午餐
	4	青云阁		二弟	亲属	饮茗
	5	广和居		二弟	亲属	
	6	许季上寓		同席共七人	同乡、教育部同僚	
	7	益锠		二弟	亲属	午餐
	8	新丰楼	铭伯先生	同坐共九人	同乡	诗荃聘礼
	9			和孙	亲属	来
	10	义兴局（齐处）		王华祝、张仲苏、二弟、齐寿山	教育部同僚、亲属	
	11	聚贤堂		张仲素、齐寿山	教育部同僚	
	12	广和居		潘企莘、二弟	教育部同僚、亲属	潘来
	13	青云阁		二弟	亲属	饮茗
	14	青云阁		二弟	亲属	饮茗并午饭

续 表

时间	序号	地点	召集者	参加者	与鲁迅关系	相关记载
1917年	15	香厂澄园	封德三	二弟、季自求、姚祝卿	同乡	
	16	鲁迅寓		朱蓬仙、钱玄同、张协和	同乡	中秋
	17			二弟	亲属	游公园饮茗
	18	铭伯先生家		二弟	亲属	
	19	协和家		二弟	亲属	
	20	青云阁		二弟	亲属	饮啖
	21	店		齐寿山、戴螺舲	教育部同僚	午餐
	22	青云阁		二弟	亲属	饮食
	23	青云阁		二弟	亲属	饮食
	24	青云阁		二弟	亲属	饮食
	25	和记		齐寿山、二弟	教育部同僚、亲属	午餐
1918年	1			二弟、遐卿、浙江五中同学会	同乡、亲属	赴同学会
	2	和记	周氏兄弟	陈师曾、齐寿山	教育部同僚、亲属	午餐
	3	和记		齐寿山	教育部同僚	午餐
	4	寿洙邻寓	寿洙邻①	二弟、曾侣人、杜海生	同乡、亲属	
	5	青云阁		二弟	亲属	饮茗
	6	和记	周氏兄弟	二弟、齐寿山	教育部同僚、亲属	午餐
	7	洙邻寓	洙邻	二弟	亲属	
	8	公园		二弟	亲属	饮茗
	9	和记	鲁迅	二弟、齐寿山	教育部同僚、亲属	午餐
	10	和记		二弟、齐寿山	教育部同僚、亲属	午餐
	11	第一春		二弟	亲属	往北京大学

---

① 参见《周作人日记》（影印本 上），鲁迅博物馆藏，郑州：大象出版社，1996年，第731页。

续　表

时间	序号	地点	召集者	参加者	与鲁迅关系	相关记载
1918年	12	齐寿山家	齐寿山	张仲苏、王画初、顾石君、许季上、朱孝荃、戴螺舲	教育部同僚	
	13	青云阁		二弟	亲属	饮茗
	14	和记	鲁迅	二弟、齐寿山	教育部同僚、亲属	二弟至部
	15	东安市场中兴茶楼	刘半农	二弟、同席徐悲鸿、钱秣陵、沈士远、君默、钱玄同	北京大学教师	
	16	马幼渔寓		吴稚晖、钱玄同及二弟俱先在，陈百年、刘半农亦至	北京大学教师为主	
	17	和记	鲁迅	二弟、齐寿山	教育部同僚、亲属	二弟至部
1919年	1	欧美同学会		二弟、陶孟和，三席二十余人	北京大学教师	为陶赴欧洲饯行
	2	京汉车站食堂		二弟	亲属	
	3	协和家		朱孝荃、张协和	教育部同僚	看屋后
	4	西车站		二弟、陈百年、刘叔雅、朱遏先、沈士远、尹默、刘半农、钱玄同、马幼渔，共十人也。	北京大学教师	
	5	广和居	许诗苓、诗荃	二弟、戴君	同乡	
	6	饭馆		齐寿山、戴螺舲	教育部同僚	午餐
	7	新丰楼	铭伯		同乡	
	8	东兴楼	胡适	二弟①、同坐十人	北京大学教师	
	9	颐香斋	子佩	二弟	同乡、亲属	
1920年	1		鲁迅	同乡同事之于买宅时赠物者，二席十五人	同乡、教育部同僚	午宴
	2	西车站	蒯若木	蒋抑之	留日	
	3		钱稻孙	沈尹默、同席共九人	留日	钱沈尹默行

---

① 二弟参加，参见《周作人日记》(影印本 中)，鲁迅博物馆藏，郑州：大象出版社，1996年，第28页。

续　表

时间	序号	地点	召集者	参加者	与鲁迅关系	相关记载
1920年	4	江西会馆	高阆仙		教育部同僚	
	5	中央公园		二弟。出席者有李大钊、胡适、张申甫、钱玄同、顾孟余、陶孟和、陈百年、沈尹默、严慰慈、王星拱、朱遏先、周作人等共十二人①	北京大学《新青年》同人	饮茗，参加胡适邀集的《新青年》第八卷编辑讨论会
	6	店		二弟	亲属	饮冰咖啡
	7	齐寿山家		齐寿山	教育部同僚	
1921年	1	益锠		季市	同乡、教育部同僚	午餐
	2	中央公园	张仲苏	齐寿山、戴芦舲	教育部同僚	张母寿辰设宴
	3	中央公园	尹默	士远、玄同、幼渔、兼士、张凤举	北京大学教师	
	4	宴宾楼	马幼渔	张凤举、萧友梅、钱玄同、沈士远、尹默、兼士	北京大学教师	
	5			孙伏园、宋子佩、李遐卿	学生、同乡	
1922年(断片)	1		鲁迅	孙伏园(柬邀二人，章士英谢)	同乡	除夕
	2	通商饭馆	潘企莘	季市，同席八人	教育部同僚	
	3	西吉庆		二弟	亲属	午餐
1923年	1		鲁迅	徐耀辰、张凤举、沈士远、尹默、孙伏园	高校师生	午餐
	2	陶园	永持德一君	同席共九人	日本友人	
	3		爱罗先珂君与二弟	今村、井上、清水、丸山四君，省三	日本友人、亲属、学生	
	4		二弟	郁达夫、张凤举、徐耀辰、沈士远、尹默、骈士、马幼渔、朱遏先	高校教师	
	5		张凤举	同席十人	高校教师	

① 《鲁迅全集》第 15 卷，第 403 页。

续　表

时间	序号	地点	召集者	参加者	与鲁迅关系	相关记载
1923年	6	东兴楼	郁达夫	胡适	北京大学教师	胡适至部,同往
	7	公园		伏园、惠迪、二弟、丰一、李小峰、章矛尘	学生、亲属	
	8	中央饭店	丸山	爱罗及二弟,同席又有藤冢、竹田、耀辰、凤举,共八人	日本友人、高校教师	
	9	大陆饭店	丸山君	石川及藤原镰兄二人	日本友人	
	10		鲁迅、二弟	三弟、伏园	学生、亲属	
	11	中央公园		三弟、丰丸	亲属	饮茗
	12	西吉庆		裘子元	教育部同僚	
	13		二弟	泽村、丸山、耀辰、凤举、士远、幼渔,共八人	高校教师、日本友人	
	14		鲁迅	孙伏园、惠迪	学生	端午
	15	禄米仓		凤举、曜辰、士远、尹默、二弟	高校教师	
	16	第二院食堂	孙伏园	李小峰、孙伏园及二弟	学生、亲属	往大学新潮社
	17	加非馆		清水安三君	日本友人	遇
	18			阮和森	亲属	来
	19			阮和森	亲属	来
	20	龙海轩		伊立布、连海、吴月川、李慎斋、杨仲和,共六人	教育部同僚、房屋中介	签买房契约
	21	燕寿堂	齐寿山	齐寿山	教育部同僚	结婚礼式
1924年	1			许钦文、孙伏园	学生	来
	2	龙海轩		李慎斋	教育部同僚	纳屋税后回
	3	宾宴楼		孙伏园、许钦文	学生	访于晨报社
	4			李遐卿及其郎	学生	来
	5		张国淦	同席吴雷川、柯世五、陈次方、徐吉轩、甘某等	教育部同僚	

附 录 249

续 表

时间	序号	地点	召集者	参加者	与鲁迅关系	相关记载
1924年	6	中央公园四宜轩		玄同	高校教师	遇，茗谈
	7	中央公园		孙伏园	学生	来部
	8	公园		孙伏园、邓以蛰、李宗武诸君	学生	往晨报馆访孙，后遇诸君于公园，饮茗
	9	撷英居	诗荃		学生	
	10	中央公园	鲁迅	许钦文	学生	遇
	11	晨报社		孙伏园	学生	访孙
	12	颐乡斋	李仲侃	同席为王云衢、潘企莘、宋子佩及其子舒、仲侃及其子	同乡	
	13	先农(坛)	西北大学办事人	孙伏园、王聘卿，同席八九人	高校师生	约往陕作夏期讲演
	14	广和居		孙伏园、玄同	高校师生	访孙，遇钱
	15	西吉庆		孙伏园	学生	伏园来部
	16	西车站	王捷三		高校师生	餐毕登汽车向西安
	17	陕西临潼	营长赵清海			午饭
	18	陕西西安				招待会
	19	西安公园		李济之、夏浮筠、孙伏园	高校师生	饮茗
	20	张辛南寓西安		张辛南	学生	
	21	陕西西安				酒会
	22	陕西省长公署	刘镇华省长			刘省长设宴招待暑期学校讲师
	23	陕西	储材馆			不赴
	24	陕西易俗社	刘省长			设宴演剧饯行
	25	宣南春		夏浮筠、伏园	高校师生	来

续表

时间	序号	地点	召集者	参加者	与鲁迅关系	相关记载
1924年	26	中兴楼	鲁迅、孙伏园	王品青、荆有麟、王捷三	学生	
	27	宣南春	子佩	季市、冯稷家、邵次公、潘企莘、董秋芳及朱、吴两君	同乡	
	28	中兴楼	荆有麟	绥理绥夫、项拙、胡崇轩、孙伏园	学生	
1925年	1	华英饭店	伏园	俞小姐姊妹、许小姐及钦文,共七人	学生	
	2	季市寓		季市	教育部同僚、同乡	
	3	鲁迅寓	鲁迅及母亲	陶璇卿、许钦文、孙伏园,母亲邀俞小姐姊妹三人及许小姐、王小姐	学生、母亲	
	4	同和居		品青、衣萍、小峰、伏园、惠迪	学生	来
	5		邵元冲、黄昌谷		筹办中的《北京民国日报》总编辑和总经理①、北京大学毕业生	一赴即归
	6	小茶店		维钧、品青、衣萍、钦文	学生	闲谈
	7	小店		小峰、衣萍、曙天	学生	饮牛乳闲谈
	8	西车站食堂	吴曙天、衣萍、伏园	同席又有王又庸、黎劲西	师生	
	9	一小肆		小峰、衣萍、钦文	学生、青年作家	饮牛乳
	10		鲁迅	长虹、培良、有麟	学生、青年作家	商定创办《莽原》周刊②

① 参见《鲁迅全集》第15卷,第552、554页。
② 同上书,第563页。

续　表

时间	序号	地点	召集者	参加者	与鲁迅关系	相关记载
1925年	11	公园		品青、衣萍、小峰	学生、青年作家	夜饭并观电影
	12	西吉庆		季市、寿山	教育部同僚	午饭,又游公园
	13	来今雨轩		猛进社	社团	午餐
	14	中央公园	季市	季市	教育部同僚	
	15	公园	寿山	季市及其夫人、女儿	教育部同僚、亲属	
	16	中央公园		季市、寿山、芦舲	教育部同僚	饭后茗饮
	17	石田料理店	峰籏良充君	伊藤武雄、立田清辰、重光葵、朱造五及季市	日本友人、教育部同僚	
	18		鲁迅	寿山、季市	教育部同僚	
	19	韦素园寓		韦素园	学生	访
1926年	1	西吉庆		半农、季市	高校教师	半农访女师校
	2	西吉庆		季市	同乡、教育部同僚	午餐
	3	来今雨轩		季市、寿山、幼渔	同乡、教育部同僚	
	4	半农家		同席十人,有凤举、玄伯、百年、语堂、维钧等	高校教师	
	5	西安饭店	季市	同席有语堂、湘生、幼渔	高校教师	
	6	李小峰寓		李小峰	学生	访
	7	德国饭店		寿山	教育部同僚	来
	8	大陆春	语堂	同席为幼渔、季市	高校教师	
	9	宣南春	鲁迅、耀辰、幼渔、季市	语堂	高校教师	饯语堂
	10	女师大		林语堂	高校教师	女师大饯别林语堂茶话会
	11			寿山	教育部同僚	来

续　表

时间	序号	地点	召集者	参加者	与鲁迅关系	相关记载
1926年	12		季市	寿山	教育部同僚	
	13		东亚考古学会			寄小林信辞
	14	中央公园	季市		教育部同僚	访寿山、遇许
	15	李小峰寓		李小峰	学生	访
	16	德国饭店	凤举	傅书迈	高校教师	访
	17	北海公园	丛芜	李(朱)寿恒女士、许广平女士、常维钧、赵少侯及素园	学生	茶话
	18	长美轩	紫佩、仲侃、秋芳	坐中又有紫佩之子舒及陶君	学生	饯行
	19	德国饭店	幼渔、尹默、凤举	坐中又有兼士及幼渔令郎	高校教师及亲属	饯行
	20	漪澜堂	黄鹏基、石珉、仲芸、有麟		青年作家	饯行
	21	女子师范大学			高校师生	女子师范大学送别会
	22		吕、许、陆三位小姐	徐旭生、朱遏先、沈士远、尹默、许季市	高校师生	
	23	来今雨轩	寿山	芦甿、季市	教育部同僚	往公园译《小约翰》毕
	24		鲁迅	云章、晶清、广平	学生	午餐
	25	公园	望潮		同乡	午餐
	26			辛岛君	日本友人	来
	27	来今雨轩	季市	云章、晶卿、广平、淑卿、寿山、诗英	学生、教育部同僚